너는
사랑이다

너는 사랑이다·2

1판 1쇄 찍음 2015년 3월 18일
1판 1쇄 펴냄 2015년 3월 25일

지은이 | 이지아
펴낸이 | 고운숙
펴낸곳 | 봄 미디어

기획·편집 | 손수화 정수경

출판등록 | 2014년 08월 25일 (제387-2014-000040호)
주소 | 경기도 부천시 원미구 소향로17, 304(두성프라자) (우)420-864
영업부 | 070-5015-0818 편집부 | 070-5015-0817 팩스 | 032-712-2815
E-mail | bommedia@naver.com
소식창 | http://blog.naver.com/bommedia

값 9,000원

ISBN 979-11-86093-95-5 04810
      979-11-86093-93-1 04810(세트)

vol2

너는 사랑이다

You belong to me.
I belong to you.
We belong together.

이지아 장편 소설

Contents

Chapter 1

봄날은
간다

"어쩐지……."

춘희가 깊은 한숨으로 흩어진 말소리를 대신하며 혀를 내둘렀다.

준영은 못 들은 척 노트북 컴퓨터 자판 두드리는 손길을 일절 늦추지 않았다. 오히려 부서져라, 자판을 평소보다 몇 배는 더 빠르고 세차게 두드렸다. 답보 상태에 놓인 대본 작업에 속도가 붙은 것이 아니다. 화가 났음을 나타내는 에두른 표현이었다.

벌써 나흘을 꼬박 이곳 병실에 갇혀서 허송세월 중이다. 애당초 입원하는 것이 아니었다. 후회가 밀려들자 짜증이 대번 정수리까지 치솟아 올랐다. 살짝 건드리기만 해도 터지기 일보 직전이었다.

제주도로 낚시 여행을 다녀온 직후 긴장이 풀린 탓인지, 계속되는 밤샘 작업으로 체력에 무리가 온 탓인지, 지난 화요일 아침 느닷없는 기립성 빈혈 증상이 찾아왔다.

1분 남짓 정신을 잃은 것뿐인데 새파랗게 겁에 질린 춘희가 호들갑스럽게도 구급차를 부르고 지환에게 비상 연락까지 넣었다.

즉시 병원으로 달려온 지환은 완강한 낯빛을 한 채 무조건 입원하라며 고집을 피웠다. 아예 작정이라도 한 듯 '넘어진 김에 누워 간다고 했다. 어차피 입원한 것, 이참에 종합적으로 건강검진이나 한번 받아 보자'는 감언이설까지 동원해 준영을 꼬드겼다.

협박이나 다름없는 달짝지근한 회유에 끔뻑 속아 사흘을 훌쩍 넘기는 시간을 온갖 검사를 받느라 녹초가 되어 버렸다. 며칠째 대본 작업은커녕 대사 한 줄 제대로 못 쓰고 있는 실정이다.

"입이 있으면 뭐라고 변명이라도 해 보시지요. 이준영 작가님!"

춘희가 숫제 비아냥거리듯이 으르렁댔다. 준영은 한창 작업 중인 대화체 문장을 온전히 마무리 지은 다음 파일 저장까지 마치고 나서야 마지못한 양 노트북 컴퓨터 스크린에서 시선을 옮겼다.

병실 출입문 앞, 팔짱을 낀 채 장승처럼 버티고 선 춘희의 얼굴빛이 불그죽죽하다. 직각으로 떨어지는 어깨 근육은 평소보다 힘이 들어가 뻣뻣하고 툭 솟은 팔뚝의 혈관은 한껏 팽창되어 꼿꼿했다. 시쳇말로 폭풍 잔소리가 한바탕 쏟아질 기세였다.

준영은 듣기 싫은 사설일랑 아예 시작도 하지 말라는 뜻으로 오른쪽 손바닥을 허공중에 함부로 휘저었다.

"양춘희 실장님! 우리 서로 나중에 후회할 소리는 하지 말자고요."

"언제부터 내 생각을 그렇게 끔찍이 해 주셨다고 이러시나? 어쩐 수상하다 했다. 아주 기를 쓰고 나를 병실 밖으로 쫓아내려 하는 게 꿍꿍이가 있겠구나 싶더라니. 슬그머니 돌아와서 들여다보기를 잘했지."

"피곤하니까 그만하자고요."

"뭐를 그만해? 아직 시작도 안 했는데. 낮잠 자겠다고 약속해 놓고 노트북으로 작업하면 반칙이잖아!"

춘희가 침상 쪽으로 다가와 목소리를 높였다. 이에 질세라 준영도 목청을 돋아 격양된 말소리를 제법 맵차게 쏘았다.

"반칙은 지금 누가 하고 있는데요? 양 실장님이야말로 반칙하지 말라고요. 멀쩡한 사람을 하루 온종일 병실 안에다 가두어 놓고서 CT를 찍어라, 내시경 검사를 하자, 퍽 하면 피 뽑고 시도 때도 없이 X—Ray 찍어 대고. 미치겠다고요, 진짜."

"이 작가가 어떻게 멀쩡한 사람이야? 위궤양이라잖아. 심각한 영양실조에다."

"오버하지 말아요. 영양 불균형에 단순 위염이라고요. 내

11

가 의사예요, 의사!"

"위염이 궤양 되고, 그러다가 심해지면 암으로 변하는 거야. 의사라는 사람이 그것도 몰라?"

"위염이 심해져서 궤양이 되는 것은 맞지만, 궤양의 극히 일부만이 암으로 발전한다고요. 모르면 좀 가만히 있어요."

"잘났다! 그래, 나 머글*이다."

춘희가 요란한 콧방귀와 함께 먹히지도 않을 앙탈을 부렸다. 준영은 대놓고 넌더리가 난다는 표정을 지었다.

"당장 다음 수요일이 '마지막 비상구' 첫 촬영이에요. 대본 작업을 못 하게 막아 버리면 나더러 어쩌라고요?"

"지금 대본이 문제야? 작업은 병부터 낫고 해도 늦지 않아."

"위염이 하루아침에 금방 낫는 줄 알아요? 뭘 좀 제대로나 알고 얘기하라니까요."

"무능력자 머글이라고 무시하는 거야?"

"양 실장님은 나를 완전 어린애 취급하잖아요."

아이들 말장난이나 다를 바 없는 싸움이 서로의 말꼬리를 물고 이어졌다.

그때 노크도 없이 출입문이 열렸다. 소란스러운 병실 안으로 들어서는 지환의 이마에 못마땅해하는 주름이 들끓었다. 준영과 춘희를 싸잡아 질책하는 목소리가 차갑고 낮았다.

"왜 이렇게 시끄러워? 둘이서 질러 대는 고함 소리가 복도

---

*머글(Muggle):능력 없는 일반인.

까지 들리잖아. 병동 간호사나 다른 입원 환자들한테 미안하지도 않아? 작작 좀 싸워라. 애들도 아니고. 어떻게 너희는 만날 싸워!"

"엉엉, 대표님! 마침 잘 오셨어요. 제가 진짜 이준영 작가 때문에 못 살겠어요. 울화병이 나서 죽을 것 같다고요. 이 작가 좀 혼내 주세요."

춘희가 거짓 울음을 흩뿌리며 쪼르르 달려가더니 아예 지환의 팔을 붙들고 원정을 넣었다.

지환은 울상을 짓고 선 춘희와 뾰로통한 얼굴로 침상 머리맡에 앉은 준영을 번갈아 쳐다보았다. 절로 한숨이 터졌다.

"왜 또?"

"이준영 작가가 도대체 말을 들어 먹어야 말이죠. 밥은 쥐똥만큼 먹고, 잠은 개미 똥구멍만큼도 안 자고, 틈만 나면 노트북 열어서 작업한다고 저 지랄이고. 이 작가 때문에 몸 안에서 암세포가 증식하는 기분이에요. 이러다가 양춘희 암 걸려 죽겠다고요."

가증스럽게도 춘희가 어울리지도 않는 우는소리를 잘도 징징 늘어놓았다. 준영은 정말이지 어처구니가 없었다. 아이고, 탄식과도 같은 헛웃음만 쏟아졌다.

"그래요. 내가 방사능 덩어리예요. 무한 피폭 한번 당해 볼래요?"

"저것 보세요, 형님. 제가 무슨 말만 하면 저렇게 두 눈 똑바로 뜨고 달려든다니까요. 서러워서 더 이상은 새끼 작가 못 해

13

먹겠어요."

"알았어. 내가 잘 타일러 볼게. 춘희 너는 나가서 머리 좀 식히고 와. 신선한 바깥 공기 쐬면서 너 좋아하는 달달한 캐러멜 마키아토 한 잔 마셔."

지환은 지갑에서 꺼낸 만 원짜리 지폐 몇 장을 춘희의 오른손에 쥐어 주고 위로하듯 어깨를 토닥였다. 우는소리에 가까운 춘희의 원정이 어느 정도 각색되고 일정 부분 과장되었음을 안다. 그렇다고 아주 얼토당토않은 수준으로 부풀려진 것이 아님을 또 안다.

병원에 입원한 지 나흘 만에 준영의 신경은 예민해질 대로 예민해졌고, 춘희의 기분은 만신창이가 되어 버렸다.

"잘 타이르는 정도로는 턱도 없어요. 눈물이 쏙 빠지게 혼나야 정신을 차리죠. 형님이 너무 오냐오냐 하니까 이준영 작가가 기고만장해져서 눈에 보이는 게 없잖아요. 앞으로 하극상은 꿈도 꾸지 못하도록 이참에 본때를 보여 주시라고요."

춘희가 지환의 역성에 신바람이 나서 수다스러운 말소리를 거침없이 퍼부었다. 어째 적정선을 벗어난다.

지환은 마주 물린 잇새로 공기를 짤막히 들이켰다. '쓰으' 날카로운 헛바람 소리에 화들짝 놀란 춘희가 냅다 출입문을 향해 뛰었다.

"알았어요. 간다고요. 나가면 되잖아요. 아무튼 혼꾸멍을 내 주세요."

기어이 한 소리를 더 보태 놓고서야 후다닥 병실 밖으로 도망을 쳤다.

지환은 까칠한 두 뺨을 손바닥으로 쓸었다. 곧장 침상 가장자리로 다가가 퉁퉁 부운 표정의 준영을 마주하고 앉았다.

"당신을 진짜 어떡하면 좋으냐? 이러면 굳이 병원에 있을 이유가 없잖아."

"그러니까 퇴원하겠다고요. 이깟 위염 몇 군데 생긴 것으로 너무 호들갑 떨지 말아요. 며칠 약 먹으면 그만인데. 필요도 없는 링거는 꽂아 사람을 하루 종일 침대에서 꼼짝도 못하게 만들고. 무슨 놈의 검사는 만날 하냐고요."

"조용히 해. 당신한테는 발언 기회조차 주지 않을 생각이니까."

지환은 부러 목소리를 싸늘하게 식혔다. 춘희의 말마따나 어느 정도 단호히 대처할 필요가 있었다. 그동안 준영이 짓는 미소 한 자락, 준영이 부리는 애교 한 방에 금세 마음이 흐물흐물 녹아내려 하고 싶다는 대로 다 하도록 허락해 준 것이 문제였다.

완고한 턱짓으로 브렉퍼스트 트레이처럼 생긴 간이 탁자위 노트북 컴퓨터를 가리켰다.

"저것부터 치워."

"방금 켰어요."

"치워. 똑같은 말 두 번씩 하게 만들지 마."

"하지만……."

"당. 장."

음절을 하나하나 끊어서 발음하는 지환의 엄격한 명령을 받고도 준영은 한참을 머뭇거리다가 노트북 컴퓨터의 전원을 껐다. 지환이 간이 탁자와 노트북 컴퓨터를 침상에서 되도록 멀리 치워 버렸다.

　"당신 지금 환자야. 자꾸 잊어버리는 것 같아서 일부러 상기시켜 주는 거야."

　"내가 무슨 환자예요? 위염 정도는 바쁜 현대인이라면 누구나 걸릴 수 있는 질병이라고요. 솔직히 병도 아니에요."

　"쓰읍! 아직 내 얘기 안 끝났어. 아까 말했지? 당신한테는 발언할 기회조차 주지 않겠다고. 아무 소리 말고 조용히 입 다물고 들어."

　준영이 잔뜩 심통 난 얼굴로 조가비 모양 입술을 꾹 닫아 여민다.

　지환은 얼른 고개를 외로 틀어 돌리고 헛기침을 만들었다. 대책 없는 웃음이 자꾸만 배죽배죽 새어 나왔다.

　입술을 비집는 웃음소리를 가까스로 삼켰다. 화를 내야 마땅한 상황인데도 샐쭉 토라져 앉은 준영의 모습이 어찌나 귀엽고 깜찍한지, 입 맞추고 싶다는 엉뚱한 충동이 솟구친다.

　"단순 위염이 아니라 심각한 위염이야. 위궤양으로 발전하기 직전. 전처럼 밥도 안 먹고 만날 밤새도록 작업만 하면 위에 구멍이 나는 것은 시간문제라는 뜻이야."

　"밥 잘 먹고 있다고요. 세끼 꼬박꼬박. 위장약도 열심히 챙겨 먹고."

"양춘희 실장 얘기로는 쥐똥만큼 먹는다는데?"

"음해예요."

"잠은 개미 똥구멍만큼도 안 잔다면서?"

"그것도 모함이에요. 매일 허리가 아플 정도로 자고 있다고요."

억울함을 호소하는 준영의 입술이 댓 발 튀어나왔다. 풋, 억눌러 놓은 웃음이 제멋대로 지환의 입술을 비집고 만다. 어색한 군기침으로 물색없는 웃음소리를 황급히 지웠다.

"그동안 밤이면 밤마다 당신 병실을 누가 지켰더라? 자는 척 누웠다가 내가 잠들면 슬그머니 일어나서 노트북을 가져온 사람은 어디 사는 누구지?"

"쌍둥이 동생이에요. 이름은 이준희고, 나와는 전혀 다른 인격체이니까 대표님만 알고 있어요. 걔는 로맨스 소설 써요. 드라마 대본 말고."

준영이 자못 새치름하니 대답을 했다. 쿡쿡, 지환의 입에서 참았던 웃음이 끝내 터지고 말았다. 이왕지사 대놓고 시원하게 껄껄껄 웃어 젖혔다.

"다중인격 장애는 언제부터 앓았어?"

"며칠 됐어요. 병원에 감금당한 충격으로 해리성 정체감 장애가 온 것이 틀림없어요."

"당장 정신과 치료도 요청해야겠네. 이러면 입원 기간이 상당히 길어질 텐데……. 이제 우리 준영이 어떡하지?"

"대표님!"

준영이 침대 위에서 발을 굴렀다. 팡팡 이불을 차 대는 준영의 오른쪽 뺨에 지환이 도둑처럼 몰래 입맞춤했다. 준영이 발그레 붉어진 얼굴을 들고 삐쭉 눈초리를 빗뜬다. 그 모습이 또 못 견디게 사랑스러워 왼쪽 뺨에도 마저 입을 맞추었다.

"당신한테 선택지를 줄게. 내가 제시하는 조건 둘 중에서 하나를 골라. 1번, 위염이 다 나을 때까지 입원을 계속 유지한다. 2번, 일단 퇴원 후 통원 치료를 하면서 병의 경과를 지켜본다."

"당연히 2번이죠."

"2번에는 부가 조항이 몇 개 따라붙어."

"뭔데요?"

준영이 암갈색 눈망울을 초롱초롱 빛냈다. 지환은 준영의 오른손을 끌어당겨 잡고서 손가락을 엄지부터 차례대로 접기 시작했다.

"첫째, 매일 정해진 시간에 세끼 밥을 반드시 먹도록 한다. 둘째, 매일 잊지 않고 간식과 야식을 챙겨 먹는다. 셋째, 작업은 낮 시간을 이용하며 일몰 후에는 노트북 사용을 금한다."

"말도 안 돼요! 글발신이 해가 진 다음에 강림하면 어떡하라고요? 그분은 주로 조용한 밤에 오신단 말이에요."

"알았어. 수정! 셋째, 작업은 최대한 낮 시간을 이용하되 부득불 밤 동안에 접신이 이루어져 날을 새워 작업했다면 다음 날 충분한 낮잠을 자도록 한다. 넷째, 하루……."

"네 번째 조항도 있어요? 너무 많아요."

준영이 중간에서 지환의 말소리를 무지르며 강력 항의했다. 지환은 더는 양보할 수 없다는 엄중한 표정으로 다박다박 부가 조항을 덧붙였다.

"넷째, 하루 최소한 일곱 시간 이상 잠을 잔다. 다섯째……."

지환이 새끼손가락을 막 접으려는 찰나, 준영이 입술에다 쪽 하며 입맞춤을 남겼다. 지환은 가슴 뛰게 좋으면서 아닌 척 시치미를 떼었다. 일부러 눈동자를 부리부리하게 홉떴다.

"뭐하는 짓이야?"

"미인계예요. 좀 깎아 줘요."

"안 돼. 다섯……."

준영이 다시 입을 맞추었다. 지환은 한 차례 더 준영을 매섭게 노려보고 도로 입술을 떼었다. 그런데 무슨 말만 하려고 하면 이야기를 못 하도록 준영이 딱따구리처럼 지환의 입술에다 쪽, 쪽, 쪽, 계속해서 입을 맞췄다.

"이봐!"

"솔직히 네 가지 부가 조항 다 지키기도 어렵단 말이에요. 다섯째는 없는 것으로 해 달라고요. 네에?"

"좋아. 다섯 번째는 없는 것으로 하고. 바로 여섯 번째 조항으로 넘어가지, 뭐."

"진짜 너무해요. 이 정도면 명백한 불공정 계약이에요. 아무리 요즘 세상이 갑은 무조건 군림하고 을은 당연히 굴림당하는 시대라지만, 횡포도 이런 횡포가 없다고요. 법원에 고소할 거예요."

준영이 한껏 격앙된 목소리를 높였다. 지환은 재빨리 오른손으로 흥분한 준영의 어깨를 감싸, 품 안쪽으로 바투 이끌어 안았다. 동시에 왼손으로는 준영의 뒷머리를 움직이지 못하도록 그러쥐고 입술에 자신의 것을 꾸욱 밀어붙였다.

"다섯째, 위 계약은 갑과 을의 입맞춤으로 그 효력을 발휘한다. 콜?"

빙그레 미소 짓는 지환의 단단한 입술 아래서 준영의 보드라운 입술이 급하게 방긋, 완만한 호선을 그리면서 휘었다.

"콜!"

$\ll\ll$

"아아아아악!"

유진이 마구잡이로 악을 써 댔다. 날카로운 쇳소리처럼 울리는 새된 비명 소리가 가뜩이나 어수선한 방 안을 더욱더 어지럽힌다.

멀찍이 떨어져 아까부터 유진을 지켜보고 선 정배의 입에서 일장 한숨이 터졌다.

악행에 가까운 유진의 분풀이 행각이 어서 빨리 제풀에 지쳐 끝나기만을 바랐다. 진정하란다고 진정할 유진도 아니고, 달려가서 보듬어 달래고 싶은 마음도 애당초 없었다.

정배는 지끈거리는 관자놀이를 손가락으로 꾹꾹 짓누르면서 심란하기 짝이 없는 방 안을 대충 휘둘러보았다. 지독한

악에 받쳐 바들바들 몸을 떠는 유진의 주변으로 깨진 유리
조각과 찢긴 종잇조각이 어지러이 널브러져 있다.

크리스털 꽃병 하나, 선홍빛 칸나 여섯 송이, 버번위스키
를 담았던 술잔 두 개, 이미 녹아 형체를 잃은 얼음 몇 조각,
철 지난 패션 잡지 서너 권.

드라마 '마지막 비상구' 캐스팅에서 제외된 분풀이로 저
정도 손실이면 나름대로 선방이었다.

"김태규한테 전화해, 당장!"

독기를 품은 유진의 목소리가 앙칼지게 울렸다. 정배는 피
곤으로 찌든 얼굴에 양쪽 손바닥을 문질러 마른세수를 더했
다.

"전화 안 받아. 아예 전화기를 꺼 놓았더라고. 솔직히 나
같아도 피하겠다. 뭐 좋은 소리 듣자고 전화를 받아?"

"그 인간이 어떻게 나한테 이럴 수가 있어? 내 돈만 받아
처먹고. 감히 나를 까? 지들이 뭔데 나를 까!"

"김태규 PD가 그나마 양심은 있는지 돈은 고대로 돌려보
냈더라. 그러게 누가 이준영 작가 주스 잔에다 술을 타래? 장
난도 정도껏 해야지."

"그래, 장난. 장난이었다고. 그깟 장난도 이해 못 한대?"

"알코올 알레르기라 이준영 작가 큰일 치를 뻔했다고 하잖
아."

"그날 바로 응급실 가서 링거 맞고 괜찮아졌다던데, 웬 큰
일?"

"그게 지금 이 상황에 할 소리냐? 너라는 애는 진짜······."

정배는 서늘한 말소리를 대충 타박 섞인 한숨 소리로 대체했다. 사방이 꽉꽉 막힌 담벼락에다 대고 이야기를 해도 이보다 낫겠다.

사태의 심각성을 깨닫기는커녕 자신이 어떤 잘못을 저질렀는지조차 유진은 전혀 알지 못했다. 하기야 알고 싶지도 않을 터였다.

역시 되받아쳐 묻는 유진의 낯빛에는 억울한 기색만 가득했다.

"이 상황에 내가 뭐?"

"그만하자. 나도 이제 지친다. 이쯤하고 '마지막 비상구' 관련한 일은 잊어버려. 떠난 버스에 미련 두어서 좋을 것 없으니까."

"미쳤어? 내가 왜 잊어? 두고두고 기억하고 있다가 전부 갚아 주어야지. 송지환, 이준영, 김태규. 세 잡것들이 감히 한통속이 되어서 나한테 물을 먹여? 가만 안 둘 거야. 그것들 눈에서 반드시 피눈물을 쏟게 만들 거라고."

표독스러운 유진의 얼굴에 남은 것은 오로지 악밖에 없어 보였다. 정배는 덜컥 겁이 났다. 잇속 계산이 워낙 재빠른 유진인지라 차마 그럴까 싶으면서도, 혹시나 하는 노파심에 일부러 강경한 말투를 쓰며 안 된다고 못을 박았다.

"누울 자리를 보고 다리를 뻗으랬다. 상대를 보아 가면서 덤벼야지. 이거는 체급이 달라도 너무 다르잖아. 아무리 꼭

지가 돌고 뚜껑이 열려도 그 사람들은 진짜 아니거든. 대형 외주 제작사 대표랑 잘나가는 인기 작가에, 연출력만큼은 대한민국 최고라는 드라마국 PD야. 셋 다 네 상대가 아니라고. 까딱 잘못하면 너만 이 바닥에서 생매장 당하는 수가 있어."

"나 정도 스펙이면 그 인간들한테 꿀릴 것 하나 없거든. 나한테 다 생각이 있으니까, 박 실장은 옆에서 굿이나 보고 떡이나 받아 처먹어."

"야! 고유진!"

참다못한 정배의 입에서 고함이 터졌다. 유진이 차가운 눈동자를 삐쭉 쌜그러트리더니 가소롭다는 듯 피식 웃는다. 그깟 고함 소리쯤 아무렇지도 않다는 식이었다.

타고난 안하무인의 성격은 차치물론에 두더라도 세상 무서운 줄을 몰라도 너무 몰랐다. 지난 10년 별다른 어려움 없이 나름대로 승승장구를 해 온 탓이리라. 한순간 삐끗 어긋나가기만 해도 10년 공든 탑이 통째로 와르르 무너지는 곳이 연예계라는 바닥인데 말이다.

어리석다, 어리석어.

정배는 소리도 없이 혀를 찼다.

"서울시장 와이프한테 뭐 하나 보내고 싶은데. 어디로 보내면 돼?"

"뜬금없이 무슨 헛소리야? 유진이 너야말로 미쳤어? 지금 나랑 미친년 널뛰기 하냐고?"

"묻는 말에 대답이나 해! 서울시장 와이프한테 꽃바구니

23

보낼 거야. 어디로 보내?"

유진이 막돼먹은 짜증을 부렸다. 정배는 자포자기 심정으로 홰홰 손사랫짓을 만들었다. 지긋지긋하다 못해 진저리가 다 났다. 대답을 대충 무성의하게 뱉었다.

"혜화동 서울시장 공관. 꽃을 바구니에 담아 보내든 네 머리에 꽂든 마음대로 하세요."

"내 이름으로 꽃바구니 하나 배달시켜. 이왕이면 색깔도 화려하고 향기도 진한 꽃으로. 서양난이 좋겠네."

"어디로? 서울시장 공관으로?"

"그래! 알면서 뭘 자꾸 물어? 당장 내일 아침에 보내. 제일 크고 비싼 꽃바구니로. 돈 아끼지 말고."

"알았어. 알았다고. 잔소리는 1절만 해라."

"아참! 그리고 박 실장, 한우리당에 아는 사람 있다고 했지? 전에 나랑 밥 한번 먹자고 했었잖아. 그 사람 사무총장이라고 그랬나?"

"어. 그거는 왜?"

"높은 거야, 사무총장이라는 것?"

"당연히 높지. 당직자 중에서도 최고 실세인데. 게다가 우리 황성기 사무총장님이 이쌍수 한우리당 대표님의 최, 최, 최측근이잖아."

"측근이면 측근이지, 최, 최, 최측근은 또 뭐야? 촌스럽기는."

"갑자기 우리 황성기 사무총장님은 왜?"

부러 능글맞게 물으며 정배는 입안에 고이는 침을 삼켰다. 늦기 전에 스폰서 하나 잡자고 예전부터 그렇게 통사정을 해도 꿈쩍 않더니만, 이제야 유진이 현실의 무서움을 깨닫고 정신을 똑바로 차린 모양이다.

"사무총장이라는 사람 만날 거니까 약속 잡아."

"진짜지? 유신이 너 나중에 딴소리하기 없기다."

"밥만 먹을 거야. 룸에는 안 올라간다고. 늙은이들 침대에서 힘도 제대로 못 쓰면서 해 달라는 것만 많고. 귀찮아."

"알았어. 일단 밥부터 먹고 나머지는 찬찬히 가자. 그 어른 직접 만나 보면 생각이 달라질 거다, 너. 얼굴도 그만하면 남자답게 생겼고 배도 안 나왔어. 자주 골프를 쳐서 그런지 나이에 비해 몸도 좋은 편이야. 머리숱도 아직 많고."

웃기지도 않은 정배의 설레발에 유진은 시치름한 얼굴로 빙글빙글 웃기만 했다.

일단 첫 번째 목표는 30억 원이다. 10년 전 지환의 교통사고에 대해서 입을 다무는 조건으로 송재용 서울시장 측으로부터 돈을 받아 챙길 수 있으면 좋고, 여차여차해서 일이 틀어져 버리는 날에는 송 시장의 정치적 적수인 이쌍수 한우리당 대표를 찾아가 진실을 폭로하는 대가로 그에 상응하는 돈을 얻어내면 그만이다.

이래저래 유진으로서는 손해 보는 장사가 아니었다. 오히려 이문이 남으면 남았지.

내로라하는 정재계 인사들이 제집처럼 들고 난다는 최고급 한식당 '예향'의 별채는 여느 날과 다름없이 고즈넉했다. 맞배지붕 겹처마를 타고 댓돌 위로 떨어지는 따가운 봄볕이 오히려 무색할 정도였다.

단아한 펌프스와 요란한 하이힐이 나란히 놓인 섬돌, 그 옆을 지키고 선 젊은 남자의 절도 있는 말소리가 굳게 닫힌 완자살 미닫이문을 넘어 든다.

"여사님! 말씀하신 대로 주위를 물렸습니다."

"수고했어요."

화연은 붉은 진달래로 장식한 창호지 저편 그림자처럼 따르는 수행 비서에게 잊지 않고 치하를 덧붙였다. 이내 무심한 듯 보이는 화연의 눈동자가 널따란 교자상을 사이에 두고 마주 앉은 유진 쪽으로 향했다.

시선이 마주치자 유진이 새빨간 입술을 벙싯 벌리면서 웃는다. 지독한 분내와 더불어 유진의 콧소리가 옻칠한 교자상을 따라 미끄러졌다.

"여사님은 여전히 아름다우시네요. 10년 전이나 지금이나 어쩌면 이렇게 한결같이 고우세요?"

10년 만의 해후임에도 어제 본 듯 살갑게 구는 유진을 화연은 감정 없는 눈길로 응시했다. 공들인 화장과 화려한 옷차림은 물론이고 몸에 밴 색기까지 유진의 일거수일투족이 마음에 들지 않았다.

아드님과 관련해서 긴히 드릴 말씀이 있습니다.

며칠 전 혜화동 서울시장 공관으로 배달된 호화로운 호접
란 속 카드 문구가 말없이 앉은 화연의 머릿속에 새삼 떠올
랐다. 은연한 꽃향기 대신 짙은 향수 냄새를 풍기던 카드를
그 자리에서 찢어 버리지 못한 것은 오로지 '아드님'이라는
단어 하나 때문이었다.

고지식하다 싶을 정도로 올곧은 지환이 저런 천박한 여배
우 따위와 얽혔을 리 만무하다 믿으면서도, 자식 일이라면
매사 걱정부터 앞서는 것이 또한 부모 마음인지라 설마 하는
심정으로 이 자리까지 나왔다.

화연은 야트막히 숨을 고른 다음 짐짓 목소리를 나긋나긋
풀었다.

"나한테 긴히 할 얘기가 있다고요?"

"우리 식사부터 먼저 해요. 여기 미식가들 사이에서도 맛있
다고 소문난 집이래요. 제가 특별히 잘 부탁한다고 주방에 따
로 주문까지 해 두었어요."

"딱히 할 말 없으면 나 먼저 일어설게요."

화연은 여봐란듯이 클러치 백을 집어 들었다. 생각지도 못
한 상황 전개에 당황한 유진이 어찌할 바를 몰라 허둥거렸
다.

"아니요, 그게 아니라……. 여사님! 점심 드시면서 제가 찬찬히 말씀드릴게요."

"내가 그깟 밥이나 먹자고 여기 나온 것 같아요?"

화연은 별채 안으로 들어선 이후 줄곧 감정을 드러내지 않았던 눈동자를 작정하고 싸늘하게 식혔다. 얼음송곳 같은 날카로운 눈빛이 안절부절못하는 유진의 얼굴에 그대로 꽂힌다. 유진이 초조한 기색을 감추지 못한 채 어색하게 웃었다. 쥐어짠 목소리에 억지웃음을 섞어 이야기했다.

"제 기억에 10년 전에는 이러지 않으셨던 것 같은데……. 밥도 사 주시고, 말 한마디도 따뜻하게 해 주시고."

"점심 한 끼 같이한 일로, 종종 나랑 단둘이 만나 밥 먹는 사이라고 10년 동안 여기저기 소문내고 다녔으면 이미 충분한 것 아닌가요?"

"어떻게 그걸……."

유진이 파랗게 질려 교자상 너머 화연의 눈치를 살폈다. 화연은 사나운 눈빛을 잔잔히 가라앉혔다. 허를 찔러 상대를 이만큼 흔들어 놓았으니, 제아무리 입이 가볍고 몸이 경솔한 유진이라도 섣부른 언행을 함부로 흘리지는 못할 것이다.

"우리 아이와 관련해서 나한테 긴히 하고 싶다는 얘기가 뭐지요?"

"10년 전 사고, 여사님께서도 기억하고 계실 거예요. 그 사고에 대해 누가 뒤를 캐고 다닌다는 소문을 들었어요."

"그래요?"

화연은 예사로이 되물었다. 마주 대한 유진의 눈동자가 유독 심하게 흔들렸다. 화연이 놀라 호들갑이라도 떨기를 바란 모양이었다. 빤히 비치는 유진의 속내를 보고도 모르는 척 화연은 고요한 얼굴빛으로 앉아 다음 이야기를 기다렸다.

　유진이 실뱀 같은 세 치 혀로 마른 입술에 침을 발랐다.

　"송재용 시장님께서 차기 대선에 출마하신다는 소문도 들었어요."

　"우리 집과 연관된 소문을 참 많이 듣고 다니네요?"

　"어쩌다 보니……. 제가 굳이 찾아 들은 것은 아니고요. 요즘 워낙 핫이슈라 여기저기 말들이 많아서요."

　"소문은 그저 소문일 뿐이에요."

　"주위에서 모두 송재용 시장님 대선 출마는 기정사실이라고 하던데요?"

　"바깥양반의 다음 행보 중 현재 정해진 사안은 아직 아무것도 없어요."

　화연이 딱 잘라 선을 그었다. 아무리 떡밥을 던져도 좀처럼 물지를 않으니 유진은 부질없이 애만 타들어 갔다. 은근한 다잡음이 먹히지 않으면 대놓고 까발리는 수밖에. 협박을 상냥한 미소로 포장했다.

　"당내 경선을 앞둔 지금, 10년 전 사고가 사람들 입방아에 오르내린다면 송재용 시장님 앞길에 걸림돌이 되지는 않을까요? 공연한 걱정이라는 것 아는데요. 노파심인지 저는 자꾸만 걱정이 되어서요."

"무슨 소리인지 잘 모르겠군요. 내 이해력이 달린다고는 생각하지 않는데."

화연이 정확히 알아들어 놓고도 도리어 시치미를 뗀다. 유약을 바른 도자기처럼 뽀얀 얼굴에서 냉기가 뚝뚝 떨어져 내렸다. 슬슬 입질이 온다고 여긴 유진은 교자상 쪽으로 부쩍 다가가 앉았다.

"많은 사람들이 그때 사고 조사 과정에 당시 법무부 장관 내정자였던 송재용 시장님의 입김이 어느 정도 작용했을 것이라 여기더라고요. 제 기억이 맞다면 아드님이 무혐의 처분을 받았죠, 아마?"

"고유진 씨가 원하는 게 뭐예요?"

마침내 화연이 미끼를 물며 정곡을 찔렀다. 크게 벙싯 벌어지는 유진의 새빨간 입술에 감출 수 없는 만족감이 번졌다. 유진은 즉답을 피한 채 뜸을 들였다. 속으로 천천히 열을 헤아렸다.

"글쎄요, 10년 전에 이미 여사님 도움을 한차례 받은 처지라……."

다시 느릿느릿 열을 더 헤아리고 남은 이야기를 마저 내놓았다.

"30억 원만 마련해 주시면 조용히 입 닫고 살겠습니다."

"겨우 30억으로 되겠어요? 한 사람의 양심값치고는 정말 보잘것없는 액수네요. 양심에 값어치를 매긴다는 것부터가 어불성설이겠지만."

화연이 우아한 얼굴을 비스듬히 기울이고 그림처럼 웃었다. 크지도 작지도 않은 요요한 웃음소리가 불현듯 선득하다. 어리둥절해하는 유진의 팔꿈치 아래로 좁쌀 같은 소름이 오종종 돋아 올랐다.

"여사님……."

"고유진 씨나 나나 아까운 시간만 낭비한 것 같군요."

"찍 소리 않고 죽은 듯이 살겠습니다."

"대신 돈을 달라?"

"예."

"고유진 씨한테 30억 원이라는 돈을 건네주어야 할 이유를 모르겠어요. 10년 전 우리 아들의 무혐의 처분은 법적으로 아무런 문제가 없었으니까요. 앞으로 조용히 살 것인지, 시끄럽게 살 것인지, 판단은 전적으로 고유진 씨 몫이에요. 다만 어떤 행동을 하든지 간에 반드시 책임이 뒤따른다는 것. 부디 잊지 말길 바랄게요."

화연이 자리를 털고 일어섰다. 왜인지 모를 억울함에 따져 묻는 유진의 말소리가 쫓기듯이 빨라졌다.

"그 사고로 사람이 죽었잖아요. 사람이 죽었는데 어떻게 죄가 없을 수 있어요? 아드님의 무혐의 처분에 아무런 하자가 없다면서, 10년 전에는 왜 그러셨는데요? 제가 주말드라마 여주인공 역할을 딸 수 있도록 도와주셨잖아요."

"한때의 연민, 작은 호의였다고 해 두지요."

화연이 붓으로 그려 넣은 깃처럼 곱고 선연한 눈썹을 외로

찌푸렸다. 유진은 반쯤 넋이 빠져나간 표정으로 그런 화연을
망연히 올려다보았다.

"무슨 말씀이신지 저는, 이해가 잘……."

"당연히 고유진 씨 상식으로는 이해가 안 될 거예요."

화연은 흐트러지지도 않은 옷매무새를 다시금 정갈하게
고치고 미련 없이 방을 나섰다.

10년 전 사고 당시 지환이 감내해야 했던 모진 고통과 처
절한 아픔, 그 작은 일부나마 자동차에 동승한 유진도 견디
어 내고 있지는 않을까…… 그리 짐작했었다. 그래서 도와주
고 싶었다. 유진이 잘살기를 바랐다. 참으로 어리석은 오해
였다.

소리도 없이 열렸다가 닫히는 미닫이 창호 문짝에 흐리멍
덩한 시선을 고정시켜 둔 채 유진은 머리를 가로저었다. 자
오록이 안개가 낀 것처럼 모든 것이 온통 가마득했다. 화연
이 남기고 간 이야기가 어려운 수수께끼처럼 알쏭달쏭하다.

뭐가 어디서부터 어떻게 틀어진 것일까?

색색의 짙은 화장으로 울긋불긋 호화로운 유진의 얼굴이
산산조각 나 부서져 내리는 유리병처럼 삽시간에 일그러졌
다.

"아휴! 머리 아파. 한때의 연민? 작은 호의? 좋아하시네.
사람이 죽었는데 어떻게 혐의가 없을 수가 있어? 결국에는
돈 주기 싫다는 소리면서. 하여간 있는 것들이 더하다니까.
미리 보험을 들어 놓기 잘했지."

서둘러 휴대전화기를 꺼냈다. 신호음이 다섯 번쯤 울리자 마음이 초조해졌다. 애꿎은 손톱만 물어뜯고 있는데 다행히 상대가 전화를 받았다.

—아이고, 우리 예쁜이! 오빠 보고 싶어서 전화했어요?

"뭘 물어요? 보기 싫은데 전화하는 사람도 있어요?"

—오빠 마침 시간 되는데. 우리 잠깐 볼까?

"으음, 오늘은 바빠요. 주말에 이쌍수 대표님이랑 같이 봐요."

—중요한 자리니까 예쁘게 입고 나와.

"당연하죠. 아참! 전에 매일신문 정치부 변희종 기자랑 연락하면 된다고 했잖아요."

유진이 은근슬쩍 운을 띄우자 수화기 저쪽에서 이쪽으로 넘어드는 성기의 말소리에 희색이 만연하다.

—그랬지. 이제 슬슬 시작하려고?

"약속하신 총알 통장에 꽂아 주면 오늘이라도 당장 움직일게요."

—뭘 복잡하게 송금하라 그래? 내일 인편으로 보내 줄게. 아니면 지금 바로 오빠가 배달 나갈 수도 있는데?

"아니에요. 사과 박스 말고 통장으로 넣어 주세요."

—오빠 못 믿어?

"믿죠. 제가 사무총장님을 안 믿으면 누구를 믿겠어요? 그래도 사람 일이라는 게 그렇잖아요. 혹시라도 몸통이니 깃털이니 그런 소리 나오면 나도 도망갈 구멍 하나쯤은 가지고 있어야죠."

　—하여간 철두철미하기는. 그게 또 우리 예쁜이 매력이기는 하지. 전화 끊자마자 통장으로 쏴 줄게.

　"갑자기 우리 오빠 엄청 보고 싶다. 주말까지 어떻게 기다리죠?"

　유진의 콧소리 섞인 애교에 살살 녹은 성기가 목소리를 은밀하게 낮추어 물었다.

　—우리 예쁜이 거기로 올래?

　"치이, 오늘 바쁘다니까."

　—오빠 먼저 가서 깨끗이 씻고 기다린다.

　"알았어요. 생각해 볼게요."

　유진이 깔깔깔 웃으면서 못 이기는 척 대답했다. 통장에 꽂힐 돈이 무려 30억 원이다. 하룻밤 진탕 놀아 주는 일쯤은 기꺼이 할 수 있었다.

Chapter 2

괜찮아,
사랑이니까

"박 원장님! 여러모로 고맙습니다."

지환이 먼저 탁자 맞은편 해진을 향해 깍듯한 인사를 건네었다. 이어 준영까지 나서서 거듭 고마움과 미안한 마음을 표시했다.

"어려운 부탁인데 흔쾌히 들어주어서 고맙고, 또 그만큼 선배한테 미안해."

"됐어. 어차피 별관은 쓰지도 않고 방치해 놓은 지 오래인데, 뭘. 이렇게라도 드라마 촬영에 도움이 된다니까 나는 기분 좋아. 내가 무슨 대단한 일이라도 해 주는 것 같아서."

해진이 평소와 다름없이 사람 좋은 미소를 얼굴 가득 피우고 빠르게 손사래를 저었다. 그런 해진을 바라보며 준영은 따뜻이 웃었다.

"대단한 일 해 주는 것 맞아. 드라마 내용이 장기 밀매라는 소리에 병원 관계자마다 기겁을 하는 통에 촬영 장소 헌팅 못해서 그동안 얼마나 애를 먹었다고. 선배가 여러 사람 살린 거야. 진짜 고마워."

"정 그렇게 고마우면, 이번 드라마 대박 나고 한턱 쏘든가."

"쫄딱 망해도 쏠게."

준영의 장난스러운 이야기를 듣고 나란히 앉은 지환이 미간에 주름을 세웠다.

"망하기는 왜 망해?"

"그러게 말입니다. 쓰는 드라마마다 대박이 나면서."

해진이 선뜻 맞장구를 치더니 새삼 조심스럽게 지환을 부른다.

"저기…… 송 대표님! 잠시 이 작가랑 둘이서만 얘기를 좀, 했으면 하는데요."

"그러세요. 그게 뭐 어려운 일이라고."

지환이 시원시원 대답하고 미소와 함께 자리를 털고 일어섰다. 미안한 기색으로 올려다보는 준영을 향해 두 눈을 한꺼번에 찡긋거리며 괜찮다는 표시를 한다.

"별관 한 바퀴 돌고 올게. 당장 다음 주부터 여기서 촬영 들어가려면 이것저것 확인하고 준비할 일도 많을 거야."

지환이 큰 걸음으로 해진의 사무실을 빠져나갔다. 복도를 향해 난 출입문이 조용히 열렸다가 이내 가만히 닫혔다. 그때를 기다려 속사포 같은 해진의 말소리가 가문비나무 탁자를 건너 준영 쪽으로 다급하게 날아들었다.

"너랑 송지환 대표, 어떻게 된 거야?"

"우리가 뭐?"

준영은 일부러 모르쇠를 잡았다. 지환과의 사이를 인정하기 부끄러워서가 아니라 해진이 어떤 반응을 보일지 걱정스러웠기 때문이다.

"두 사람 사귀는 거야?"

"표시 나?"

"사귀는 것 맞구나?"

"어찌어찌하다 보니까 그렇게 되었어."

"어쩐지. 전부터 준영이 너를 보는 송지환 대표 눈길이 그렇게도 애틋하더니, 오늘은 애정이 뚝뚝 떨어진다 했다. 아까 보니까 아주 쳐다보는 것만으로도 아까워서 죽겠다는 표정이더라."

"그래서 보기 그래? 안 좋아?"

"보기 안 좋기는커녕 좋기만 하다."

"진짜?"

굳이 되묻는 준영의 얼굴빛에 감출 수 없는 근심이 흘렀다. 준영이 왜 저토록 마음을 졸이는지 이유를 알기에 해진은 부러 더 고개를 큼지막하게 끄덕였다.

"그래. 보기 좋아. 아주 좋아. 엄청나게."

"다행이다. 선배가 뭐라고 할지 몰라 살짝 졸았거든."

"그깟 일에 뭐하러 마음을 졸여? 둘이 잘 어울려. 선남선녀가 따로 없을 정도로. 두 사람 잘되면 좋겠다고 늘 마음속으로 빌었어. 송지환 대표, 남자인 내가 보아도 멋있어. 능력 있지, 키 크지, 잘생겼지. 게다가 이 작가한테는 세상 누구보다 잘하잖아. 둘이 사귄다니까 내가 괜히 막 뿌듯해진다."

"고마워. 역시 선배밖에 없다니까."

준영이 미소를 되찾았다. 다만 양껏 환하게 웃지를 못하고, 눈가와 입가 동시에 걸리는 미소가 조금은 신중하고 또 조금은 어색했다. 10년 전 준수가 사고로 죽은 이후 항상 남의 눈치를 살피면서 언제나 조심조심 살아온 탓이리라.

다정히 준영을 부르는 해진의 목소리에 하릴없는 아픔이 깃들었다.

"있지, 준영아!"

"응?"

"오랜만에 이름으로 불러 보네."

"그러게."

"너한테 오빠라는 소리, 꽤 오랫동안 못 들은 것 같아."

준영도 해진도 한동안 말이 없었다. 무겁지는 않지만 그렇다고 가벼울 수도 없는 침묵이, 물안개가 순식간에 사방으로 번져 나가듯, 묵묵히 앉은 두 사람 사이를 빼곡히 채우면서 겉돌았다.

언제부터인가 준영은 해진을 오빠가 아닌 선배로 부르기 시작했다. 아마 준수의 장례를 치른 직후였던 것 같다. 해진은 해진대로 준영이 글을 쓰면서부터 이름 대신 작가라는 직업으로 그녀를 불렀다.

물 흐르듯 순차적으로 자연스럽게 이루어진 일이지만 깊이 따지고 들여다보면 결코 자연스러운 것이 아니었다.

어쩌면 준영도 해진도 호칭을 바꾸는 방식을 통해 서로가 서로에게 일정한 거리를 두고 싶었는지 모르겠다.

"오빠라는 말…… 준수 오빠를 위해서 아껴 두고 싶었어. 사실 좀 웃기고 바보 같을 수도 있는데, 그냥 그런 생각이 들더라고. 내 진짜 오빠는 부르고 싶어도 이제 부를 수가 없잖아. 준수 오빠가 아닌 다른 누구인가를 오빠라고 부르기가 싫은 거야. 이유도 없이 그냥. 서운했다면 미안. 진짜로 미안."

시선을 내리고 앉아 하염없이 묵주 반지만 매만지는 준영의 눈시울로 그렁그렁 눈물이 차올랐다.

죽은 준수를 위해서 오빠라는 호칭이나마 아껴 두고 싶다는 저 심정이 오죽할까.

해진은 기다란 한숨을 내쉬며 흔들리는 마음을 다독여서 묶었다. 지금 아니면 언제 또 가슴 깊숙이 담아 온 해묵은 이야기를 준영에게 전할 수 있을지 모른다. 어렵사리 말문을 떼었다.

"있지, 오빠는……."

하고 싶은 말은 시작도 못 했는데 벌써부터 심장이 시큰대며 가슴이 미어졌다. 붉게 달아오른 눈동자를 천장 형광등 불빛에 꽂아 두고 군색한 잔기침으로 잠긴 목울대를 가다듬었다. 억지로 목소리를 쥐어짰다.

"그날 우겨서라도 내 차로 데려다 주는 건데……. 내가 너한테 술을 먹이지만 않았다면……. 그런, 후회를 해. 매일은 아니고. 어쩌다 가끔씩 그런 후회가 들어."

"선배가 나한테 술을 먹인 게 아니라 내가 먹은 거잖아. 내 의지로. 그날 선배 차 안 탄 것은 준수 오빠 선택이었고. 그 사고를 두고 선배가 후회를 왜 해? 준수 오빠 그렇게 된 것, 절대 선배 탓 아니야. 내가 다른 것은 몰라도 그것만큼은 확실하게 얘기할 수 있어. 그러니까 후회하지 마. 죄책감 가지지도 말고."

준영이 금방이라도 울음을 터트릴 것 같은 얼굴로 펄쩍 뛰었다. 해진 역시 차마 울지를 못해 어쭙잖게나마 비시식 웃고 말았다.

"똑같은 이야기를 준영이 너한테 돌려주고 싶어. 그날 그 일은 사고였다고, 어쩔 수 없는 사고였다고, 준영이 네 잘못 아니라고. 네 어깨를 짓누르는 죄책감이라는 굴레, 이제 그만 홀홀 털어 버렸으면 좋겠다고."

"선배……."

"이 말을 하는 데까지 꼬박 10년이 걸렸다. 진즉 했어야 했는데 말이야. 오래전부터 준영이 너한테 꼭 얘기해 주고 싶었는데."

힘써 어금니를 옥다무는 해진의 야윈 뺨을 따라 뜨거운 눈물이 흘렀다.

그제야 준영이 참고 참았던 울음 더미를 와락 쏟아 냈다. 차라리 목을 놓아 서럽게 울기라도 하면 좋으련만, 오히려 흐느끼는 작은 소리조차 마음껏 내지 못한 채 숨죽여 오열했다.

지독한 죄책감에 짓눌려 살아온 지난한 세월을 설컹거리는 목멘 흐느낌 속에 고스란히 담아 내비쳐 보였다.

"준영아! 울어. 더 울어. 엉엉 소리 내어 울어. 오늘 이 자리에서 한바탕 울고 다 잊어 버려. 잊으려 한다고 잊어질 기억이 아니지만 그래도 어떻게든 잊어. 준수도 네가 그러기를 바랄 거야. 준수 그 녀석, 준영이 네가 세상 누구보다도 행복하길 원할 테니까."

애써 눈물을 삼키던 준영의 입술을 뚫고 끝내 앙 하며 울음소리가 솟구쳐 나왔다. 한 맺힌 울음을 시뻘건 핏덩어리처럼 왈칵왈칵 토해 내는 준영의 가슴 언저리를 타고, '그녀의 행복을 준수도 바랄 것'이라는 해진의 이야기가 아프도록 사무쳤다.

"우리 오랜만에 밖에 나왔는데 신 나게 놀다 가자."

운전대를 붙잡은 지환이 옆자리에 다소곳이 앉은 준영을 그윽한 눈길로 쳐다본다. 토끼처럼 빨갛게 충혈된 준영의 두 눈이 꽤나 신경 쓰이는 모양이었다. 그런데도 지환은 왜 울었느냐고 이유를 캐어묻지 않았다.

도리어 준영의 눈치를 살피면서 기분 전환을 시켜 술 요량으로 신 나게 놀자고 생뚱맞은 추파를 던졌다. 언제나 사려 깊고 배려를 아끼지 않는 지환다웠다.

"가고 싶은 데가 있어요."

준영은 되도록 입술을 크게 벌려 환한 미소를 만들어 냈다. 지환이 마주 싱긋 웃었다.

"어디?"

"오빠 보고 싶어요, 준수 오빠."

지환이 잠깐 시선을 차창 밖으로 피했다가 다시 천천히 준영의 얼굴로 되돌렸다. 어떤 농담이라도 건네는 양 어색한 웃음을 섞어서 물었다.

"괜찮겠어?"

"뭐가요?"

"글쎄……. 나랑 같이 가는 것?"

지환이 한숨처럼 웃었다. 늘 보이던 보조개가 지워진 쓸쓸하고 조용한 미소였다. 굳은 입가를 따라 헐겁게 번지는 어설픈 웃음이 못내 안쓰러워 준영은 재빨리 지환의 오른손을 잡았다.

움찔, 긴장하는 지환의 손끝이 다행히 따스하다. 마주 닿은 살과 살갗을 통해 전해지는 체온처럼 지환을 생각하는 준영의 마음 또한 조심스러운 손끝에서 가슴으로 온전히 전해지기를 바랐다.

"같이 가고 싶어요. 대표님만 괜찮다면."

"나는 괜찮아. 오히려 고마운걸."

"그럼 가요. 우리 둘, 이렇게 손잡고 준수 오빠한테 같이 가요."

지환이 아무런 말없이 마주 잡은 준영의 손을 힘주어 꼭 그러쥔다. 절대 가벼울 수 없는, 묵직한 지환의 마음이 준영의 가슴에 와서 오롯이 닿았다. 준영은 몇 번이나 고개를 끄덕였다.

안다고, 굳이 이야기하지 않아도 만감이 교차할 지환의 마음을 잘 알고 있다고.

그 어떤 말도 없이 고개를 끄덕이고 또 끄덕거렸다.

〰〰

아름드리 굴참나무들이 우뚝우뚝 줄지어 늘어선 울울창창한 숲, 눈에 보이는 사방 곳곳이 애잔한 연둣빛으로 가득하다.

푸르른 5월의 하늘을 빽빽이 뒤덮은 연두 사이로 바람은 잠시도 쉬지 않고 불었다. 그때마다 연둣빛 이파리들이 희뿌연 햇발에 비껴 눈부신 빛다발처럼 반짝거린다.

준영과 지환은 다정히 손을 마주 잡은 채, 푸근한 봄빛으로 출렁이는 숲길을 돌고 돌아 연두색 새잎이 돋아 오른 '준수나무'에 다다랐다.

"나 왔어."

준영은 두 팔을 벌려 아름드리나무를 끌어안았다. 거친 굴참나무 줄기에 뺨을 기대는 준영의 눈망울에 눈물이 고였다. 한없이 보고프고 못 견디게 그립고. 그럼에도 이제는 아무리 목 놓아 외쳐도 대답조차 들을 수 없는 이름을 가만히 속삭이듯 불러 보았다.

"오빠. 준수 오빠."

일순 바람이 세게 일었다. 굴참나무 여린 이파리들이 바스락바스락 서로 몸을 비비면서 운다. 차마 울지 못하는 준영을 대신해 연두색 빛다발 같은 울음 더미를 한꺼번에 쏟아 내는 듯했다.

"잘 있지? 보고 싶다."

준영은 연방 눈꺼풀을 깜빡거리며 솟구치는 눈물을 눌러 가라앉혔다. 간신히 여유를 되찾아 어깨 너머로 뒤를 돌아다보았다. 두어 발짝쯤 떨어진 자리에 지환이 서름한 낯빛으로 서 있다.

준영이 먼저 미소를 지어 보내자 지환도 마주 웃는다. 얼굴에 보조개는 여전히 찾아볼 수 없지만 깊고 어두운 눈동자에 다사로운 기운이 얼핏 감돌았다.

준영은 얼른 지환을 향해 오른팔을 뻗었다.

"이쪽으로 와요. 가까이."

지환이 우물쭈물 곁으로 다가와 선다. 준영은 머쓱해하는 지환의 팔짱을 끼고 '준수나무' 쪽으로 얼굴을 되돌렸다.

"오빠! 소개할게. 이 세상에서 나를 가장 많이 사랑해 주는 사람이야. 저세상까지 통틀면 당연히 오빠가 더 많이 나를 사랑하겠지만."

무색한 소리를 빠르게 쏟아 내고 멋쩍어 헤, 웃어 버렸다. 지환이 팔짱 낀 준영의 손등 위로 살포시 오른손을 겹쳐 잡았다.

"저세상까지 통틀어 제가 준영이를 가장 많이 사랑하는 사람이 되도록 하겠습니다. 멀지 않은 장래에, 꼭."

약간 탁한 듯 나지막이 흐르는 지환의 말소리가 사뭇 진지했다. 일렁이는 바람에 잔가지를 흔들어 대는 '준수나무'를 똑바로 바라보고 선 눈빛 역시 더없이 진중하다. 굳건한 바윗돌 같은 지환의 진심이 온전히 준영에게 전달되었다. 준수에게도 분명 전해졌을 터였다.

준영은 한층 더 단단히 팔짱을 끼며 지환의 상박근에 포개 듯이 몸을 기댔다.

"고마워요."

"나도 고마워. 당신 오빠한테 예쁘게 인사시켜 주어서 정말 고마워."

"전에 준수 오빠 만나러 온 적 있죠? 내가 오빠 보고 싶다니까 어디로 가야 되냐고 묻지도 않고 곧장 이곳 수목장지 '하늘숲'으로 왔잖아요."

"두 번. 전에 두 번 왔었어."

"언제랑 언제요?"

지환이 지그시 내려뜬 눈길로, 한껏 고개를 치켜들고 올려다보는 준영의 얼굴을 물끄러미 응시한다. 한동안 말없이 준영을 내려다보다 야트막한 한숨과 더불어 입을 열었다.

"당신이랑 전속 계약한 다음 날. 법무관 전역하고 언제든 한 번은 와서 인사라도 해야겠다, 마음먹고 있었거든. 그런데 막상 실행에 옮길 용기가 나지 않아 차일피일 미루던 차였어. 솔직히 얼굴 들고 당신 오빠를 마주할 염치도 없었고. 뭐랄까, 당신 사인이 든 전속 계약서를 손에 쥐고 나니까 마치 입장 허가증이라도 받은 기분이 드는 거야. 그래서 다음 날 바로 여기를 찾아왔지."

"그날 준수 오빠한테 뭐라고 했어요?

"뭐, 그냥."

"뭐라고 했는데요? 단순히 인사만 하지는 않았을 거잖아요."

"꼭 얘기해야 해?"

"알고 싶어요."

"그걸 왜 알고 싶어?"

"궁금하잖아요."

"별것 없어. 당신 걱정하지 말라고, 앞으로 내가 곁에서 당신을 지켜 주겠다고, 끝까지 책임지겠다고. 대충 그런 얘기를 한 것 같아."

지환이 말소리를 얼버무리며 기다랗게 숨을 내쉬었다. 감추고 싶은 비밀을 들키고 만 사람처럼 서둘러 시선을 회피하는 지환의 광대뼈 주변으로 우련 홍조가 번졌다. 평소 보기 어려운 그 모습을 준영은 새삼스러운 눈길로 올려다보았다.

한참이나 지속되는 준영의 침묵 때문인지 지환의 미간 위로 못마땅한 양 날카로운 주름이 올라섰다.

　"왜?"

　"대표님한테 아직도 나는 여전히 의무감 같은 존재인가 싶어서요."

　"내가 여기 두 번째는 언제 왔는지 알아?"

　지환이 뜬금없이 물었다. 준영은 느릿느릿 고개를 가로저어 대답을 대신했다.

　"3년 전 '서울 드라마 어워즈'에서 당신이 작가상 탄 다음 날."

　"나 수상한 것 보고하러 왔던 거예요?"

　"아니. 미안하다고 당신 오빠한테 사과하러 왔었어."

　"사과요?"

　"응. 약속 어겨서 미안하다고. 끝까지 당신을 곁에서 지켜 주려고 했는데, 어쩌다 보니 그만 내 마음에 담아 버렸다고. 당신이 욕심이 나서 견딜 수가 없다고. 그래도 어떻게든 참아 보겠다고. 참기는 무슨……. 지금 생각해 보면 얼토당토않은 객기였지만, 그때는 내 마음이 그랬어. 당신을 욕심내면 안 될 것 같았거든."

　지환이 해설피 웃었다. 기껏 다독여 놓은 준영의 눈자위를 타고 울컥 눈물이 솟구쳤다. 지난 3년, 길고도 지루했을 그 시간 동안 지환이 어떤 심정으로 그녀를 대해 왔는지 이제야 알 듯도 하다.

준영은 울지 않으려 힘주어 아랫입술을 깨물었다. 그런데도 자꾸만 눈물이 솟아올라 함부로 쏟아지려고 했다.

"당신 울어?"

"행복해서요. 너무 행복해서요. 대표님이, 나를 욕심내서…… 다행이에요."

흐느낌 섞인 말소리가 드문드문 끊어졌다가 이어졌다. 끝내 눈물을 쏟고 마는 준영을 지환이 그대로 품 안에 끌어당겨 바투 안는다. 울음소리를 삼키느라 떨리는 아랫입술을 잘근 깨물어 문 준영의 정수리로 뜨거운 입술이 도장처럼 꾹 내려앉았다.

"사랑해."

'오빠! 준수 오빠! 나 이대로 행복해도 되는 거지? 진짜 괜찮은 거지?'

준영은 온후하고 널찍한 지환의 가슴에 포옥 안긴 채 마음속으로 물었다. 애잔한 연둣빛 이파리들을 흔들면서 지나는 바람결 그 어디쯤에서 준수의 다정다감한 목소리가 들려오는 것만 같았다.

당연히 괜찮고말고. 우리 떼쟁이 공주님! 꼭 행복해야 한다.

Chapter | 3

우리
두 사람

작업실 현관 외등에 비낀 지환의 등이 다시금 보아도 넓고 듬직하다.

준영은 디지털 잠금장치 키패드를 누르느라 현관문 쪽으로 둥글게 굽어든 지환의 등줄기에 비스듬히 몸을 기대었다. 등마루와 마주 닿은 준영의 왼쪽 뺨으로 따뜻한 체온이 느껴진다.

준영의 입에서 가붓한 숨결이 새어 나왔다. 안도의 한숨 같은, 어쩌면 만족감의 표현 같은 숨이었다.

지환이 잠금장치가 풀린 현관문 손잡이를 붙잡은 채 어깨 너머로 준영을 돌아다보았다. 등 뒤의 그녀를 향해 쏟아져 내리는 눈빛이 끝을 알 길 없는 우물만큼이나 깊숙하다.

"피곤해?"

"아니요."

"한숨은 왜?"

"좋아서요. 완전 좋아서."

"뭐가?"

"그냥 다요. 그게 뭐든 다."

준영은 살긋이 미소를 지으며 지환의 허리에 양팔을 둘렀다. 이내 지환도 두 팔을 뒤로 돌려 준영을 등 쪽으로 더 바짝 끌어당겨 안는다.

현관 외부를 비추던 센서등이 꺼졌다. 이미 해가 기운 지 오래인 터라 야트막한 울타리를 두른 앞마당도, 현관으로 이어지는 나부죽한 계단도, 준영과 지환이 포옹을 나누고 서 있는 현관 앞 발코니도, 사위가 온통 캄캄하다.

홀연히 찾아든 이슥한 어둠 속에서 두 사람 모두 말이 없었다. 사방이 고요한 정적에 싸여 흡사 시간마저 멈추어 버린 듯했다. 모든 것이 안온하고 평화로웠다.

"대표님."

"으응?"

"사랑해요."

준영은 자그시 눈을 감고 지환의 등마루 두두룩 골이 진 부근에 코끝을 대고 문질렀다.

하아, 지환이 유독 긴 숨을 토했다. 현관 센서등에 다시 불이 들어왔다. 희끄무레한 옥외등 불빛 사이로 지환의 목소리가 탁하게 가라앉았다.

"준영아."

"왜요?"

"그러지 마. 나 힘들어. 자꾸 그러면 내가 못 참고, 이대로
당신을 안아서 침대로 데려갈지도 몰라."

지환이 땅이 꺼져라 한숨지었다. 준영은 부끄러우면서도
한편 가슴이 뛰고 마음이 설레 지환의 등줄기에 수줍은 얼굴
을 묻었다.

"상관없어요."

쿵, 쿵, 쿵.

지환은 하릴없는 딜레마에 빠져 애꿎은 현관문에다 이마
를 박았다. 허락이 떨어졌다고 해서 당장 실행에 옮겨도 괜
찮다는 뜻은 아닐 것이다.

"갑자기 훅 치고 들어오면 어떡해? 얼마나 놀랐는지 순간
적으로 다리에 힘이 풀리는 줄 알았잖아. 미리 언질을 좀 주
든가. 백 마일짜리 강속구를 직구 사인도 없이 던지면 나더
러 어쩌라고."

지환은 그저 죽을 맛인데, 준영은 등 뒤에서 키득키득 웃
기만 한다. 소리 죽여 웃을 때마다 준영의 휘우듬 솟은 젖무
덤이 미세하게 들썩였다. 하나로 밀착하다시피 마주 닿은 지
환의 등허리도 덩달아 들썽거렸다.

잘근 눈을 감았다. 한 번 더 현관문에 이마를 가져다가 쿵
찧었다. 두근두근 요동치는 심장이 핫핫하도록 달아오른다.
얄풋 벌어지는 입술 사이로 푸근한 한숨이 새어 흘렀나.

행복하다. 지금 이 순간 살아 숨 쉬고 있음에 감사할 일이다. 언제나 손에 잡힐 듯 잡히지 않고 어렴풋하기만 하던 행복이었다. 마침내 그 행복을 손에 움켜잡았다.

부디 고단한 세상, 힘겨운 하루해를 보내고 지금처럼 서로가 서로에게 기대어 편히 쉴 수 있기를……

제발 언제까지나 우리 두 사람 오늘처럼 함께할 수 있기를……

간절한 기도가 미처 끝나기도 전에, 나무 울타리를 타고 넘어온 날 선 목소리가 단숨에 너른 앞마당을 가로지른다.

"이준영!"

소스라치게 놀란 준영은 후다닥 포옹을 풀고 몸을 돌렸다.

어머니 정선이 성난 코뿔소처럼 마당 진입로 촘촘히 박힌 박석을 마구잡이로 건너뛰며 현관 쪽으로 달려오다시피 다가왔다. 반면 아버지 용대는 순한 양처럼 정선의 핸드백을 양손에 고이 모셔 든 채 박석을 하나하나 순서대로 밟으면서 뒤를 따르고 있다.

드디어 올 것이 왔다는 생각에 준영의 눈앞이 아득해졌다.

지환 역시 간신히 손안에 붙잡았다 여겼던 행복이 손가락 사이로 허망하게 빠져나가는 기분이었다. 덜컥 가슴이 내려앉았다.

"어디 갔다 이제 오는 거야?"

정선이 준영을 보자마자 싸늘하게 쏘았다. 씩씩 성긴 숨을 몰아쉬는 정선의 눈초리가 꽤나 표독스러웠다. 준영은 한차례 숨부터 고른 다음 말소리를 여상하게 꾸몄다.

"강원도로 촬영 장소 헌팅 다녀왔어. 많이 기다렸어?"

"요 앞 사거리 커피숍에서 세 시간을 넘게 기다렸잖아. 생사람 고생시키지 말고 핸드폰 좀 가지고 다녀. 도대체 몇 번을 말해?"

"귀찮기도 하고. 자꾸 잃어버리니까."

"하여간에 그놈의 건망증이 문제야. 젊은 것이 벌써부터 그래서 어쩌려고?"

"핸드폰 없어도 딱히 불편한 점을 못 느끼겠어."

준영의 데면데면한 대꾸에 정선이 붉으락푸르락 낯빛이 변하도록 호통을 친다.

"당연히 너는 불편한 게 하나도 없겠지. 남이야 죽든지 살든지 전혀 상관없는 애니까. 열쇠장이 불러서 현관문 따고 들어가려고 했더니, 자동 번호키라 못 열어 준다잖아. 내 딸 작업실이라고 아무리 얘기를 해도 들은 척도 안 하고 콧방귀만 뀌더라. 너한테 전화해서 비밀번호 물어보라면서. 요즘 세상에 핸드폰 없는 사람이 어디 있느냐고. 너 때문에 오늘 엄마꼴이 얼마나 우스웠는지 알아?"

"어제 작업실로 전화하지 그랬어. 엄마 오는 줄 알았으면 내가 강원도를 안 갔지. 아니면 시간 맞추어서 일찍 돌아오든가."

"됐다, 됐어. 근처에 볼일 있어서 왔다가 그냥 한번 들렀어. 뭘 이깟 일에 전화로 온다 간다 미리 보고까지 하라고 그래?"

정선이 시치름하니 이야기하고 고개를 한쪽으로 틀어 돌렸다. 희뿌연 전등불 아래 비친 옆모습이 무채색 도자기처럼 딱딱하고 차가웠다.

준영은 속으로 실소했다. 글을 쓴다는 핑계로 스물셋에 집을 나와 혼자 살기 시작한 이후 여태 정선이 작업실을 방문한 경우는 열 손가락에 꼽을 정도였다.

여느 엄마라면 혼자 사는 딸아이가 걱정스러워 밑반찬이라도 챙겨 자주 들여다볼 법도 한데, 정선은 오히려 연락도 없이 불쑥 찾아와 당연하다는 듯이 준영에게 손을 벌리고는 했다.

처음에는 자동차, 다음에는 최고급 빌라, 연이어 골프 회원권과 콘도 분양권까지.

"그나저나 저치는 누구? 준영이 네 애인이니?"

정선이 그제야 서름한 모습으로 서 있는 지환을 발견하고 호기심을 보였다. 열심히 통장 잔고를 계산하던 준영은 허겁지겁 정선의 팔목부터 붙잡아 끌었다.

"우리 회사 대표님. 같이 촬영 장소 헌팅 다녀왔거든. 나 바래다주고 지금 가려던 참이야. 엄마! 밖에 서서 이럴 것이 아니라 우리 안에 들어가서 얘기하자."

"아까 보니까 단순히 일 관계로 만나는 사이 같지는 않던데?"

정선이 붙잡힌 팔목을 기어이 힘으로 비틀어 빼냈다.

"송지환이라고 합니다."

지환이 한 걸음 앞으로 나서서 허리를 숙여 인사했다. 언제든 한 번은 맞닥트려야 할 상황이었다. 반드시 맞아야 할 매라면 하루라도 빨리 맞는 편이 나았다.

"반가워요. 우리 어디서 본 적이……."

지환의 얼굴을 제대로 확인한 순간, 정선의 낯이 온통 잿빛으로 변했다. 정선은 곧장 몸을 날려 준영의 머리채를 우악스럽게 움켜잡았다.

"미친년! 세상에 남자가 없어서 하필 저놈을 만나? 네가 이러고도 사람이야? 네가 어떻게 나한테 이럴 수가 있어? 엉!"

지환은 황급히, 바락바락 악을 써 대는 정선과 일말의 신음조차 없이 묵묵히 당하기만 하는 준영의 사이로 몸을 비집고 들어갔다. 준영의 머리카락 속 엉망으로 뒤엉킨 정선의 손가락을 억지로 떼어 냈다.

정선이 양손을 붙들린 채 지환을 죽일 듯이 노려봤다. 정선의 온몸에서 뿜어져 나오는 독기가 무시무시했다.

지환은 한 번 더 정중하게 고개를 숙였다.

"모두 제 잘못입니다. 제가 먼저 좋아했습니다. 고백도 제가 했습니다. 제가 준영이를 많이 좋아합니다. 많이 사랑합니다."

지환의 등 뒤에서 준영이 쏟아 내는 억눌린 흐느낌 소리가 희미하게 들렸다. 지환은 오른손을 뒤로 돌려 준영의 떨리는 양손을 한꺼번에 힘주어 잡았다.

툭툭 힘줄이 불거져 오른 지환이 손등 위로 너운 눈물이 소리도 없이 후드득 떨어진다. 멀리 허공을 응시하고 선 지환의 눈자위에도 어느덧 축축한 물기가 솟았다.

"기가 막혀서……."

정선이 어처구니없다는 표정으로 머리를 절레절레 흔들었다. 지환의 등 뒤편에 숨듯이 서 있는 준영을 향해 앙칼진 고함을 바락 내질렀다.

"준영이 너 당장 들어가서 짐 싸! 집에 가자. 저딴 놈이랑 다시는 얼굴 보고 싶지 않아."

"어머니! 고정하시고 안으로 들어가서 제 얘기 좀 들어 주십시오. 욕도 달게 듣겠고, 매도 달게 맞겠습니다."

"뭐, 어머니? 하나밖에 없는 내 아들을 죽여 놓고, 뚫린 입이라고 감히 나한테 어머니?"

"죄송합니다."

쫙, 크고 날카로운 소리가 바람조차 잦아든 밤공기를 갈랐다. 정선이 휘두른 손에 뺨을 얻어맞은 지환의 얼굴이 홱 하며 돌아갔다. 준영의 놀란 비명 소리가 잇따랐다.

"엄마!"

"뭐해? 당장 짐 싸라니까!"

"나 안 가. 짐도 안 쌀 거고."

"뭐가 어쩌고 어째?"

"엄마가 무슨 말을 해도 소용없어. 내 마음은 변하지 않아."

준영이 전에 없이 단호한 태도를 보였다. 지환은 걱정하는 마음을 담아 준영의 팔을 부드럽게 잡았다.

"당신은 가만히 있어. 내가 말씀드릴게."

"아니요. 내가 얘기해요."

준영은 팔목에 감긴 지환의 손길을 조심해서 풀어낸 다음 똑바로 시선을 들어 정선을 응시했다. 준영과 지환을 번갈아 쏘아보는 정선의 인중이 걷잡을 수 없는 분노로 바르르 떨린다.

"내 눈에 흙이 들어가기 전에는 어림없어! 내가 어떻게든 너희 둘 찢어 놓을 거야! 내 아들이, 우리 준수가 누구 때문에 죽었는데!"

정선이 내지르는 악다구니 속에서 준영은 연달아 숨을 골랐다. 흐트러진 감정도 다잡았다. 지금은 그 어느 때보다 신중하게 말하고 이성적으로 행동해야 할 시점이었다. 정선에게 건네는 목소리를 차분히 가라앉혔다.

"사고였어. 준수 오빠는 누구 때문에 죽은 게 아니라 사고로 죽은 거라고."

"너는 양심도 없니? 부끄러운 줄 알아야지. 저놈이랑 붙어먹더니 아주 눈에 보이는 게 없구나."

"엄마! 제발 내가 엄마를 미워하는 일이 없도록 해 줘. 부탁할게."

"기도 안 찬다, 세상에! 네가 나를 미워해? 나야말로 네가 미워. 미워 죽겠다고."

"알아. 엄마는 그날 준수 오빠가 아니라 내가 죽었어야 했다고 생각하지? 나도 그렇게 생각해. 그랬으면 엄마도 행복했을 테고, 나도 이렇게 하루하루 죄책감 속에서 마지못해 살지는 않았을 거야."

"그렇게 잘 알면 네가 이러면 안 되지. 준수 보기 미안해서라도 절대 이러면 안 되지. 어떻게 우리 준수를 죽인 저놈이랑……. 아이고, 준수야! 아이고, 불쌍한 내 새끼!"

정선이 절퍼덕 바닥에 주저앉아 마른 울음을 토했다. 준영은 죽은 아들을 목 놓아 부르는 어머니를 제법 담담한 시선으로 내려다보았다.

벌써 10년이다. 들을 때마다 매번 가슴패기를 후벼 파고 심장을 찢어 놓는 저 울음소리에 하릴없이 옭매여서 장장 10년을 숨 한 번 제대로 못 쉬고 죄인으로 살았다.

이제는 그만 목덜미를 옥죄는 올가미에서 벗어나 자유롭고 싶다. 돼먹지 못한 뻔뻔한 욕심이라며 세상 사람들이 손가락질을 한다 해도 상관없었다.

"엄마, 나는 있지……. 나도 여태 몰랐는데, 괜찮다는 말이 듣고 싶었나 봐. 내 잘못 아니니까 괜찮다고 엄마가 말해 주기를 10년 내내 기다리고 또 기다렸던가 봐. 이유는 잘 모르겠어. 아마 내가 엄마 딸이고, 엄마가 내 엄마라서 그랬던 것은 아닐까? 세상 모든 부모는 자식이 어떤 잘못을 저질러도 용서해 줄 거라고……. 막연히 믿었던가 봐."

자못 담백하게 울리는 이야기 소리와 달리 어두운 밤하늘로 시선을 옮기는 준영의 눈에서 하염없는 눈물이 흘렀다. 준영은 흥건하게 젖은 뺨과 턱을 손등으로 아무렇게나 문질러 닦았다.

피곤하고 지친다. 이 상태로 계속 정선을 상대하다가는 반목의 골만 더욱 깊어질 것 같았다.

"아빠! 엄마 데리고 그만 집으로 가요. 내가 내일 전화할게."

아내와 딸 사이에서 갈팡질팡 아까부터 안절부절못하던 용대가 멍한 표정으로 대답했다.

"어어어, 알았어."

ᏤᏤ

"왜 안 피했어요? 충분히 피할 수 있었잖아요. 어쩌다 피할 타이밍을 놓쳤으면, 날아오는 엄마 손을 붙잡고 막아서라도 못 때리게 했어야죠."

준영은 속상한 마음에 타박 아닌 타박을 던지면서 얼음주머니로 지환의 왼쪽 뺨을 조심스럽게 문질렀다.

작업실 거실 소파에 누워 준영이 하는 대로 얼굴을 내맡기고 있던 지환이 겸연쩍은 양 비시식 웃는다. 그러다 상처 난 왼쪽 뺨이 아픈지 금세 인상을 찌푸렸다.

지환의 머리맡을 지키고 앉은 준영의 미간에도 대번 걱정 깃든 주름이 생겼다.

"많이 아파요?"

"뭐, 좀."

"큰일이네 얼굴 부으면 인 뒤는데."

준영은 얼음주머니를 티 테이블 한쪽으로 치우고 지환의 얼굴을 요모조모 살펴보았다. 왼쪽 뺨만 봉곳이 부어올라 부기가 확연히 눈에 띌 정도였다. 미안하고, 속상하고, 안타깝고. 무엇이라 정확하게 규정 지어 표현할 수 없을 만큼 기분이 복잡했다. 공연한 핀잔만 늘어놓았다.

"그러게 좀 피하지. 우리 엄마 손 엄청 매운데."

"언제든 맞아야 할 매잖아. 솔직히 머리가 깨지든 어디 하나 뼈가 부러지든 할 줄 알았거든. 겨우 뺨 한 대 맞고 끝나서 조금 얼떨떨하기도 해. 오늘은 워밍업이고 나중에 본 게임을 제대로 치러야 하나 싶기도 하고."

지환이 다시 비시식 웃었다. 언뜻 농담같이 들리지만 결코 가볍게 흘려 넘길 이야기가 아니었다. 언제 어디서든 지환과 정선이 마주치는 날에는 오늘과 같은 폭력 사태가 또 발생할 것은 불을 보듯 자명했다.

준영의 입에서 무거운 숨자락이 솟았다.

"미안해요."

"당신이 왜 사과를 해?"

"모두 나 때문이잖아요."

"아니지. 말은 정확히 해야지. 나 때문이지."

지환이 정색하며 상체를 일으켜 앉았다. 준영은 알 수 없는 민망함을 느껴 후다닥 시선을 아래로 내려 비키며 얼음주머니를 찾는 척했다.

"내가 얼음주머니를 어디다 두었더라?"

"그만 됐어. 심하게 맞은 것도 아니야. 어머니 손 날아오는 것 보고 어금니부터 꽉 깨물었거든. 반지에 찍혀서 입술 터진 것 빼고는 말짱해."

"얼굴도 부었어요. 왼쪽 빰만 요렇게."

"이 정도 부기는 자고 나면 그냥 빠져. 엄살 부린 거야. 당신한테 어리광이나 피워 볼까 싶어서."

지환이 경직된 분위기를 풀려는 요량인지 평소보다 말소리를 가볍게 띄웠다. 준영은 그마저도 미안해서 자꾸만 마음이 쓰였다. 안절부절 마룻바닥에 앉은 엉덩이가 부질없이 들썩거렸다. 잠시나마 불편한 자리를 피할 생각에 서둘러 몸을 일으켜 세웠다.

"냉장고에서 달걀 좀 가져올게요. 달걀로 문질러 주면 멍은 지지 않을 거예요."

"괜찮다니까 그러네. 주먹도 아니고 겨우 손바닥으로 맞은 걸로. 걱정하지 마. 멍 안 들어."

지환이 주방으로 향하는 준영의 손목을 재바르게 붙잡았다.

"이리 와서 앉아."

"무슨 할 말이라도 있어요?"

준영은 어쩔 수 없이 지환이 이끄는 대로 소파 옆자리에 도로 몸을 주저 앉혔다.

"할 말 있어. 그것도 많이."

선뜻 대답을 하고두 지한은 십게 밀문을 열지 못했다. 몇 번이나 숨을 고르더니 흠흠 하며 억지로 목울대까지 가다듬는다. 지환 역시 지금의 이 어색한 분위기가 편하지만은 않을 터였다.

"불편하면 다음에 얘기해요."

"불편한 게 아니고 마음이 쓰여서 그래. 당신이 나한테 미안해하지 않았으면 좋겠어. 당신 자신을 탓하는 일도 없었으면 좋겠고. 방금도 얘기했지만 당신 잘못 아니야. 다 내가 잘못한 일이지."

"아니에요. 어떻게……."

"잠깐만. 내 얘기 먼저 듣고."

지환이 부드럽게, 그러면서도 단호하게 준영의 말소리를 무질렀다. 준영의 무릎 위 가지런히 놓인 양손을 한꺼번에 커다란 오른손으로 덮듯이 잡았다.

준영은 내내 비키고 있던 시선을 그제야 우물쭈물 들어 올렸다. 서로의 시선이 한데 마주치자 지환이 살긋 미소를 지었다. 한없이 다정하지만 어디인지 모르게 서글픈 미소였다.

"내가 먼저 좋아했고, 고백도 내가 했잖아. 가만히 있는 당신을 내가 막 흔들어서 결국 나한테 오게 만들었으니까. 모두 내 잘못이야. 전부 내 탓이고."

"사실은…… 기뻤어요."

멈칫거리며 흘러나온 준영의 이야기를 듣고, 눈가에 머무는 지환의 미소가 한껏 깊어졌다.

"으응?"

"대표님이 아까 엄마한테 그 얘기 할 때 기뻤어요. 나를 많이 좋아한다고, 많이 사랑한다고 말하는데 안에서 뭔가가 왈칵 올라오는 거예요. 뜨거운 눈물처럼. 지척에 서 있는 대표님 등이 든든한 울타리 같았어요. 나를 세상으로부터 지켜 주는, 또 엄마한테서 철저히 보호해 주는 그런."

"그래서 울었던 거야?"

"네. 감동 받아서."

"그럼, 계속 가만히 있었어야지. 내 등 뒤에 서서. 내가 당신을 지키고 보호할 수 있도록."

"대표님을 때리는데 어떻게 보고만 있어요? 우리 엄마 성격이 불같아서 평소에도 감정 조절을 잘 못 한단 말이에요."

준영이 나름 강력하게 항의하자 지환이 거븟한 숨을 내쉬었다. 실체 없는 막연한 막막함이 짧은 한숨 자락에 빼곡히 실렸다. 지환은 준영의 왼손을 허벅지 위로 옮겨 와 오른쪽 손가락으로 하나하나 손깍지를 잡아 끼웠다.

"다음에는 어머니가 나를 때려도 못 본 척 그냥 있어. 내 등 뒤에 숨어서 가만히 있어. 당신이 다칠 수도 있고, 솔직히 내가 맞을 짓을 많이 했잖아. 어머니 보시기에 얼마나 내가 밉겠어? 생때같은 아들 죽이고, 이제는 하나 남은 딸까지 꼬드겨서……. 어머니 손에 맞아 죽어도 나는 할 말 없어."

지환이 어설피 웃는다. 조용한 눈자위에 매달린 씁쓸한 미소가 너무 슬프고 아파서 준영은 차마 계속 바라보고 있을 수가 없었다. 고개를 아래로 떨어뜨리고 나는 순영의 눈시울에 덩그렁 눈물이 맺혔다.

"대표님은 내가 밉지 않아요? 원망스럽지도 않아요? 그날 내가 도로로 뛰어들지만 않았어도……. 대표님 차를 가로막고 서지만 않았어도……."

한 떨기 꽃 같은 눈물방울이 툭, 진홍빛 치맛자락 위로 떨어져 내렸다. 말간 눈물꽃이 잇달아 후드득후드득 피어난다.

"준영아, 나 봐."

"……."

"이준영! 여기 보라고. 응?"

애가 타들어 가는 지환의 부름에도 준영은 도저히 고개를 들 수가 없었다. 얼굴을 마주 대할 염치가 감히 생기지 않았다. 치맛자락을 적시며 빠르게 번져 나가는 눈물 자국만 우두커니 내려다보았다.

"내가 왜 당신을 미워해? 사랑하는 마음 하나만으로도 차고 넘쳐서 가슴이 터질 것 같은데. 당신 원망한 적 없어. 단한 번도 없었어. 진짜로."

지환은, 소리조차 내지 못한 채 숨죽여 흐느끼는 준영의 어깨를 양팔로 보듬어 안았다. 조그맣고 가녀린 몸뚱이를 가슴으로 바투 끌어당기자 준영이 본능처럼 지환의 품속을 파고든다.

아픈 울음을 토해 내는 준영의 뒷머리를 가만가만 손바닥으로 쓰다듬었다. 매일, 매시간, 매 순간, 견디고 버티어 내는 일조차도 준영에게는 몹시도 버거웠을 지난 10년의 시간이 못내 가슴을 에었다. 지금껏 준영 앞에서는 일절 언급한 적이 없는 이야기를 어렵사리 꺼내 놓았다.

"그때 사고 나고서 반쯤 넋이 나간 상태였어. 자의든 타의든 인명 사고를 냈으니 당황할 수밖에 없었지. 게다가 나는 법을 공부한 사람이잖아. 어떤 식으로 경찰 조사가 진행될지 대충 눈에 보이는 거야. 사망 사고는 어떠한 경우든 구속 수사를 원칙으로 하니까 가해자인 나는 일단 유치장에 구금될 것이 뻔했고, 사고의 책임을 벗으려면 피해자인 당신 오빠가 갑자기 달리는 자동차 앞으로 뛰어들었다는 사실을 증명하는 길밖에 없었어. 무죄를 입증하기 위해 뭐라도 해야 하는 상황에 몸은 경찰서 유치장에 갇혀 있고. 손발이 죄다 잘려 나간 느낌이었지. 왜, 당신이 열 받으면 만날 하는 소리 있잖아?"

지환의 물음에 준영이 느릿느릿 고개를 들어 올렸다. 상처 입은 어린 동물의 그것과도 같은 암갈색 눈망울에 말간 눈물이 그렁그렁하다. 지환은 새삼 솟구쳐 오르는 감정—안타까움, 안쓰러움, 애틋함 등등—을 전부 입술에 담아 준영의 이마에 꾹 눌러 묻었다.

흡사 지환의 입맞춤에 용기를 얻기라도 한 듯 준영이 비록 작지만 또렷한 목소리로 대답을 한다.

"미치고 팔짝 뛰겠다는 말이요?"

"응. 그때 내 기분이 딱 그랬어. 진짜 미치고 팔짝 뛰겠더라고. 잠도 안 오고 밥도 안 넘어가고. 그런 상태로 취조실에 들어가 앉았는데 담당 형사가 조서를 꾸미면서 지나가는 말로 그러는 거야. 나한테 운 좋은 줄 알라고, 피해자 여동생이 사고 경위에 대해서 전부 털어놓았다고. 서로 잘못이 있네, 없네 하면서 재판까지 끌고 갔으면 여러 사람 골치 아플 뻔했다고. 형사가 계속 무슨 얘기인가를 하는데 내 귀에는 하나도 들리지 않는 거야. 쾅 하고 망치로 머리를 한 대 얻어맞은 것처럼 눈앞이 멍해지더니 사고 나던 날 밤 당신 모습만 뇌리에 선명하게 되살아났어. 공포로 하얗게 질린 앳된 얼굴, 피투성이가 된 오빠를 가슴에 품고서 몸부림치며 울던 처참한 모습…….”

지환은 잠시 말소리를 그치고 호흡을 골랐다. 그날 그 사고를 떠올리자 감정이 자꾸만 격해진다. 뜨거운 어떤 것이 울컥 목울대로 올라왔다 가까스로 내려갔다. 이러다 못난 눈물을 보이고 말겠다. 한 번 더 천천히 호흡을 가다듬었다.

“나는 어떻게 하면 사고의 책임을 모면할까 그 궁리뿐이었는데, 어린 당신은 피붙이를 잃은 고통 속에서도 스스로 책임을 감당하겠다고 나섰잖아. 순간 내 자신이 한심하고 부끄럽고. 그러면서도 다른 한편으로는 당신한테 많이 고맙더라. 그런 내가 어떻게 당신을 미워해? 내가 어떻게 당신을 원망하느냐고?”

“나는 그냥 사실대로 얘기한 것뿐이에요. 사고의 책임을 지겠다는 생각 같은 것 없었어요. 솔직히 그때는 무슨 생각을 하고 밀고 할 만큼의 여유도 없었어요.”

“때로는 진실을 이야기하는 데 얼마나 큰 용기가 필요한지 몰라. 난처한 상황에 빠지면 사람은 본능적으로 스스로를 보호하기 위해서 거짓말을 해. 악하고 나쁜 사람만 그러는 것 아니야. 사람이라면 누구나 그 상황에서 거짓말을 할 수밖에 없어. 그런데 당신은 그러지 않았잖아. 내가 감히 당신을 미워할 수도, 원망할 수도 없는 이유야."

"고마워요."

"오히려 내가 고마워. 당신 아니었으면 나는 진즉 폐인이 되었을 거야."

준영이 재차 고개를 들어 지환의 얼굴을 빤히 올려다본다. 다행히 눈물이 제법 잦아들어 암갈색 눈동자가 평소처럼 말갛다. 지환은 부러 환한 미소를 만들어 얼굴 가득 피웠다.

"무슨 소리인가 궁금하지?"

준영이 희미하게나마 마주 웃음을 지으며 고개를 끄덕거렸다. 보일락 말락 준영의 눈물 젖은 눈가를 스치는 여린 미소가 지환에게는 더할 나위 없는 위로이자 격려였다.

"당신 혹시, 오빠 장례식 날 나 본 것 기억해?"

"서울 시립 승화원에서요?"

"어."

"대표님이 바닥에 떨어진 미사포를 주워서 내 손에 쥐어 주었잖아요. 맞죠?"

"응. 그날 나 거기 당신 보러 갔었어. 물론 당신 오빠 마지막 가는 길에 인사라도 하는 것이 최소한의 예의라 생각했지만"

71

"나를 보러 왔다고요? 왜요?"

준영의 얼굴빛에 의구심이 번졌다. 지환은 손등으로 준영의 뺨을 쓰다듬고 흐트러진 머리카락을 가지런히 그러모아 귀 뒤로 넘겨 주었다. 10년 전 지환 자신 역시 전혀 몰랐던 그때 그 마음이 오늘에야 어렴풋이 손에 잡히는 듯했다.

"보고 싶었거든, 용감한 그 소녀가 몹시도. 경찰에서 검찰로 송치된 후 강도 높은 재조사가 이루어지면서 정신적으로도 육체적으로도 정말 많이 힘들었어. 내 삶이 송두리째 흔들리는 느낌이랄까. 힘들어 죽겠다 싶으면 당신 생각을 했어. 그 아이는 나보다 몇 배나 더 큰 고통을 묵묵히 견디고 있을 거라고. 그러니 나도 힘을 내자고. 나도 모르는 사이 내 안에서 동질감 혹은 동지애 같은 것이 당신한테 생겨났던 것 같아. 우습지?"

준영은 세차게 도리질을 쳤다. 지환의 마음이 십분 이해되었다. 준영 또한 지환에게 동질감 혹은 동지애 같은 감정을 느꼈기 때문이다. 지환이 한차례 피식 웃더니 준영의 정수리에 턱을 괴었다. 아래턱을 머리카락에 대고 사박사박 문지른다.

"씩씩한 잔 다르크를 상상하면서 찾아갔는데 막상 화장장 안에서 마주친 당신은 겨우 숨만 쉬는 밀랍 인형 같았어. 바싹 말라 손만 가져다 대도 그대로 바스라질 것 같은⋯⋯. 그런 당신을 보고 있자니 내가 미치겠는 거야. 뭐든 다 해 주고 싶은데 내가 해 줄 수 있는 일이라고는 고작 떨어진 미사포를 집어 주는 것뿐이더라고. 어쩌면 나는 그때 이미 당신을 사랑하고 있었는지도 몰라."

지환의 입술이 준영의 정수리에 닿았다. 준영은 아무런 말 없이 두 팔을 들어 올려 지환의 목을 부둥켜안았다. 짙은 한숨이 준영의 머리카락 위로 쏟아져 흘렀다.

"군대에서 보낸 3년은 차라리 행복했어. 명령에 따라 가라면 가고 오라면 오면 되니까. 생각 없이 대충 막살았지. 그러다가도 문득문득 당신이 떠올랐어. 잘살고 있을까? 잘 버티고 있을까? 마음속으로 빌었어. 제발 잘살고 있기를, 부디 잘 버티어 내기를. 하루는…… 차가 없으니까 영내에서 생활하기가 불편한 거야. 운전대를 다시 잡았는데……."

차마 말을 잇지 못하는 지환의 눈자위로 돌연 눈물이 솟구쳤다. 삐꺼덕삐꺼덕 이상하고 끔찍한 소리가 목울대를 치고 올라왔다. 지환은 북받치는 울음을 억눌러 삼키며 삐꺼덕거리는 소리를 그치려 안간힘을 썼다. 이를 으물었다.

"괜찮아요. 이제 괜찮아요."

준영의 가녀린 손가락이, 극한의 슬픔에 잠겨 와들와들 몸을 떠는 지환의 머리카락을 쓸고 또 쓸었다. 지환이 덩달아 부르르 몸을 떨며 흐느끼는 준영의 어깨에 얼굴을 묻는다. 뜨거운 눈물이 준영의 목덜미를 적셨다.

얼마간 시간이 지나고 잠긴 듯 탁한 목소리가 준영의 귓가에서 자못 담담히 울린다.

"운전을 다시 시작히면서 내가 한 번도 경험해 보지 못한 공포와 맞서 싸워야 했어. 운전대를 놓고 도망치고 싶다는 생각을 수천 번도 더 한 것 같아."

"어떻게 견디었어요? 쉽지 않았을 텐데."

홀로 지환이 감내한 고통을 가늠하는 준영의 말소리도 어느새 차분하게 가라앉았다.

"당신 때문에. 당신 생각하면서. 내가 잘 버티는 한, 당신도 어디서인가 잘살고 있을 것이란 생각이 들었어. 내가 견디면 당신도 견디고, 당신이 버티면 나도 버티고. 그냥 그런 믿음이 생기더라. 황당하지만 당시 내 마음이 그랬어."

"우리 전속 계약서 쓸 때요. 대표님 사무실에서 다시 만났잖아요. 왜 알은척 안 했어요?"

"모르는 체하지도 않았는데?"

"그렇기는 하지만."

"반가웠어. 많이 반가웠어. 내가 뭐라도 당신한테 해 줄 것이 생겼다는 사실이 기뻤고. 무엇보다 당신도 잘 견디고 있는 것 같아서 다행이다 싶었고."

"나, 뭐 하나 물어봐도 돼요?"

"뭐?"

"전부터 궁금하던 건데요. 왜 하필 드라마 외주 제작사를 차렸어요? 사시도 패스했으면서."

준영은 그동안 차마 용기가 없어 묻지 못하던 질문을 조심스럽게 풀어 놓았다. 지환이 멋쩍은 양 피식 웃었다.

"이유야 어쨌든, 나 때문에 한 사람이 죽었잖아. 사람을 죽인 내가 판·검사를 한다는 게 어불성설 같았어. 보다 못한 어머니가 변호사 사무실을 차려 주셨는데, 그것도 못 해 먹겠더라고. 일종의 자격지심이랄까."

"미안해요."

"아니야. 오히려 외주 제작사 대표로 산 지난 7년이 나한테는 정말 행복한 시간이었어. 당신 덕분에, 당신이 내 곁에 있어서. 내가 웃긴 얘기 하나 해 줄까?"

지환이 느닷없이 물었다. 준영은 주저 없이 고개를 끄덕여 동의를 표했다. 고해성사와도 같은 지환의 이야기를 들으니 상처투성이인 마음이 어느 정도 치유되는 느낌이다.

언제든—그것이 가까운 미래든, 아니면 먼 장래든—두꺼운 피딱지가 자연스럽게 떨어져 나가고 상처가 흉터로 남는 날이 올 터였다. 그날에는 지금보다 덜 아프겠지. 부디 그랬으면 좋겠다.

"전속 계약하고 아예 처음부터 내 옆에 두고 매일 들여다볼 생각이었거든. 당신이 연건 캠퍼스 근처로 가겠다고 고집을 피웠잖아. 심각하게 이사를 고려했지. 춘희 녀석이 스토커 같다고 말리지 않으면 실행에 옮겼을 거야. 그때 그런 생각을 했어. 조심해야겠다고. 당신이 놀라 도망가면 안 되니까. 당신한테 해 주고 싶은 것이 많은데 그것 다 못 해 주면 속상하잖아."

"스토커요?"

"어. 순희가 그러더라고. 형님, 집착이 졸라 쩌십니다."

75

지환이 비음 섞인 춘희의 말투를 똑같이 흉내 냈다. 준영은 방금 전까지 펑펑 울었다는 사실조차 까맣게 잊고 까르르 웃었다. 난데없이 쏟아진 해맑은 웃음소리 한 자락이 내내 무겁기만 하던 분위기를 단숨에 부드럽게 갈랐다.

"그때 도망쳤어야 했는데⋯⋯."

"진짜로 그렇게 생각해?"

지환이 샐쭉 눈을 빗뜬다. 준영은 눈가와 입가로 번지는 미소를 애써 감추고, 그렇다고 감추어지지도 않는데 살래살래 도리질을 쳤다.

"아니요. 집착이 쩔어서 오히려 좋아요."

"앞으로 무슨 일이 있어도 절대 도망치지 않겠다고 약속할 수 있을 만큼?"

지환이 준영의 이마에 가벼운 입맞춤을 남기며 물었다. 준영은 힘찬 고갯짓으로 대답을 대신했다.

"나랑 끝까지 갈 거지? 그 끝이 어디든, 무엇이든."

이번에도 준영은 망설이지 않고 머리를 끄덕였다. 지환이 헝클어진 준영의 머리카락을 고르게 정리해 주고서 양손으로 얼굴을 감싸 쥐었다. 준영의 두 눈을 똑바로 응시하는 지환의 눈빛이 어느 때보다 뜨겁고 진지하다.

"오늘 여기서 자고 갈 거야. 그래도 되지?"

준영은 한참을 아무런 말없이 지환의 얼굴을 마주 바라보았다. 흔들림 없이 굳건한 칠흑빛 눈동자가 발그레 두 뺨을 붉히는 준영을 향해 활짝 미소 짓는다. 하루 종일 찾아볼 수 없었던 보조개가 살포시 파였다.

　마침내 생각을 굳히고 마음을 결정한 준영은 도리질도, 고갯짓도 아닌 수줍은 목소리로 대답했다.

　"네."

　더운 입김이 아랫배에서 훅 끼쳐 올라온다. 어두움에 잠긴 침대 한가운데 벗은 몸을 누인 준영은 한껏 숨을 삼켰다. 지환의 입술이 옴폭한 배꼽에 와서 닿았다. 동시에 따뜻한 손길이 파르르 떠는 준영의 옆구리를 쓸어내린다. 느리고 조심스러우면서도 다정했다.

　"예뻐. 숨 막히도록 아름다워."

　열기에 젖은 한숨을 타고 지환의 입술이 점점 아래로 미끄러졌다. 얼마간 준영의 허리를 맴돌던 손은 단숨에 위로 올라 부푼 젖가슴을 움켜잡았다.

　달뜬 숨을 헐떡이며 준영은 손가락으로 침대 시트를 틀어쥐었다. 심장이 터져 버릴 것 같다. 턱까지 차오른 숨소리가 끝내 허공을 찔렀다.

　"하아."

　"맛있어."

　축축하고 뜨거운 촉감이 휘우듬 오른 치골 둔덕에서 느껴졌다. 소스라치게 놀란 준영은 발목을 엑스자로 설어 두 다리를 하나로 그러모았다.

"거기는……."

"감추지 마. 움츠리지도 말고."

"하지만……."

"보고 싶어. 만지고 싶고, 맛보고도 싶어. 당신 몸 구석구석
전부 다."

적나라한 욕망을 드러낸 탁한 목소리가 들썩거리는 한숨
처럼 부서졌다. 지환이 토해 내는 밭은 숨결이 두두룩한 불
두덩 무성한 거웃을 들쑤신다. 그때마다 준영은 저도 모르게
헉, 헉, 헛숨을 들이켜야 했다.

"그래도……."

"예뻐서 그래. 당신이 정말 예뻐서. 응?"

지환이 다시 애원을 했다. 허벅지 안쪽으로 파고드는, 부
드럽지만 한편 왈살스럽기도 한 손길에 준영은 어쩔 수 없이
다리를 풀고 주뼛주뼛 무릎을 세웠다. 손바닥으로 붉게 물든
얼굴을 가려 하릴없는 부끄러움을 감추었다. 부질없는 짓이
지만 그렇게라도 해야 했다.

뜨거운 입술이 낙인처럼 치골 곳곳에 찍혔다. 거슬거슬한
거웃을 헤집고 불쑥 불두덩 안으로 침범해 들어온 혀끝에 음
핵이 감겼다. 일순 걷잡을 수 없는 열기가 거센 풍랑처럼 준
영의 전신으로 번져 나갔다.

지환은 작고 여린 돌기를 잇새에 머금고 세차게 빨았다.
붉은 꽃잎이 하나둘 피어나듯 혀끝에 감긴 음핵이 정염에 젖

어 팥알처럼 부풀어 올랐다. 신열을 품은 흐느낌 같은 준영의 가쁜 숨소리도 함께 부풀어 일렁거렸다.

천천히 상체를 일으킨 지환은 온몸으로 덮치듯 준영의 나신을 타고 올랐다.

불 꺼진 침실, 비스듬히 들이치는 푸르스름한 달빛, 어지럽게 흐트러진 침대 시트, 하나로 뒤엉킨 남녀의 발가벗은 몸.

"하아, 하아……."

누구의 것인지 모를 거친 숨소리가 방 안 가득 울려 퍼진다. 되직한 날숨과 날카로운 들숨, 그 숨과 숨 사이로 관능의 열기가 달빛에 비껴 아득히 떠다녔다.

알 수 없는 아찔함이 느껴져 준영은 질끈 눈을 감고 말았다. 증폭된 어두움 속에서 묵직한 무게감으로 전신을 짓누르듯 압도하는 지환의 단단한 알몸이 한층 더 생생하기만 하다. 이제 와 더럭 겁이 났다.

"저기……."

"긴장, 돼?"

지환이 꽉 잠긴 목소리로 속삭였다. 쇄골을 지나 어깨로 미끄러지는 지환의 입술이 놀랄 만큼 뜨거웠다. 준영은 여전히 눈을 감은 채 마른침을 삼켰다. 고요히 흐르는 말소리가 마른 낙엽처럼 바스락거린다.

"떨려요."

"사실은 나도 떨려."

저절로 눈이 떠졌다. 휘둥그렇게 뜬 눈망울 속에 살짝 상기된 지환의 얼굴이 맺혔다. 눈길과 눈길이 마주치자 지환이 살긋 미소 지었다.

"여자만 떨리는 것 아니야. 남자도 떨려. 좋으니까. 사랑하는 사람과의 처음은 떨리도록 좋으니까."

담담한 척 이야기하는 지환의 목소리가 미세하게 흔들렸다. 사랑하는 사람과의 처음, 그 말 이면에 숨겨진 어떤 의미를 알아차린 준영의 가슴이 거세게 출렁거렸다. 기뻐서, 그러면서도 수줍고 부끄러워서 가슴이 자꾸만 출렁거렸다.

준영은 더운 땀이 돋아난 지환의 벗은 어깨를 양팔로 보듬어 안았다. 길쭉한 손가락으로 준영의 귓불을 매만지며 이마 위에 짧은 입맞춤을 남기는 지환의 입술에서 푸근한 한숨이 번졌다.

"천천히 할게. 자신은 없지만."

"그래요."

"아플 거야."

지환이 아이스크림을 맛보듯 혀끝으로 준영의 콧방울을 할짝할짝 건드렸다. 준영은 후후 몽글게 웃었다.

"그 정도는 나도 알아요."

"힘들면 얘기해."

"멈출 수 있어요?"

준영의 짓궂은 물음에 이번에는 지환이 작게 소리를 내어 웃었다.

"글쎄……. 노력은 해 볼게."

쿡쿡, 준영이 쏟아 내는 웃음소리가 느닷없이 들이닥친 입술에 막혀 지환의 입안으로 고스란히 스몄다. 동시에 지환이 불두덩을 단숨에 꿰뚫으며 준영의 몸속으로 들어왔다. 위에서는 삼지창처럼 생긴 뾰족한 혀가 무른 점막을 비집고, 아래에서는 댓돌같이 부푼 사나운 불기둥이 여린 속살을 헤집는다.

난생처음 겪는 격통에 가무러쳐 준영은 외마디 비명조차 지르지 못했다. 그저 한숨과 신음이 뒤섞인 성긴 숨소리만 잇달아 할딱거렸다. 우련 붉어지는 눈시울로 말간 눈물방울이 맺혔다.

"……많이, 아파?"

지환은 꽉 잠겨 버석대는 목소리로 물었다. 준영이 대차게 도리질을 쳤다. 극심한 통증을 참아 내느라 앙다문 입술이 파들파들 떨린다. 사뭇 애잔하면서도 자못 사랑스러워 가만히 입을 포개어 맞추고 아랫입술을 부드럽게 빨았다. 이내 준영이 입맞춤을 되돌려 준다.

엉덩이를 잠시 뒤로 물렸다가 다시 서서히 앞으로 밀어 넣어 보았다. 느리게, 그러나 검질기게 움직였다. 지환의 것을 바짝 옥조이며 안쪽 깊숙이 빨아 당기는 불두덩이 활활 타오르는 불구덩이인 양 뜨겁다. 미치도록 황홀했다.

격렬하게 들끓는 욕정 앞에서 다잡았던 이성은 힘없이 무너졌다. 천천히 하겠다던 약속도 속절없이 허물어졌다.

"사랑해."

지환은 미안하다는 말 대신 사랑한다는 말을 수없이 되뇌었다. 점점 박차를 가해 속도를 높여 가는 허릿짓에 따라 준영의 알몸 자락이 격랑에 휩쓸리는 하얀 돛단배처럼 어지러이 일렁인다.

준영의 숨결도 덩달아 가파르게 차올라 출렁거렸다. 간헐적으로 쏟아지는 열에 달뜬 교성이 흡사 억눌린 울음소리 같았다.

"아흣, 대표님……."

준영이 지환을 부른다. 간절하게. 그도 그녀를 불렀다. 절박한 심정으로.

"흐읏, 준영아……."

부름에 응답하듯 준영은 진땀에 번들거리는 지환의 목덜미를 힘껏 부둥켜안았다. 축축이 젖은 속살을 꾸욱 찌르며 눌러 대는 격심한 허릿짓이 지독하리만치 빨라졌다.

짙은 음영을 드리운 지환의 이마에서 굵은 땀방울이 흘러, 가장 깊고 은밀한 곳을 스스로 열어 온몸으로 그를 받아 내는 준영의 얼굴로 떨어졌다.

격정에 사로잡혀 자제심마저 잃어버리고 만 지환의 모습이 가슴 뭉클하도록 아름다웠다.

"사랑해요."

훗훗한 열기가 번져 나가는 준영의 중심부, 깊고도 내밀한 그곳에 자리한 지환의 욕망이 마침내 뜨겁게 분출했다. 다음 순간 숨죽여 누운 준영의 알몸 위로 지환이 맥없이 무너져

내렸다. 치달아 올랐던 호흡이 잔잔히 잦아들도록 준영은 더
운 땀에 젖은 지환의 머리카락을 손가락으로 빗겨 주었다.

"대표님."

"으응?"

지환이 혼탁한 숨을 몰아쉬며 나른한 목소리로 대답했다.
길게 내쉬었다가 깊이 들이쉬는, 시근대는 숨소리가 준영의
가녀린 목덜미를 간질였다. 준영은 저절로 흐르는 짙은 숨결
에 잠긴 말소리를 실어 물었다. 속삭이듯이 가만히.

"무슨 생각, 해요?"

"이대로 죽어도 좋다는 생각."

후후, 웃음이 나왔다.

"왜?"

웃음의 이유를 묻는 지환을 사선으로 비켜 뜬 눈으로 올려
다보았다. 문득 가슴이 벅찼다.

"방금 나도 비슷한 생각을 했거든요."

지환이 달콤한 한숨에 젖은 웃음을 흩뿌렸다. 울대가 잠겨
거칠어진 목소리로 속살거린다. 음란한 제안이라도 하듯이
한껏 숨까지 죽여서.

"같이…… 죽을까?"

얼굴 표정은 웃고 있지만 준영을 내려다보는 선연한 눈빛
만큼은 못내 완강했다. 준영은 오른손을 들어 손바닥으로 지
환의 뺨을 쓸었다.

이 남자, 진심이다.

아마 같이 죽자고 하면 하나뿐인 목숨마저도 기꺼이 내어
줄 것이다.

가슴이 먹먹하고 심장이 우르르 무너져 내렸다. 눈물이 났
다. 온 힘을 다해서, 온 마음을 다해서 준영은 지환을 끌어안
았다.

"아니요. 같이 살아요. 우리 둘 오래오래 행복하게 같이 살
아요."

Chapter 4

지금
이 순간

"이 작가 어디 갔어? 왜 안 보여?"

지환의 나지막한 물음에 개수대 앞에 서서 쪽파를 다듬던 춘희가 화들짝 놀라 뒤를 돌아다본다. 노란 앞치마를 몸에 두른 채 푸른 쪽파를 칼자루처럼 쥐고서 흔들어 대는 품새가 꽤나 우스꽝스러웠다.

"아이고, 놀라라. 인기척 좀 하고 다니라고 몇 번을 말씀드려요? 초인종은 놔두었다가 구워 먹을 거냐고요, 진짜. 남의 작업실에 들어오면서 대표님 집처럼 멋대로 현관 도어록 키패드를 누르고 들어오고. 왜 생전 안 하던 짓을 하세요? 사람이 갑자기 변하면 죽을 날이 멀지 않았다는데. 양춘희는 형님이 걱정입니다."

아무짝에노 쓸모없는 춘희의 잔소리가 냉장고로 향하는

지환의 등줄기로 수선스럽게 쏟아졌다. 지환은 물병을 꺼내다 말고 잇새로 '쓰으' 하며 날카로운 바람 소리를 만들었다. 적당히 하라는 말없는 경고를 듣자마자 춘희가 비죽 눈초리를 샐그러뜨렸다가 쪽파 다듬는 일로 돌아갔다.

지환은 유리잔에 따른 찬물을 단숨에 들이켰다. 곰국이라도 끓이는지 더운 기운이 훅 번지는 주방 안에 고소한 냄새가 가득하다.

"준영이는?"

"30분 전쯤 눈 좀 붙여야겠다면서 침실로 올라갔어요."

"어디 아프대?"

빈 유리잔을 아일랜드 식탁 위에 내려놓는 지환의 미간 위로 날선 주름이 올라섰다.

춘희가 에에에엥, 이상야릇한 의성어를 남발하면서 수돗물에 씻다 만 쪽파를 허공중에 흔들어 댔다. 투명한 물방울이 사방으로 튀었다.

"아픈 것은 아니에요. 오히려 생기발랄하지. 그러면서도 하루 종일 되게 피곤해하더라고요."

"그래?"

"네. 도대체 주말 동안 잠 안 자고 뭔 짓을 했는지 모르겠어요. 오늘 아침 작업실에 와서 보니까 이 작가가 며칠 날밤을 깐 분위기로 책상 앞에 엎드려 있더라고요. 엄청 피곤한데 기분은 꽤 좋아 보이는……. 그것 딱 그분 영접했을 때 나오는 이준영 작가 특유의 분위기거든요."

춘희가 '딱'이라는 단어에 맞추어 젖은 손가락을 딱, 소리가 나도록 튕겼다. 지환은 공연히 민망해져서 둘 곳 잃은 시선을 이리저리 옮겼다.

"그래서 글은 많이 썼대?"

"에에에엥! 많이 쓰긴요, 개뿔. 저도 처음에는 이준영 작가가 주말 동안 글발신이랑 접신이 이루어져서 작업 진도 엄청 뺄 줄만 알았거든요. 웬걸요. 진도는 하나도 못 나갔더라고요."

이번에도 물기를 뚝뚝 흘리는 쪽파가 여지없이 공기를 가르며 허공을 휘저었다. 지환은 코끝에 와 닿는 물방울을 대충 털어 내고 손톱으로 턱 아래쪽 목덜미를 긁었다.

"작업하다 글이 막혔나?"

"에에에엥! 그것도 아니에요. 오늘 몇 시간 만에 12화랑 13화 대본 초고 뚝딱 나왔거든요. 주말 내내 글을 쓴 것도 아니고, 작업하다 막혀서 잠 못 이루며 고뇌한 흔적도 없고. 그렇다고 몸이 아픈 것 같지도 않고. 왜 저렇게 피곤해할까요?"

"글쎄, 나야 모르지."

"낼모레가 6월인데. 이제 와서 봄을 타나 싶어서 급하게 소꼬리 사다가 지금 고는 중이에요. 우리 불쌍한 이준영 작가님 꼬리곰탕으로 보신이라도 시켜 주려고요."

"잘했어."

지환은 일없이 곰솥 뚜껑을 열고 뽀얗게 우러난 국물을 들여다보았다. 모락모락 오르는 수증기 너머로 기연가미연가한 춘희의 사분대는 말소리가 들려왔다.

"이준영 작가 요새 야동 보나? 김태규 감독한테 연애를 글로 배워서 로맨스가 시시하다는 소리를 듣더니, 작정하고 시청각 교육을 시작한 것은 아닐까요?"

우당탕탕, 주방 바닥으로 떨어진 솥뚜껑이 저 혼자 뱅그르르 매암을 돈다. 정작 일을 저지른 지환은 멀뚱멀뚱 내려다보고만 서 있는데, 잽싸게 달려온 춘희가 허리를 굽혀 곰솥 뚜껑을 집어 들었다.

"대표님도 참! 뭘 그렇게 놀라세요? 이준영 작가가 애도 아니고. 그깟 야동 볼 수도 있는 거지."

지환은 화끈 달아오르는 시선을 주방 천장으로 옮겼다. 시청각 교육이 아니라 아예 현장 체험 학습 중이라는 사실을 알면 춘희가 어떤 반응을 보일지 자못 궁금했다.

도둑이 제 발 저리다고 했던가?

이대로라면 자칫 춘희의 현란한 수다에 휘말려 들어, 해서는 안 되는 엉뚱한 고백을 저지르고 말 것만 같았다. 답답한 기운을 품은 기다란 한숨을 잘게 부수듯이 지환은 자잘한 날숨을 흘렸다.

"양 양! 너 그만 퇴근해라."

"엎어지면 배꼽 닿을 곳인데 퇴근은 무슨 퇴근이에요? 꼬리곰탕도 마저 끓여야 하는데. 이따 이 작가 깨면 우리 셋이서 오붓하게 뜨끈뜨끈한 곰국 일 사발씩 빨자고요. 대표님이나 얼른 집에 가서 편한 옷으로 갈아입고 오세요. 뭐가 그렇게 못 미더워서 퇴근하자마자 집에도 안 가고 여기로 쪼르르

달려오셨어요? 양춘희가 어련히 알아서 이준영 작가 알뜰살
뜰 잘 보살피고 있고만."

"퇴근하라고, 인마! 내 집 말고 네 집으로."

꾹꾹 눌러 나오는 지환의 말소리에서 하릴없는 짜증이 묻
어났다. 춘희가 물기를 털어 낸 쪽파를 도마 위에 올려놓다
말고 어안이 벙벙한 표정으로 되묻는다.

"내 집이요? 제가 집이 어디 있다고요? 주 중에는 지환 형
님네. 주말에는 형석 형님네. 대표님 덕분에 양춘희 집 없는
메뚜기로 산 지 벌써 두 달이 다 되어 가요."

"그러니까 형석이네로 가라고. 가서 형석이 밥 좀 해 먹여.
춘희 너 없다고 그 자식 밥은 안 먹고 만날 술이다."

"오늘 아침에 거기서 왔거든요. 주말 내내 형석 형님 밥해
먹이고, 심지어 빨래에 청소까지. 아휴! 내 팔자야. 내가 무
슨 청초한 우렁 각시도 아니고, 진짜."

때아닌 팔자타령을 쏟으며 눈꺼풀만 연달아 끔뻑거리는 춘
희의 얼굴이 그저 무구하다. 그제야 지환은 춘희가 이미 모든
것을 꿰뚫고 있을지도 모른다는 생각이 들었다. 저 교활하고
가증스러운 놈의 눈치가 귀신같다는 것을 깜빡했다.

"퇴근하라고. 좋은 말로 할 때 어서 가라."

한숨인지 탄식인지 모를 묘한 소리가 얼굴을 한쪽만 찡그
리는 지환의 입술을 뚫고 새어 나왔다. 춘희가 풋 하고 웃더
니 리드미컬한 혼잣말을 아주 대놓고 읊조렸다.

"했네. 했어."

"뭐, 인마?"

지환이 불끈 주먹을 그러쥐기도 전에 춘희는 벌써 저만큼 줄행랑을 쳤다. 앞치마는 또 언제 벗어 던졌는지 제법 말끔한 모습으로 씨익 웃는다.

"아무것도 아닙니다. 퇴근한다고요. 방해꾼은 이만 사라지겠습니다. 충성!"

꿍

침실을 가로지르는 얄팍한 발자국 소리가 들렸다. 누구인가 조심스럽게 차렵이불을 들추고 슬그머니 침대 안으로 기어 들어왔다. 어린아이처럼 둥글게 몸을 웅송그리고 자는 준영의 등에 탄탄한 가슴을 밀착시킨다. 등마루 두두룩 골이 진 등줄기로 따뜻한 기운이 번져 나갔다.

"이봐, 잠꾸러기!"

덥고 습한 숨소리가 자근자근 귓불을 깨물었다. 준영은 잠결임에도 지환의 목소리를 단번에 알아듣고 배시시 미소를 지었다.

"우웅, 조금만 더 자고요."

"저녁 먹자."

"5분만……."

"배 안 고파?"

지환이 등 뒤에서부터 허리를 안아 준영의 가녀린 몸뚱이를 가슴 쪽으로 바투 당겼다. 준영은 본능적으로 온기를 찾아 널찍하고 견고한 지환의 가슴에 등마루를 기댔다. 한없이 다사롭고 더없이 편안하다.

"우웅, 이대로 아침까지 자면 좋겠다."

"밥부터 먹고. 저녁 먹으면 다시 재워 줄게."

촉촉하고 매끄러운 어떤 감촉이 노곤하게 풀어진 숨을 내쉬는 준영의 쇄골을 간질인다. 헝클어진 머리카락 사이로 드러난 목덜미 뒤쪽 우묵 파인 곳에 지환의 입술과 혀가 닿았다.

준영은 후후 소리를 내어 웃었다.

"거짓말쟁이! 밤새도록 잠 못 자게 괴롭힐 거면서."

"내가 언제 당신을 잠도 못 자게 괴롭혔어?"

지환이 발뺌을 했다. 그 와중에도 의뭉스러운 미소를 머금은 입술은 하얀 목덜미를 타고 올곧은 빗장뼈까지 느리게 움직였다. 나긋나긋, 그러나 집요하게. 준영은 어깨를 옹크리고 목도 움츠렸다. 옆구리가 간질간질하다.

"지금도 못 자게 괴롭히잖아요."

"Right now?"

지환이 무슨 말도 안 되는 소리냐는 식으로 되묻고 귓불 아래 예민한 살갗에다 이를 세웠다. 당장 한입 깨물어 먹겠다는 듯이 앙, 소리까지 냈다. 하르르 떨리는 준영의 입술 사이로 어느덧 열감에 젖어 드는 숨소리가 솟았다.

"하아……. 언제 왔어요?"

"아까. 한 시간도 넘었어."

"심심했겠다. 혼자 뭐했어요?"

"잠든 당신 모습 지켜보면서 언제 키스해서 깨울까, 그 궁리만 하고 있었지."

지환의 짓궂은 말소리가 여전히 눈을 감고 누운 준영의 귓바퀴를 휘감고 돌았다. 날카로운 잇새로 여린 귓불을 잘근 깨물어 무나 싶더니, 지환의 성급한 오른손이 말려 올라간 티셔츠 안으로 불쑥 파고들었다. 낮잠에 취해 평소보다 한층 부풀고 한결 말랑해진 젖무덤을 함부로 꽉 움켜쥔다.

"하웃, 아래층에……."

가쁜 숨결에 섞여 부서지는 준영의 탁한 말소리를 지환이 유연하게 무질렀다.

"괜찮아. 춘희는 진즉 내가 쫓아내 버렸어."

"쫓아내요?"

"어. 하도 시끄럽게 앙앙거리기에 듣기 싫어서. 지금쯤 한강 다리를 건너고 있을 거야."

"저녁은요? 대표님 퇴근해 오면 셋이서 꼬리곰탕 먹기로 했는데."

"형석이랑 둘이 알아서 먹겠지."

"못됐다. 밥은 먹여서 보내지."

"이게 다 당신 때문이거든."

지환이 으르렁거리다시피 이야기하며 누운 채로 옷을 벗기 시작했다. 찰칵이는 금속성의 소리와 더불어 버클이 열리고 벨트가 풀렸다. 등 뒤에서 사락사락 옷감이 스쳐 내려가는 소리가 들리는데도 준영은 모르는 척 시치미를 떼었다.

"내가 뭘 어쨌다고요?"

"나를 들었다 놓았다, 이 요물! 하루 종일 당신 벗은 몸이 눈앞에 아른거려서 미치는 줄 알았잖아."

"그래서 일찍 퇴근했어요?"

"오늘 진짜 일하기 싫더라."

얇은 레이스 속옷을 비집고 허벅지 안쪽 무른 속살로 파고드는 지환의 손길이 뜨거웠다. 준영은 순순히 팬티를 벗고 무릎을 벌려 지환의 손가락이 안으로 밀고 들어오기 수월하도록 몸을 열었다.

"대표님……."

"지환 씨!"

지환이 단호한 말투로 호칭을 고쳤다. 때를 맞추어 가늘고 섬세한 손가락이 자극적으로 허리를 비트는 준영의 몸 안에서 천천히 움직이기 시작했다.

"어색해요."

"자기라고 부를래?"

"그건, 하아……. 싫어요."

"자기라는 단어가 싫다는 거야, 내가 이렇게 하는 게 싫다는 거야?"

지환이 한층 낮아진 목소리로 얄궂게 사분거렸다. 녹실녹실한 속살을 잡았다 늘였다 지분대는 손가락의 움직임이 조금씩 빨라져 간다.

"아홋, 자기……."

"응?"

"그 말이, 싫다고요. 허억!"

지환의 착각 아닌 착각을 정정해 주던 준영은 엉덩이 둔덕 가늘게 골이 진 부위를 헤집는, 단단하면서도 홧홧한 힘에 놀라 소스라친 호흡을 억눌렀다. 어느새 촉촉하게 젖어 든 속살을 꿰뚫고 들어서서 몸 안쪽 가장 은밀하고 깊숙한 그곳을 넘치도록 가득 채운다.

"이제부터 대표님이라는 단어는 금지야. 침대에서 당신이 대표님이라고 부를 때마다 성상납 받는 기분이란 말이야. 당신이 절정에 다다라 꽉 잠겨 갈라진 목소리로 내 이름을 부르면 좋겠어. 듣고 싶어."

지환이 볼멘소리를 흡사 음탕한 밀어인 양 귓가에 대고 속삭였다. 듬성듬성 끊어지는 말소리에 뜨거운 숨결이 뒤섞여 묻어났다. 준영의 귓바퀴로 떨어지는 거친 숨소리 역시 점차 커졌다.

준영은 애써 고개를 틀었다. 어깨 너머 정염이 홍조처럼 번져 나가는 지환의 얼굴을 비스듬히 바라보았다.

살짝 찌푸린 눈썹 아래 모로 비껴 내려트린 눈꺼풀, 우물처럼 깊으나 안개처럼 몽롱한 눈빛, 날카로운 콧날에 돋아나는 더운 땀방울, 살긋 벌어진 입술 사이로 흐르는 시근거리는 숨결. 평소 정갈하던 모습은 오간 데 없고 격정에 사로잡힌 남자의 얼굴만 오롯이 보인다.

저토록 대단한 남자를 이토록 무르게도 만들 수 있는 힘을 자신이 가졌다는 사실이 차마 믿어지지가 않았다. 불쑥 가슴이 달았다.

"……지환 씨."

지환이 급하게 숨을 삼켰다가 뜨겁게 숨을 쏟았다. 준영의 등허리를 바짝 옥죄여서 안는다. 서로 잇닿은 몸이 반동에 따라 옆으로 굴렀다.

준영은 지난밤 배운 대로 무릎을 세우고 엉덩이를 들어 상체를 엎드렸다. 느긋하기만 하던 지환의 허릿짓이 갑자기 격렬하게 변했다. 점점 치달아 가는 몸짓에 따라 한가지로 연결된 준영의 몸 가락도 똑같이 출렁거렸다.

"하웃. 지환 씨, 나……."

"……으윽. 너무, 좋아."

활활 타는 불꽃같은 열기가 촉촉이 젖은 속살을 빠르게 핥고 나갔다가 또 그렇게 내벽을 훑으면서 몸속 깊숙이 들어서기를 반복했다. 어느 순간 아찔한 현기증이 눈앞에서 일었다. 걷잡을 수 없는 신열이 해일처럼 준영의 온몸을 덮쳤다.

"아아아……."

준영은 차가운 침대 시트에 얼굴을 파묻고 울음인지 신음인지 모를 새된 비명을 터트렸다. 풀썩 바닥으로 허물어지고 마는 준영의 등줄기로 땀에 젖은 지환의 몸이 함께 무너져 내렸다.

파르르 경련을 일으킨 목덜미에 기민가만 입맞춤하는 지환의 숨결이 놀랄 만큼 거칠면서도 압도적일 정도로 뜨거웠다.

〰〰

"설록차예요."

화연이 마호가니 탁자 위에 더운 김이 오르는 상감청자 다기를 조심스럽게 올려놓았다.

윙체어에 앉아 신문을 읽던 재용은 두꺼운 돋보기 너머로 흘낏 화연에게 일별하고, 이내 오늘자 석간 헤드라인으로 관심을 되돌렸다.

화연이 탁자 맞은편 소파에 자리를 잡고 앉으며 거붓한 숨소리를 연달아 터트린다. 관심을 가져 달라는 일종의 신호로 보아도 무방했다.

재용은 반듯하게 신문을 접어 마호가니 탁자에 올려 두고 안경을 고쳐 썼다.

"무슨 일 있나?"

"아무래도 지환이 결혼을 서둘러야겠어요. 오늘 강창익 국회의장댁 소은 양이랑 점심을 같이 먹었거든요. 가을쯤 약혼하자니까 좋다고 하네요."

화연이 날씨 이야기를 하듯 심상한 투로 말했다. 재용은 허허, 헛웃음 같은 한숨부터 흘렸다.

"지환이 녀석은 소은 양이랑 결혼할 의사가 전혀 없다고 하잖소."

"당신 혹시 지환이한테 마음에 없으면 결혼하지 않아도 된다고 말씀하셨어요? 그런 소리 절대 하지 말라고 내가 신신당부를 했잖아요."

마호가니 탁자를 넘어 달려오는 화연의 눈빛이 뾰족하다. 재용은 돋보기를 벗어 오른손에 쥐고 왼손으로 피곤한 눈자위를 눌렀다.

"마음에도 없는 결혼을 어떻게 하나?"

"지환이 나이가 벌써 서른여섯이에요. 남들은 애가 학교 갈 나이라고요."

"서른여섯이 아니라 마흔여섯이라도 결혼할 마음이 없으면 못 하는 것이지."

"당신 아들 일이에요, 남의 아들 얘기가 아니라. 아들이 서른여섯이 되도록 결혼도 안 하고 저러고 혼자 사는데 당신은 걱정도 안 되세요?"

화연이 참으로 답답하다는 양 일장 한숨을 내쉬었다. 재용은 안경알을 닦는 척 시선을 회피했다.

"열여섯 살짜리 애도 아니고, 당신 말마따나 벌써 서른여섯이잖소. 제 놈 일은 이제 제 놈이 알아서 해야지. 부모가 나서서 이래라저래라 할 나이는 이미 지났잖아."

"중이 제 머리 깎는 것 보셨어요? 내가 이런 소리까지는 안 하려고 했는데요."

"그럼 하지를 마."

재용은 부러 화연의 말소리를 재우쳐 잘랐다. 자고로 하지 않으려 하다가 뱉어 내는 이야기치고 좋은 소리가 없었다.
화연이 발끈 눈시울에 심지를 세운다.

"여보!"

"지환이랑 소은 양과의 결혼 얘기는 이쯤에서 접읍시다.
당신도 소은 양이랑 만나는 것 차차 정리해서 그만두고."

"이 결혼이 나만 좋자고 하는 일이에요? 지환이도 좋고,
당신한테도 좋고요."

"알아. 강창익 국회의장이랑 사돈을 맺으면 당내 경선은
물론이고 후일 대선에서도 큰 힘이 된다는 것, 나도 안다고."

"알면 지환이 등을 떠밀어서라도 소은 양과의 결혼을 밀어
붙여야지요."

"하나밖에 없는 아들놈 팔아서 청와대 들어가면 좋을 것
같아?"

"누가 아들을 팔재요? 우리 지환이랑 소은 양, 잘 어울리잖
아요. 선남선녀가 따로 없이."

"이 사람아! 당신 눈에만 잘 어울리는 선남선녀면 뭐하나?
결혼할 당사자인 지환이가 소은 양은 싫다는데."

재용은 작정하고 목청을 돋우었다. 어지간한 일에는 큰 소
리 내는 법이 없는 그인지라, 화연이 제법 놀란 듯 두 눈을
동그랗게 치떴다. 앙다문 입술이 한차례 바르르 떨리더니 사
나운 말소리를 빠르게 쏟았다.

"내가 진짜 이 소리까지는 안 하려고 했는데요. 지환이 춘
희랑 살림 차렸대요."

"춘희?"

"양춘희 말이에요. 지환이 회사 기획조정실장. 두 놈이 한 집에서 같이 살고 있다고요, 지금."

"나도 춘희가 누구인지 정도는 알아. 말이 되는 소리를 해야지. 지환이가 춘희랑 살림을 차렸다니…… 사내놈들 둘이 무슨……. 농담도 정도껏 해."

"차라리 농담이면 좋겠어요. 말이 안 되는 소리지만, 사실이 그런 것을 어쩌겠어요."

"당신 도대체가……. 어디서 그런 말 같지도 않은 헛소리를……."

재용은 돋보기안경을 썼다가 도로 벗었다가, 설록차가 담긴 찻잔을 들었다가 다시 내려놓기를 수차례 반복했다. 명치가 홀연히 갑갑해지면서 손끝이 떨린다. 어찌나 어이가 없고 기가 막히는지 속절없는 헛웃음만 새어 나왔다.

화연 역시 그러쥔 주먹으로 답답한 가슴 한쪽을 쾅쾅 두드려 쳤다.

"나는요, 엉엉 목이라도 놓아서 울고 싶은 심정이에요. 억장이 무너져요, 억장이. 아까 낮에 소은 양이 그러더라고요. 우리 지환이한테 사귀는 사람이 있다고. 이름이 춘희래요. 내가 그 소리를 듣자마자 눈앞이 암담해지는데……."

"소은 양이 무슨 착각을 했겠지."

"내가 몇 번을 확인했어요. 착각 아니에요. 얼마 전부터 춘희가 지환이 집으로 들어가서 두 놈이 함께 살고 있잖아요."

"아니야. 그럴 리가 없어."

"둘이 주말에 제주도로 여행도 다녀왔대요. 2박 3일. 내가 이 꼴을 보자고 아들을 낳아 키웠나 싶고……. 다른 집 자식들 여자 문제로 속 썩인다는 얘기 들을 때마다, 우리 지환이는 서른이 넘어 저 나이가 되도록 점잖기만 하다고 얼마나 뿌듯해했는데요. 이렇게 뒤통수를 칠 줄은 까맣게 모르고. 아예 여자한테 관심도 없으리라고는 상상도 못 했어요. 마른하늘에 날벼락도 유분수지."

아이고, 깊게 탄식하며 화연이 끝내 눈물을 보였다. 울음소리를 내지 않으려 아랫입술을 깨물어 무는 모습이 애처로웠다. 재용은 조용히 휠체어에서 일어나 화연의 곁으로 자리를 옮겨 앉았다. 잘게 흐느끼는 어깨를 양팔로 보듬어 안자 화연이 품 안으로 더욱 파고들었다.

"여보! 이 일을 어쩌면 좋아요?"

재용은 아무런 말도 못 하고 그저 무참한 눈길을 들어 천장 샹들리에에 가져다 꽂았다. 휘영청 화려한 전등 불빛이 날카로운 유리 파편처럼 아프게 부서져 내렸다.

"오랜 시간 마음에 담아 온 사람이 있습니다."

담담히 이야기하던 아들의 얼굴이 떠올랐다. 어느 깊은 봄밤, 지환이 연락도 없이 불쑥 찾아와 재용 앞에 단정히 무릎을 꿇었다.

그 밤 잔잔한 호수인 양 고요히 앉은 아들의 모습에서 오히려 어떤 결기가 엿보였다. 마음에 담은 이가 누구냐는 물음에도, 그이와 결혼을 하라는 재촉에도 아들은 그저 묵묵부답이었다.

춘희가 지환의 타운하우스에 들어가 살기 시작한 것이 아마도 그즈음이었던 듯하다.

재용은 안경을 벗어 마호가니 탁자 위에 올려놓았다. 이제야 그날 아들이 두고 간 퍼즐 조각이 완전한 형태로 맞추어지는 기분이었다.

"소은 양은 춘희 얘기를 누구한테 들었다고 합디까?"

"지환이가 직접 소은 양한테 말했다나 봐요. 이름만 듣고 춘희가 여자인 줄 알더라고요."

"지환이한테 사귀는 사람이 있다는데도 소은 양은 약혼을 하겠대?"

"상관없대요. 어차피 결혼은 집안과 집안 사이의 약속으로 여기고 있다면서."

"젊은 아가씨가 벌써부터 그리 계산적이고 냉소적……."

재용은 이야기를 하다 말고 황급히 말문을 닫았다. 남의 집 자식을 두고 이러쿵저러쿵 이야기할 때가 아니었다. 우리 집 자식만으로도 벌써 코가 석 자였다.

"여보! 약혼시켜요. 나요, 지환이랑 소은 양 결혼 강행할 거예요. 말리지 말아요."

"당신은 가만히 쯤 있어. 시환이한테도 못 할 짓이지만 소

은 양한테는 진짜 못 할 짓이지. 남의 귀한 딸 데려와서 독수
공방시킬 일 있나?"

"소은 양이랑 결혼하면 지환이도 달라지겠지요."

"이 사람아! 그게 그렇게 쉽게 바뀌는 것이 아니야. 손바닥
뒤집듯이 바꿀 수 있다면 애당초 성소수자들 문제는 존재하
지도 않았겠지."

"그렇다고 지환이랑 춘희 사이를 인정할 수는 없잖아요.
나는 못 해요. 죽어도 못 한다고요."

화연이 펄쩍펄쩍 뛰었다. 재용은 벗어 둔 돋보기를 도로
가져와 썼다. 1분도 채 지나지 않아 다시 벗어 한쪽 안경다리
로 툭툭 입술을 두드렸다. 부질없이 한숨만 쌓였다.

"당신 10년 전에 지환이 두고 뭐라고 했는지 기억나?"

"느닷없이 그때 얘기는 왜 꺼내세요? 아직도 그 사고만 생
각하면…… 끔찍해요. 우리 아들 빈껍데기만 남아서 겨우 숨
만 쉬고 살았잖아요. 저러다 행여 뭔 일 치를까 싶어서 하루
하루가 얼마나 조마조마했는데요."

"살아 주는 것만으로도 고맙다고, 저렇게 시간을 견디어 주
는 것만으로도 대견하다고. 그러면서 당신 나한테 그랬지? 그
동안 지환이한테 가졌던 욕심 다 버렸다고. 그깟 판·검사 안
하면 좀 어떠냐고. 드라마 외주 제작사도 알고 보니 괜찮다
고. 지환이만 좋다면 당신은 무조건 좋다고."

"그거야 그때는 지환이가 하도 그래서 그랬지요. 그 뒤로 내가
지환이 두고 욕심 부린 적 없잖아요. 이번 결혼 문제 빼고는."

화연이 얼굴을 붉히며 볼멘소리를 냈다. 예순의 나이에도 스무 살 처음 본 그때만큼이나 요요작작하다. 재용은 주름진 아내의 손을 보듬어 잡고 오랜만에 깍지를 끼웠다.

"지환이를 믿읍시다. 우리 아들을."

"아무리 그래도, 이거는 진짜 아니잖아요."

"어허! 지금까지 그래 왔던 것처럼 믿어 줍시다. 무조건 지지해 주고. 지환이가 좋으면 우리도 좋은 거라고. 응?"

"……알았어요."

〰〰〰

"어이, 송 대표! 바빠?"

형석이 열린 문틈으로 빠끔 얼굴을 들이밀었다. 잔주름이 번진 눈자위에 자글자글 웃음기가 들끓었다. 꽤나 기분이 좋아 보인다. 지환은 왜인지 모르게 섬뜩한 느낌이 들면서도, 손가락을 까딱거려 사무실 안으로 들어오라는 표시를 했다.

"무슨 일 있어?"

일부러 심드렁한 말투를 쓰며 책상을 향해 성큼 다가오는 형석에게 물었다.

"This is for you. 너를 위해 준비했어."

형석이 씨익 웃으면서 공들여 포장한 것이 분명한 상자 하나를 지환 쪽으로 밀어 놓았다. 지환은 선뜻 선물 상자에 손을 대지 못한 채 형석의 얼굴만 펜히 응시했다.

"뭐냐?"

"뜯어 봐. 좋은 거야."

형석이 실실거렸다. 기가 막힌 장난을 준비했을 때 대번 나오는 표정이었다. 지환은 사악하기 짝이 없는 친구의 모습에 돌연 소름이 돋았다. 상자를 개봉하기가 무서울 정도였다.

"뭐냐니까?"

"뜯어서 보면 알 것을 뭘 자꾸 물어? 내가 대신 뜯어 줄까?"

"됐다. 내가 뜯으마."

지환은 마음을 다지듯 심호흡을 하고 형석이 극구 선물이라고 주장하는 정체불명의 상자를 집어 들었다. 포장지를 벗겨 내고 상자 상단에 적힌 글자를 확인한 순간 온몸의 피가 거꾸로 솟았다. 주먹으로 콘돔이 든 상자를 내리쳐 아작 구겨 버렸다.

"양춘희! 이 새끼 죽여 버릴 거야!"

"야아! 그것 엄청 비싼 거야. 우리 양 양한테 천국 복음과도 같은 기쁜 소식을 전해 듣자마자, 이 형님께서 인터넷을 샅샅이 뒤져 스페셜한 놈들로만 엄선을 했고만."

형석이 책상 너머에서 발끈했다. 지환은 대놓고 이를 갈았다.

"최형석! 너도 죽여 버린다!"

"워, 워. 진정하고. 어차피 필요하잖아."

"이딴 것 필요 없거든."

"이준영 작가한테 피임약 먹으라고 했냐?"

"아니거든."

"그럼, 혼수로 송지환 주니어라도 만들려고? 그것 좋은 생각이다. 가회동 할머니께서 쌍수 들어 환영하시겠다. 아예 덩실덩실 춤도 추실걸. 역시, 똑똑한 놈! 대가리 하나는 기똥차게 돌아간다니까."

"아니라고! 당장 나가라. 주먹 날아가기 전에."

지환은 질끈 눈을 감고 말았다. 지긋지긋하다 못해 아주 넌더리가 날 지경이다. 마음 같아서는 형석이고 춘희고 간에 두 번 다시 보고 싶지 않았다.

"야아, 송지환."

형석이 그나마 양심은 남았는지 부지런히 지환의 눈치를 살핀다. 앙분이 다 가시지 않은 지환은 눈동자를 부릅뜨고 버럭 목청을 높였다.

"뭐, 인마?"

"결혼……할 거지? 이준영 작가랑."

형석이 쭈뼛쭈뼛 물었다. 저 정도면 평소 오만방자한 형석의 태도로 비추어 볼 때 정말 심각하게 물어보는 것이다.

지환은 메마른 한숨을 내쉬며 형석에게 소파에 가서 앉으라는 손짓을 보냈다. 형석이 자리 잡고 앉기를 기다려 한 번 더 호흡을 가다듬었다.

"우리 결혼 안 해."

"너 이 자식 미쳤구나! 우리 이준영 작가를 가지고 놀겠다고?"

형석이 자리에서 벌떡 일어나 고래고래 소리를 질렀다. 지환은 어이없는 웃음을 뿜었다.

"누가 누가한테 지랄이야, 지금? 천하의 난봉꾼 최형석이 차마 할 소리는 아니거든."

"됐고! 이준영 작가 데리고 놀다가 버리면, 너는 그날로 내 손에 죽는다."

"너야말로 지랄도 양심껏 해. 내가 너냐? 너나 여자들 가지고 놀지 말라고."

"왜 이러셔? 나는 여자랑 시작할 때 솔직하게 다 얘기해. 내 사전에 결혼은 없다, 연애만 한다. 상호 합의 하에 엔조이만 하기로."

"뚫린 입이라고 아무튼 말은 잘도 지껄이지. 그만 앉아. 정신 사나워."

지환은 시큰둥한 표정으로 대충 무성의한 손사랫짓을 보였다. 형석은 도로 소파에 자리를 잡고도 지환을 향한 고까운 시선을 풀지 않았다. 아예 시비조로 묻는다.

"이준영 작가랑 결혼은 왜 안 하겠다는 거야?"

"아버지 요즘 차기 대선 준비 중이시다."

"아버지 선거랑 네 결혼이 무슨 상관인데?"

"내년 봄이면 당내 경선이야. 아버지가 출마를 선언하는 그 순간부터 우리 가족은 물론이고 사돈의 팔촌까지 탈탈 털리기 시작할 거라고. 마음만 먹으면 없는 사실도 만들어 낼 수 있는 사람들이 저쪽 진영 인간들이야. 가뜩이나 힘든 준영이한테 그것까지 감당하라고 얘기 못 해."

"지랄 염병을 하고 자빠졌네. 아주 그냥 걱정을 사서 해라. 정 그게 걱정이면 내년 12월 대선 끝나고 조용해진 다음에 결혼해."

"아버지가 당선되면?"

지환이 차분하게 가라앉은 어조로 물었다. 형석은 잠시 할 말을 잃은 채 심호흡을 하듯 긴 날숨을 연이어 토했다.

각종 언론에 심심치 않게 등장하는 여론조사만 놓고 본다면, 재용의 청와대 입성은 먼 미래의 꿈이 아닌 가까운 장래에 일어날 현실이었다.

대한민국 대통령의 아들과 며느리로 사는 일이 결코 쉽지만은 않을 터. 형석은 지환이 무엇을 걱정하고 무엇을 두려워하는지 조금이나마 알 것 같았다.

"이준영 작가랑 둘이 외국 나가서 살래? 홍콩 어때?"

"난데없이 무슨 소리야?"

"이번 중국 합작 드라마 말이야. 엊그제 양해 각서 주고받았으니까 곧 현지 법인도 설립해야 하잖아. 그 일, 지환이 네가 맡아라. 여기는 나랑 춘희가 책임질 테니까."

"야, 인마! 즉흥적으로 판단하고 덤빌 문제가 아니잖아. 합작 드라마에만 수백억이 들어가는 프로젝트라고. 그에 따르는 부가 가치까지 계산하면 수십조에서 수백조가 단숨에 오가는 대규모 사업이야."

"단순한 것이 최고라더라. 우리도 단순 명료하게 생각하

자. 너랑 이준영 작가는 홍콩, 나랑 춘희는 서울. 이 작가 글 쓰는 일이야 서울이든 홍콩이든 크게 상관없잖아. 원고는 이 메일로 주고받으면 되고, 중요한 미팅 잡히면 한 번씩 서울 로 날아오면 되고. 어때?"

지환은 즉답을 피한 채 엄지로 말라붙은 입술을 문질렀다. 머릿속이 복닥복닥 여러 가지 생각으로 어지러웠다.

"고민 좀 해 보자."

"기다리다 현기증 나겠다, 새끼야! 그냥 저질러 버리라고, 좀!"

형석이 답답해 죽겠다는 표정으로 절레절레 머리를 흔들었 다. 지환은 멋쩍어 그만 웃고 말았다. 가끔 아무 생각 없이 일 단 저지르고부터 보는 형석이 부러울 때가 있었다. 바로 지금 처럼.

"준영이 이번 드라마나 마무리 짓고. 나 혼자서 결정할 문 제도 아니잖아."

"알았어. 이준영 작가랑 잘 상의해 봐."

형석이 그제야 씨익 웃더니 자리를 털고 일어선다. 지환은 책상 위 납작 찌그러진 상자를 들어 올렸다.

"고맙다. 유용하게 잘 쓸게."

Chapter 5

시간의
끝에서

2014년 7월 12일 토요일 늦은 오후.

여의도 선착장 외곽, 4백 톤급 대형 요트 'Moonlight' 호는
가르랑거리는 엔진을 열어 둔 채 임박한 출항을 기다리고 있
었다. 매끈하게 빠진 새하얀 선체가 달빛이라는 이름만큼이
나 눈에 시리도록 아름답다.

16일 첫 방송을 앞둔 SBC 새 수목드라마 '마지막 비상구'
의 제작 발표회를 겸한 선상 파티에 참석하기 위해 속속 요
트로 오르는 사람들마다 달빛호의 호화로우면서도 대단한 위
용에 놀라 입을 다물지 못했다.

출연 배우들과 제작 관계자들은 제 것도 아닌 'Moonlight' 호
가 마치 제 소유라도 되는 양 자부심에 공연히 어깨가 들썩거

렸다.

취재 경쟁에 나선 각종 언론매체 기자들은 스틸사진용 디지털 카메라와 뉴스영상 제작용 ENG 카메라로 달빛호의 요염한 모습을 담아내느라 정신이 없었다.

"제작비를 드라마 찍는 데 안 쓰고 제작 발표회에 올인했나? 돈지랄이 났구먼."

희종은 필터 아래까지 바짝 타들어 간 꽁초를 구둣발로 짓이겨 껐다. 선착장 저편에 정박 중인 'Moonlight' 호를 마뜩찮은 눈길로 쳐다보았다. 곧 있으면 터질 시한폭탄의 정체도 모른 채 각양각색의 사람들이 갑판 위를 분주히 오갔다. 희희낙락 수다를 떨고 삼삼오오 무리지어 술잔을 기울인다.

"등신들! 육갑을 해요."

낮게 욕지거리를 뱉어 낸 희종의 입에서 퉤 하고 가래침이 튀어나왔다. 전투를 앞둔 군인이 전의를 다지며 총칼을 갈고 닦듯이, 희종은 어떤 의식처럼 손바닥으로 양복 주머니를 툭툭 두드려 안에 든 소형 녹음기와 취재 수첩을 확인했다.

"슬슬 시작해 볼까?"

어기적어기적 선착장을 가로질러 'Moonlight' 호로 향하는 희종의 눈가에 선득한 미소가 깃들었다.

웅성거리는 소음과 두서없는 발자국 소리가 굳게 닫힌 선실 출입문 너머로 가까워졌다가 멀어지기를 반복했다. 그때마다 화장대를 뒤지는 준영의 손길에 하릴없는 초조함이 더해진다. 빠짝빠짝 애가 다 타들어 가는 갑갑함 때문에 한바탕 목이라도 놓아 울고 싶은 심정이었다.

차마 울지 못해 잘근 아랫입술을 깨물어 무는 준영의 등 뒤에서 짤막한 노크 소리가 울렸다. 돌아다보자 출입문이 열리고 말끔한 은회색 양복 차림의 지환이 선실 안으로 들어섰다.

"여태 여기서 뭐해? 곧 제작 발표회 시작할 텐데."

"얼마나 남았어요?"

"15분 정도."

"어떡해. 어떡해."

발을 동동 구르는 준영의 입에서 애끓는 탄식이 쏟아졌다. 빈 서랍을 잇달아 열었다가 닫았다. 아무것도 없는 화장대 위를 공연히 쓸어 보았다. 없다. 아무리 찾아도 없다. 양쪽 손으로 화장대 상단 모서리를 짚고 선 준영의 상체가 순간적으로 비틀거렸다.

지환이 한달음에 달려와 정서 불안 증세를 보이는 준영을 힘주어 품에 보듬어 안았다. 손바닥으로 다정히 준영의 어깨를 매만지고 맨살이 드러난 팔을 달래듯 길게 쓰다듬는다.

"무슨 일이야?"

"반지가 없어졌어요. 아무리 찾아도 내 묵주 반지가 없어요."

준영은 금방이라도 울음을 터뜨릴 것 같은 얼굴로 울먹였다. 무이시즘 인손이 오른손 짐시도 양했다. 묵주 반지가 사라지고 없는 허전한 손가락을 일없이 매만지고 또 매만지는 손끝이 불안감에 쫓겨 파르르 떨렸다.

15년 가까이 몸에 지녀 온 성물이었다. 준수가 생전에 남긴 선물이라 더욱더 각별했다. 행여 잃을까 혹여 잊을까 두려워 어지간해서는 손가락에서 빼지도 않았다. 어쩔 수 없이 빼야 할 상황이면 언제 어디서든 화장대 거울 앞 눈에 가장 잘 띄는 곳에 올려 두었다.

"이 방에서 잃어버린 것 맞아?"

"그걸 모르겠어요. 언제 반지를 뺐는지 정확한 기억이 없어요. 오늘 제작 발표회라고 신경이 온통 그쪽에 가 있어서……."

"작업실에 두고 나온 것 아니야? 기억을 잘 더듬어 봐. 묵주 반지를 마지막으로 본 게 언제인지."

준영은 눈을 감고 머릿속 기억을 차근차근 되짚어 나갔다.

아침에 일어나기 싫다고 잠투정을 부리는 준영을 지환이 침대에서 안아 욕실로 옮겼다. 함께 샤워를 하고, 아니, 정확하게는 함께 샤워를 하다 키스가 깊어지는 바람에 뜨거운 물줄기 아래서 끝내 몸을 섞고 말았다.

격렬히 움직이는 지환의 허리에 두 다리를 감고 어깨에 매달린 채 절정을 맞이하던 순간, 물줄기에 젖은 짧은 머리카락을 움켜쥐는 준영의 손가락에 분명 묵주 반지가 있었다.

딸기 와플과 아이스티로 브런치를 먹은 상암동 노천카페에서도, 여의도 선착장으로 이동하던 지환의 자동차 안에서도 묵주 반지는 줄곧 제자리를 지켰다.

'Moonlight' 호에 올라 제일 먼저 무엇을 했더라?

제작 발표회 때 입을 의상을 이곳 선실 붙박이장에 걸어 두고 지환과 다정히 손깍지를 낀 채 요트 곳곳을 구경할 계획이었다.

조타실에 들러 선원들과 인사를 나누고, 제작 발표회가 진행될 메인 홀에 올라가 포토타임에 대비한 포즈도 잡아 보고, 파티 준비로 정신없는 주방 쪽도 한 번쯤 기웃거리자고 해 놓고서 정작 비좁은 침대에서 오후 시간을 다 보냈다.

둥근 선실 유리창을 통해 들이치는 따가운 여름 햇살을 등에 지고 감각적으로 움직이던 지환의 허릿짓이 뜨거웠다. 부풀어 오른 젖가슴을 함부로 비틀어 잡던 지환의 손길 역시 뜨거웠다. 하얀 목덜미에 날카로운 이를 박아 넣던 지환의 숨결 또한 뜨거웠다.

그 뜨거운 불길 속에 오롯이 함몰되어 온몸이 타들어 갈 즈음 오후의 태양빛에 비껴 반짝이는 묵주 반지를 얼핏 본 것도 같다.

"침대."

준영은 곧장 선실 침대로 달려갔다. 시트를 들추고 정신없이 매트리스 이곳저곳을 더듬었다. 없다. 구석구석 샅샅이 찾고 뒤졌는데도 없다. 허물어지듯 풀썩 매트리스 가장자리에 걸터앉아 눈물이 쏟아질 것 같은 얼굴을 손바닥 안에 파묻었다.

"없어요. 아무 데도 없어요. 벌 받았나 봐요. 행복해서, 요즘 너무 행복해서 묵주 반지에는 신경도 안 쓰고……. 기도문도 안 외우고⋯⋯. 그래서 벌 받은 것 같아요."

"바보! 하느님은 그렇게 옹졸하신 분이 아니야."

지환이 선실 바닥에 한쪽 무릎을 꿇고 앉아 준영의 얼굴을 가린 양손을 억지로 떼어 냈다. 손목을 각각 하나씩 부드럽게 그러쥐더니 물기를 머금은 준영의 눈동자를 다감한 눈길로 올려다본다.

"이게 뭐야? 일부러 메이크업 아티스트까지 불러 왔는데. 예쁘게 화장한 얼굴에 얼룩지겠네."

"안 울어요."

굳은 말소리와 딴판으로 여린 눈물방울이 준영의 손목을 붙잡은 지환의 손등 위로 떨어져 흘렀다. 지환이 얼룩진 준영의 두 뺨을 손바닥으로 다독이며 곱게 눈살을 찌푸린다. 그만 무색해져서 준영은 헤 하고 웃어 버렸다.

"본래 자율신경은 의지와 상관없이 제멋대로 움직이는 거라고요."

"나쁜 자율신경! 못된 놈이네, 그놈."

"그러니까요. 진짜 못돼 먹었어요. 울지 말라니까 울기나 하고."

"찾아 줄게. 당신 묵주 반지 내가 꼭 찾아 줄게. 웃어."

"그럴게요."

준영은 해맑갛게 웃는 얼굴로 꾹꾹 힘주어 고개를 끄덕였다. 지환도 싱긋, 미소 지었다. 반지를 잃은 허전한 손가락을 위로하듯 묵주가 머물었던 바로 그 자리에 가만가만 입맞춤을 한다. 준영의 입술을 뚫고 부드러운 한숨이 지났다.

"기자들, 많이 왔어요?"

"응. 엄청 많이. 한류 스타 강빈의 브라운관 복귀작이라고 다들 난리도 아니야."

"무대 인사 나도 꼭 나가야 해요?"

"당연히 나가야지. 감독이랑 작가가 주연배우들 옆에 딱 버티고 앉아 있어야 마해나 기가 살지. 고유진 땜빵용이라는 소리 안 나오게 인터뷰 때 확실히 밀어 주고. 물론 알아서 잘 하겠지만."

"떨려요, 자꾸. 설레는 게 아니라 불안해서 떨린다고요. 처음 겪는 제작 발표회도 아니면서 왜 이러는지 모르겠어요. 사람 많은 것 딱 질색인데. 카메라는 더 싫고."

준영은 시간이 갈수록 한층 거세게 엄습해 드는 불안감을 호소했다. 볼멘소리를 쏟아 내는 준영의 콧방울을 지환이 가늘고 긴 손가락으로 톡 튕겼다.

"내 행운의 부적이라도 빌려줄까?"

"행운의 부적이요?"

"응. 이것."

지환이 목에 맨 넥타이를 양복 윗저고리 안쪽에서 꺼내 보여 주었다. 장방형 큐빅 지르코니아가 촘촘하게 박힌 넥타이핀이 어쩌 눈에 많이 익었다.

"내 머리핀이잖아요."

"주웠어. 넥타이핀으로 쓰기 딱 좋아. 단순하고 편해서."

"어디서 주웠어요?"

"주로 당신 작업실에서 줍고, 마당에서도 줍고, 한두 개는 내 차에서 줍고. 아! 사무실에서도 하나 주운 적 있다. 작년에."

지환이 넥타이에서 빼낸 실핀을 준영의 앞머리 쪽에 단정하게 꽂아 주었다. 잠시 상체를 뒤로 빼고 미술 작품을 감상하듯 진지하게 준영을 쳐다본다. 매우 흡족하다는 식으로 고개를 주억거렸다.

"음, 좋아. 역시 잘 어울려."

"내 머리핀을 몇 개나 주워서 가지고 있는 거예요?"

"열한 개. 하나 더 주워서 아예 더즌을 채우려고."

"못 살아! 물건을 주웠으면 주인한테 돌려주어야죠. 초등학교 때 바른생활도 안 배웠어요?"

"길에서 지갑을 주우면 파출소에 가져다주라는 거야 당연히 배웠지. 머리핀도 경찰 아저씨한테 맡겨야 하는 거였어? 이런! 몰랐네."

"얄미워라. 혹시 머리핀 말고 다른 것도 가지고 있어요?"

"지극히 개인적인 컬렉션이라 공개하기가 좀 곤란한데."

"도대체 뭘 또 가지고 있는데요?"

"가죽 장갑 한 짝, 털모자 하나, 스카프는 두 개. 그리고 으음……."

애를 태우듯 뜸을 들이던 지환이 얼굴을 가까이 대고 자못 은밀하게 속삭인다.

"전에 당신이 벗어 놓고 간 속옷도 하나 있어."

"대표님 집에다 팬티 벗어 놓고 온 적 없거든요!"

새빨갛게 얼굴이 달아오른 준영이 흥분해서 펄쩍 뛰었다. 지환은 오히려 능글능글 의뭉스러운 미소를 지으며 딴청을 피웠다.

"나는 팬티라고 한 적 없는데. 속옷이라고만 했지. 지난주 당신 브래지어 잃어버렸잖아. 도우미 아주머니가 소파 쿠션 밑에서 찾았다면서 깨끗이 세탁해 드레스 룸 서랍장 안에 넣어 두었더라고. 내 속옷 사이에 놓인 당신 속옷이 아주아주 깜찍해서 돌려준다는 것을 깜빡 잊었지 뭐야."

"차마 그럴 리가요? 깜빡 잊은 척하는 것이겠죠. 도착증 환자 같아요. 아니면 스토커든가. 양춘희 실장 말대로 집착 쩐다고요."

"언제는 집착이 졸라 쩔어서 좋다며?"

지환이 짐짓 발끈한다. 준영도 토라진 척 목소리를 새치름하게 꾸몄다.

"마음이 바뀌었어요. 무섭다고요. 대표님이 사이코패스로 보여요."

"쓰으! 사이코패스가 아니라 사회적으로 성공한 소시오패스겠지. 셜록처럼. 그놈이 당신 이상형이라고 하지 않았어?"

"나는 몰리*가 아니라고요. 그 언니는 자존감이 너무 부족해요. 그깟 키스 한 번에 넋이 빠져서."

---

*몰리;드라마 '셜록'에서 주인공 셜록을 짝사랑하는 부검의.

샐쭉 눈초리를 빗뜨는 준영 쪽으로 순식간에 지환의 얼굴이 바투 다가왔다. 코끝이 서로 비벼지고 입술이 금방이라도 마주 닿을 것처럼 가깝다. 지환이 내쉬는 더운 숨결이 살긋 벌어지는 준영의 입안으로 스몄다.

"키스, 하고 싶어."

"제작 발표회에 늦고 말 거예요."

준영은 두 눈을 감고 앉아 흐트러지는 숨소리를 가까스로 감추었다. 지금 입을 맞추면 제작 발표회에 늦는 정도가 아니라 아예 참석 못 할 공산이 컸다.

하아, 얄팍한 한숨을 짓는 준영의 입술에 홧홧하면서도 보드라운 촉감이 와서 닿았다. 서로의 입술이 포개어졌다.

머리로는 밀어내야 한다고 생각하면서, 입안 깊숙이 들이닥치는 지환의 혀에 몸이 먼저 달았다. 발끝이 오그라든다. 가슴이 살캉거렸다. 이 또한 생체 의지와 상관없이 제멋대로 움직이는 자율신경의 배반이었다.

지환이 갑자기 입술을 밀어붙였던 것처럼 별안간 입술을 떼어 냈다. 우물처럼 깊은 칠흑빛 눈동자를 기다란 속눈썹으로 반쯤 가린 채 준영의 부풀어 오른 입술을 지그시 내려다본다.

천천히 오른손 엄지를 들어 몽그라져 번진 립스틱을 지워 주었다. 입술을 쓸고 지나는 다정한 손길에 떠밀려 준영은 참았던 숨을 도로 쏟았다.

"하아……."

"나머지는, 이따, 밤에."

지환이 작게 '영차' 기합을 붙이며 무릎을 펴고 일어섰다. 여전한 열감에 젖어 멍하니 앉은 준영의 손목을 잡아끈다.

"가자! 바야흐로 결전의 시간이야."

지환이 이끄는 대로 선실을 빠져나와 메인 홀로 향하며, 준영은 엉뚱하게도 무대에 오르기 전 화장을 고칠 시간이나 있을까, 걱정했다.

최소한 립스틱만큼은 새로 발라야 할 터인데…….

잃어버린 묵주 반지에 대해서는 어느덧 까맣게 잊고 말았다.

⚜

모두의 예상대로 스포트라이트는 강빈에게 집중되었다. 머리부터 발끝까지 온통 검정 일색으로 의상을 통일한 강빈은 섹시하면서도 위험천만한 매력을 풍겼다.

느긋하게 앉아 시종일관 미소를 잃지 않는 강빈을 향해 카메라 플래시가 쉴 사이 없이 터졌다. 기자들의 질문 역시 수도 없이 이어졌다.

"월간 'TV 연예' 의 오혜선입니다. 5년 만에 안방극장으로 복귀하는 강빈 씨의 소회가 남다를 것 같은데요. 지금 기분 어떠세요?"

"솔직히 두렵ㄱ 떨리죠. 계속 영화만 찍다 드라마는 워낙 오랜만이니까요. 시청자들과 교감이 제대로 이루어질 수 있을지 겁도 나고. 텔레비전이라는 매체를 통해 팬들과 조금 더 가까이서 만날 수 있다는 것이 설레고. 아무튼 그렇습니다. 열심히 찍고 있으니까 기대해 주시고요. 응원도 많이 부탁드리겠습니다."

"브라운관 복귀작으로 '마지막 비상구'를 선택하신 특별한 이유가 있다면요?"

"일단 대본이 굉장히 매력적이었어요. 김태규 감독님 연출력이야 이미 정평이 나 있는 바고요. 감독님하고 작가님을 믿고 무조건 하겠다고 했죠."

"YTVN '우리가 간다'의 남정욱입니다. '마지막 비상구'에서 강빈 씨가 맡은 역할을 한마디로 표현한다면 뭐라고 하시겠습니까?"

"상남자?"

야릇한 미소와 함께 시원스럽게 흘러나온 강빈의 대답을 듣고 제작 발표회장 가득 유쾌한 웃음소리가 높이 끓어올랐다. 위트와 자신감, 데뷔 16년차 배우의 저력이 느껴지는 대목이었다.

카메라와 기자들의 이목이 온통 강빈에게 집중된 틈을 타, 준영은 탁자 한쪽에 놓인 자몽 주스 병을 집어 들었다. 오랜만에 벅적대는 사람들 속에 앉아 있으려니 머리가 지끈거리고 자꾸만 입이 말랐다.

지루하고도 힘겨운 이 시간이 빨리 흘러 어서 집에 갔으면 좋겠다. 여전히 작업실이라 부르지만 이미 집이 되어 버린 지 오래인 그곳. 그녀 혼자만의 공간이던 장소에 지환이 수시로 들고 나면서 요즘 부쩍 더 안온해진 바로 그곳으로 돌아가고 싶다.

묵직하니 저린 관자놀이를 손가락으로 꾸욱 눌러 주면서 자몽 주스 병을 말라붙은 입술로 가져갔다. 기껏해야 한 모금 마셨을까 말까. 목도 제대로 축이지 못했는데 누가 밝게 터지는 플래시 불빛 너머에서 준영을 부른다.

"이준영 작가님! 매일신문의 변희종 기자입니다. 몇 가지 궁금한 사항이 있는데요."

기억에 없는 낯선 남자가 차디찬 얼굴로 서서 건조한 말소리를 바삐 풀었다. 준영은 자몽 주스 병을 제자리에 돌려놓고 자세를 바르게 고쳐 앉았다.

"말씀하세요."

"데뷔 전부터 '프로덕션 온'과 전속 계약을 맺은 것으로 알고 있습니다. 들리는 이야기로는 송지환 대표와 남다른 인연을 가지고 계시다는데, 두 분 처음에 어떻게 만나셨습니까?"

답변을 위해 마이크 쪽으로 상체를 기울이던 준영의 움직임이 일순간 멈추었다. 불안한 마음에 본능적으로 왼손이 오른손 검지로 향했다. 묵주 반지가 사라지고 없는 허전한 손가락을 꽉 틀어쥐고서 준영은 있는 힘껏 입술을 사리물었다.

묵주 반지를 잃어버리고 왜 그토록 불안했는지 이제 알겠다. 행복해서, 너무 행복해서, 언제든 이 행복이 깨지지나 않을까 무의식중에 늘 두려웠던 것이다.

"10년 전 겨울, 그러니까 정확히 2004년 1월 16일 밤이 되겠군요. 서울대학교 의과대학 연건동 캠퍼스 인근 창경궁로에서 발생한 교통사고 기억하시지요? 이준영 작가님 오빠 되시는 분이 그 사고로 현장에서 사망했다고 들었습니다. 당시 가해자가 지금의 '프로덕션 온' 대표이사인 송지환 씨 맞습니까?"

와들와들 몸을 떠는 준영의 귓가에서 여러 사람의 여러 목소리가 한꺼번에 왁자지껄 들끓었다.

괜찮으냐고 속삭이듯 묻는 강빈의 목소리, 드라마와 관련된 질문만 받겠다면서 예의를 지키라고 단호히 못을 박는 춘희의 목소리, 도대체 무슨 일이냐며 치졸한 호기심이 마치 냉정한 사실 보도의 의무인 양 달려드는 수많은 목소리, 목소리, 목소리, 또 목소리.

그중에서도 유독 차갑게 울리는 목소리 하나가 넋을 놓다시피 앉은 준영의 고막을 사납게 할퀴고 지나갔다.

"오빠를 죽인 남자와 같은 집, 같은 침대에서 잠을 자고 일어나는 이준영 작가님의 심정은 대체 어떤 것인지 몹시 궁금합니다. 두 사람이 비련의 주인공 로미오와 줄리엣이라도 된다고 생각하는 것입니까?"

가뜩이나 소란스러운 제작 발표회장 안에 일대 혼란이 일었다. 누구인가는 고함을 지르고, 또 누구인가는 비명을 쏟아 내고, 또 다른 누구인가는 입에 담지 못할 욕설을 날렸다.

그 모든 것들이 준영의 귀에는 그저 아스라했다. 의자에 앉아 있는데도 기립성 빈혈을 일으켰던 때처럼 머릿속이 빙글빙글 돌면서 눈앞이 까마득했다.

"이 작가님! 이준영 작가님!"

맥없이 바닥으로 허물어져 내리는 준영의 몸뚱이를 강빈이 재빨리 두 팔을 뻗어 안았다. 바로 그때 어떤 왈살스러운 힘이 그의 어깨를 밀치면서 준영과 강빈 사이를 헤집고 들어섰다. '프로덕션 온' 송지환 대표였다.

의식을 잃고 쓰러진 준영을 가슴에 안아 들고 지환은 어떠한 말도, 어떠한 표정도 없이 뚜벅뚜벅 무대를 내려갔다.

따가운 시선이 하나둘 두 사람에게 쏠리는가 싶더니, 온갖 호기심과 갖은 추측이 난무하던 제작 발표회장 안 지독한 술렁거림이 어느새 잠잠히 가라앉는다.

메인 홀 한가운데 떼로 모여든 사람들이 보이지 않는 힘에 떠밀리듯 한 발, 두 발 뒷걸음질을 치기 시작했다. 그 옛날 홍해가 갈라지는 것처럼 사람들이 두 무리로 나뉘어 이쪽과 저쪽으로 갈라지자 없던 길이 만들어졌다. 그렇게 생겨난 길을 지환은 준영을 보듬어 안은 채 묵묵히 지났다.

"연예부가 아니라 정치부 소속이라고요?"

날카롭게 되묻는 지환의 입에서 어이없는 헛웃음이 터졌

다. 지환은 위성전화기를 오른손으로 고쳐 잡으며 **뻑뻑한** 눈자위를 왼쪽 엄지와 검지로 힘주어 눌렀다.

한순간 모든 것이 명료해진다. 기자라 부르고 싶지도 않은 쓰레기 변희종이 왜 굳이 '마지막 비상구' 제작 발표회 현장을 찾아와서 말도 안 되는 깽판을 놓았는지 알겠다.

수많은 언론과 뭇사람의 이목이 온전히 하나로 쏠려 있는 상황을 노렸을 것이다. 가장 드라마틱한 순간에 핵폭탄을 터트리고 싶었을 터이니까.

일명 마타도어, 흑색선전을 통한 여론몰이였다.

오랜 시간 공을 들여 세심하게 판을 짜고 신중을 기해서 말을 움직인 그들이 노린 것은 준영이 아니다. 지환을 노린 것도 아니었다. 그들의 표적은 아버지 송재용이 분명했다.

오늘 이후로 타블로이드판 신문들이 일제히 토해 낼 헤드라인이 무엇일지 대충 감이 잡혔다.

아마 내일 아침이면 지환은 전도유망한 명문 의대생을 죽인 살인자가 되어 있을 것이고, 준영은 친오빠를 죽인 살인마와 놀아난 패륜녀로 둔갑할 것이며, 재용은 아들의 살인을 권력으로 무마시킨 파렴치한 아비로 번해 있을 것이다.

그들에게 어긋난 진실과 감추어진 사실 따위는 애당초 중요하지 않을 터였다. 대선 레이스 선두 주자인 재용에게 어떻게든 흠집을 낼 수만 있다면, 그래서 최종적으로 낙마시킬 수만 있다면 기꺼이 영혼이라도 내다가 팔 자들이다.

훗날 어긋난 진실이 제자리를 찾아, 감추어진 사실이 세상 밖으로 드러난다 해도 일반 대중은 대부분 추악한 스캔들만을 기억하기 십상이다.

언론의 정정보도를 꼼꼼히 찾아서 읽는 사람은 지극히 드물다. 설사 정정보도를 보았다손 쳐도 그마저도 권력에 의해 조작·왜곡된 진실이라고 여긴다.

무조건 까발려 놓고 아니면 말고 식의 여론몰이가 정치판은 물론이고 사회 전반에 걸쳐 횡행하는 이유가 바로 여기에 있었다.

—한동안 타운하우스 쪽에는 발길을 끊는 것이 좋을 거야. 벌써 기자들이 진을 쳤을 테니까.

재용의 서울대학교 법과대학 동기이자 최측근이기도 한 장서진 변호사가 수화기 저편에서 지친 한숨을 쉬었다. 늦은 밤 혜화동 서울시장 공관에서 열린 대책 회의가 그만큼 길어지고 있다는 방증이기도 했다.

수화기를 넘어가는 지환의 정중한 말소리에 하릴없는 미안함이 깃들었다.

"죄송해요, 아저씨."

—지환이 네가 사과할 문제는 아니지. 오히려 네 아버지는 너랑 이준영 작가한테 많이 미안해하고 있어. 자신 때문에 이 사달이 났다고 여기거든. 솔직히 그 생각이 맞기도 하고.

"아버지한테 저는 괜찮다고 전해 주세요."

—이준영 작가는 좀 어때? 쇼크로 쓰러졌다고 들었는데.

"다행히 비로 깨어났어요. 아슬아슬하기는 해도 나름 잘

129

버티고 있으니까 걱정하지 마세요. 심지가 굳고 강한 사람이 거든요."

지환은 심호흡을 하며 붉어진 눈동자를 어두움 저편으로 던졌다. 캄캄한 밤하늘 아래 서해 앞바다 위로 쏟아져 내리는 별빛이 유별나게 밝았다.

어두움이 깊으면 깊을수록 새벽은 더욱 가깝다고 했다. 어서 이 지독한 어두움이 지나 빨리 푸르른 새벽이 왔으면 좋겠다.

—병원에는 가 봤고?

"본인이 병원은 죽어도 싫대요. 명색이 그래도 의사인데 병원이라면 아주 질색을 해서요."

—바다에는 얼마나 나가 있을 거야?

서진의 물음에 지환은 대답보다 먼저 한숨을 지었다.

집도, 병원도, 호텔도 현재로서는 전혀 안전하지 않았다. 대한민국 어디를 가든지 취재용 카메라와 마이크가 따라붙을 것은 불을 보듯이 자명했다.

승냥이 떼처럼 달려드는 언론과 무자비한 호기심으로 들끓을 여론으로부터 준영을 지키기에 이곳 바다만큼 안전한 장소도 없으리라는 판단이었다.

제작 발표회가 중단된 직후 'Moonlight' 호는 곧장 여의도 선착장으로 회항했다. 모든 승객을 하선시킨 다음 최소한의 선원만을 꾸려 다시 한강을 따라 서해로 나왔다.

마음 같아서는 이대로 공해상까지 나아가 모든 것을 뒤로 한 채, 준영을 데리고 홍콩이든 마카오든 그 어디로라도 훌쩍 떠나 버리고 싶다.

"잠잠해지는 대로 서울로 돌아갈게요. 배후는 알아보셨어요?"

—일단은 황성기 사무총장까지 선이 닿아 있더라고. 그 뒤로야 말 안 해도 빤한 것이고.

"이쌍수 한우리당 대표 말씀이세요?"

서진이 대답 대신 허탈하게 웃었다. 그깟 말은 해서 무엇하겠느냐는 식이다.

—아주 악랄한 사람들이야. 만만히 보고 상대했다가는 이쪽이 당해. 우리까지 악랄해질 이유는 없지만, 영악해질 필요는 있어.

"어떻게 하시려고요?"

—한동안 지켜보면서 때를 기다려야지. 당장 우리가 나서서 기사를 막고 해명 자료를 뿌리면, 저쪽에서 가지고 있는 패를 서둘러 감추어 버릴지도 모르거든. 꼬리를 잘라 내고 도망치는 도마뱀처럼. 매일신문 변희종은 일종의 미끼야. 한 번 쓰고 버리는 말에 불과해. 언제든 장군 하면서 치고 들어올 한 수를 분명 손에 쥐고 있을 거라고. 억울하지만 이런 경우 저쪽에서 패를 다 깔 때까지 조용히 기다리는 수밖에 없어.

"그다음은요? 그때 가서 생각해 보겠다는 말씀 마세요. 이미 그 후의 일까지 다 정리해 놓고 계시나는 것 아니까."

—당연히 우리 패를 까야지. 스모킹 건*은 이럴 때 쓰라고 있는 거니까. 장군하면 멍군이지.

서진이 짧게 하하 웃었다. 야트막히 울리는 웃음소리가 제법 경쾌했다. 결정적인 한 방은 저쪽이 아니라 이쪽이 감추어 두고 있었다.

지환은 질끈 눈을 감았다. 서진이 이야기하는 스모킹 건이 무엇인지, 답은 너무도 뻔했다. 저쪽에서 짜 놓은 판을 이쪽에서 흔들어 없애려면 당연히 그 방법뿐이다. 이미 돌아가는 판세를 어느 정도 읽어 낸 지환 역시 똑같은 해답을 도출해 놓은 상태였다.

하지만······.

"사고 차량의 블랙박스 영상 공개는 안 됩니다. 제가 허락할 수 없어요."

—지환아!

"검찰에서 보관 중인 당시 사고 기록과 수사 기록을 공개하세요. 여론을 잠재우는 데는 그것만으로도 충분하잖아요."

지환은 다부진 결기를 보이기 위해 목소리를 단호하게 끊었다. 되받아치는 서진의 말소리 또한 완고하기는 마찬가지였다.

—충분하지 않다는 것은 나보다 네가 더 잘 알 거야. 검찰 기록은 사람에 의해서 작성된다, 사람은 누구나 거짓말을 한

---

*스모킹 건(Smoking Gun):결정적 증거.

다, 고로 검찰 기록은 조작되었을 가능성이 농후하다. 이 단순한 삼단논법으로 저쪽에서는 일반 대중한테 의심이라는 것을 심을 거라고. 여론은 그런 식으로 몰아가는 거거든.

"눈부신 과학의 힘은 기계가 기록해 놓은 영상까지도 조작할 수 있죠."

지환은 성마른 말투로 서진이 제시한 논리의 허점을 짚었다. 서진이 마치 그럴 줄 알았다는 양 가벼이 웃는다.

—눈부신 과학의 힘조차도 어쩌지 못하는 부분이 하나 있지. 사람의 죽음. 그래서 죽음의 순간을 기록해 놓은 영상은 진실일 수밖에 없는 것이고. 이미 검찰에서도 사고 차량의 블랙박스 영상을 원본 파일 그대로 공개하는 일에 전적으로 동의했어. 박홍주 검찰총장이 화가 단단히 났거든. 저쪽에서 검찰을 핫바지 취급했다고.

"안 됩니다. 절대로 안 돼요. 유가족이 겪을 고통도 고려하셔야죠. 10년의 세월이 지났다지만 피해자 가족들에게는 바로 어제 일 같을 거라고요. 아저씨 같으면 사랑하는 사람이 눈앞에서 죽어 간 그 순간을 다시 보고 싶겠느냐고요."

지환은 한차례 숨을 길게 몰아쉬며 어금니를 으물었다. 돌연 가슴이 답답해진다. 서진이 새삼 다정한 말로 지환을 불렀다. 차분히 마음을 가라앉히고 진정하라는 의미였다.

—얘, 지환아. 송지환!

"말씀하세요. 듣고 있으니까."

—블랙박스 영상을 공개하지 않으면 이번 일은 영원히 끝

나지 않아. 당내 경선은 물론이고 앞으로 대선을 치르는 동안 내내 네 아버지 발목을 잡을 거라고. 그때마다 지환이 너도, 이준영 작가도 어김없이 도마 위에 오를 것은 너무도 뻔해. 아버지만 힘든 게 아니라 너나 이 작가도 힘들어질 거라는 뜻이야.

지환은 찌푸린 이마를 손끝으로 꾹꾹 짓누르듯이 긁었다. 불현듯 언제인가 사무실에서 소은과 나눈 대화가 떠올랐다.

남자는 아무리 자신에게 편하고 유리하다 해도 제 여자에게 상처가 되는 짓은 절대로 하지 않는다고 했었지. 그때 소은이 '절대로'라는 말을 쉽게 쓰지 말라고 했다. 언제든 씻을 수 없는 상처가 되어 되돌아올 것이라는 경고와 함께.

지금 와서 소은의 경고가 뼈에 사무친다. 준영에게 상처가 될 수밖에 없는 일을 하릴없이 해야만 하는 상황이 오고 말았다. 그야말로 진퇴유곡이라는 소리를 절감하는 순간이었다.

지환의 침묵이 계속 이어지자 애가 탄 서진이 한 차례 더 이름을 불렀다. 조바심이 느껴지는 목소리였다.

—지환아! 방죽을 무너트리는 힘은 결코 큰 물살이 아니야. 아주 작은, 미세한 틈 하나가 점점 커져서 결국에는 거대한 방죽을 무너트리거든. 우리, 호미로 막을 수 있는 것을 가래로 막아야 하는 일로 키우지는 말자. 부탁이다.

"저한테 생각을 정리할 시간을 주세요."

—얼마나? 오래는 못 기다려 준다.

"알고 있습니다. 하루, 딱 24시간만 주세요."

—내일 밤에 다시 통화하자.

"예, 알았습니다."

⟶

해가 기울고 있었다. 언제 끝날지 가늠조차 되지 않던 길고도 지루한 하루해가 마침내 검푸른 바닷물 속으로 잠긴다.

시뻘건 불덩어리 같은 해를 단숨에 삼켜 버린 서해 먼 바다는 이내 검질긴 보랏빛으로 물들었다. 어떤 경계도 없이 막연히 잇닿아 있는 하늘과 바다가 온통 시퍼렇게 멍이 든 것처럼 보였다.

준영은 완강한 석양빛 속에 잠겨 신기루처럼 몽롱하기만 한 수평선을 우두커니 바라보았다.

아득히 머나먼 수평선 너머 저 '끝'에 과연 도달할 수 있을까?

쉴 사이 없이 파도가 와서 부딪치는 뱃전 난간에 팔꿈치를 대고 서서 상체를 앞으로 비스듬히 기울여 기댔다. 지독한 체증에 눌린 양 갑갑한 명치에서 깊은 한숨이 솟았다.

"여기서 뭐해?"

지환이 뒤에서부터 다가와 준영의 어깨에 양손을 얹고 안마를 해 준다.

"음악 듣고 있었어요."

준영은 고개를 돌려 어깨 너미로 시환을 쳐다보았다. 버썩

굳어 좀처럼 풀리지 않는 입가에 억지힘을 주고 웃었다. 그녀 자신이 지을 수 있는 최대한 환한 미소를 보여 주고 싶었다. 괜찮으니 안심하라는 말 대신에.

"무슨 음악 들어?"

지환이 마주 웃었다. 마치 그 자신도 괜찮으니 걱정하지 말라는 듯 애써서 밝게 미소 지으며 준영의 이어폰 한쪽을 가져가 귀에 꽂았다.

"어! 이승렬이다."

차가운 우물 같은 눈동자에 반가운 미소가 스쳤다. 온기를 담은 진짜 미소가 얼굴에 깃들자 양쪽 뺨에 살포시 보조개가 파였다. 그제야 준영도 웃는 일이 조금은 수월해졌다.

"유희열이 전에 자신이 진행하는 음악 프로에서 이승렬을 두고 이 시대 최고의 로맨틱 보이스랬어요. '감성변태'의 말은 언제나 옳아요. 김광석의 노래가 항상 진리인 것처럼."

지환이 작게 후후 소리를 내어 웃고 준영의 왼쪽 어깨에 아래턱을 괴었다. 묵직한 체중이 여린 등줄기로 실렸다.

"나, 이승렬 좋아하는데."

"알아요."

"알아?"

지환이 눈동자를 동그랗게 뜨고 되물었다. '어떻게 알았지'라는 표정이다. 준영은 고개를 끄덕이며 고요히 미소 지었다.

아마도 6년 전인 듯하다. SBC 드라마 극본 공모전 마감을 앞두고 신경이 꽤나 곤두서 있을 때였다. 방학 내내 여름에서 가을로 계절이 훌쩍 지나가도록 두문불출 오로지 글쓰기에만 매달렸다.

하루는 부득불 회사에 처리해야 할 일이 생겨 나갔는데, 지환이 저녁밥을 사 주겠다면서 잠깐 기다리라고 했다. 정중히 거절하려는 찰나 춘희까지 나서서 옷소매를 붙잡는 바람에 어쩔 수 없었던 기억이 난다.

주인 없는 사무실에 혼자 덩그러니 앉아 일없는 발장난으로 무료한 시간을 때우며 맹숭맹숭 주위를 둘러보았다.

우아한 로코코 양식으로 꾸며진 사무실, 가을볕이 들이치는 창가에 놓인 현대적 감각의 뱅 앤 올룹슨 미니 오디오가 유독 눈길을 끌었다. 크기는 겨우 아이들 게임 박스만 해도 몇 백만 원을 호가하는 최고급 제품이었다.

문득 호기심이 일었다. '청담동 SS'라 불리는 냉정하고 날카로우면서 이지적인 남자의 취향은 어떠할지. 서른 살의 어른 남자는 평소 무슨 음악을 즐겨 듣는지. 그냥, 궁금했다.

음악 애호가들로부터 불후의 명품 소리까지 듣는 오디오를 소장한 남자의 컬렉션치고는 의외로 소박해서 초라할 정도였다. 별도의 장식장도 없이 대충 오디오 곁에 세워 놓은 CD가 달랑 두 장.

이승렬 1집 '그날, 그때, 그즈음에'와 2집 '환생'. 얼마나 듣고 또 들었는지 앨범 재킷에 뿌연 손때가 다 묻어났다.

처음 든 생각은 '이 남자, 무엇인가에 한번 꽂히면 끝까지 가는 외골수구나'였다. 다음으로 '이승렬이 누구지'라는 물음표가 머릿속을 채웠다.

　그날 밤 회사에서 마련해 준 오피스텔로 돌아오자마자 노트북 컴퓨터를 열고 이승렬의 노래를 차곡차곡 다운 받았다. 날이 환하게 밝아 오도록 이승렬의 목소리를 들었다.

　절제된 음색으로 노래하는 이승렬의 목소리는 탁한 담배 연기 같았다. 음침하고 우울하지만 따뜻한 위로가 되는, 그래서 이승렬의 음악은 가슴이 아리도록 슬프면서도 마음이 무너져 내릴 만큼 감미로웠다.

　이런 노래를 즐겨 듣는 남자에게 사디스트라는 별명은 전혀 어울리지 않았다. 이런 음악을 아끼고 사랑하는 서른 살의 어른 남자는 결코 냉정하지도, 날카롭지도 않을 터였다.

　언뜻 어눌한 말소리처럼 꽈악 잠겨서 흐르는 이승렬의 노래는 오로지 섬세한 감성으로만 이해할 수 있는 목소리였다.

　운명이 원망스러웠다. 지독히도 잔인한 운명 속에서 만난 지환과의 어그러진 인연이 못내 애달파서 아팠다.

　그 새벽 희뿌연 동살 아래 엎드린 채 이승렬의 목소리를 무한 반복하며 펑펑 울었다. 눈물조차 흐르지 않는 마른 울음을 시퍼렇게 피멍 든 가슴에다 소리도 없이 왈칵왈칵 토했다.

　바로 지금처럼.

　"이것 내가 제일 좋아하는 곡인데."

　지환이 흥얼흥얼 노래를 따라 부른다. 준영은 귓가로 감겨 드는 목소리에 집중했다. 이승렬이 부르는 '시간의 끝에서'가 아닌 송지환의 노랫소리에.

따뜻한 위로가 되면서도 음침하니 우울해지고 마는, 그래서 지환의 목소리는 마음이 무너져 내릴 만큼 감미롭지만 가슴이 아리도록 슬펐다.

X축과 Y축처럼 단 한 번 스쳐 이내 멀어져 가야 하는 우리.

"대표님."

"응?"

"우리 지금 벌 받는 거죠?"

"어쩌면."

"천벌 받는 것 맞죠?"

"아마도."

"왜 하나도 안 무섭죠? 대표님이랑 이렇게 같이 있으니까 세상 사람들이 뭐라고 떠들어 대도 전혀 무섭지 않아요. 천벌도 하나도 안 무서워요."

아랫입술을 깨물어 무는 준영의 눈에서 주르륵 눈물이 흘렀다. 지환은 어깨 위 양손을 가슴 쪽으로 내려 그대로 뒤에서부터 준영을 보듬어 안았다. 여리고 순전한 목덜미 오목 파인 곳에 스스러운 얼굴을 파묻었다.

"미안. 힘들게 만들어서 미안해."

"괜찮아요. 힘들지만 아직은 견딜 만하니까."

"우리 쪽에서 사고 차량의 블랙박스 영상을 공개할 거야. 인본 피일 그대로."

지환은 가까스로 목소리를 쥐어짜 이야기하고 어금니를
사리물었다. 용기가 없어 여태 미루고 미루다 장서진 변호사
와 전화 통화를 약속한 시각이 임박해서야 간신히 이야기를
꺼냈다.

준영이 길고도 긴 한숨을 포옥 내쉬었다.

"예상하고 있었어요. 시끄럽게 들끓는 여론을 잠재우려면
확실한 반박 증거를 내놓아야 할 테니까요."

"미안해. 정말 미안해."

지환은 스스로에게 되뇌듯 사과를 되풀이했다. 준영에게
해 줄 수 있는 말이 미안하다는 사과뿐이라서 화가 났다.

무기력하고 무능력한 자신이 밉고 싫었다. 등 뒤에 꼭꼭
숨어 있으라고, 험한 세상으로부터 지켜 주겠노라며 큰소리
땅땅 쳐 놓고, 결국은 준영에게 상처가 되는 일을 하겠다고
나서는 꼴이 너무나도 우스웠다.

"내 걱정 말아요. 어떻게든 버티어 볼게요."

"준영아!"

"네?"

"……."

"왜요?"

"우리, 다음 생에는…… 만나지 말자. 혹시라도 나랑 마주
치면 모르는 척 그냥 지나가. 내가 그때도 당신 좋다고, 사랑
한다며 쫓아다니고 막 흔들어 대도 절대로 나한테 넘어오지
마. 다음 생에는 착하고 멋진 놈 만나서 예쁘게 살아. 이렇게

힘든 사랑…… 다시는, 하지 말고."

축축한 물기에 젖어 지환의 말소리가 뚝뚝 끊어졌다.

귓가는 온통 먹먹하고 심장은 찢겨 바스락댔다. 준영은 대답 대신 와락 울음을 터트렸다. 이어폰에서 흘러나오는 이승렬의 목소리는 여전히 슬프도록 감미로웠다.

인연이라는 것을 느낄 수 있니. 서로 사랑할 수밖에 없는 우리 운명을.

"그러니까…… 이번 생에는, 힘들어도 나랑 살자. 다음 생에는 욕심 안 부릴 테니까. 이번 생에는 죽을 것같이 힘들어도, 우리 헤어지지 말고 같이 살자."

지환은 서럽도록 아프게 흐느껴 우는 준영의 어깨에 떨리는 입술을 묻었다. 목이 메어 왔다.

사랑해서 미안하다고, 지켜 주지 못해서 더 미안하다고, 그럼에도 놓지 못하고 욕심을 부려서 진짜 미안하다고.

소리 없이 되뇌고 또 되뇌는 지환의 귓전에서 탁한 담배 연기 같은 이승렬의 목소리가 눈물로 맺혀 사무친다.

어떤 무엇도 어느 누구도 우리를 갈라놓을 수 없어. 영원히.

Chapter | 6

그럴 수
있다면

"오늘 니들 다 죽었어."

춘희가 노트북 컴퓨터 스크린을 노려보며 사납게 으르렁 거렸다. 목덜미를 좌우로 한 번씩 흔들면서 우두둑 소리가 나도록 열 손가락을 차례로 꺾는 모습이 비장하기까지 하다.

맞은편 책상에 앉아 유리잔에 든 얼음으로 일없이 장난을 치던 준영은 설익은 웃음을 피웠다.

"인터넷 창 접어요. 나는 포털 사이트에 뜬 기사 클릭도 못 하게 하면서, 실장님은 뭐하러 진흙탕 싸움에 스스로 몸을 던 지려고 해요?"

"못돼 처먹은 이것들 죄다 혼구멍을 내 주어야지."

"걔들이랑 댓글 싸움해서 절대 못 이겨요. 얼마나 독하고 질긴 애들인데요."

"이길 수 있으니까 걱정 붙잡아 매셔. 내가 이것들 습성을 좀 알거든. 으흐흐흐."

음산한 웃음소리를 흘리더니, 춘희가 멀뚱멀뚱 쳐다보는 준영을 향해 찡긋 윙크를 날렸다.

"양춘희가 한때 인터넷에서 악플러로 이름깨나 날렸거덩."

"아무리 실장님이 왕년에 한가락 날렸어도 걔들 상대 못 해요. 내 안티팬이 최소 백만이잖아요. 'With B' 백만 회원이 죄다 내 안티로 돌아선 것 몰라요? 순진한 우리 비니 오빠 꼬드겨서 쓰레기 같은 드라마에 출연시켰다고, 강빈 씨 팬클럽 언니들이 이준영이라면 아주 이를 간대요."

"걔들 눈이 삐었구나. 첫방 시청률 27.4퍼센트 찍은 드라마가 어디를 보아서 쓰레기야? 이 기세라면 다음 주 3회에서 곧장 30퍼센트 찍고, 종방 때는 40퍼센트도 거뜬히 찍겠고만."

"공홈이랑 드라마 갤러리에서 떠들어 대는 애들 논리에 의하면 대본 쓴 작가가 쓰레기라서 '마지막 비상구'도 쓰레기래요. 드라마는 욕하면서 본다는 말이 맞나 봐요. 익명으로 댓글 나는 각종 포털 사이트는 물론이고, 실명제인 소셜 네트워크에서조차 친오빠를 죽인 살인자랑 붙어먹는 패륜녀이자 국민 쌍년으로 배 터지게 욕먹고 있는데도 시청률은 빵빵 터지잖아요."

"이 작가! 그건 있지, 애들이 뭘 몰라서……."

춘희의 조심스러운 말소리를 준영은 재바른 손사랫짓으로 무질렀다.

"우리 낯간지러운 얘기는 그만하자고요. 이미 들을 만큼 들었고, 위로라는 것도 받을 만큼 받았으니까. 지금은 다른 생각 안 하고 대본 쓰는 일에만 집중하고 싶어요."

"작업에 집중할 수 있겠어?"

춘희가 안쓰러워 죽겠다는 표정으로 물었다. 준영은 아랫배에서부터 치밀고 올라오는 울화 같은 한숨을 허탈한 웃음으로 대신했다.

"집중 안 하면요? 이미 드라마는 방영 시작했는데. 개인적인 사정으로 작업 못 하겠다면서 다른 작가로 교체해 달라고 뻗을까요? 걱정 마요. 골수를 뽑고 뇌수를 쥐어짜서라도 대본은 어떻게든 완결 지을 테니까. 내가 이래 봬도 이 바닥에서 소문난 독종이잖아요. 나와는 아무 상관 없는 저 사람들이 멋대로 내 생활을 좌지우지하도록 손 놓고 보고만 있지는 않을 거예요."

준영은 한낮인데도 불구하고 굳게 블라인드를 드리운 창가 쪽으로 시선을 던졌다.

유리창 너머에서 한 무더기의 그림자가 어지러이 어룽거린다. 카메라와 녹음기로 중무장한 기자들이 앞마당 울타리에 매달려 작업실 안 동태를 수시로 살피고 있었다.

지난 월요일 밤, 10년 전 발생한 사망 사고를 지환의 부친이자 당시 법무부장관 내정자였던 현 송재용 서울시장이 권력을 이용해 무마시켰다는 의혹이 불거져 나왔다는 보도가, 긱 빙송사 9시 뉴스 헤드라인을 장식했다.

송 시장이 비서실을 통해 의혹 보도는 사실무근이며 대응할 가치조차 느끼지 못한다는 이야기를 언론에 전한 것은 수요일 오전이었다. 목요일 낮에는 검찰에서 당시 사고 기록과 수사 기록을 전면 공개했다.

그런데도 신문과 방송에서는 연일 의혹을 제기하며 재수사의 필요성에 대해서 목소리를 높였다. 언론에 호도당한 여론은 시간이 갈수록 더욱더 부글부글 들끓어 오를 수밖에 없었다.

10년 전 사고로 준수가 사망했고, 준영을 비롯한 남은 가족은 크나큰 슬픔에 빠졌으며, 가해자로 분류되는 지환 역시 씻을 수 없는 상처를 입었다는 사실은 세상 사람들에게 중요하지 않았다.

오프라인, 온라인 할 것 없이 둘 이상의 사람이 모인 자리에서는 차기 대권 주자인 재용이 인명 사고를 낸 아들의 죄를 권력으로 무마했느냐 안 했느냐를 놓고 설전이 벌어졌다. 준영과 지환이 그렇고 그런 사이라는 낯 뜨거운 추문은 덤으로 따라붙었다.

준영은 어금니를 깨물었다. 엊그제 'Moonlight' 호에서 작업실로 돌아올 때 지환과 약속했다. 절대 언론에 휘둘리지 않겠다고, 결코 여론에 흔들리지도 않겠다고.

아직은 때가 아니라면서 극구 하선을 반대하던 지환을 돌아가서 지켜야 할 것들이 있다는 말로 설득했다.

우선은 드라마 '마지막 비상구'를 지켜야 하고, 이름밖에 남지 않은 가족이지만 그래도 부모를 지켜야 하고, 허물어지려는 마음을 다잡아 스스로를 지켜야 했다. 또한 죽을힘을 다해서 지환을 지켜 내야 한다.

처음에는 어르고 달래다 나중에는 버럭 화까지 내던 지환도 꼼짝 않고 버티는 준영의 고집 앞에서는 속수무책이었다. 막돼먹은 고집불통이라며 준영에게 분통 아닌 분통을 터트리고 나서야 겨우 작업실로 돌아가는 것을 허락했다.

그리고도 작업실 밖으로 단 한 발짝이라도 나갈 일이 생기면 반드시 춘희나 지환과 동행해야 한다는 단서 조항을 붙였다.

"기레기* 새끼들! 할 짓도 참 없다. 나 같으면 시간이 아까워서라도 저러고 죽치고 있지 못하겠구만."

춘희가 블라인드 틈으로 밖을 엿보며 이를 갈았다. 준영은 목소리를 차분히 가라앉혔다.

"양 실장님! 부탁이 하나 있어요."

"뭔데?"

"인터뷰 스케줄 좀 잡아 줄래요?"

"기자회견 하려고? 안 돼. 대표님이 허락하지 않으실 거야. 쟤들은 기자가 아니야. 먹잇감을 찾아 나선 굶주린 하이에나지. 저것들 소굴로 제 발로 걸어 들어가겠다고? 아서. 나부터도 허락 못 해."

---

*기레기:기자와 쓰레기를 합성한 신조어.

춘희가 상기된 표정으로 팔을 홰홰 내저었다. 다시는 말도 꺼내지 말라는 강력한 의사 표시였다. 준영은 물색없는 웃음만 어설피 피우다 새삼 얼굴을 진지하게 만들었다.

"기자회견 말고, 언론사 인터뷰요. 데뷔 앞둔 신인 배우들 첫 작품 찍고 난 다음에 각 언론사 돌면서 하는 인터뷰 있잖아요."

"무슨 말도 안 되는 소리야! 이 작가가 왜 직접 언론사를 돌면서 인터뷰를 해? 기자들이 번호표 받아 쥐고 줄서서 기다려도 시원찮을 판에."

"기자들 불러서 회견을 할까 싶은 생각도 있었어요. 보도자료 뿌리고 질문 몇 개 받는다고 진심이 전해지는 것은 아니잖아요. 기자들이랑 일대일로 만나서 궁금해하는 것들 대답해 주고, 속에 담아 온 이야기도 털어놓고. 상황이야 어쨌든 지금은 내가 아쉬운 쪽이니까. 목마른 자가 우물을 판다고, 아쉬운 사람이 직접 찾아가야죠."

"한 사람씩 따로 만난다고 기자들이 달라지겠어?"

"어떻게든 달라지게 만들어야죠. 엠바고* 걸고 앞으로 일주일 동안 언론사 돌면서 인터뷰할게요."

"쉬운 일이 아니야."

"어렵다는 것 아니까 양 실장님한테 부탁하잖아요. 실장님이 안 도와주면 내가 직접 기자들 접촉해서 스케줄 잡을 거예

---

*엠바고(Embargo):뉴스 발표 시간 제한.

요. 네에?"

"대표님이 아시면 난리날 거야. 양춘희 목숨은 이미 죽은
목숨이라고!"

"대표님 모르게 해야죠."

"그게 가능하다고 생각해?"

"아주 불가능한 것도 아니잖아요."

준영은 말소리를 다부지게 끊었다. 춘희가 땅이 꺼져라 한
숨을 토했다. 바삐 쏟아지는 목소리에 얼핏 짜증이 실렸다.

"언론사 인터뷰는 왜 하고 싶은데? 이유나 알자. 이유를
알아야 대표님 손에 맞아 죽을 때 죽더라도 덜 억울하지."

"지키고 싶은 사람이 있어요."

고요히 미소 짓는 준영의 눈가에 여지없는 물기가 솟았다.

그녀를 작업실 안에 꽁꽁 숨겨 두고, 매일 아침 밖으로 나
가 세상의 따가운 시선과 홀로 사투를 벌이고 있는 남자. 상
처투성이인 몸뚱이를 이끌고 매일 밤 집으로 돌아와 괜찮다
면서 따뜻하게 웃어 주는 남자.

준영은 어떻게 해서든 지환을 지키고 싶었다. 10년 묵은 상
처를 헤집어 낱낱이 들추는 한이 있더라도 지환을 지켜 내야
만 했다.

"언론사 인터뷰가 말처럼 쉬운 게 아니야. 이른 새벽부터
늦은 밤까지 하루 최소 일곱 곳, 많게는 열 곳을 돌아야 되는
데. 그것 사람 잡는다. 중노동이나 마찬가지라고."

"할 수 있어요. 반드시 해낼 테니까 스케줄이나 잡아 줘요."

"기자들이 우호적이지 않을 거야. 매일신문 변희종처럼 악의적인 인간도 분명 있을 테고."

"이 상황에 우호적인 기자들이 한 명이라도 있기는 해요? 언론이고 여론이고 절대 우호적이지 않다는 것 나도 알아요. 어떻게든 우호적으로 돌려놓으려고 인터뷰하는 거잖아요. 내 말 좀 듣고, 내 편 좀 들어 달라고."

"자신 있어?"

"자신 가지고 하는 것 아니에요. 진심은 통한다, 그것 믿고 무데뽀 정신으로 덤비는 거지."

"방송, 신문, 잡지. 각각 메이저급으로 추려서 서른 군데만 하자."

"보통 신인 배우들 몇 군데 뛰는데요?"

"대충 50 정도. 많으면 80도 뛰고."

"나도 80으로 할래요."

"일주일 만에 그것 다 뛰다가는 이 작가 골병 나서 죽어."

춘희가 말이 되는 소리를 하라며 펄쩍 뛰었다. 언론사 여든 군데를 다 뛰겠다고 계속 고집을 피웠다가는 아예 인터뷰 자체를 못 하게 막을 기세였다.

준영은 서둘러 타협안을 제시했다. 더 이상의 양보는 없었다.

"그럼 50이요. 당장 내일부터 시작해요."

"아휴, 저 똥고집! 절대 무리하면 안 돼."

춘희가 윽박지르다시피 다짐을 지웠다. 준영은 함박 웃으면서 말없이 고개를 끄덕였다. 무작정 믿어 주고 무조건 편들어 주는 춘희가 그 어느 때보다 고마웠다.

"인터뷰하다가 상처 받지도 말고."

"상처 안 받아요. 대표님이랑 약속했어요. 사람들한테 화는 내도 사람들 때문에 상처 받지는 않겠다고. 양 실장님도 걱정하지 말아요. 쿠크다스인 실장님 심장하고 다르게 내 심장은 철갑을 둘렀으니까."

준영이 두 주먹을 불끈 그러쥐며 큰소리를 쳤다. 너무 씩씩해서 오히려 안쓰러웠다.

"철갑은 개뿔!"

춘희는 자꾸만 시큰대는 눈자위를 몇 번이나 끔뻑거렸다. 알짝지근하게 가슴이 미어진다. 끝끝내 목울대가 싸했다.

※※※

일산 풍동 타운하우스와 서울 청담동 '프로덕션 온' 본사 건물 앞에 진을 친 기자들을 아침저녁으로 뚫고 출퇴근하면서도 송지환 대표의 얼굴은 언제나 무표정했다.

예의를 갖춘 점잖은 질문에도, 무례하다 싶을 정도로 막무가내로 던지는 물음에도 일절 대응하지 않았다.

드라마 '마지막 비상구' 제작 발표회 현장에서 비리 의혹 논란이 불거진 이후 벌써 열흘이 지났다.

송재용 서울시장 역시 모든 인터뷰를 징궁히 서설한 채 사실무근이라는 소리만 되풀이할 뿐이다. 부자가 약속이라도 한 듯이 말문을 닫아 버리자 매일매일 마감에 맞추어 기사를 송출해야 하는 기자들로서는 애가 탈 수밖에 없었다.

일반 대중은 알 권리를 내세워 추악한 스캔들의 전말을 샅샅이 들여다보기 원했다. 권력을 가진 자의 비리, 권력에 빌붙어 기생하는 자들의 도덕적 해이, 어그러진 관계 속에서 피어난 남녀의 원초적인 욕망…….

19금 딱지를 단 소설책이 불티나게 팔려 나가는 것처럼 뉴스 또한 자극적이면 자극적일수록 시청률은 껑충 뛰었고, 기사 내용이 원색적이면 원색적일수록 인터넷 조회수는 폭주했다.

어떻게든 지환의 입을 열게 만들어 준영과의 관계를 털어놓도록 해야 하는 이유가 바로 여기에 있었다.

"진짜 해도 해도 너무하네."

옹기종기 모여 담배를 태우는 기자들 사이에서 불만 섞인 말소리가 튀어나왔다. 기다렸다는 듯이 여기저기서 동조하는 목소리가 더해진다. 다들 같잖고 아니꼽다는 투였다.

"지가 잘났으면 얼마나 잘났다고, 건방과 도도가 아주 하늘을 찔러요. 대국민을 상대로 죄송하다는 사과 정도는 해야 하는 것 아니야?"

"내 말이……. 아무리 사고라지만 사람을 죽인 놈이 당당해도 너무 당당하잖아."

"그게 다 잘난 부모 만난 덕 아니겠어? 시쳇말로 현대판 권력형 로열패밀리잖아."

"솔직히 송지환 대표 본인도 잘나기는 했지. 서울법대 출신에 사법연수원 차석 졸업에다 혼자 힘으로 드라마 외주 제작사를 이만큼 키워 냈잖아."

"과연 혼자 힘일까? 사람을 죽였는데도 무혐의 처분을 받게 해 주는 아버지가 등 뒤에 떡 버티고 있잖아."

검찰이 직접 나서서 당시 무혐의 처리의 근간이 된 사고 기록과 수사 기록을 언론에 공개했음에도, 일반 국민은 물론이고 'Fact'만을 추구한다는 기자들까지 검찰 발표를 백 퍼센트 신뢰하는 이는 없었다. 당연히 권력의 사주를 받은 누구인가가 기록을 조작했다고 여겼다.

"불신이 만땅이구나. 불신 지옥이라는데. 저러다 다들 지옥 갈라."

현진은 주위에서 들려오는 이야기 소리에 쓴 혼잣말을 뱉으며 인상을 찡그렸다.

저 인간들은 기사를 손가락이 아니라 주둥이로 쓰나. 하기야 이진우 선배 말에 의하면 대충 똥구멍으로 기사를 쏟아 내는 작자들도 많다니까, 뭐.

어깨를 한 번 으쓱하고 관심을 거두었다. 새로 꺼내 문 담배 개비에 불을 붙이기 위해 가방을 뒤져 라이터를 찾았다.

"담배 하나만 빌립시다."

누가 현진의 어깨를 톡톡 쳤다. 짙은 선글라스를 낀 남자의 껄렁이는 말투가 숫제 맡겨 놓은 물건을 내놓으라는 식이다. 고깝지만 내색 않고 담뱃갑을 내밀었다. 남기기 두 개비를 써

내 하나는 입에 물고 남은 하나는 오른쪽 귓등에 꽂았다.

피 같은 담배를 하나도 아니고 두 개씩이나 강탈해 가다니, 저 인간을 그냥 확……

불끈대는 현진의 마음속 생각을 읽기라도 한 듯이 남자가 예의 껄렁이는 말투로 이야기했다.

"다음에 만나면 한 갑 사 줄게요."

"됐어요. 더 달라고나 마세요."

현진은 성마르게 대꾸했다. 남자가 쿡 하고 짧게 웃더니 바지 주머니 안에서 끽연가들의 꿈이라 불리는 듀퐁 금장 라이터를 꺼내 들었다. 먼저 현진의 담배에 불을 붙여 주고 이어서 자신의 것에도 라이터를 당겼다.

"못 보던 얼굴이네. 신입?"

남자가 고개를 한쪽으로 갸웃 기울이고 물었다. 선이 굵은 남자의 입에서 희뿌연 담배 연기가 놀라 도망치는 도마뱀 꼬리처럼 토막토막 끊어졌다.

남의 관등성명이 알고 싶으면 본인의 소속과 이름부터 밝혀야 하는 것이 예의가 아니냐는 소리가 현진의 목젖까지 치받고 올라왔다. 당장 꽉 눌러 삼켰다.

남자는 한눈에 보아도 현진보다 최소 다섯 살은 많을 것 같았다. 위계질서가 군대 못지않은 곳이 기름밥 먹는 신문쟁이들 세계이다.

더욱이 감히 여자가 어디서 맞담배질이냐며 지랄을 떠는 마초형 선배들과 비교할 때 남자는 대단히 점잖은 축에 속했다.

현진은 최대한 담배를 길게 쭉 빨았다. 연기를 한 번에 훅 뱉어 내면서 담뱃불을 운동화 밑창에 대고 짓이겨 껐다.

"정통 시사 주간지 '시사 오늘'의 주현진이에요."

"오호! 이진우 후배였어?"

"이진우 선배를 아세요?"

"뭐, 좀."

남자가 은근슬쩍 말을 놓았다. 기분이 좋은 것은 아니지만 그렇다고 딱히 나쁘지도 않았다. 천하의 이진우와 맞먹을 정도라면 현진에게는 무조건 하늘 같은 대선배였다. 불현듯 남자에게 호기심이 동했다.

"그런데 누구세요?"

"나 말이야?"

"네."

남자가 씨익 웃었다. 마디진 손가락으로 선글라스 한쪽 다리를 만지작거린다. 벗을까 말까 고민하는 것처럼 보였다. 남자가 선글라스를 막 벗으려는 찰나, 주변에서 말소리가 한꺼번에 들끓어 오르며 일대 소란이 일었다.

"저기 온다!"

누구인가의 외침이 들렸다. 그것을 신호탄으로 여기저기 흩어져 있던 기자들이 거세게 들이닥치는 밀물처럼 일제히 한곳을 향해 달려갔다.

오늘도 '프로덕션 온' 송지환 대표는 주위를 지키는 보안 요원 하나 없이 홀로 성난 기자를 사이를 뚫고 지난다.

"저 인간은 무슨 똥배짱인지 몰라."

현진의 입에서 평소 버릇인 혼잣말이 쏟아졌다.

"그러게 말이야. 저러다 사고나 안 나면 다행이지."

남자가 옆에서 맞장구를 쳤다. 한마디라도 인터뷰를 따기 위해 혈안이 된 기자들과는 완전 딴판으로 남자는 느긋하게 팔짱을 낀 채였다. 굶주린 승냥이 떼 같은 기자들을 힘으로 뚫고 지나는 지환을 못마땅하다는 양 바라보며 끌끌 혀까지 찼다.

"아이고, 저 밥맛! 지랄 염병을 해요."

"취재 안 하세요?"

"취재?"

삐뚜름하게 되묻는 남자의 얼굴에 '내가 왜' 라는 표정이 또렷이 떠올랐다.

인생 참 쉽게도 사는 월도가 요기 있네.

현진은 속엣말과 함께 절레절레 머리만 내젓다가 말았다. 후다닥 시선을 되돌려 취재원인 지환에게 집중했다. 자신마저 몰염치한 월급 도둑이 될 수는 없었다.

"송지환 대표님! 지금 심정이 어떠십니까?"

젖 먹던 힘까지 끌어모아 목청을 높였다. 하지만 뒤쪽에서부터 날아드는 어떤 우렁찬 말소리에 현진의 질문은 흔적도 없이 파묻혀 버렸다.

"항간에서 이준영 작가가 계획적으로 접근해 송 대표님을 유혹했다는 말이 있던데요. 사실입니까?"

지금껏 기자들의 어떠한 질문에도 일절 반응하지 않던 지환이 당장 걸음을 멈추었다. 문자 그대로 우뚝.

천천히 몸을 돌려 질문을 던진 기자를 똑바로 응시하는 지환의 눈빛이 무섭도록 싸늘했다. 멀리서 지켜보는 현진마저 등골이 오싹할 정도였다.

"소속과 이름을 밝혀 주시겠습니까?"

나지막이 깔리는 지환의 목소리가 언뜻 정중한 듯하면서도 꽤나 사납고 차가워서 오히려 매력적으로 들렸다. 공연히 가슴이 뛰는 현진의 곁에서 남자가 껄렁이는 말투로 속삭인다.

"저런! 살생부에 오르겠군."

"그러니까 말이에요. 허태일 선배 이제 큰일 났다. 그러게 목청은 왜 그렇게 좋아 가지고."

"아는 사람?"

"얼굴하고 이름만 아는 정도예요. 한우리당 당사 출입할 때 두어 번 인사했거든요."

"한우리당 출입 기자야?"

"허태일 선배는 벌써 5년 넘었을 거예요. 저는 몇 년 전 수습기자 하면서 이진우 선배 따라 몇 번 출입한 것이 다지만."

남자의 입가에 알쏭달쏭 묘한 미소가 스쳤다.

현진이 남자와 쑥덕이는 사이 작은 변화가 일어났다. 웅성웅성 수선대는 소리와 더불어 기자들이 양 갈래로 나뉘었다. 즉시 길이 만들어지고 그 길을 지환이 자못 느긋하게 걸어서 '조동일보 정치부 허태일 기자'라고 스스로를 소개한 사내 쪽으로 향했다.

태일을 지척에 두고 멈추어 선 지환은 양복바지 주머니 안에 양손을 찔러 넣고 웃었다. 돌화살촉처럼 차디찬 눈동자에 섬뜩한 기운이 감돌았다.

"조동일보 정치부 허태일 기자님이라고 하셨나요?"

"네, 맞습니다."

태일이 흠칫, 어깨를 떨었다.

"항간에 떠돌아다니는 소문을 주워듣는 것은 허태일 기자님 자유의지니까 뭐라 하지는 않겠습니다. 다만 한 가지, 기사를 작성할 때만큼은 소문이 아닌 규명된 진실과 밝혀진 사실에 입각해서 써 주셨으면 하는 소박한 바람이 있습니다."

윽다문 잇새를 뚫고 새어 나오는 지환의 묵직한 말소리가 의외로 담백했다. 그런데도 으스스 한기가 느껴지는 것은 잡아 죽일 듯이 태일을 노려보는 저 거침없는 눈빛 탓이리라.

지환의 양손은 여전히 바지 주머니 안에 머물러 있는데, 태일이 흡사 어떤 힘에 떠밀리기라도 하듯 허둥지둥 뒷걸음질을 쳤다.

"그래서 지금 사실을 확인하는 것 아닙니까. 당사자인 송지환 대표님한테."

"기꺼이 사실이 아니라고 대답해 드리지요. 내가 먼저 좋아했고, 고백도 내가 했습니다. 내가 이준영 작가를 많이 좋아합니다. 아주 많이 사랑합니다. 이제 사실 확인이 확실하게 되었습니까?"

"그럼요, 예."

태일이 또 비척비척 뒷걸음쳤다. 식은땀까지 흠뻑 흘려 가며 애써 벌려 놓은 간격을 지환이 성큼 앞으로 발을 떼어 고스란히 메우어 버린다.

"항간에 떠도는 소문을 멋대로 양산해 내는 그 값싼 입들한테 가서 꼭 전하세요. 지금까지 뱉어 낸 말들에 대해서는 물론이고, 앞으로 뱉을 말들에 대해서도 반드시 책임을 묻겠다고. 인생이 아주아주 고달파질 테니까 한껏 기대해도 좋다고 말입니다."

"아, 알았습니다."

태일은 어깨 너머로 힐끗 뒤를 돌아다보았다. 두툼한 방음벽이 가로막고 선 막다른 곳이라 더 이상 물러설 자리가 없었다.

별안간 명치가 답답해진다. 42.195km를 완주한 마라토너처럼 숨이 가파르게 차올랐다. 소낙비 오듯 쏟아지는 얼굴의 진땀을 대충 손바닥으로 문질러서 닦았다.

"그리고 하나 더. 기사를 작성할 때, 특히 이준영이라는 이름 석 자를 언급할 때는 허태일 기자님이 쓰고 있는 그 기사가 과연 적법한지 꼼꼼하게 확인하시기 바랍니다. 아시다시피 내가 법을 공부했거든요. 그것도 엄청 뛰어난 성적으로. 위법한 사안이 단 한 개라도 발견될 시에는 허태일 기자님과 조동일보에서 민·형사상의 모든 책임을 지셔야 할 것입니다. 단어 하나, 토씨 하나까지 철저한 자기 검열을 거친 후에야 비로소 이준영 작가에 대한 기사를 송출하라는 뜻입니다. 내 말 똑똑히 알아들으셨습니까, 조동일보 정치부 허태일 기자님?"

표면상으로는 태일에게 하는 이야기였지만 실제로는 이 자리에 모인 모든 기자들을 향한 따끔한 일침이었다. 누구든 준영을 건드리면 결단코 좌시하지 않겠노라는 엄중한 경고.

"예, 예. 명심하겠습니다."

태일은 무의식중 몇 번이나 머리를 숙였다. 지환이 살긋 이를 드러내고 웃는다. 한여름 비스듬히 기우는 저녁 햇살 아래 드러난 새하얀 이가 사나운 맹수의 날카로운 송곳니만큼이나 오싹했다.

"우와! 멋지다, 짱짱맨!"

현진은 10대 소녀처럼 양손을 가슴 앞에 모으고 서서, 뚜벅뚜벅 제 갈 길을 걸어가는 지환의 올곧은 뒷모습을 정신없이 바라보았다. 얼굴 한 번 본 적 없는 이준영 작가가 부러워 미칠 지경이었다.

"뭐야? 저거 완전 이준영 건드리면 니들 다 죽었어, 잖아."

남자가 풋 하고 웃었다. 비웃음을 가장한 얄팍한 웃음소리에서 감출 수 없는 애정이 느껴졌다. 현진은 재빨리 시선을 옮겨 선글라스를 낀 남자의 얼굴을 빤히 올려다보았다.

"혹시 송지환 대표 알아요?"

"뭐, 좀."

"개인적으로 인터뷰 요청할 수 있어요?"

"요청이야 할 수 있지만, 송 대표가 오케이 하지 않을 텐데."

"지레 겁먹고 안 하는 것보다는 낫죠. 일단 찔러나 보자고요. 송지환 대표가 인터뷰 오케이 하면 저랑 선배님이랑 둘이 같이 들어가는 거예요. 꼬옥!"

현진은 은근하게 사분대면서 작정하고 속눈썹을 파닥파닥 깜빡거렸다. 남자가 끅끅끅 목울대를 억누른 채 웃는다. 한 바탕 웃어 젖히고 싶은데, 나름 심각한 주변 상황 때문에 하릴없이 웃음소리를 참아 내느라 자꾸만 끅끅거렸다.

"이러면 마음이 흔들리는데. 기자랑은 얽히기 싫었는데 어쩌지?"

"무슨 말이에요?"

"저녁 같이 먹을까?"

"좋아요. 밥 먹으면서 인터뷰 전략이나 구상해서 짜자고요."

"이준영 작가랑 하는 인터뷰는 어때? 내가 내일이라도 당장 스케줄 잡아 줄 수 있는데."

남자가 다시 끅끅끅 웃었다. 애써 웃음소리를 참아 내는 남자를 곧이곧대로 올려다보는 현진의 눈동자가 점차 서늘하게 식는다.

"누구……시죠?"

"최형석, '프로덕션 온' 상무이사."

마침내 남자가 선글라스를 벗었다.

⸎

"일각에서 10년 전 사고 당시 이준영 작가님의 판단과 행동을 두고 비난하는 목소리가 나오고 있는데요. 그 점에 대해서는 어떻게 생각하시나요?"

'시사 오늘'의 주현진 기자가 미리 준비해 놓은 것으로 보이는 질문지에 별표를 치면서 물었다. 준영은 손바닥 안에 감싸고 있던 찻잔을 조용히 탁자 위에 내려놓고 아무 주저함 없이 대답했다.

"비난은 당연하다고 봐요. 제 그릇된 판단과 잘못된 행동으로 그날 사고가 촉발했으니까요."

현진이 시선을 들어 올려 탁자 맞은편 준영을 쳐다본다. 거짓말인지 아닌지 속내를 들여다보겠다는 듯 뚫어져라 준영의 눈동자를 응시하는 눈빛이 꽤나 날카로웠다.

준영은 제법 담담한 심정으로 현진을 마주 바라보았다. 요 며칠 언론사 인터뷰를 진행하는 동안 악의적인 눈빛을 수차례 경험하고 났더니, 이제 어지간한 눈빛에는 눈썹도 끔쩍 안 할 만큼 내성이 생겼다.

"사고의 책임이 전적으로 이준영 작가님한테 있다고 말씀하시는 것인가요?"

"네."

준영의 대답은 단호했다. 주절주절 변명이나 늘어놓을 줄 알았는데 의외였다. 현진은 꼬았던 다리를 풀고 의자를 당겨 조금 더 탁자 쪽으로 붙어 앉았다.

"사고 당시 상황을 구체적으로 말씀해 주실 수 있겠어요?"

"그럼요."

준영이 한차례 숨을 고르고 이야기를 시작했다. 글을 쓰는 작가라 그런지 상황 묘사가 풍부하면서도 정확하다.

조곤조곤 울리는 목소리가, 도움을 청하기 위해 도로로 뛰어든 준영을 준수가 밀쳐 내는 장면을 묘사할 때쯤, 눈에 띄게 갈라지면서 떨렸다. 저러다 울겠구나 싶었다.

그러나 준영은 끝까지 눈물을 보이지 않았다. 울지 않으려 아랫입술을 깨물어 무는 모습이 무척 인상적이다.

"송지환 대표와는 언제부터 깊은 관계였나요?"

"기자님이 생각하는 깊은 관계의 정의가 무엇이냐에 따라서 대답은 달라지겠지요. 우리가 서로 마음을 확인한 순간부터 날짜를 헤아려야 할까요? 아니면 같은 침대에서 잠을 자기 시작했을 때부터인가요? 사랑하는데, 미치도록 사랑하는데, 차마 전할 수가 없어서 억지로 마음을 억눌러 죽여야 했던 숱한 낮과 밤들도 제 셈법에 따라 기자님이 얘기하는 그 깊은 관계라는 것에 포함해도 될까요?"

여태 흐르는 물처럼 잔잔하던 준영의 말소리가 뾰족 올라섰다. 맑은 호수 같던 눈망울에도 어두운 심지가 켜졌다.

현진은 소형 녹음기가 제대로 작동하나 확인하는 척 고개를 숙여 입가로 번지는 미소를 감추었다.

데자뷔처럼 엊그제 보았던 장면이 저절로 떠오른다. 날카롭게 날을 세운 준영의 얼굴에서 조동일보 허태일 기자를 향해 송곳니를 드러내며 으르렁거리던 지환의 모습이 고스란히 겹쳐 보였다 사랑을 하면 서로 닮아 간다는 어른들의 이야기가 맞는 모양이다. 준영도 지환도 스스로의 말과 행동에 대해서는 단 한마디 변명조차 없으면서, 상대를 지키기 위한 일에는 필사적으로 덤볐다. 준영이 굳이 언론사 인터뷰를 자청한 이유를 알겠다.

　현진은 고개를 숙여 정중한 사과부터 전했다.

　"죄송합니다. 제가 실수했어요. 질문을 수정할게요. 송지환 대표와 사랑을 시작하는 일이 쉽지 않으셨을 텐데요. 어떤 계기로 용기를 내셨는지 궁금합니다. 앗! 여기서 사랑의 시작은 육체적인 것은 절대 아니에요. 정신적인 그런……."

　혹시라도 어떤 오해가 있을까 두려워 현진은 허겁지겁 손사랫짓까지 치면서 부연 설명을 덧붙였다.

　준영이 후후, 작게 소리를 내어 웃는다. 시치름하니 도도하게만 보이던 얼굴빛이 한 송이 꽃같이 활짝 피었다. 그토록 잘나고 대단한 송지환 대표가 본인 입으로 자기가 먼저 좋아하고 고백도 자기가 했다고 이야기할 만했다.

　복 받은 년.

　선망과 질시에 찬 혼잣말이 버릇처럼 튀어나올 것만 같아 현진은 손사랫짓을 치던 손으로 얼른 입을 틀어막았다.

　세상의 예쁜 것들은 죄다 없어졌으면 좋겠다는 엉뚱한 강샘을 부리며, 공연한 질문을 던진 것은 아닌지 금세 또 후회했다.

　로미오와 줄리엣을 능가하는 지환과 준영의 사랑 이야기

166

를 다 듣고 나면 세상만사가 온통 허무해질 것 같았다. 오늘 밤도 홀로 외로이 침대에 누워 애꿎은 이불 킥이나 날려야 할 모양이다.

⟨⟨⟨⟨

인터뷰를 마친 준영을 복도까지 배웅하고 사무실로 돌아오는 현진의 어깨를 진우가 툭 건드렸다. 무심히 올려다보자 복도 끝 승강기를 기다리며 서 있는 준영을 특유의 거만한 턱짓으로 가리킨다.

"누구?"

"이준영 작가."

진우가 짧게 휘파람을 불었다.

"드라마 작가가 아니라 배우라고 해도 믿겠다. 분위기 죽이는데. 천하의 송지환 대표가 정신 못 차릴 만하네. 기자들 다 모인 자리에서 대놓고 자기가 더 많이 사랑한다고 그랬다며? 남자 망신은 혼자 다 시키는 팔불출이라고 욕했는데, 저 정도 미모면 나도 팔불출 아니라 구불출이라도 한다."

"선배는 이준영 작가 얼굴하고 몸매밖에 안 보이죠?"

"아니. 분위기도 보여. 웬만해서 저런 오묘한 분위기를 풍기기가 쉽지 않거든. 이지적이면서 도도한데 전혀 차가운 인상이 아니잖아. 오히려 부드럽고 연약해 보이지. 보호 본능을 자극한다고 할까? 남기들 열이면 열 전부 넘어간다, 저 분위기에."

"마음이 따뜻해서 그래요. 솔직하고, 담백하고."

"인터뷰 한 번 하고 인터뷰이한테 푹 빠진 거야? 기자로서 바람직한 자세가 아닌데."

진우가 혀를 찼다. 그러거나 말거나 상관없다는 뜻으로 현진은 어깨를 으쓱하고 말았다.

"한우리당 황성기 사무총장과 이쌍수 대표의 연결 고리는 찾았어요?"

"고유진."

"얼마 전 '마지막 비상구' 여주인공으로 캐스팅되었다가 물 먹은 그 섹스 심벌이요?"

"어. 바로 그 섹스 심벌이 10년 전 사고 당시 송지환 대표 자동차에 동승하고 있었더라고."

"둘이 사귀기라도 했대요? 그동안 송지환 대표 여자 보는 눈이 일취월장했네요."

비아냥거리는 현진의 이야기를 듣고 진우가 피식 웃으면서 머리를 내저었다. 차마 그럴 리가 있겠느냐는 의미였다.

"10년 세월에 강산은 변해도 여자 고르는 남자의 시각은 변하지 않아. 타고난 취향은 만고불변이거든. 이준영 작가 같은 타입이 이상형인데 섹스 심벌 고유진이 송지환 대표 눈에 차기나 했겠어? 검찰 조사 기록에 의하면 사고 당일 두 사람은 동창 모임에서 처음 만난 사이가 맞아. 마침 가는 방향이 같아서 고유진이 송지환 대표 자동차를 얻어 탔나 봐."

"사람 인연이라는 게 참 묘하네요. 과거에는 교통사고로, 현재는 드라마로 다들 얽혀 있으니 말이에요. 이쌍수 대표 쪽에서 고유진 카드를 언제쯤 깔까요?"

"내일 오전 10시 고려 호텔 프레스센터. 조금 전 고유진 소속사에서 각 언론사로 기자회견 스케줄 알려 왔어."

"선배 생각에는 고유진이 내일 뭐라고 떠들 것 같아요?"

"당연히 검찰 기록이 조작되었다고 얘기하겠지. 당시 자신이 사고 현장에 있었다고, 목격자라고 하면서. 송지환 대표 자동차가 제한속도 이상으로 달렸다든가, 운전 중 고유진이랑 노닥거리느라 전방 주의를 게을리 했다든가, 지극히 사소하지만 결정적인 한 방이 될 수 있는 거짓말을 늘어놓을 거야."

"송재용 서울시장이 곤란해지는 거예요?"

"전혀. 이쌍수 대표가 고유진을 까면 송재용 시장은 기다렸다는 듯이 사고 차량의 블랙박스 영상을 공개할 테니까. 고유진이 거짓말을 했고 검찰 조사는 처음부터 끝까지 적법하다는 증거로써."

현진은 어깨를 잇대고 서 있는 진우의 얼굴을 올려다보았다. 심층 취재 및 탐사 보도 분야에서 대한민국 최고라는 소리를 듣는 그였다. 특히 권력형 비리는 진우의 전공이라고 해도 과언이 아니다.

송재용 서울시장이 권력으로 아들이 낸 교통사고를 무마시켰다는 의혹이 처음 언론을 통해 불거져 나왔을 때, 진우는 돌아가는 판세를 역으로 읽어 냈다. 지금까지 그의 예상대로 의혹 논란이 진행되어 왔다. 아마 앞으로도 그 예상에서 크게 벗어나지 않을 것이다.

"정치하는 사람들 정말 대단해요. 이럴 때 보면 소름 끼치게 무섭다니까요. 하나밖에 없는 아들 피가 빠짝빠짝 말라 가는데도, 스모킹 건을 손에 쥐고서 어떻게 보름을 기다리느냐고요. 보통 사람은 하루는커녕 한 시간도 못 견딜 것 같은데. 솔직히 나부터도 그렇거든요."

"내가 죽느냐, 상대를 죽이느냐. 결국 절체절명의 싸움이거든. 상대가 어떤 패를 쥐고 있는지 모르는 상태에서 내가 가진 패를 다 까 버릴 수는 없잖아. 그것은 그냥 자멸이니까."

"내일 자정 엠바고가 풀리면 언론사 홈페이지마다 이준영 작가 인터뷰가 인터넷 판으로 실릴 거예요. 모레 아침에는 지면과 방송을 통해 대대적으로 인터뷰 기사가 나갈 테고. 블랙박스 영상까지 공개되면, 완전 파죽지세. 게임 오버네요. 우리의 변덕쟁이 여론 님께서는 언제 그랬냐는 듯 또 금세 송재용 시장 쪽으로 돌아서겠죠. 한우리당에서 송 시장의 입지만 더욱 견고해지겠군요. 당내 경선은 하나마나겠어요."

"그거야 끝까지 두고 보아야지. 이래저래 송재용 시장 입지는 견고해지겠지만, 그렇다고 호락호락 나가떨어질 이쌍수 대표가 아니거든."

"이번 일로 이쌍수 대표 날아가는 것 아니었어요? 나는 은근 추풍낙엽을 기대했는데."

현진은 의아한 표정으로 되물었다. 진우가 두툼한 입술을

170

크게 벌리고 헐거운 미소를 짓는다. 평소 지나칠 정도로 날카롭던 눈동자에 짓궂은 기색이 흘렀다. 마치 '너는 인마, 아직 멀었어'라고 이야기하는 것 같았다.

"잽싸게 황성기를 끊어 내고 도망가겠지, 언제나처럼. 게다가 변수도 하나 남았고."

"어떤 변수요?"

"이준영 작가 어머니가 요즘 기자들이랑 접촉하나 봐. 10년 전 아들이 죽은 사고에 대해서 할 말이 무진장 많다고."

가벼운 마음으로 진우의 설명을 듣던 현진의 얼굴빛이 돌연 하얗게 질렸다. 현진은 냅다 복도 반대편 비상구를 향해 뛰었다.

"야, 주 기자! 감히 하늘 같은 선배가 말씀하시는데……. 주현진 너, 죽는다!"

진우가 진짜로 죽일 듯이 고래고래 소리를 질렀다. 현진은 뒤도 돌아보지 않은 채 겨우 목소리만 높여 외쳤다.

"선배! 로미오와 줄리엣이 왜 죽었는지 알아요?"

"로미오는 독약 마시고 죽고, 줄리엣은 단검으로 목숨을 끊었잖아."

"아니요, 틀렸어요. 복수에 집착한 부모들 때문에 죽었어요. 양쪽 집안 부모들이 못난 아집만 피우지 않았으면 로미오와 줄리엣은 검은 머리 파뿌리가 되도록 오래오래 행복하게 살았을 거라고요."

현진은 묵직한 출입문을 힘껏 밀어젖히고 내처 비상계단

171

을 전속력으로 뛰어서 내려갔다. 잘하면 지하 주차장에서 준영을 붙잡을 수 있을 것이다. 붙잡아야 한다. 꼭.

"어!"

승강기에서 내리던 춘희의 입에서 짤막한 탄성이 터졌다. 앞서 내린 준영이 무슨 일인가 싶어 뒤를 돌아다보자 춘희가 싱그레 웃으면서 자신의 스마트폰을 건네주었다.

"이 기사 좀 읽어 봐. 오늘 새벽 강빈이 'With B' 회원들한테 자필 편지를 남겼대. 자신은 이준영 작가와 '프로덕션 온' 송지환 대표의 사랑을 지지한다고."

"어디요?"

"여기."

춘희가 인터넷 기사 아래 첨부해 놓은 강빈의 자필 편지 원문을 손가락으로 가리켰다. 준영은 한 글자, 한 글자 눈에 아로새기듯이 천천히 읽어 나갔다.

그동안 안녕하셨습니까?

바쁘다는 핑계로 너무 오랜만에 'With B'에 들어왔더니 '여기는 어디, 나는 누구'인가 싶네요. 하하. ^^;; 격조했던 스스로를 깊이 반성하며 10분간 한쪽 구석에 서서 손들고 있었습니다. 그러니 너그럽게 용서해 주십시오.

제가 오늘 뜬금없이 'With B'에 나타난 것은 우리 회원님들께 긴히 부탁할 일이 있어서입니다. 한동안 코빼기도 안 비치다가 아쉬우니 들어왔느냐고 욕하셔도 할 말 없습니다.

그렇지만 어쩌겠습니까? 여러분이 저를 더 많이 사랑하시니 그 마음에 기대어 못난 욕심 한번 부려 보겠습니다.

저에게는 서로를 끔찍하게 아끼고 사랑하는 두 친구가 있습니다. 그 친구들을 옆에서 지켜보고 있자면 나도 연애하고 싶다는 생각이 불쑥 들만큼 알콩달콩한 커플입니다. 워낙 예쁘게 사랑하는 사이라 그 둘에게 말 못 할 아픔이 있으리라고는 상상조차 못 했습니다.

10년 전 갑작스러운 눈이 펑펑 쏟아져 내리던 밤이었습니다. 남자는 외할아버지 제사에 참석하기 위해 차를 끌고 큰외삼촌 댁으로 가고 있었고, 여자는 대학 합격 축하 파티를 마치고 세상 하나밖에 없는 오빠와 집으로 돌아가고 있었습니다.

여기까지 제 얘기를 듣고 머릿속에 떠오르는 사람들이 있으시지요? 네, 맞습니다. 요즘 대한민국을 떠들썩하게 달구고 있는 이준영 작가와 '프로덕션 온' 송지환 대표의 이야기입니다.

처음 제 친구들의 이야기를 듣고 저는 이 애틋하고 애끓는 사랑 앞에서 누가 이들에게 돌을 던질 수 있을까, 라고 생각했습니다.

그런데 우리 'With B' 회원님들 중 일부가 앞장서서 돌을 던지고 다닌다는 소리가 심심찮게 들려옵니다. 가슴이 아파서 미칠 거 같습니다. 'With B' 회원님들은 모두 저와 같은 마음일 것이라 믿었는데…….. 아니었나 봅니다.

우리 회원님들은 그 유명한 '로미오와 줄리엣'의 이야기가 어떻게 끝을 맺는지 아십니까? 서로를 끔찍하게 아끼고 사랑하는 두 사람은 오래오래 함께할 수 있는 방법으로 죽음을 선택하고 맙니다. 그들 스스로의 선택이었지만 주변 강요에 의한 어쩔 수 없는 선택이기도 했습니다.

원하지 않은 결투에서 벌어진 피치 못할 사고였다 해도 사촌 오빠를 죽인 로미오를 사랑할 수밖에 없는 줄리엣의 심정은 어떠했을까요? 사랑하는 줄리엣의 고뇌하는 모습을 곁에서 묵묵히 지켜보아야만 하는 로미오의 마음은 또 어떠했을까요?

이 새벽, 저는 셰익스피어의 '로미오와 줄리엣'을 다시 꺼내 읽으면서 울었습니다. 죽음을 선택할 수밖에 없었던 두 사람의 사랑이 너무나도 절절해서 울었습니다.

내 소중한 친구들의 이야기는 '로미오와 줄리엣'과 달리 해피엔딩이었으면 좋겠다는 간절한 바람으로 울었습니다.

이준영 작가와 송지환 대표가, 그 후로 오래오래 행복하게 살았다는 흔해 빠진 동화의 엔딩처럼 오래오래 행복하게 살기를 바랍니다. 우리 'With B' 회원님들도 저와 같은 심정으로 두 사람을 따뜻이 지켜보아 주셨으면 좋겠습니다.

오랜만에 나타나 긴 글 두서없이 남깁니다. 그래도 제 진심만큼은 회원님들께 전해졌다고 믿겠습니다. '마지막 비상구' 열심히 찍고 있습니다. 언제나 좋은 모습으로 여러분께 비치도록 노력하고 또 노력하겠습니다.

사랑합니다! 저에게 있어 우리 'With B' 회원님들은 한 사람, 한 사람 모두가 다 줄리엣입니다.^^

긴 한숨을 토해 내는 준영의 뺨을 타고 눈물이 흘렀다. 따뜻한 눈물이. 누구인가 지환과 준영의 사랑을 이해해 주고, 지지해 주고, 편을 들어 준다는 것이 이토록 가슴을 따스하게 데워 주는 일인지 몰랐다.

"강빈, 생각보다 멋지네."

춘희가 바삐 눈물을 훔치는 준영의 어깨를 가만가만 쓰다듬었다. 준영은 울음기를 지워 낸 얼굴을 들고 그것 보라는 듯 드맑게 웃었다.

"내가 전부터 얘기했잖아요. 비느님은 최고라고. 역시 팬질하는 보람이 있다니까요."

"울다가 웃으면 어떻게 되는지 알지?"

춘희가 짓궂게 놀렸다. 준영은 한층 더 활짝 미소를 지으면서 고개를 끄덕였다.

그때 비상구 방화문이 급하게 열리더니 거칠게 숨을 헐떡거리는 현진이 구르듯이 밖으로 뛰어나왔다.

"이 작가님! 잠깐만요. 이준영 작가님!"

"어머, 주 기자님! 무슨 일 있으세요?"

"저랑 잠시 얘기 좀 해요. 3분이면 돼요."

현진이 허리를 구부린 채 양손으로 무릎을 짚고 서서 숨을 몰아쉬었다. 얼마나 다급하게 내달려 왔는지 더운 땀으로 온몸이 흥건했다. 준영은 손수건을 꺼내 현진의 이마에 걸린 땀방울을 닦아 주었다.

"시간 괜찮으니까 주 기자님 숨부터 먼저 돌리세요."

"저는 됐어요. 이 작가님, 어머니요."

"우리 엄마요?"

"네. 요즘 기자들 만나고 다니시나 봐요. 이 작가님이 아셔야 할 것 같아서."

현진이 손수건을 받아 목덜미에 흐르는 땀을 닦았다. 크게 들이쉬고 길게 내쉬는 숨소리가 여전히 거칠었다.

준영은 머릿속 소용돌이치는 생각을 애써 지우고 현진의 오른손을 잡았다. 여기도 우리 편이 또 한 사람 있구나, 하는 마음으로.

"고맙습니다. 제가 엄마랑 얘기해 볼게요."

Chapter 7

지나간다, 분명

　한여름 석양빛이 길게 들이치는 거실은 지난봄 찾았던 일식당 '쇼군'의 실내장식을 연상시킬 만큼 호화로웠다. 준영은 사치스럽고 화려한 거실을 무감한 표정으로 둘러보았다. 벽걸이형 텔레비전이 최신 모델로 바뀌었고, 전에는 소파 끝에 놓였던 안마 의자가 베란다 쪽으로 옮겨 가 있었다.

　지난달 원목 마루를 들어내고 대리석을 깐 거실 바닥은 반질반질 윤이 흐를 정도로 깨끗해서 얼굴을 가져다 비추면 거울처럼 들여다볼 수 있을 것도 같았다. 새로 바른 실크 벽지의 크고 요란한 꽃무늬가 자못 어지럽다.

　"할 말이 뭐든 빨리 끝내. 중요한 약속이 있어서 곧 나가 보아야 하니까."

　체리 원목 탁자를 넘어오는 징신의 목소리가 표독스러웠

다. '집안 망신시키고 돌아다니는 딸년을 어쩌자고 아파트 안에 들이냐'며 방금 남편 용대에게 한바탕 퍼부은 뒤라 그 표독스러움이 더했다.

준영은 손가락으로 눈을 비비는 척 피곤한 눈자위를 다독였다.

"엄마 요새 기자들 만나고 다닌다면서?"

"내가 만나고 다니는 게 아니라 그 사람들이 찾아왔더라. 10년 전 사고에 대해서 얘기 좀 해 달라고."

"그래서 뭐라고 했어?"

"뭐라고 하기는, 나야 있는 그대로 얘기했지."

"있는 그대로 어떻게?"

"무혐의 처분을 내린 검찰 조사에 의문이 많다고."

"엄마······."

준영은 답답한 한숨을 토해 내듯 조용히 정선을 부르고 그대로 손바닥 안에 얼굴을 묻었다. 기가 막히고 한편 허탈해서 소리 지를 여력도, 화낼 기력도 없었다.

"그쪽 집에서 뭐하러 나한테 위자료를 10억이나 주었겠어?"

"그러게. 진짜 왜 그랬을까? 변호사도 1억 받으면 잘 받는 거라고 말했는데. 왜 그 집에서 위자료를 10억이나 챙겨 주었을까?"

"뻔하지. 뭔가 켕기는 구석이 있으니까."

목청 높여 대답을 한 정선이 새삼 등줄기를 꼿꼿하게 곤두

세우고 아래턱을 한껏 위로 치켜들었다. 준영은 어이없는 헛웃음만 나왔다. 지독한 아집 속에 함몰되어 눈에 훤히 보이는 사실을 알아채지 못하는 정선이 안쓰럽다 못해 이제 미워질 지경이다.

"그 집에서 위자료로 1억을 준다고 했으면 엄마가 받았을까?"

"미쳤니? 생때같은 내 새끼 죽여 놓고 그깟 1억으로 될 줄 알아? 턱도 없다!"

"3억은?"

"내가 그 돈을 왜 받아?"

"그럼 5억은?"

정선이 곧장 대답을 못 하고 머뭇거린다. 입술을 떼었다가 도로 닫아 버리는 정선의 낯빛에 설핏 어떤 미련이 보였다.

준영은 눈을 감고 말았다. 인정하고 싶지 않았지만 인정할 수밖에 없었던 진실을 눈앞에서 거듭 확인하고 나자, 허무하고 또 서글펐다.

"이래서 그 집에서 얼토당토않게 위자료를 10억이나 준 거야. 엄마가 고민할 것도 없이 덥석 받으리라 예상하고."

"너 지금 나한테 돈 10억에 자식 팔아먹은 어미라고 욕하는 거니? 기가 막혀서⋯⋯."

"넘겨짚지 마. 그런 뜻 아니니까. 그냥 사실이 그렇다고 얘기하는 거야. 그쪽에서 뭐가 켕겨서 위자료로 10억을 준 것이 아니라고. 피해자가 사망한 인명 사고라서 엄마가 합의를 해 주지 않으면 무조건 재판까지 가야 할 상황이었잖아. 그쪽 집에서는 그것만큼은 피하고 싶었을 테니까 10억이라는 돈도 아깝지 않았을 거라고."

"아휴! 말이 말 같아야 들어 주든 말든 하지. 이만 됐고. 준영이 너 곧 전속 계약 끝나지? 계속 그놈이랑 같이 붙어서 일할 생각은 아니지?"

정선이 몰아세우듯이 물었다. 준영은 일부러 대답을 회피했다. 생전 가야 준영의 일에는 관심조차 없던 정선이다. 지금껏 아무 때고 손을 벌릴 때 원하는 액수만 채워 주면 그만이었다. 갑자기 전속 계약에 관심을 두는 이유가 수상쩍었다. 혹시라도 무슨 일을 꾸미는 것은 아닌지 두려웠다.

"왜 대답을 못 해?"

"내 일은 내가 알아서 해."

"알아서 한다는 게 고작 그따위야? 앞으로 그놈이랑 더 이상 얽힐 일 없도록 이참에 '투엠'인가, 아무튼 거기로 옮겨. 채진경 실장이라는 사람이 전속 계약금 섭섭지 않게 챙겨 준다고 했어."

"지금 있는 회사랑 전속 계약 연장하기로 이미 얘기 끝났어. '투엠'이든 어디든, 다른 곳으로 옮길 생각 없다고."

"너 미쳤구나! 미쳐도 단단히 미쳤어. 그놈한테 미쳐서 눈에 보이는 게 아예 없지? 다른 누구도 아닌 네 오빠를 죽인 놈이야. 그놈 살인자라고. 요즘 방송에서 너랑 그놈이랑 어쩌고 저쩌고 한다는 소리만 나와도 내가 속에서 열불이 터져 죽을 것 같아."

"사고였어. 누구의 잘못도 아닌 단순 사고. 운이 없었던 것 뿐이야. 준수 오빠도, 우리 대표님도, 어쩌면 나도."

"염치도 모르는 뻔뻔한 년!"

정선이 느닷없는 고함을 내지르면서 달려들었다. 준영의 머리카락을 움켜잡고 쥐어뜯으며 바락바락 외쳐 대는 히스테 릭한 목소리가 대리석 바닥을 타고 쿵쿵쿵 울렸다.

"내가 이래서 너를 용서할 수가 없어. 불쌍한 우리 준수는 죽어 한 줌 재밖에 안 남았는데, 내 새끼 죽인 그놈은 말짱히 살아 거리를 활보하고 다니잖아. 그게 다 너 때문이라고, 너 때 문! 그때 네년이 입만 함부로 놀리지 않았어도 그놈을 감옥에 보낼 수 있었는데……. 우리 준수 죽인 벌을 받게 할 수도 있었 는데……."

머리카락을 쥐고 흔들던 우악스러운 손아귀 힘이 한순간 스르르 풀렸다. 정선이 절퍼덕 거실 바닥에 주저앉아 여느 때와 다름없는 마른 울음을 꺼억꺼억 토했다.

"아이고, 준수야! 불쌍한 내 새끼!"

준영은 당장에라도 귀를 틀어막고 싶은 것을 간신히 참았 다. 헝클어진 머리카락을 대충 손가락으로 빗어 정리했다.

"모레쯤 사고 차량의 블랙박스 영상이 언론을 통해 공개될 거야. 엄마가 기자들 붙잡고 무슨 이야기를 해도 소용없어. 제 발 엉뚱한 거짓말로 그 사람 좀 그만 괴롭혀. 부탁할게. 엄마 자꾸 이러면 송재용 서울시장 측에서 명예훼손에 허위 사실

유포로 고소·고발할 수도 있어. 아예 검찰이 직접 나설 가능성도 높고. 10년 전에 엄마가 받아 챙긴 그 10억 원, 고스란히 되돌려 주어야 할지도 모른다고."

정선이 눈물도 없이 쏟아 내던 마른 울음소리를 뚝 그쳤다. 망연히 준영을 올려다보는 눈동자가 극심하게 흔들린다. 이제야 사태의 심각성을 깨달은 듯했다. 준영은 지친 한숨을 지으며 손바닥으로 얼굴을 쓸었다.

"엄마, 있지……. 감옥에 갇히는 것만이 벌은 아니야. 살아 있는 것, 숨 쉬고 사는 것 자체가 형벌인 사람도 있어. 우리 대표님이 그랬고, 내가 그랬어. 살아 있는 것이 징글징글하게 힘들어서 그냥 이대로 콱 죽었으면 좋겠다는 생각을 매일매일 수도 없이 했어. 나, 있지……. 그 사람 못 만났으면, 어쩌면…… 벌써 죽었을지도 몰라. 엄마가 무슨 소리를 해도 대표님이랑 안 헤어져. 엄마가 포기해. 나는 죽어도 포기 못 하니까."

"그럼 죽어! 죽으라고! 그놈이랑 붙어먹는 꼴, 나는 절대로 못 보니까 차라리 네가 죽어!"

정선의 모진 악다구니가 비수로 변해 날아들었다. 인정도 사정도 없는 잔인한 칼날은 이내 살갗을 찢어 가슴뼈를 부수고 심장을 후비어 팠다. 준영의 목울대로 피맺힌 서러움이 울컥울컥 올라온다.

준영은 어금니를 으물었다. 치솟는 감정을 어떻게든 다스려야 했다. 아래턱이 달달달 떨리고 양손이 부들거렸다. 가까스로 참고 있다는 것을 아는지 모르는지 정선이 이제 조롱까지 보탠다.

"못 죽겠지? 못 죽겠으면 그놈이랑 헤어져. 그게 너 때문에 죽은 우리 준수한테 죗값 치르는 길인 줄이나 알아."

"어떻게 죽어 줄까? 지금 엄마가 보는 앞에서 베란다로 나가 뛰어내리기라도 할까? 아니면 칼로 손목을 그을까? 옷걸이에 목이라도 매달까?"

준영은 나오지 않는 목소리를 억지로 쥐어짰다. 느릿느릿 입 밖으로 밀려서 나오는 쇳소리 같은 말소리가 붉은 석양빛 아래 서럽도록 아프게 부서졌다.

울고 싶었다. 죽고, 싶었다. 하루하루 시간을 견디면서 사는 일이 힘들어도 너무 힘이 들었다.

"이준영! 너 지금 나 협박하니?"

"제발 살려 달라고 엄마한테 애원하는 거야. 내 목 좀 그만 조르라고. 나는 살고 싶어. 살고 싶다고. 행복하게!"

끝내 절규가 터졌다. 준영은 시선을 멀리 두고 기다란 숨을 천천히 뱉었다. 혈육이라는, 가족이라는, 마음대로 끊어 낼 수조차 없는 이 지긋지긋한 천륜의 굴레가 소름 끼치게 끔찍했다. 신물이 넘어왔다.

"엄마! 우리 이제 얼굴 그만 보고 살자. 이렇게 얼굴 마주 보는 것 엄마도 힘들고, 나도 힘겹고. 지친다, 진짜. 생활비는 지금처럼 매달 통장으로 넣어 줄게."

준영은 황급히 거실을 가로질러 현관문으로 향했다.

피맺힌 울음이, 흰 밑힌 눈물이 굳게 여미어 놓은 입술을 가르며 금방이라도 입 밖으로 터져 나올 것만 같았다. 여기서 눈물이 쏟아져 버리면 이대로 바닥에 무너져 쉽사리 일어서지 못할 터였다. 내딛는 발걸음을 한층 더 빠르게 놀렸다.

가까스로 울음을 삼키며 구두를 신는데, 허둥지둥 달려온 용대가 어쩔 줄을 몰라 발을 동동 구른다.

"준영아! 이렇게 가면 아빠가······."

"전화할게."

"엄마가 아파서 그래. 많이 아파서. 전에 해진이가 그러더라. 엄마 마음에 병이 깊어서 자기밖에 모르는 어린애가 되어버렸다고. 펑펑 돈 쓰는 것으로 준수를 잃은 허전한 마음을 달래는 거라고. 그러니 준영이 네가 이해를 해야지."

"아빠! 나도 아파. 엄마만 아픈 것 아니야. 나도 아파서 죽을 것 같아. 나한테만 참고 이해하라고 하지 마."

"너한테만 참고 이해하라는 소리가 아니라, 나는 그냥······."

"엄마 데리고 병원에 좀 다녀와. 정신과 찾아가기가 쭈뼛하면 해진 선배한테라도 갔다 오라고. 제발, 좀."

"알았어. 당장 내일이라도 해진이한테 다녀올게. 오랜만에 왔는데 저녁이라도 먹고 가."

"그만 갈게."

붙잡는 용대의 손길을 기어이 뿌리치고 준영이 서둘러 현관문을 열고 밖으로 나갔다. 예전처럼 비상계단 한쪽 구석에 쪼그려 앉아 서러운 울음 더미를 숨죽여 쏟아 낼 것이 틀림없었다. 용대는 괴로워 터져 나갈 것 같은 가슴을 주먹으로 퍽

퍽 두드렸다. 못난 놈이라고, 형편없는 아비라며 스스로를 질책하고 또 탓했다.

"여보! 여보! 여보!"

용대를 찾는 앙칼진 목소리가 거실에서부터 넘어왔다.

"왜요? 나 여기 있어요."

용대가 달려가 무릎을 마주 붙이고 앉자 정선이 옷자락을 덥석 움켜잡았다. 반쯤 혼이 빠져나간 사람처럼 흐리멍덩한 표정으로 묻는다.

"준영이가 방금 뭐라고 한 거야?"

"얼굴 그만 보재요. 서로 너무 힘들다고. 생활비는 통장으로 넣어 주겠대."

"그것 말고! 저것이 나더러 제 목 좀 그만 조르라고 말한 것 맞지? 어이가 없다, 어이가 없어. 준영이 저것 미쳤어. 미쳤다고."

정선이 바락 소리를 내질렀다. 분노 조절을 못 해 평소에도 감정 기복이 들쑥날쑥 심했다. 지난겨울 아무래도 한계에 다다른 것 같다며 해진이 걱정을 하더니, 이러다 아예 정신줄을 놓아 버리면 어쩌나 싶었다.

용대는 짤막한 군기침으로 목청을 가다듬고 말소리를 조곤조곤 풀었다.

"당신 지금부터 내가 하는 얘기 잘 들어요. 흥분하지 말고. 꽤 오래전에 준영이가 죽으려고 약을 먹은 적이 있었어."

"준영이가 죽으려고 약을 머어? 지 특힌 년이?"

정선이 무슨 말도 안 되는 소리를 하느냐는 표정으로 되물었다. 용대의 입에서 답답한 한숨이 터져 나왔다.

겉으로야 말짱해 보여도 그동안 준영의 마음고생이 이만저만이 아니었음을 정선은 모른다. 아니, 애당초 알려고 하지도 않았다. 아들을 잃은 슬픔에 갇혀서 딸에게 밀어닥친 고통을 도무지 보려고 하지 않았다.

"우리 준수 그리 허망하게 떠나보내고 얼마 안 지나 준영이가 약을 먹었어. 우울증에 불면증까지 심해져서 수면제를 처방해 먹고 있었거든. 어린것이 너무 힘들었나 봐. 그걸 병째 한입에 다 털어 넣었어. 준영이 지금도 우울증 약 먹어. 수면제 없으면 잠도 못 자고. 준수 하나 앞세웠으면 됐지, 남은 준영이마저 앞세울 수는 없잖아."

"나한테 왜 얘기 안 했어? 그때 나한테 왜 얘기 안 했는데? 그 얘기를 왜 이제야 하냐고!"

정선이 움켜쥔 용대의 옷깃을 마구잡이로 흔들었다. 그러다 또 맥없이 옷자락을 풀어 놓고 멍하니 허공을 응시했다.

"준영이가 당신 충격 받는다고 말하지 말라고 해서 못 했어. 솔직히 당신 정신줄 놓을까 봐 내가 얼마나 조마조마한데."

"얘기는 해 줬어야지. 내가 그래도 엄마인데……."

"그때 해진이한테 우리 딸 엄청 혼났어. 해진이 놈이 준영이 등짝을 손바닥으로 막 때리고는 소리소리 지르면서 우는 거야. 준수가 너를 어떻게 살렸는데 이따위 짓을 저지르느냐고.

준수한테 미안하면 이 악물고 악착같이 살라고. 당신 준영이한테 너무 모질게만 대하지 말아요. 준수를 생각해서라도 그러면 안 돼. 그놈이 제 동생을 얼마나 예뻐했는데……. 오죽하면 하나뿐인 제 목숨을 버려서까지 준영이를 지켜 냈겠어?"

아무 소리 않고 앉은 정선의 뺨을 따라 한 줄기 굵은 눈물방울이 흘러내렸다.

10년 만의 일이었다. 하루아침에 사랑하는 아들을 잃고 그 충격으로 눈물마저 말라붙었던 정선이다. 극심한 스트레스로 인해 눈물샘이 완전히 막혀 버렸다는 진단을 받았다.

그런 정선이 죽은 지 10년이 지나도록 차마 마음에서 놓지 못하는 아들을 애타게 부르며 운다. 꺽꺽 목을 놓아 울음을 토하는 정선의 눈에서 하염없는 눈물이 펑펑 쏟아졌다.

"준수 보고 싶어. 너무 보고 싶어, 우리 아들. 불쌍한 내 새끼 한 번만…… 딱 한 번만 얼굴이라도 다시 봤으면 좋겠어. 그냥 얼굴만이라도 봤으면……."

애끓는 그리움으로 새카맣게 타들어 간 가슴을 죄다 손톱으로 쥐어뜯는 정선을 용대는 조심스럽게 보듬어 품에 안았다.

"여보! 우리, 해진이 보러 갈까? 해진이 놈이 전에 그랬잖아. 우리 준수 죽고서 당신이랑 나랑 넋 놓고 있으니까, 바로 이 거실에서 저 소파에 앉아 이제부터 제 놈이 우리 아들 노릇하겠다고. 당신도 기억나지? 우리, 해진이한테 갑시다. 우리 아들 보러. 응?"

정선이 눈물 젖은 얼굴을 끄덕여 대답을 대신하고 용대의 가슴으로 파고들었다. 용대는 더욱더 힘주어 아내를 끌어안 았다. 거센 폭풍우같이 휘몰아치는 이 힘겨운 시간도 언제나 처럼 무사히 지나가기를, 부디 바란다.

⟪⟪⟫

또 이렇게 하루해가 가는구나.

지환은 주차장 한쪽에 자동차를 세우고 지친 한숨을 내쉬 었다.

그나마 몇 날 며칠 타운하우스 앞에 진을 치고 버티던 기 자들이 보이지 않아 다행이다. 오늘 정오를 기해 사고 차량 의 블랙박스 영상이 언론에 공개된 직후 새로운 먹잇감을 찾 아—아마도 고유진이나 이쌍수 한우리당 대표 측으로—썰물처럼 빠 져나갔음이 분명했다.

피곤한 눈자위를 손가락으로 꾹 한 번 눌러 주고 아우디 시동을 껐다. 마침 콘솔박스 안에 꺼내 놓은 휴대전화기가 부르르 진동음을 뿜는다. 발신자 번호를 확인하는 지환의 입 매가 유연하게 휘었다.

"지금 작업실 앞이다. 들어간다, 들어가. 금방 들어간다고."

지환은 피곤을 감추기 위해 부러 짜증을 피웠다. 춘희가 수화기 너머에서 픽 하고 웃는다. 작업실 창문 블라인드 틈 으로 주차장을 엿보며 전화하고 있다는 뜻이리라.

—이준영 작가 뒷마당에 있어요. 세 시간째 새둥지 속에 들어앉아서 그네만 타요.

"무슨 일 있었어?"

—한동안 기자들 때문에 작업실에만 갇혀 지냈잖아요. 아까 기자들 철수하자마자 신선한 공기가 필요하다면서 뒷마당으로 나갔어요.

별일 아니라는 식으로 여상히 이야기하는 춘희의 말투가 오히려 별일 있다는 것처럼 들렸다.

"혹시…… 준영이 블랙박스 영상 봤어?"

—네. 인터넷에서.

"야, 인마! 그걸 보여 주면 어떡해? 내가 어떻게든 못 보게 막으라고 아침에 출근하면서 신신당부까지 했잖아."

지환의 목소리에 공연한 심지가 올라섰다. 춘희를 탓할 문제가 아님을 알면서도 답답한 마음에 화살촉이 그만 춘희에게 향하고 말았다.

—이 작가가 자꾸 보고 싶다고 해서요. 언제든 한 번은 봐야 할 것 같다고 얘기하는데 더는 말릴 수가 없더라고요. 텔레비전이고 인터넷이고 온통 블랙박스 영상 관련한 소리뿐이라. 죄송해요.

"됐다. 아니야, 잘했어. 아예 안 보면 모를까. 보려고 마음먹었으면 일찍 보는 것이 오히려 나을 수도 있어."

—그러니까요. 오죽하면 매도 먼저 맞으라고 하겠어요.

"양 양! 너 배고프지? 먼저 저녁 먹어. 나는 준영이랑 밖에서 얘기 좀 하다가 들어갈게."

―저 지금 나가려고요. 마침 형님도 오셨으니까. 대학 동
창들이랑 갑자기 술 약속이 생겼거든요.

춘희의 말소리가 쫓기는 사람의 그것처럼 다급했다. 지환
은 소리 없이 웃었다. 없는 약속까지 만들어 준영과 둘만의 시
간을 가지도록 배려해 주는 춘희의 마음 씀씀이가 고마웠다.

"저녁은 먹고 나가라. 지금 형석이네 가 보아야 밥 없잖아.
너 굶겨서 내보내면 나중에 준영이한테 나만 야단맞아."

―……예, 형님.

춘희가 멋쩍어 한참을 망설이다 대답했다. 지환은 그냥 물
색없이 웃어 주고 통화를 끝마쳤다.

자동차를 벗어나 마당을 가로지르는 발걸음이 사뭇 무거
웠다. 한 발, 한 발 걸음을 내딛을 때마다 머릿속 얽히고설킨
여러 가지 생각들이 한꺼번에 쑥 일어났다가 또 일제히 훅
주저앉기를 반복했다.

끼익끼익, 외줄 그네에서 나는 소리만 간간이 들려올 뿐 땅
거미가 지기 시작한 뒷마당은 여느 날과 다름없이 고즈넉했다.

희끄무레한 어스름 속 제 혼자 힘으로, 혹은 밤바람에 떠밀
려 가만가만 흔들리는 새둥지 그네 안쪽에 준영이 앉아 있다.
양쪽 무릎을 가슴에다 바짝 붙이고 등줄기를 공처럼 둥글게
옹송그린 모습이 못내 안쓰러워 눈물겹기까지 하다. 문득 후회
가 밀려 왔다.

욕심내지 말 것을 그랬다. 아무리 가지고 싶고 품에 안고

192

싶어도 참을 것을 그랬다. 예전처럼 가까이 곁에 두고 지켜보기만 할 것을 그랬다. 그랬다면, 그랬다면, 준영이 저토록 힘들지는 않았을 터인데…….

부질없는 후회가 쌓이고 외줄 그네를 향해 다가가던 발걸음이 자꾸만 느려지더니 종국에는 제자리에 멈추어 서고 만다. 바지 주머니 안에 양손을 찔러 넣고 일없이 밤하늘을 우러렀다. 어두움에 젖어 더욱 막막한 하늘가에 이지러진 조각달만 외로이 떠 있다.

오가는 바람의 방향에 따라 잔잔히 일렁이던 외줄 그네가 한순간 출렁하면서 아래로 내려앉았다. 지환이 구두를 준영의 슬리퍼 옆에 가지런히 벗어 두고 새둥지 안으로 들어왔다.

"왜 밖에 나와 있어? 벌레 물리려고."

준영은 곁으로 부쩍 다가와 앉는 지환의 얼굴을 멍하니 쳐다보며 귀에서 이어폰을 빼냈다.

"갑갑해서 잠깐 나왔어요. 지금 퇴근한 거예요?"

"어."

"오늘은 늦었네요."

"처리할 게 남아서."

지환은 대충 대답을 얼버무렸다. 진즉 퇴근하고 돌아와 한참이나 마당 저편에 서서 준영을 지켜보고 있었다는 사실을 감추었다. 예사로이 물었다.

"음악 듣고 있었어?"

"네. 배고프죠?"

"아니. 당신은?"

"나도 그냥 뭐."

이번에는 준영이 두루뭉술하니 답변을 흐렸다. 하루 종일 먹은 것도 없는데 허기를 전혀 느끼지 못했다. 주위가 이만큼 어두워진 것도 여태 몰랐다. 꽤 오랫동안 넋을 놓은 채 우두커니 앉아 있었던 모양이다.

"지금 몇 시예요?"

"8시 35분."

"시간이 벌써 그렇게 되었어요? 우리 들어가서 저녁 먹어요. 오늘 도우미 아주머니 다녀가셔서 반찬 많아요. 아주머니가 대표님 좋아하는 매운 등갈비찜 해 놓으셨어요."

평소답지 않게 수선을 피우는 준영의 손을 지환이 붙잡아 깍지를 끼웠다. 도망가지 못하도록 옆에 붙잡아 두겠다는 듯이 힘주어서 꽉.

"우리 잠깐만 이러고 있자."

"양 실장 배고프다고 짜증 낼 거예요."

"친구들 만난다고 나갔어."

"외출했다고요? 오늘 약속 있다는 말 없었는데."

"갑자기 술 약속이 생겼대."

"대표님이 또 쫓아냈죠?"

준영이 그럴 줄 알았다는 표정으로 샐쭉 눈시울을 빗떴다. 지환은 고개를 끄덕이며 살긋 웃어 버렸다. 웃지 않으면 눈물이 날 것만 같았다.

"오늘은 그래도 밥은 먹여서 보냈어."

"잘했어요."

준영이 몸을 가까이 붙여 앉으며 지환의 어깨에 머리를 기댔다. 지환은 아래턱에 와서 닿는 준영의 정수리에 가만히 입술을 묻었다. 뜨거운 무엇인가가 명치 아래 단전에서부터 왈칵 올라온다.

"사랑해."

준영은 말없이 고개를 들어 지환을 바라보았다. 달빛조차 닿지 않는 어두움 속에서 지환의 얼굴이 먹빛 음영에 가려 파르스름하게 보였다. 가뜩이나 깊이를 알 수 없는 우물 같은 눈동자가 평소보다 더욱 짙게 가라앉아 있다. 마음이 아파서 목이 메었다.

"나도 사랑해요."

울음에 잠겨 흘러나오는 목소리가 자신의 것이 아닌 듯 준영의 귀에조차 아련하니 멀게만 들렸다.

지환이 고개를 모로 비껴 내려 서로의 입술을 하나로 포갰다. 느릿느릿 입술을 비비고 조심스럽게 혀를 감아 천천히 숨결을 나누는 지환의 입맞춤이 너무나 애틋해서 준영은 눈물이 났다.

가만가만 어깨를 매만지다 길게 팔을 쓸어내리고 살그머니 젖가슴을 그러쥐는 지환의 손길이 너무도 애처로워 그만 울음이 솟았다.

흐느껴 우는 준영의 등줄기를 지환이 양팔로 보듬어 숨이 막히도록 품 안에 바투 끌어안는다.

준영은 입맞춤을 되돌려 주며 지환의 허리를 타고 앉아 두 팔을 그의 목에 감았다. 어느 순간 서로를 향한 애무가 급박하게 돌변했다. 입맞춤 또한 서로가 서로를 집어삼킬 것처럼 깊어졌다.

미친 듯이 입술을 빨았다가 깨물고, 정신없이 혀를 섞어 당기고. 그 일련의 행위들이 한없이 뜨거우면서도 가슴 아리도록 안타까웠다.

시선을 맞추고, 이마를 잇대고, 입술을 포개고, 손가락을 얽고, 끝내는 두 몸이 덩굴처럼 하나로 엉클어졌다. 이 모든 움직임들이 더없이 아찔하면서도 마음 저리도록 애달팠다.

어떤 간절함이 입맞춤을 나누는 사이사이 서로의 얼굴을 쓰다듬는 손끝에서 배어 나왔다. 어떤 절박함이 가파른 숨결을 토해 내는 중간중간 서로의 몸을 헤매고 돌아다니는 손길에서 묻어 나왔다.

"우리, 지금…… 해요."

준영이 눈물에 젖은 채 헐떡였다. 지환은 하르르 전신을 떠는 준영의 목덜미에서 쇄골로 입술을 미끄러뜨렸다.

"으응?"

"나 안아 줘요, 지금."

준영이 흐느껴 울면서 말했다. 지독한 신열에 달뜬 사람 같았다.

지환은 저도 모르게 헛숨을 들이켰다. 어둑어둑한 초저녁, 푸르스름한 달빛, 고즈넉한 뒷마당, 삐걱삐걱 흔들리는 외줄 그네, 그리고 두 사람만의 새둥지…… 수많은 생각들이 빠르게 다가왔다 더 빠르게 멀어져 간다.

사방 탁 트인 야외라는 사실도, 비록 밤이지만 누구든 마음만 먹으면 두 사람을 볼 수 있다는 우려도 더 이상 중요하지 않았다. 어서 준영을 품고 싶다는 간절함이 무섭도록 타올라 빨리 그녀와 한 몸을 이루어야 한다는 절박함으로 남았다.

다급한 손길로 준영의 반바지와 속옷을 한꺼번에 벗겨 냈다. 오른손을 허벅지 안쪽 빡빡한 속살에 찔러 넣으며 남은 왼손으로는 서둘러 양복바지 벨트를 풀고 지퍼를 내렸다. 댕돌같이 부푼 뜨거운 욕망이 정염에 잠겨 드는 여린 불두덩과 금세 마주 물려 닿았다.

"충분히 젖지 않아서, 아플 거야."

"아파도 좋아요. 지금, 해요."

준영이 지환의 목에 두른 팔에 힘을 더했다. 흐느낌을 닮은 준영의 애원에 가까운 속삭임은 순간적인 망설임마저 앗아가 버렸다.

지환은 양손으로 준영의 엉덩이를 붙잡아 힘껏 아래로 끌어 내렸다. 버겁게 준영의 몸 안으로 들어서자 누구의 것인지 모를 신음이 흘렀다.

"아홋, 하아……"

준영은 격렬하게 흔들리는 지환의 어깨에 매달린 채 가쁜 숨을 몰아쉬었다. 지환이 무른 속살을 비집으며 몸 안으로 치고 들어올 때마다 정신이 아득해진다.

칠흑처럼 깊은 밤, 어지러이 흩날리는 눈발, 도로 한가운데 준영을 부르는 목소리, 끼이익 요란한 브레이크 파열음, 그리고 너무도 선연하던 검붉은 핏자국…….

시간이 흐르고 세월이 가도 결코 지워지지 않는 그 기억마저 희미하게 바랬다. 지금 이 순간만이 머릿속에 오롯이 남아 온몸이 아프도록 지환을 원했다.

"더. 좀 더."

준영은 스스로 엉덩이를 움직여 더욱더 지환을 몸 안쪽으로 깊숙이 받아들였다. 지환의 입에서 되직한 신음이 새어 나왔다.

"으윽, 이러면……."

극한의 정점을 향해 치달아 가는 지환의 격렬한 허릿짓에 맞추어 준영도 미친 듯이 엉덩이를 흔들었다. 온몸이 버거울 만큼 지환으로 가득 차 있는 상태에서도 부족했다. 뜨거운 정염에 전신이 활활 타 버릴 것 같은 상황에서조차 모자랐다.

지환을 향한 끝없는 갈증. 목마름의 시작점도 그였고 목마름의 해결점 또한 그이다.

"더 세게. 제발……."

"……준영아, 윽."

지환은 가까스로 붙들고 있던 실낱같은 자제심을 놓아 버렸다. 한층 사나워진 욕망이 거칠게 일렁였다. 심장이 터질 것 같았다.

준영의 엉덩이를 아래로 힘껏 끌어당기면서 동시에 허리를 위로 꾸욱 부딪쳐 그녀의 몸 안 저편 끝까지 밀고 들어갔다. 끝과 끝이 하나로 이어져 마주 닿는다. 축축하게 젖은 속살을 막무가내로 뭉그러트리며 모질도록 살덩이를 비비고 또 비볐다.

"하읏, 지환 씨……. 나, 나……."

준영이 몸서리치듯 허리를 비틀면서 울부짖었다. 더는 견딜수 없어진 지환은 새하얀 목덜미 푸르른 맥박이 퍼덕이는 자리에 이를 세워 박았다. 이대로 준영의 온몸을 죄다 씹어 삼켜 버리고 싶다. 세포 하나, 숨결 하나까지 전부 다.

"가. 지금, 나와 함께……."

준영이 악, 비명을 내지르더니 한발 먼저 절정에 다다랐다. 지환은 허물어지듯 앞으로 고꾸라지는 준영의 허리를 바스러지도록 부둥켜안고 세차게 사정했다. 간절하고도 절박한 몸부림이었다.

한여름 밤 기이한 꿈같은 시간이 흐른다. 한층 깊어진 어두움 속에서 두 사람이 쏟아 내는 거친 숨소리가 풀벌레 울음소리를 압도했다. 그 밤, 외줄에 매달린 새둥지 그네가 파리한 조각달 아래 칠흑빛 어두움이 이슥하도록 삐걱삐걱 위태롭게 흔들렸다.

얼굴을 반이나 가리는 검은색 선글라스를 쓴 여자가 건장한 사내 둘에게 양쪽 팔을 하나씩 붙들린 채 건물 밖으로 걸어 나왔다.

경찰의 통제에 묶여 건물 안으로 들어가지 못하고 무료하게 시간을 때우면서 기다리던 기자들이 우르르 여자를 향해 일제히 달려들었다.

"고유진 씨! 지금 심정이 어떻습니까?"

기자가 마이크를 들이밀자 유진은 재빨리 ENG 카메라의 방향을 확인하고 그쪽으로 고개를 숙였다. 방송의 습성을 제대로 꿰고 있는 배우다웠다.

"죄송합니다. 국민 여러분께 죄송하다는 말밖에 드릴 말씀이 없습니다."

"왜 그런 거짓말을 하셨습니까?"

"저는 황성기 한우리당 사무총장님이 시키는 대로 했을 뿐이에요. 이쌍수 한우리당 대표님이 모든 것이 다 잘될 거라고 말씀하셨거든요. 자기를 믿으라고……."

유진이 말끝을 흐리며 북받쳐 오르는 울음을 참아 내듯 아랫입술을 깨물었다. 이윽고 얼굴을 한쪽으로 돌리고 서서 뚝뚝 눈물을 흘렸다. 보통은 고개를 숙인 채 눈물을 떨어트리기 마련인데, 유진은 여배우답게 울음을 터트리는 순간에도 카메라의 각도를 철저히 계산했다.

대형 텔레비전 화면 가득 유진의 아래턱을 따라 흐르는 눈물방울이 클로즈업되었다.

저 여자, 멍청해도 너무 멍청하다. 눈앞에 보이는 하나에 집착하느라 그 너머 더 중요한 것을 보지 못하고 있다.

지환은 사무실 벽면에 설치해 놓은 텔레비전을 쳐다보며 실소했다. 형석도 같은 생각인지 옆에서 끌끌거리며 혀를 찬다.

"뇌가 아주 청순가련하고만. 저 여자, 뇌에 주름이라고는 없나 보다. 아무리 닭대가리라도 어떻게 저렇게까지 멍청할 수가 있냐고. 혼자 죽기 싫어서 방송에다 대고 황성기랑 이쌍수를 대놓고 물고 늘어지면 어쩌겠다는 거야?"

"그러게 말이다. 아무리 억울해도 독박을 썼어야지. 그래야 나중에 이 일을 빌미 삼아 황성기 사무총장이랑 이쌍수 대표한테 들러붙어서 살길을 도모할 수 있을 텐데."

"저러고 다 같이 죽자고 물귀신 작전으로 나오면 고유진 저만 손해잖아. 동네 양아치들도 뻔히 아는 일을…… 진짜로 멍청해서 모르는 거야, 알고도 어쩔 수 없어서 저러는 거야?"

"알면, 차마 저러겠어?"

"고유진 쟤도 이제 배우 생명 끝났다. 쥐도 새도 모르게 끌려가서 상어 밥이나 안 되면 그나마 다행이지."

"우리야말로 다행이지. 손 안 대고 코 풀게 생겼잖아."

"밤마다 고유진 저 여우를 어떻게 족칠까 열심히 궁리했는데. 좀 아쉽기는 하네. 뭐, 황성기랑 이쌍수가 이를 갈아 댈 판에. 어련히 알아서 깔끔하게 처리할까마는."

좋다고 실실 웃어 대는 형석에게 짤막히 일별하고 지환은 리모컨을 작동시켜 벽걸이형 텔레비전을 껐다.

"왜애? 아직 경찰 수사 발표 남았는데."

"뉴스라면 이제 지긋지긋하다. 우리 어디까지 했지?"

"악플러들 정리할 차례야. 여기 상단에 적힌 여섯 명은 죄질이 고약한 인간들이고, 아래쪽 쉰여덟 명은 괘씸하기는 한데 고소는 좀 지나친 것이 아닌가 싶기도 하고."

"전부 고소해. 한 놈도 봐주지 마."

"예순네 명을 몽땅 다?"

"어. 애당초 보도 자료 뿌리는 시점부터 독하게 나가. 합의도 없고, 관용도 없고, 무조건 법대로 하겠다고. 인생이 고달파 보아야 정신을 차리지. 지들이 아파 보면 비로소 남의 아픔도 보이겠지."

"이쪽은 기자들이랑 언론사 정리한 거야. 앞장서서 악의적인 기사를 쏟아 낸 매일신문의 변희종이랑 조동일보 허태일은 검찰에서도 벼르고 있더라고. 똥구멍으로 기사를 싸지르는 쓰레기들은 이번 기회에 아작 내겠다면서."

"증거 자료 정리되는 대로 바로 형사 고발 들어가고, 민사소송도 동시다발로 진행해. 손해배상 청구해서 위자료 받아 내야지."

"오키도키!"

형석이 시원스럽게 웃었다. 여러 송사를 앞에 두고 어째 때 아닌 신바람이 난 것 같았다.

"최형석! 너 너무 좋아한다."

"10년 묵은 체증이 쑤욱 내려가는 기분이야. 아주 속이 다 시원해. 내가 그날 고유진을 지환이 너한테 밀어붙이지만 않았어도……."

형석이 말소리를 흐리며 일장 한숨을 쉬었다. 저만치 시선을 비키는 눈자위가 우련 붉었다. 지환은 뺨에 보조개가 패도록 부러 환하게 웃으면서 형석의 어깨를 툭 건드렸다.

"그만하자. 듣기 싫어 죽겠네. 한 얘기 또 하고, 자꾸 하고. 고장 난 녹음기처럼 이게 뭐냐?"

"알았어, 인마! 이번이 마지막이야. 다시는 고유진의 고 자도 입 밖으로 안 꺼낼 거다."

형석이 제 어깨로 지환의 어깨를 퉁 밀쳤다. 부질없는 어깨 싸움을 벌이면서 공연히 키득키득 웃고 있는데, 정중한 노크 소리와 더불어 출입문이 열렸다.

"대표님! 손님이 찾아오셨어요."

홍진주 대리 뒤쪽으로 서름한 얼굴빛을 한 채 서 있는 태규가 보였다. 지환은 성큼 다가가 반갑게 악수부터 청했다.

"어서 오세요, 김 감독님! 촬영은 어쩌시고요?"

태규가 지환의 오른손을 힘주어 마주 잡았다.

"오늘 촬영 쉬는 날이에요. 편십실 들어가기 전에 잠깐 들렸습니다."

"편히 앉으세요. 날도 더운데 차가운 아이스티라도 한 잔 드릴까요?"

"아닙니다. 오는 길에 카페에 들러 냉커피 마셨습니다."

태규가 소파 한쪽을 차지하고 앉아 머쓱하니 뒤통수를 긁적였다. 지환은 힐끔 형석에게 눈짓을 보내고 태규의 맞은편에 자리를 잡고 앉았다. 눈치 빠른 형석이 황급히 서류를 챙겨 들더니 지환과 태규를 향해 차례로 눈인사를 건넨다.

"김 감독님! 말씀 나누고 가십시오. 이만 실례."

형석이 사무실을 나가고도 한참을 태규는 말이 없었다. 몇 번인가 입술만 달싹이다 도로 닫기를 거듭했다. 보다 못한 지환이 먼저 말문을 열었다.

"김태규 감독님."

"예."

"저한테 하실 말씀 있으면 그냥 편하게 하세요. 뭐든 제가 도울 수 있는 일이라면 성심성의껏 돕겠습니다."

진심이 담긴 지환의 이야기에 태규가 쭈뼛쭈뼛 웃는다. 애꿎은 콧방울을 손바닥으로 서너 번쯤 문지르고 나서야 마음을 정한 듯 입을 떼었다.

"엊그제 회사에 사표를 냈습니다. 이번 '마지막 비상구'만 찍고 퇴사하기로."

"아니, 왜요?"

"말씀 드리기가 좀 부끄럽네요. 제가 고유진 씨한테 돈을 받았어요. 캐스팅 조건으로. 물론 캐스팅 무산되고 돈은 바로 돌려주었지만."

"저한테 이 얘기를 굳이 하시는 이유는요?"

지환의 단도직입적인 물음에 태규는 다시 또 멋쩍은 표정으로 뒤통수를 긁었다.

"그러게요. 왜 굳이 송 대표님을 찾아와서 안 해도 될 얘기를 하는 걸까요? 사실 회사에도 저만 나서서 밝히지 않으면 다들 모르고 넘어갈 문제였습니다. 그게 참 그렇더라고요. 도둑이 제 발 저리다고 해야 하나? 마음이 영 불편해서. 이번에 우리 이 작가님이랑 송 대표님이 곤혹을 치르는 것을 지켜보면서 이런저런 생각이 숱하게 들더라고요. 두 분 지지한다고, 나는 두 사람 편이라고 말해 주고 싶었습니다. 제 방식대로."

"그래서 회사에 캐스팅 비리를 스스로 고발하신 겁니까?"

"예, 맞습니다. 제가 고유진 씨를 방송가에서 완전히 퇴출시킬 힘은 없어도, 최소한 우리 SBC에만큼은 발 못 붙이게 할 수 있겠구나 싶었습니다."

꽤나 쑥스러운지 태규가 물색없는 웃음을 하하하 쏟았다. 그 어색한 웃음소리를 받아 지환은 기꺼운 마음으로 미소를 지었다.

"여러모로 쉽지 않은 결정이었을 텐데, 정말 고맙습니다. 퇴사 후 계획은 있으시고요?"

"한 1년 정도 외국물을 먹어 볼까 싶네요. 정처 없이 여행이나 다니려고요."

"여행 다녀오셔서 저희랑 전속 계약합시다. 어떠세요?"

"자리 부탁하러 온 것 아닙니다. 진짜 순수한 마음에서……."

태규가 허겁지겁 손사랫짓을 만들며 극구 부인을 했다. 평소 거만한 마초라는 소리를 아무렇지도 않게 듣고 다니는 '미친Q'에게서 쉽게 찾아볼 수 없는 모습이었다.

세상에는 절대 악인도, 절대 선인도 없다는 옛말이 맞기는 하나 보다. 사람은 그저 자신이 처한 상황과 형편에 따라 선을 택하기도 하고, 때로는 악을 택하기도 하는 것일 뿐.

"감독님의 순수한 마음은 잘 알고 있습니다. 우리 '프로덕션 온'의 필요에 의해 스카우트 제의를 하는 겁니다. 김태규 감독님처럼 유능한 드라마 PD를 모실 수 있다면 회사로서도 영광이지요. '투엠'이나 다른 프로덕션에서 더 좋은 조건을 제시하면 어쩔 수 없고요. 그래도 일단은 저희랑 전속 계약하는 것으로 가닥을 잡아 주십시오. 정중히 부탁드리겠습니다."

지환이 깍듯이 고개를 숙이자 태규도 덩달아 머리를 깊숙이 굽혔다.

"저야말로 잘 부탁드리겠습니다."

Chapter 8

한여름 밤의
끝

은은히 흐르는 주황빛 가로등 아래 심각한 표정의 남녀가 서로
마주 바라보고 서 있다. 남자가 미간을 잔뜩 찌푸린 채 여자의 손
목을 붙잡았다. 여자는 금방이라도 울음을 터트릴 것 같은 얼굴로
남자의 손길을 뿌리쳤다.

매몰차게 돌아서서 가 버리는 여자를 남자가 뒤쫓아 다시 손목을
그러쥐고 확 당겼다. 그 반동으로 여자의 몸이 남자 쪽으로 돌아섰
다.

남자는 그대로 여자를 가슴으로 끌어당겨 안았다. 여자가 잘게
흐느끼며 남자의 품 안에서 거칠게 바르작거린다. 남자는 더욱더 힘
주어 여자를 가슴에 보듬어 안았다.

"미안해. 내가 잘못했어."

딱 삼킨 목소리로 사과를 전하는 남자의 눈시울이 어느새 붉게

209

달아올랐다. 여자가 두 팔로 남자의 목을 부둥켜안으며 와락 울음을 터트렸다.

카메라가 서서히, 아주 조금씩 멀어진다.

"컷! 오케이!"

촬영 종료를 알리는 태규의 사인이 떨어졌다. 뷰파인더 속 서로를 부둥켜안고 서 있던 강빈과 해나가 조용히 포옹을 풀고 한 걸음씩 뒤로 물러났다.

극중 인물의 감정에 지나치게 몰입했던 모양 해나가 좀처럼 울음을 그치지 못했다. 강빈은 다시 한 걸음 해나 쪽으로 다가가 섰다.

"괜찮아?"

해나가 고개를 끄덕여 대답했다. 흐르는 눈물을 아무렇게나 손등으로 훔쳐 내는 해나의 뒤에서 다음 촬영 스케줄을 예고하는 조연출 임창용의 목소리가 쩌렁쩌렁 울렸다.

"한 시간 쉬고 다음 장소로 이동합니다."

"모두 와서 저녁 드세요. 이준영 작가님께서 밥차를 보내 주셨어요. 오늘 저녁 메뉴는 전복삼계탕입니다."

이어지는 연출부 막내 한경수의 반가운 외침을 듣고, 각자 촬영 장비를 정리하던 스태프들 사이에서 와자지껄한 함성과 박수 소리가 터져 나왔다.

"저녁 먹어야지?"

강빈은 눈물을 그친 해나에게 더 가까이 다가가 조심스럽게 어깨를 잇대고 섰다. 해나가 재바른 손사랫짓을 만들어 내더니 슬금슬금 옆걸음을 쳤다.

"선배님 먼저 가세요. 저는 밴에서 화장 좀 정리하고 갈게 요."

"밥부터 먹고 화장은 이따 숏 들어가기 전에 고치는 것이 낫지 않아?"

"지금도 하고. 그때 또 하고요."

해나가 뒤늦게 달려온 코디네이터의 손목을 잡아끌고 일산 호수공원 한쪽에 주차해 놓은 벤츠 스프린터로 향했다.

점점이 멀어져 가는 해나의 뒷모습을 하릴없이 바라보다 강빈은 무의식중 담배를 찾아 바지 주머니를 뒤졌다. 협찬 받은 의상이라 주머니가 죄다 비었다는 것에 생각이 미치고 연이어 오늘 밤 마지막 촬영으로 예정된 해나와의 키스신이 떠올랐다.

후우, 긴 한숨을 빈 담배 연기처럼 토해 내며 털레털레 발걸음을 옮겼다.

"강빈 씨! 여기야, 여기. 얼른 와요."

먼저 와 있던 태규가 오른팔을 공중에서 휘젓듯이 흔들었다. 파라솔을 드리운 간이 탁자 쪽으로 성큼 다가가자 태규는 옆자리 의자를 권하고, 맞은편에 앉은 준영이 미소와 함께 짤막한 목례를 건넸다. 강빈도 말없는 고갯짓으로 준영에게 반가움을 표시했다.

강빈이 자리를 잡고 앉기기 무섭게 성수가 전복삼계탕이

든 뚝배기를 쟁반에 담아 들고 나타났다. 미안한 마음에 강빈은 후다닥 의자에서 일어나 무거운 쟁반부터 받았다.

"내가 해도 되는데."

"아니에요. 이것도 연출부 막내가 해야 할 일들 중 하나에요. 맛있게 드시고, 촬영 잘해 주세요. NG 없이."

경수가 농담을 걸었다. 강빈은 흔쾌히 받아치며 촬영 기간 동안 제법 친해진 경수의 어깨를 툭툭 도닥였다.

"알았어. 형이 다음 신은 NG 없이 한 큐에 가 줄게."

"우와! 오늘은 일찍 집에 갈 수 있겠는데요. 기대하고 있겠습니다, 형님!"

다정히 오가는 강빈과 경수의 말소리 틈 저쪽에서 창용이 다급한 음성으로 태규를 찾는다.

"감독님! 잠깐 여기로 와 주세요. 이것 좀 봐 주셔야겠어요."

"하여간 저 자식은 밥도 마음 편히 못 먹게 한다니까. 둘이 먼저 들고 있어요."

마침 닭다리 하나를 뜯어 물던 태규가 역정을 부리면서 자리를 뜨도록 경수는 꼼짝 않고 제자리를 지켰다. 꽤나 조심스러운 어조로, 무료한 손장난을 치고 앉은 준영을 부른다.

"저기, 이준영 작가님!"

"네?"

준영이 얼굴을 들고 올려다보자, 경수가 머쓱한 미소를 피우며 한창 막바지 촬영 중인 15회 차 대본을 불쑥 내밀었다.

"사인 좀 해 주세요. 여자 친구가 이 작가님 광팬이거든요.

식사하시는데 죄송합니다."

"아니에요. 괜찮아요."

"고맙습니다."

"뭘요. 사인이 뭐 별것이라고. 제가 무슨 대단한 사람도 아니고."

대본을 받아 드는 준영의 눈가에 맑고 순한 미소가 번졌다. 준영은 가방을 뒤져 사인펜을 찾으면서 의아한 듯이 경수에게 되물었다.

"진짜로 제 사인 필요하세요? 여기 강빈 씨나, 해나 씨한테 사인을 받아야지. 나 같은 사람 사인은 받아서 뭐하려고요?"

"여자 친구가 중대 문창과 학생이에요. 이준영 작가님 같은 드라마 작가가 되는 게 소원이래요."

"나 같은 작가 되면 안 되는데. 나보다 훨씬 멋지고 훌륭한 작가가 되어야지. 안 그래요?"

경수가 무어라 대답해야 할지 몰라 한참을 망설이다 애꿎은 콧잔등이만 손톱으로 북북 긁었다. 준영은 후후, 작은 웃음소리를 뿌렸다.

"여자 친구 이름이 뭐예요?"

"황은미예요."

"보통 이런 때 뭐라고 써요? 사인 많이 하잖아요."

준영이 마주 앉은 강빈의 얼굴을 빤히 쳐다보면서 물었다. 강빈은 의미 없는 어깻짓을 보였다.

"행복해라. 건강해라. 사랑한다. 그 정도?"

"윽, 재미없다. 사인이 뭐 그렇게 싱거워요?"

"이 작가님도 하루에 수백 장씩 사인해 봐요, 싱겁다는 소리가 나오나."

"잘난 척!"

"잘났으니까."

"인정."

준영이 시쳇말로 쿨하게 동의하고 사인 문구를 적기 위해 고개를 숙였다. 강빈은 대본 앞표지 위 한 글자, 한 글자 차곡차곡 늘어가는 준영의 글씨를 간이 탁자 너머로 건너다보았다. 희망에 찬 준영의 사인 문구를 부러 입 속으로 천천히 따라 읽었다.

다행이다. 거세게 휘몰아치던 거친 풍랑을 잘 견디어 내고 한결 단단해진 준영의 모습이 새삼 대견스러웠다.

황은미 님!

꿈, 꾸나요?

꿈이 현실로 변하는 그날이 올 거예요.

이제 곧…….

—2014년 8월 19일 저녁 가로등 불빛 아래서 이준영—

다박다박 적은 이름 석 자로 사인을 대신한 준영은 혹시 문구 안에 오·탈자가 있나 한 번 더 확인한 후 대본을 돌려주었다. 경수가 꾸뻑 허리를 굽혀 인사했다.

"정말 고맙습니다."

"제가 오히려 고마워요. 내 사인을 받기 원하는 사람이 있다는 것이 신기하고, 기쁘고, 고맙고 그래요. 여자 친구한테도 고맙다고 전해 주세요."

"네. 꼭 전하겠습니다."

경수가 한 차례 더 머리 숙여 인사하고 스태프들이 한데 모여 식사 중인 탁자로 달려갔다. 준영의 사인이 선명하게 적힌 대본을 흔들어 대며 자랑하는 경수의 얼굴빛이 까까머리 소년처럼 해맑았다.

그 모습을 지켜보던 준영이 또 후후 웃는다. 강빈은 삼계탕에 든 전복을 공연히 젓가락으로 쿡쿡 찔렀다.

"현장에는 언제 왔어요?"

"30분쯤 된 것 같아요."

준영이 삼계탕을 헤집어 인삼과 대추를 죄다 골라냈다. 강빈도 덩달아 퉁퉁 부은 인삼과 대추를 뚝배기 안에서 건져냈다. 접시를 대신한 종이 냅킨 위가 어느새 수북해졌다.

"촬영하는 것 봤어요?"

"일부러 안 봤어요."

"왜요?"

"대본이 내 손을 떠나는 순간 촬영은 감독 몫이고, 연기는 배우 몫이라고 생각하거든요. 촬영이 어떠네, 연기가 어떠네, 스트레스 받고 싶지 않아요."

"역시 이준영 작가님은 쿨해요."

"쿨하다기보다 현실적인 거죠. 양춘희 실장 얘기로는 제가 여우처럼 영악해서 그렇대요."

준영이 싱긋 미소를 지었다. 강빈은 고개를 틀어 둘레둘레 주위를 살펴보았다.

"오늘은 양 실장님이 안 보이네. 웬일로 보디가드도 없이 혼자 나왔어요?"

"디저트로 먹을 아이스크림 사러 갔어요. 한꺼번에 150개를 구입해야 해서 쉽게 돌아오지 못할 거예요."

"어쩐지……."

강빈의 시선이 어떤 한 지점에 멈추어 도무지 움직일 줄을 몰랐다. 붙박이처럼 고정된 시선 끝에 해나가 앉아 있다. 젊고 건장한 스태프들한테 둘러싸인 채 깔깔깔 손뼉을 치면서 좋아한다. 그런 해나의 모습을 뚫어져라 응시하며 강빈이 혀를 찼다.

"여배우가 스태프들이랑 너무 흉허물 없이 지내도 안 좋다고 몇 번을 얘기했고만."

못마땅해하는 혼잣말을 뱉어 내고 한참 만에야 준영 쪽으로 되돌아온 강빈의 시선이 조금은 어색했다. 준영은 아무 말 없이 피식 웃어 보였다. 강빈이 살짝 광대뼈를 붉히며 짤막한 군기침을 뱉었다.

"송지환 대표랑은 언제 결혼해요? 며칠 전 기자들이 나한테도 묻던데. 아는 것 없냐고."

"결혼 계획 없어요."

준영은 되도록 심상한 투로 이야기했다. 그런데도 눈치 빠른 강빈이 귀신같이 알아챘다.

"아직 없는 거예요, 아예 없는 거예요?"

"아직까지는 아예 없다고 봐야겠죠?"

"송지환 대표 집에서 반대해요?"

"우리 부모님은 찬성하실 것 같아요?"

"되게 담담하게 말하네요?"

"엉엉 울까요?"

"기댈 어깨 필요해요?"

"우리 대표님이 가만 안 있을 텐데요?"

"송지환 대표, 질투도 해요?"

"그럼 안 해요?"

"송지환 대표 정도 되는 남자는 질투라는 감정을 애초 모르는 줄 알았는데요?"

"비느님처럼 대단한 남자도 지금 하잖아요. 질투, 맞죠?"

대답은 없고 오로지 질문만 꼬리에 꼬리를 문 것처럼 이어졌다. 그럼에도 대화가 되고, 위로가 된다. 마음이 맞는 친구란 이런 것이구나 싶었다.

"눈에 보여요?"

"안 보일 줄 알았어요?"

"눈치가 백단이네."

"재채기랑 사랑은 감출 수 없대요. 공홈 시청자 게시판에 강빈 씨랑 헤니 씨가 실세 사귀었으면 좋겠다는 망상 종자들이 하나둘 나타나는 이유가 뭐 같아요? 단순히 케미*가 터져서 그럴까요?"

강빈이 질문을 질문으로 되받아치는 대신 묵직한 숨을 토했다. 얼굴색이 무겁고 어두웠다. 어째 생각이 많아 보인다. 준영은 여태 망설이느라 못 한 이야기를 작정하고 꺼냈다.

"하루는 어떤 여고생이 수업을 마치고 돌아오는데, 아파트 상가 핸드폰 가게 앞에 오래전부터 좋아한 성당 오빠가 환하게 웃으면서 서 있더래요."

"성당 오빠? 교회 오빠가 아니고요? 요즘 새로운 트렌드예요?"

"중간에 끼어들지 마요. 중요한 얘기란 말이에요. 아무튼, 반가운 마음에 달려가서 보니까……. 왜 있잖아요, 실물 크기의 광고판."

"성당 오빠가 꽤 유명한 사람인가 봐요?"

강빈이 데면데면한 표정으로 물었다. 준영은 대충 고개를 끄덕이고 바로 다음 이야기를 시작했다.

"이 친구가 아무리 생각해도 그 오빠를 가져야겠더래요. 너무 욕심이 나 못 견디겠어서."

"고등학생이 발랑 까졌네. 남자가 욕심나서 가져?"

"아이, 참! 실재 성당 오빠가 아니라 그 광고판 말이에요. 가게 안으로 들어가 무작정 사장님한테 부탁을 했대요. 전시 기

---

*케미:케미스트리(Chemistry)의 줄임말. 미디어 속 남녀 주인공이 현실에서도 잘 어울리는 것을 상징하는 신조어.

간 끝나면 광고판을 자기한테 달라고. 오빠를 넘겨받는 조건으로 기꺼이 새 핸드폰 2년 약정을 하겠다고요. 사장님이 처음에는 뭐 이런 이상한 애가 다 있나 하는 눈빛으로 쳐다보다가, 하도 여학생이 간곡하게 부탁을 하니까 그러라고 허락을 했대요."

"진짜 이상한 여학생 맞네."

"정말 그렇게 생각해요? 나중에 후회하지 말아요. 그날 이후로 여학생은 학교만 끝나면 곧장 핸드폰 가게로 달려갔대요. 성당 오빠가 무사한지 확인을 해야 했으니까요. 매일매일 사랑하는 오빠의 안위를 챙기고 물휴지로 먼지 묻은 오빠의 전신을 깨끗이 닦아 주고."

"그 정도면 스토커 수준인데. 그 성당 오빠 누구인지 살 떨리겠다."

"나중에 후회할 발언은 삼가라고 경고했을 텐데요?"

준영은 곱게 눈을 흘겼다. 강빈이 심드렁하니 어서 이야기나 계속하라는 뜻으로 손바닥을 펼쳐 보인다.

"여학생의 지극정성에 감동한 사장님이 전시 기간이 남았는데도 오빠를 데려가도 좋다고 허락했대요. 그날 이후로 성당 오빠는 여학생의 침대 머리맡을 줄곧 지키고 있다고 해요. 벌써 10년째. 그 성당 오빠가 누구일 것 같아요?"

"왠지 무서워서 대답하기 싫은데요."

강빈이 인상을 찡그리고 앉아 거짓 한숨을 지었다. 준영의 얼굴 가득 다정한 미소가 넘쳤다.

"그 여학생은 누구일 것 같아요?"

"이준영 작가님?"

"저는 그때 대학생이었어요. 음지를 지향하는 은둔형인 제 팬심은 그렇게까지 깊지 못해요."

강빈의 시선이 다시 해나에게 향했다. 거역할 수 없는 어떤 힘에 이끌리듯 느릿느릿 천천히. 묵묵히 앉아 똑바로 해나를 응시하는 눈빛이 사뭇 깊었다.

"캐스팅 결정 나고 해나 씨가 인사차 저를 찾아왔더라고 요. 그때 여러 가지 얘기를 들었어요. 해나 씨한테 강빈 씨는 하늘에 떠 있는 별이래요. 세상에서 가장 밝게 빛나는 별. 그런 성당 오빠에게 해를 끼치는 일은 절대로 하지 않을 거라고, 이번 상대역 목숨 걸고 열심히 하겠다고, 나한테 그러더라고요. 해나 씨 참 예쁘죠?"

"왜 나한테는 그런 얘기를 한마디도 하지 않을까요?"

"해나 씨한테 강빈 씨는 여전히 하늘에 떠 있는 별이니까요. 곁에 나란히 서 있는 남자가 아니라. 그저 바라보는 것만으로도 가슴 떨리게 좋은, 행여 들키면 바라보는 일조차 못 하게 될까 두려운 그런……. 제가 그쪽 방면으로 실경험자라 좀 알아요."

"송지환 대표는 어떻게 하늘에서 내려와 땅의 남자가 되었는데요?"

질문을 던지는 강빈의 말투는 짓궂었지만 준영 쪽으로 되돌아온 시선만큼은 진지했다. 준영은 깍지 잡은 손등 위에

턱을 괴고 의미심장한 미소를 지었다.

"영업 비밀이에요. 'With B' 백만 회원을 다시 제 안티로 만들고 싶지 않다고요."

"이준영 작가님이 오작교라는 사실은 무덤까지 가져갈게요."

"각서 쓰고 지장 찍을 수 있어요?"

"원하면 변호사 공증도 받아 줄게요."

"조금 이따 쪽대본 하나가 나갈 거예요. 오늘 마지막 촬영, 제가 다시 손을 보았거든요. 일명 달달 키스신에서 후끈 베드신으로. 팬 서비스 차원에서 한 번쯤 진하게 가는 것도 나쁘지 않은 듯해서요. 키스신 수위가 15세와 19세를 넘나들면 김태규 감독님이 알아서 잘 편집하시겠죠, 뭐. 저는 그냥 욕심껏 썼어요, 빚 갚는 심정으로. 지난번 자필 편지, 이것으로 퉁 쳐요, 우리."

강빈이 너털웃음을 지었다. 껄껄껄 소리 내어 웃는 얼굴이 진짜로 기분 좋아 보였다.

"아깝다! 센스 있고 위트도 넘치고. 이준영 작가님을 내가 먼저 만났어야 했는데."

"본래 남의 떡이 커 보이는 법이에요."

"그래서 영업 비밀은요?"

"우리 대표님이 먼저 나한테 돌직구를 던졌어요. 백 마일도 넘는 엄청난 강속구로. 좋아한다는 고백에도 흔들리지 않으려고 이 악물고 침았거든요. 그런데 키스 한 방에 방어벽이 우르르 무너지더라고요. 이따 키스신 촬영 잘해야 해요. 사심 만땅 채우시라고요."

"결국은 모든 것이 내 키스 실력에 달렸다는 거잖아요. 뭐 그딴 게 영업 비밀이야!"

"힘써 노력하면 꿈은 반드시 이루어진다고 믿어요. 홧팅!"

불끈 그러쥐는 준영의 두 주먹 아래서 휴대전화기가 요란한 벨소리를 뿜었다. 발신자 번호를 확인하며 입술부터 삐쭉거리는 준영에게 강빈이 의아한 듯이 묻는다.

"핸드폰 없었잖아요?"

"며칠 전에 생겼어요. 전화기가 아니라 완전 목줄이에요."

준영은 짐짓 울상을 지으며 통화 버튼을 눌렀다. 잔뜩 골이 난 지환의 목소리가 수화기를 넘어왔다.

—뭐하다 전화를 늦게 받아?

"비느님이랑 노닥거리고 있었어요. 지금 좋아서 죽는 중이에요."

—내가 봐도 그래 보여.

"어! 도착했어요? 어디예요?"

두리번거리는 준영의 시야로 저편 주차장 쪽에서 걸어오는 지환이 들어왔다. 준영은 반갑게 손을 흔들었다. 지환이 토라졌다는 표현으로 고개를 돌려 시선을 외면한다. 준영은 더 들으라는 듯이 휴대전화기에 대고 까르르 소리를 내어 웃었다.

—뭘 잘했다고 웃어?

"못한 게 없으니까요. 하늘을 우러러 한 점 부끄러움도 없다고요. 떳떳해요, 나는."

─강빈이랑 오붓하게 단둘이 앉아 내 돈으로 산 전복삼계탕 먹으면서 희희낙락을 해 놓고 부끄러움이 한 점도 없다고? 감히 떳떳하다고?

지환이 바드득 이를 갈았다. 까르르까르르 울리는 준영의 웃음소리만 한층 더 높아졌다.

어느덧 간이 탁자 앞까지 다다른 지환에게 강빈이 자리에서 일어나 악수를 청했다.

"오랜만입니다, 송 대표님."

"더운데 촬영하기 힘들죠?"

지환이 오른손으로는 강빈과 힘찬 악수를 나누면서 왼손으로는 뽀얗게 드러난 준영의 목덜미 뒤쪽을 손바닥으로 지그시 눌렀다. 귓불 아래 파닥파닥 맥이 뛰는 자리를 몰래 엄지로 문지른다. 준영의 성감대라는 것을 익히 알고서 일부러 하는 도발이었다.

준영은 슬그머니 탁자 아래로 팔을 뻗어 양복바지에 감싸인 지환의 허벅지를 스치듯 팔꿈치로 쓸었다. 안마를 하는 것처럼 뒷목을 꾹꾹 누르는 손바닥에 돌연 강력한 힘이 가해졌다. 어디 두고 보자는 의미 같았다.

"한여름에 촬영하면서 더위는 각오해야지요. 그나마 밤샘 촬영 안 하는 게 어디입니까? 감사하고 있습니다."

강빈이 싱그립게 웃었다. 마주 미소 짓는 지환의 양쪽 볼에도 오목하니 보조개가 선명했다.

"지금 이 스케줄대로라면 종방 일주일 전쯤 촬영을 마칠 것 같다고 하더라고요."

"저도 들었습니다. 드라마 촬영 스케줄이 매번 이 정도만 유지해 준다면, 1년에 한 편씩 꼬박꼬박 찍고 싶을 정도예요."

"수첩에 적어 두고 내년 이준영 작가 새 작품 들어갈 때 제일 먼저 강빈 씨한테 연락합니다. 거절하면 알죠?"

"제가 해야 할 소리 같은데요. 이 작가님 새 작품 들어갈 때 제일 먼저 저한테 연락 안 오면, 말 안 해도 아시지요? 저 뒤끝 오래갑니다."

두 남자가 농담인지 진담인지 경계가 아리송한 이야기를 주고받고 한바탕 웃어 젖혔다. 유쾌한 웃음소리에 이끌려 주위 사람들이 하나둘 눈길을 돌려 흘낏흘낏 쳐다본다.

전혀 아랑곳없이 한 번 더 굳은 악수를 나누더니 지환은 준영의 곁에 자리를 잡고 앉고, 강빈은 전복삼계탕이 든 자신의 뚝배기를 집어 들었다.

"저는 이만."

"식사하다 말고 왜요? 여기서 우리랑 마저 드시지."

"가뜩이나 날도 더운데 한창 뜨거운 커플 틈에 끼어서 눈치 보기 싫습니다."

"눈치 안 드릴게요."

"눈치를 꼭 주어야 봅니까? 실례하겠습니다. 저도 꿈을 이루려면 힘써 노력을 해야 해서요."

총총히 사라지는 강빈의 뒷모습에 일별하고 지환이 준영 쪽으로 얼굴을 기울였다. 귓속말을 속닥이는 것처럼 입술을 귓가에 바짝 붙이고 귓불을 할짝 혀로 핥았다.

"꿈을 이루려면 힘써 노력을 해야 한다는 것은 또 무슨 소리야?"

"그런 게 있어요."

준영은 서둘러 의자를 뒤로 빼 지환과 일정한 간격을 벌렸다. 간지러운 옆구리를 손바닥으로 쓱쓱 문지르자 그 모습을 곁눈으로 훑으며 지환이 의뭉스럽게 씨익 웃었다.

"둘이 영 수상한데?"

"대표님이 더 수상해요. 엉큼하다고요."

"청산할 채무 관계는?"

"쌍방 합의 하에 깨끗이 정산 끝났어요."

"그럼 갈까?"

"어디를요?"

준영은 암갈색 눈동자를 댕그랗게 치떴다. 뜬금없이 어디로 가자는 말인지 감조차 잡히지 않았다.

지환이 의자를 당겨 준영과의 거리를 도로 버썩 좁혔다. 저녁 바람을 타고 살랑거리는 원피스 자락 아래 하얗게 드러난 무릎을 은근슬쩍 오른손으로 짚는다.

시선은 준영의 눈동자에 고스란히 박아 둔 채 가만가만 원을 그리면서 무릎을 매만지는 손바닥이 후터분한 밤공기보다 더 뜨거웠다.

"집에."

준영은 못 알아들은 척 크게 헛기침을 하고 전복삼계탕이 담긴 뚝배기 속 탱탱한 닭다리 속살을 젓가락으로 찢었다. 살코기를 소금과 후추를 적당히 섞은 양념장에 찍어 지환의 입안에 넣어 주었다.

"배 안 고파요?"

"고파."

"나도 배고파요. 우리 이것 같이 먹어요. 혼자서 한 마리는 부담스러웠거든요."

"당신이 더 고파."

길쭉한 손가락 하나가 치맛단 안으로 불쑥 들어와 허벅지 맨살을 쓰윽 매만지고 나갔다. 순식간에 일어난 일이었다. 준영은 홍조가 번지는 얼굴을 감추려 뚝배기 안에 허둥지둥 코를 박았다.

"그래도 밥은 먹어야죠. 그래야 힘을 쓰죠."

지환이 아무런 대꾸도 없이 뚝배기를 가져다가 앞에 두고 준영의 손에서 젓가락마저 빼앗아 갔다. 가히 눈부신 속도로 삼계탕이 해체되기 시작했다. 얼마 지나지 않아 잔뼈까지 깨끗이 발라낸 살코기가 종이 접시 위에 소담하게 쌓였다.

"먹어. 3분 줄게."

"네에?"

황당해하는 준영의 입으로 양념장을 찍은 닭고기가 거침없이 밀려 들어왔다. 얼른 씹어서 삼키고 무슨 말을 하려고 하자 지환이 다시 닭고기를 젓가락으로 집어 입 속에다 넣어 주었다. 진짜로 3분 안에 닭 한 마리를 몽땅 다 먹일 작정인 듯했다.

혼자만 당할 수는 없다 싶어서, 준영도 뼈를 발라낸 살코기를 손가락으로 집어 지환의 입에 넣어 주었다. 지환이 싱긋 미소 짓더니 혀로 준영의 손끝을 감아 당겨 쪼옥 빨았다. 이제 아예 대놓고 유혹을 하시겠단다.

활활 투쟁 의지가 타오른 준영은 닭고기 육즙이 묻어 유독 반짝이는 입술을 혀끝으로 덧그리듯 천천히 핥았다. 사선으로 비껴 뜬 눈동자를 길고 짙은 속눈썹으로 반쯤 가리고서 최대한 느릿느릿.

"그러지 마."

지환이 끙 소리와 함께 깊은 숨을 내쉬었다. 준영은 자못 무구한 표정으로 지환을 올려다보았다.

"뭘 그러지 마요?"

"도발하지 말라고. 자꾸 이런 식이면 못 참고 집에 가는 자동차 안에서 새 역사가 이루어지는 수가 있어."

"좋아요. 좁은 공간에서 어떻게 가능한지 늘 궁금했거든요."

"이봐!"

지환이 빽 소리를 치며 팔짝 뛰었다. 준영은 쏟아져 나올 것 같은 웃음을 간신히 손등으로 막았다. 아무것도 모른다는 양 굴었다.

"왜요?"

"진짜 당신을 어떡하면 좋으냐?"

닭가슴살을 젓가락으로 집어 드는 지환의 입술을 뚫고 두 터운 탄식이 흘렀다.

"한입에 잡아먹어야죠, 앙!"

준영이 열 손가락을 한꺼번에 오므리며 날름 닭고기를 받 아먹자 지환이 껄껄거리면서 웃는다. 고개를 뒤로 젖힌 채 손 으로 이마를 덮듯이 짚고 웃는 모습이 문득 행복해 보였다. 준영의 얼굴에도 행복에 겨운 미소가 함박 깃들었다.

감사하게도 요즘은 하루하루가 행복하다. 내일도 오늘만큼 만 행복하면 좋겠다. 여기서 더 행복해지고 싶다는 욕심은 진 즉 버렸다. 지환과 '끝'까지 가겠다는 약속은 현실이라는 장 벽 앞에서 불가능에 가까웠다. 꿈꿀 수조차 없는 꿈 같았다.

그러니 더도 말고 덜도 말고 매일매일 이만큼씩만 행복하 면 좋겠다. 끝까지는 아니더라도 최대한 오래도록, 아주 오 래오래 말이다. 그것이 가능하다면…….

—지금 뭐해?

지환이 말소리 끝에 후 하고 뜨거운 바람을 준영의 귓가에 끼얹듯이 불어 넣었다. 오늘도 어김없는 장난기가 발동한 모 양 전화를 받기가 무섭게 짓궂은 장난부터 쳤다. 준영은 밀가루 반죽이 묻지 않도록 휴대전화기를 아래턱과 어깨 사이에 끼우고 앉아 기분 좋은 웃음소리를 뿌렸다.

"만두 빚어요. 이따만 한 왕만두."

—아직 날도 더운데 갑자기 무슨 만두를 빚어?

"먹고 싶어서요. 오늘 저녁 메뉴는 떡국점이 들어간 만둣국이에요."

—맛있겠다.

"고명 예쁘게 얹어 줄게요. 기대해도 좋아요."

—오늘은 작업 안 해? 벌써 엔딩 나왔어?

"아니요. 아직 20부 작업 중이에요. 글이 막혀서 내가 짜증을 좀 부렸거든요. 양 실장이 머리가 안 돌아갈 때는 몸을 써야 한대요."

준영은 어리광 섞인 목소리로 이야기를 하고 찡그린 콧잔등이를 밀가루 묻은 손가락으로 긁었다. 오뚝한 콧방울에 하얀 먼지 가루 같은 얼룩이 번진다. 마치 그 모습을 바로 앞에서 지켜보기라도 한 것처럼 지환이 낮게 웃었다.

—당신은 만두 빚기 싫었는데 춘희 녀석이 억지로 시켰구나?

"억지로까지는 아니고요. 나를 막 부려 먹어요. 저것 가져와라, 이것 가져다 놓아라 하면서."

—나쁜 놈이네, 그놈.

"그러니까요. 양 실장은 초콜릿 쿠키를 굽자고 했거든요. 대표님 단것 싫어하니끼 내가 만두 빚사고 우겼어요. 나 잘

229

했죠?"

—어. 엄청 잘했어, 귀염둥이!

"이따가 엉덩이 토닥토닥, 머리 쓰담쓰담 해 줘야 해요."

—뽀뽀 츄도 해 줄게.

지환이 은근하게 속삭였다. 준영은 공연히 옆구리가 간지러워 비비 허리를 꼬아 틀었다. 까르르 울리는 준영의 웃음소리를 듣고 수화기 저편 지환도 따라서 나지막하니 웃는다.

아일랜드 식탁 맞은편에 서서 만두피를 밀던 춘희가 닭살 돋는다는 시늉을 해 보였다. 아예 부르르 몸까지 떨었다.

"아휴! 싫다, 싫어. 아주 그냥 손발이 죄다 오그라드네. 내가 화덕 위 오징어가 된 기분이야. 만두소에다 확 청산가리를 타 버릴까 보다. 어지간히 해야지, 어지간히."

춘희가 수화기 너머 지환에게 들리라고 목청을 높였다. 준영은 눈초리를 샐쭉 흘겨 주고 다시 통화에 집중했다.

"양 실장이 옆에서 질투해요."

—나도 들었어. 나한테 죽는다고 전해.

"대표님이 실장님 혼내 준대요."

"편들어 주는 인간 많아서 좋겠어?"

"당연히 좋죠. 부러우면 지는 거예요."

"하나도 안 부럽거든."

"부러워하는 것 다 알거든요."

—이봐! 전화에 집중해야지.

잠시 대화에서 배제되었던 지환이 짐짓 화가 난 척 쓸데없는 역정을 피웠다. 준영은 터지는 웃음을 참지 않고 이번에도 까르르 소리를 내어 웃었다.

순간순간 행복하려고 노력하는 중이다. 전처럼 감정을 숨기려고만 들지 않고 그때그때 기분에 따라 희로애락에 충실하고자 했다. 덕분에 웃음이 부쩍 늘었다.

또한 헛된 욕심을 버리고 번잡한 생각을 비웠다. 그러자 초조하던 마음도 어느 정도 편안해져서 하루하루가 고맙고 매일매일 행복할 따름이다.

크든 작든 모든 시련은 사람을 한 단계 성장시킨다는 옛 성현의 가르침은 언제나처럼 옳았다.

"오늘도 늦어요?"

—아니. 오늘은 6시 땡 치면 총알같이 튀어나가려고 준비 중이야. 뭐 필요한 것 없어? 퇴근길에 마트 들러서 사 갈게.

"잠깐만요."

지환에게 양해를 구하고 준영은 얼른 춘희 쪽으로 시선을 옮겼다. 동글동글 얇은 피막 같은 만두피가 제법 널따란 아일랜드 식탁 한쪽에 열과 행을 맞추어 줄줄이 늘어서 있다.

남자가 어찌나 손끝이 여물고 야무진지 못하는 요리가 없고 못 만드는 음식이 없었다.

준영은 만두피가 완전 끝내준다는 표시로 엄지를 세웠다. 춘희가 만두소를 섞다 말고 '이 정도쯤이야' 하는 표정으로 어깨를 으쓱거렸다.

"대표님이 뭐 필요한 것 없냐고 물어요. 올 때 마트에 들러 사 온다고."

"필요한 것 없어. 늦지 말고 일찍 오시기나 하라고 전해. 어제처럼 차 막혔다는 핑계로 저녁 식사 시간에 늦으면 밥 안 준다고."

춘희가 만두소를 버무리다 말고 나무 주걱을 허공중에서 흔들었다. 목소리를 내지르는 얼굴빛에 분기가 탱천하다. 어젯밤 9시가 다 되어서야 나타난 지환 때문에 그때까지 저녁밥도 못 먹고 쫄쫄 굶었던 일이 아직 앙금으로 남은 모양이었다.

올림픽대로 사당나들목 근처에서 3중 추돌 사고가 발생해 어쩔 수 없었다는 지환의 설명에도 결코 용서가 없었다. 역시 뒤끝 작렬, 양춘희다웠다.

"대표님! 양 실장 하는 얘기 다 들었죠?"

─응, 들었어. 오늘은 일찍 갈게. 만두 다 먹지 마. 나 만두 엄청 좋아한단 말이야.

"걱정 마요. 백 개도 넘게 만들 거예요. 만두피가 식탁 위에 수북해요."

─그것 다 만들려면 당신 손목 아프겠다.

"솔직히 나는 구경만 하고요. 양 실장이 다 해요."

─잘하고 있어. 대충 만두 빚는 시늉만 해. 알았지?

"네."

"잘하고 있기는 개뿔! 혼자 낑낑거리면서 만두 빚다가 양춘희 손목 나가게 생겼다고요."

춘희가 입술을 비쭉거리고 한 소리 타박을 던졌다. 준영과
지환 사이 오간 통화음이 전부 들렸나 보다. 그러나 어느 누
구도 춘희에게 신경 쓰지 않았다.

—디저트로 아이스크림 어때?

"콜! 체리쥬빌레랑 아몬드봉봉하고 민트초코칩. 제일 큰
통으로 하나 가득."

—알았어. 꾹꾹 눌러서 담아 달라고 할게.

준영은 아일랜드 식탁 귀퉁이에다 통화를 끝낸 휴대전화
기를 내려놓았다. 소매를 걷어붙이고 만두소가 담긴 함지박
쪽으로 다가가자, 춘희가 소를 덜어 내던 숟가락을 들어 사
정없이 준영의 손등을 후려쳤다.

"손부터 씻고."

"아파 죽겠네."

"그 정도 맞아서 안 죽거든."

"죽을 수도 있어요. 여기 빨갛잖아요. 치이! 멍들겠네."

준영의 엄살에 춘희가 놀라 달려왔다.

"진짜?"

"거짓말이에요."

준영은 후다닥 주방 싱크대로 달아났다. 수도꼭지를 틀고
수술실에 들어가는 집도의라도 되는 것처럼 구석구석 양손을
정성껏 씻었다.

띠리리리리.

좔좔 흐르는 **수돗물** 소리를 가르며 휴대전화 벨소리가 울

233

렸다. 지환이 다시 전화를 걸었나 싶어 젖은 손도 닦지 못하고 한달음에 뛰어가서 받았다.

"대표님! 뭐 잊은 것 있어요? 자꾸 전화하면 만두 못 빚어요."

수화기 저편에서 잠시 침묵이 흘렀다. 어떤 알싸한 기운이, 저도 모르게 인상을 찌푸리고 마는 준영의 등줄기를 타고 지났다.

—이준영 작가님?

"네."

—지환이 엄마예요.

바람결에 차랑차랑 울리는 풍경처럼 맑으면서도 검질긴 강단이 느껴지는 목소리였다. 준영은 드디어 올 것이 왔구나 하는 심정으로 질끈 눈을 감았다. 가슴이 거센 물살인 양 출렁거린다.

Chapter | 9

돌아보면
어제 같은 날들

준영은 검붉은 오자기 뚜껑을 조심스럽게 열었다. 뜨거운 훈김과 더불어 포타오창* 특유의 풍부한 향이 쌉싸래한 홍삼 냄새에 파묻혀 흘렀다.

서울 시내 제일의 중식당으로 손꼽히는 이곳 '백리향' 조리장이 직접 고안했다는 홍삼 포타오창, 음식 냄새에 이끌려 참선하던 스님마저 담을 넘었다는 바로 그 불도장을 눈앞에 두고, 준영은 도리어 별실 출입문을 박차고 뛰쳐나가고 싶은 욕구에 사로잡혔다. 천천히 메마른 한숨을 삼켰다.

"이 작가님 드시기에 향이 너무 진한가요?"

옻칠을 입힌 원탁 저쪽에서 화연이 예사로이 물었다. 어떤

---

*푸타오창(佛跳墻):최고급 광둥요리 중 하나인 상어 지느러미 스프.

감정도 드러내지 않는 잔잔한 목소리가 준영의 귓등에는 송 곳처럼 와서 박혔다. 준영은 고개를 들어 한 폭의 그림인 양 심상하게 앉은 화연에게 일별하고 금세 다시 시선을 아래로 내렸다.

"말씀 낮추세요."

"아니에요. 우리 바깥양반도 그렇고, 나도 웬만큼 가까운 사이가 아니면 말을 놓지 않아요. 내가 낯을 많이 가리거든요."

화연의 이야기 소리는 여전히 흐르는 물처럼 고요했다. 다만 서로 가까워지기를 원하지 않는다는 속뜻과, 낯이 아니라 사람을 가린다는 속내가 은연중에 깔렸다.

오도카니 앉아 손도 대지 않은 오자기 속 포타오창만 내려다보는 준영의 입가로 씁쓸한 미소가 설핏 감돌았다 사라진다.

어떠한 경우에도 상처 받거나 흔들리지 말자, 단단히 각오하고 나온 자리인데도 한마디 말에 찌르르 가슴이 저려 오고 아픈 것은 어쩔 도리가 없었다.

느릿느릿 숟가락을 들어 올렸다.

"잘 먹겠습니다."

"불도장이 입에 맞지 않으면 다른 것으로 주문해도 괜찮아요. 아침저녁으로 선선해지기는 했어도 아직 더위가 다 물러난 것은 아니라서 보양이나 하자 싶었거든요. 내가 공연한 오지랖을 떨었나 보네요."

화연이 짧게 혀를 찼다. 준영의 의사와 상관없이 미리 음식을 준비시킨 스스로를 탓하면서도 무심한 시선만큼은 곧장 앞을 향해 뻗어 나왔다. 그래서 그런지 깨작깨작 숟가락질이 볼품없는 준영을 타박하는 양 들렸다.

숨이 막히도록 불편한 와중에도 준영은 초인적인 의지를 발휘해 긴장한 입매를 유연하게 늘였다.

"아닙니다. 중국 음식을 즐기지 않아 불도장은 처음이지만 홍삼은 좋아합니다."

"그래요?"

"네. 어려서부터 도라지, 더덕, 인삼 종류를 잘 먹었습니다."

"우리 지환이는 몸에 열이 많아서 인삼이라면 질색을 하는데."

"알고 있습니다."

언뜻 수줍은 미소를 피우는 준영의 높은 광대뼈가 발그레 젖어 들었다. 전복삼계탕 한 그릇을 둘이서 3분 만에 뚝딱 해치우고, 그날 지환은 몸에서 열이 난다는 핑계로 밤새도록 준영을 잠도 못 자게 괴롭혔다. 그 밤의 기억이 새삼스러웠다.

"무슨 좋은 일이라도 떠올랐어요?"

"아아, 아닙니다."

화들짝 놀라 말까지 더듬는 준영의 일거일동을 화연은 하나도 놓치지 않고 세심하게 살폈다.

화장기 없는 얼굴은 순하고 맑으며 다소곳이 내려뜬 눈동자는 그 빛이 형형하다. 지금 이 자리가 꽤나 거북살스러울 터인데도 몸가짐에 일절 흐트러짐이 없었디. 돈 냧 푼으로 다스릴 수 있는 아이가 아님을 직감했다.

사업하는 아버지 밑에서 자라 정치적 야망이 대단한 남편과 40년을 살았다. 온갖 종류의 인간 군상과 부대낀 인생이라 해도 과언이 아니었다. 그렇게 60년이 넘는 세월을 살아오는 동안 저절로 사람 보는 눈이 생겼다.

세상에는 혀로 구슬려야 하는 이가 있고, 물질로 꼬드겨야하는 이가 있고, 힘으로 눌러야 하는 이가 있는 반면, 정을 주고 마음을 보여 내 사람으로 삼아야 하는 이가 있다.

저 아이는 개중 어느 부류에 속할까?

다른 자리에서 다른 인연으로 만났다면 아마도 화연은 준영에게 정을 쏟고 마음을 내비쳤으리라. 지환이 어쩌다가 눈길을 빼앗기고 말았는지 알 것도 같았다. 볼수록 괜찮은 아이임에는 분명하나 아들의 짝으로는 턱없이 부족했다. 10년전 사고가 버젓이 존재하는 한 극구 뜯어서 말려야 하는 악연이다.

"이준영 작가님."

화연의 조용한 부름에 준영이 가만히 고개를 들었다.

"네?"

명징한 눈동자가 원탁을 건너 다가온다. 화연이 한참을 아무 말 없이 그저 마주 바라보고만 있는데도, 반듯하게 허리를 곧추세우고 앉아 비껴 내린 눈꺼풀로 반쯤 시선을 가린준영의 모습 그 어디에서도 초조함은 찾아볼 수가 없었다.

잠잠히 인내하며 때를 기다릴 줄 아는 저 아이를 과연 어떤 말로 포기시킬 수 있을까?

어지간한 말만 가지고는 역부족일 것이다. 특단의 조치가 필요했다.

화연은 채 반도 다 먹지 못한 포타오창을 옆으로 밀어 놓았다. 여느 때 같으면 담당 여직원이 즉시 나타나 오자기를 치우고 중국차와 후식을 내올 것이었다.

하지만 따로 부르기 전에는 아무도 별실 안에 들이지 말라는 엄중한 지시를 이미 내려놓은 탓에 사방이 오로지 적막하기만 했다.

"이 작가님한테 몇 가지 물어도 될까요?"

"말씀하세요."

준영의 기꺼운 허락에도 화연은 한동안 입을 열지 않았다. 짙고 무거운 침묵이 얼굴을 마주 대한 두 사람 사이를 압도했다.

"우리 지환이를 사랑하기는 하나요?"

마침내 화연이 말문을 열었다. 준영은 눈꺼풀을 들어 올려 시선부터 똑바로 세웠다. 단순히 '네'라고 대답을 해야 할지, 아니면 질문에 담긴 저의를 캐어물어야 할지 잠시 고민했다. 일단 전자를 골랐다.

"네, 사랑합니다."

"얼마나 사랑하나요?"

이번에는 망설임 없이 후자를 선택했다.

"외람되지만 질문하시는 의중을 어쭤이도 괜찮겠습니까?"

241

"이준영 작가님이 우리 지환이를 위해 무엇을 얼마나 할 수 있을지 궁금해서요."

"구체적으로 제가 어떻게 하기를 원하시는데요?"

"똑똑한 사람이라 말귀 역시 금방 알아듣는군요."

화연의 입꼬리가 살풋 위로 말려 올랐다. 붓으로 그려 넣은 듯 정교하게 만들어진 미소가 붉은 입술가에서 찰랑거린다. 운두까지 가득 차올랐으나 아슬아슬 넘치지 않는 유리잔 속 물살 같았다.

"말씀하세요. 제가 할 수 있는 일이라면 하겠습니다."

"두 사람 헤어지라고 한다면……."

화연이 교묘하게 목소리를 흐려 본인의 주장 혹은 의견이 아닌 하나의 어떤 예시인 양 이야기했다. 유리잔 속 물살이 아주 잠깐 요동쳤다. 준영은 엄습하는 두려움에 놀라 출렁이는 마음을 다시금 다잡아서 묶고 쓴웃음을 지었다.

"그것은 제가 할 수 있는 일의 범주에 속하지 않습니다."

화연이 야트막하니 소리를 내어 웃는다. 예상하고 있던 답변이라는 듯이 너무도 가벼이.

"이준영 작가님이나 우리 지환이나 조용히 살고 싶어도 이제 어렵다는 것, 알지요? 이유야 어떻든 10년 전 사고에 대해서 세상이 모두 알게 되었어요. 앞으로 꼬리표처럼 이런저런 이야기들이 따라붙을 거예요. 좋든 싫든."

"감당할 수 있습니다."

"드라마 작가도 어찌 보면 일종의 연예인인데. 사람들 시선 끄는 일은 그만두었으면 해요. 세상 이목이 집중되면 집중될수록 쓸데없이 구설만 많아질 테니까요. 우리 지환이를 위해서 글 쓰는 일을 포기할 수 있겠어요?"

'네'라는 소리가 목젖까지 올라왔지만 차마 입 밖으로 나오지 않았다. 지환을 두고 글쓰기와 비교하는 것 자체가 어불성설이다. 일말의 주저함도 없이 지환을 선택하는 것이 마땅했다. 그럼에도 어떤 미련 같은 것이 명치끝에 걸려 선뜻 지환을 위해 글을 포기하겠노라 대답할 수가 없었다.

준영은 그런 스스로의 마음가짐이 몹시도 당혹스러웠다. 가뜩이나 혈색이 옅은 얼굴에서 핏기가 완연히 가셨다. 혼란스러워하는 준영을 쳐다보며 화연이 다시 또 가벼이 웃었다.

"이 또한 이준영 작가님이 할 수 있는 일의 범주에 속하지 않나요?"

"아닙니다. 단지……."

목소리가 저절로 잦아들고 준영의 고개가 아래로 떨어졌다.

그녀에게 있어서 글쓰기란 단순한 직업이 아니라 사방이 꽉꽉 틀어 막힌 막다른 곳에서 만난 마지막 비상구라고 이야기하고 싶었다. 마지못해 살아온 지난 10년, 그마나 글이라도 쓸 수 있었기에 삶을 지탱하며 버틸 수 있었노라고.

그러나 어떠한 설명도 화연의 귀에는 구차한 변명으로만 들릴 터였다. 솔직히 준영 자신조차 부끄러운 핑계 같기만 했다. 파들파들 떨리는 양손은 무릎 위에서 엄주어 마주 잡았다.

"단지, 뭔가요? 드라마 작가 이준영이라는 타이틀을 내려놓고 송지환이라는 한 남자의 그늘에 묻혀 살기에는 너무 억울한가요?"

"억울하지 않습니다. 단지, 한 번도 생각해 본 적이 없는 문제라서 당황했을 뿐입니다."

준영은 결국 대답을 에두르고 말았다. 딱히 거짓말은 아니지만 그렇다고 진실도 아닌, 지금 이 상황을 모면하고자 한 이야기일 뿐이었다.

"그렇군요."

수긍하는 말소리와 딴판으로 화연의 눈빛은 서늘했다. 중심을 잃어버리고 갈피마저 찾지 못하는 준영의 심중을 낱낱이 꿰뚫어 보고 있음이다.

"우리 지환이는 이준영 작가님 때문에 모든 것을 포기했어요. 올곧은 판사가 되고자 한 미래도, 많이 가지지 못한 이들을 위해서 훗날 정치를 하겠다던 꿈도. 이준영 작가님이 드라마 대본을 쓴다는 이유 하나만으로 무작정 드라마 외주 제작 사업에 뛰어들었잖아요. 탄탄히 예정된 미래도 접고, 줄곧 가슴에 품어 온 오랜 꿈도 버리고 말이에요."

그때까지도 명징하던 준영의 눈동자가 돌연 자오록이 안개가 낀 것처럼 아득하게 변했다. 형형한 눈빛 또한 생기를 잃은 채 점점 흐려졌다.

화연은 표정을 가린 시선으로 충격에 휩싸인 준영을 차분히 지켜보았다. 차마 알지 못했을 것이다. 평소 과묵한 지환이 스스로 나서서 떠벌렸을 리가 없으니 준영으로서는 미루어 짐작조차 하기 어려웠을 터.

화연 또한 언론을 통해 준영의 존재를 알고 나서야 7년 전 드라마 외주 제작사를 차린 지환의 갑작스러운 행보 뒤에 감추어진 의미를 겨우 헤아려 낼 수 있었으니까.

"이제 그만 우리 지환이를 놓아주었으면 좋겠어요. 내가 이렇게 부탁할게요."

화연은 새삼 몸가짐을 가다듬고 정중하게 고개를 숙였다. 어찌할 바를 몰라 허둥대는 준영의 목소리가 화연의 정수리로 황망히 내려앉았다.

"여사님, 이러시면……."

화연은 시선을 들어 마주 앉은 준영의 얼굴을 빤히 응시했다. 쐐기를 박을 차례였다. 내 자식 지키자고 남의 자식 가슴에 대못을 박아 넣는 일이지만, 그래도 해야만 한다. 자식 가진 부모로서 당연한 선택이자 아들 키우는 어미로서 온당한 처사라 믿었다.

"10년이에요. 장장 10년. 그 긴 시간 동안 우리 아이 인생의 주체는 지환이 자신이 아니라 이준영 작가님이었어요. 이 사실을 어느 누구도 부정하지는 못할 거예요. 지환이도 이제는 자기 인생을 찾아야 하지 않겠어요? 언제까지 이 작가님한테 끌려다닐 수는 없잖아요. 안 그런가요?"

준영은 대답하지 못했다. 깊이 그렇다고 이야기할 염치가 없었다. 도대체 지금껏 지환에게서 어떤 사랑을 받은 것인지 가늠조차 되지 않았다.

묵묵부답이 곧 부정을 의미하는 것이 아님을 알면서도 화연은 일부러 차가운 말투를 사용해 준영을 몰아붙였다. 어떻게든 오늘 끝을 볼 작정이었다.

"우리 지환이가 이 작가님을 위해서 얼마나 더 헌신하길 바라는 건가요? 여기서 더 무엇을 이준영 작가님 때문에 희생해야 하지요?"

"아닙니다. 절대 그런 것 아닙니다."

끝없는 나락으로 무너져 내린 눈동자에 말간 눈물만 글썽글썽하다. 금방이라도 울음을 터트릴 것 같은 표정으로 준영은 아랫입술을 깨물어 물었다. 비릿한 피 냄새가 입안 가득 번져 가는데도 느끼지 못한 채 차오르는 눈물을 삼키고 솟구치는 울음을 짓눌렀다.

이대로 흉곽을 자르고 심장을 갈라 지환을 생각하는 그녀의 진심을 속속들이 화연에게 보여 줄 수 있었으면 좋겠다.

"두 사람 결혼할 생각인가요?"

느닷없는 물음에 준영은 미처 답변을 준비하지 못했다. 준영이 망설이는 사이 화연이 그럴 줄 알았다는 식으로 피식 미소를 지었다.

"다행히 우리 지환이랑 결혼까지 계획한 것은 아닌가 보네요."

"……어른들께서 허락하시면 하고, 싶습니다. 죄송합니다."

면목 없는 본심을 어렵사리 내비치고 준영은 본능이 시키는 대로 무조건 머리부터 조아렸다. 와락 눈물이 솟았다. 섣불리 고개를 들지 못하는 준영의 치맛자락 위로 소리 없는 눈물방울이 떨어져 번졌다.

양가 부모의 거센 반대에 부딪혀 결혼은 꾸는 것조차 안 되는 꿈이라 여겼다. 헛된 욕심이니 미련을 두지 말자 마음먹었다. 번잡한 생각일랑 애당초 접어 버리고자 했다.

그런데 아니었나 보다. 온통 착각이었나 보다. 결혼 계획을 묻는 화연의 말에 지환과 결혼하고 싶다는 열망이 오히려 가슴에서 들끓었다.

송지환이라는 남자 곁에서 그의 여자로 평생을 살고 싶다. 오래오래 행복하게.

"아이는요?"

"네에?"

준영은 눈물에 젖은 얼굴을 간신히 들어 올렸다. 둥근 탁자를 가로질러 다가서는 화연의 눈빛이 여지없이 침착해서 도리어 선득했다.

"아이 말이에요. 낳지 않을 건가요?"

"낳고 싶습니다. 하나나 둘 정도."

훗, 짧지만 차가운 웃음소리가 화연의 붉은 입술을 갈랐다. 넘칠 듯 넘치지 않고 찰랑이던 유리잔 속 물살이 기어이 운두를 타고 흘러 넘쳤다.

"이준녕 삭가님 지병 있으시죠? 우울증."

"……네."

"프로작* 처방 받아 먹고 있지 않나요? 꽤 오랫동안 복용한 것으로 알고 있습니다만. 태아에게 해롭지 않겠어요?"

"프로작은 미국 식약청에서 임산부에게도 사용 가능하다고 허가한 유일한 항우울증제입니다."

"그렇다고는 해도 백 퍼센트 안전하다는 보장은 아무도 못하지요. 조산 위험이 일반 임산부에 비해서 다섯 배라더군요. 얼마 전에는 임신 기간 중 프로작, 팍실, 졸로프트 등과 같은 우울증 치료제를 복용한 경우 자폐아를 출산할 가능성이 높다는 존스 홉킨스 의대 연구진의 논문 발표도 있었고요."

반박할 근거도, 변명할 거리도 없는 사실 그대로의 이야기였다. 준영은 도로 고개를 아래로 떨어트리고 말았다. 가까스로 지탱하고 있던 마음이 한순간에 우르르 무너져 한낱 먼지 가루처럼 흩어진다.

"지환이한테서 아이까지 빼앗아 가는 것은 너무 가혹하다고 생각하지 않나요?"

준영은 대답 대신 입술을 앙다물어 어금니를 으물었다. 귓속이 먹먹하고 어질어질 현기증이 인다. 화연이 헤어짐을 강요할까 두려웠다. 이러다 결국 지환과 헤어지고 말까 무서웠다.

"이준영 작가님께서 우리 지환이를 위해 무엇을 얼마나 할

---

*프로작(Prozac):선택적 세로토닌 재흡수 억제제 계열의 우울증 치료제.

수 있을지, 그 판단은 이제 이 작가님 몫이에요. 부디 올바른 선택을 해 주기를 바랄게요. 어렵고 불편한 자리인데도 거절하지 않고 오늘 이렇게 나와 주고, 고마웠어요."

화연이 멍하니 앉은 준영을 홀로 두고 자리에서 일어났다. 출입문으로 향하는 화연을 배웅하기 위해 준영도 움직이지 않는 몸을 억지로 일으켜 세웠다. 허리를 깊이 숙여 인사하고, 출입문이 소리도 없이 열렸다가 닫히도록 가만히 서 있었다.

한참이 지난 후에야 준영은 메마른 한숨을 천천히 토해 냈다.

헤어지라는 말을 대놓고 하지는 않았지만 지환과 준영이 각자의 길을 가기를 화연이 바라고 있음을 안다. 결혼하지 말라는 소리 또한 없었지만 화연이 두 사람 사이를 극구 반대하고 있음을 안다. 그에 합당한 이유 역시 안다.

지환을 진정 사랑한다면 그 사랑을 증명해 보이라는 식으로, 숙제처럼 남기고 간 화연의 이야기가 윙윙거리는 준영의 귓가에서 수도 없이 매암을 돌았다.

사랑하는 남자를 위해서 여자는 무엇을 얼마나 해야 하는 것일까?

준영은 할 수 있는 일과 할 수 없는 일의 범주를 가르지 않았다. 지환을 사랑한다면 그 일이 어떠한 것이든 반드시 해내야 한다는 판단이 섰다. 지난 10년의 세월 동안 지환이 준영을 위해서 무슨 일이든 기꺼이 감수하며 해내었던 것같이.

서러운 울음이 솟구칠 줄 알았는데 때 아닌 웃음이 깨물어 문 입술 사이로 흘러나왔다. 끅끅, 허망한 웃음소리를 흡사 울음처럼 쏟으며 준영은 축축하게 젖은 시선을 먼 곳으로 향했다.

사각의 통유리창 너머 까마득하니 내려다보이는 거리에는 뜨거운 여름이 끝나고 어느새 서늘한 가을이 성큼 다가와 있었다. 한여름 밤 기이한 꿈같이 흐르던 시간은 이제 다시 오지 못할 것이다. 짧지만 강렬했던 꿈에서 깨어날 때였다. 현실을 직면해야 했다.

✦✦✦

버스가 멈추었다. 준영은 승강구가 열리기를 기다려 풍동 초입을 알리는 정류장에 내려섰다. 간혹 드라마에서 보던 것처럼 넋을 놓고 있다가 내려야 할 정류장을 지나쳐 종점까지 가는 사태는 벌어지지 않았다. 역시 드라마는 그저 드라마일 뿐이다.

작업실이 위치한 타운하우스 방향으로 길을 잡고 터벅터벅 걷기 시작했다. 여의도에서 일산까지 줄곧 앉아서 왔는데도 발걸음을 내딛는 두 다리가 팍팍한 느낌이다. 이대로 길바닥에라도 풀썩 주저앉고만 싶었다.

거액의 수표와 모진 말로 헤어짐을 종용하는 남자 주인공의 어머니 앞에서는 애써 태연한 척하다가, 급하게 그 자리를 벗어나자마자 눈물부터 펑펑 쏟아 내던 여타 드라마 여자 주인공들의 심정이 바로 이러했을까? 그나마 그런 식으로라도 드라마는 현실을 어느 정도 반영하고 있었나 보다.

실없는 생각 속에서 준영은 사거리 모퉁이를 돌았다. 지환과 동네 산책을 나올 때면 가끔 들러 쉬어 가던 커피 전문점이 보였다. 두 사람의 지정석이나 다름없는 창가 구석진 자리를 지금은 낯선 이들이 차지하고 앉아 있다.

문득 소중한 기억 한 자락이 뿌옇게 흐려지는 기분이 들었다. 고유의 영역을 본의 아니게 침범당한 사람처럼 가슴 언저리가 싸했다.

언제 또 저 창가 구석진 자리에 지환과 나란히 앉아 볼 수 있을까? 얼음을 잔뜩 넣은 자몽 주스와 더블 샷 아메리카노를 각각 테이블 위에 올려 두고 이런저런 소소한 이야기를 나누며 쓸데없는 장난을 치고는 했었지.

지환의 어깨에 비스듬히 몸을 기대어 앉아 유리창 밖 바삐 오가는 사람들을 느긋하게 바라보고 있노라면, 그는 잠잠히 손을 들어 길쭉한 손가락으로 준영의 머리카락을 쓰다듬고 귓불을 매만지다 어깨에서부터 손등까지 팔을 길게 쓸어 주고는 했다.

그 순간이 좋아서, 모르는 타인들 사이에서 누리는 두 사람만의 친밀한 시간이 좋고도 좋아서 준영은 유리잔 속 얼음이 다 녹아 자몽 주스가 엷은 빛깔로 희석될 때까지 아무 말도 하지 않고 가만히 앉아 있고는 했다.

커피 전문점 옆 약국과 소아과 의원을 지나자 몇 달 전 새로 단장을 하고 유명 프랜차이즈 간판을 내걸은 24시간 편의점이 나왔다.

준영이 모교 연건 캠퍼스 근처 오피스텔에서 이곳 타운하우스로 거처를 막 옮겼을 즈음만 해도 편의점이라기보다는 동네 구멍가게에 더 가까운 모습이었다.

그때는 편의점 앞 도로변에 플라스틱으로 만든 접이식 탁자와 의자가 듬성듬성 놓여 있었다. 퇴색한 무지개 빛깔의 파라솔도 탁자 한가운데 꽂혀 있었지, 아마.

한낮의 태양빛이 아닌 한밤의 달빛을 차단하는 파라솔 아래 지환과 마주 보고 앉아 컵라면이 익기를 조금은 조바심까지 내어 가며 기다리던 시간들.

손에 잡히는 대로 가져온 삼각 김밥의 내용물을 확인해 싫어하는 맛이 나오면 은근슬쩍 상대에게 어서 먹으라며 짓궂게 권하고는 아닌 척 시치미를 떼던 순간들.

밤참을 나누어 먹고 이슥한 어두움이 내린 이 길을 키득키득 웃으며 둘이서 어깨를 잇댄 채 걸어가고는 했었지.

행복해서, 작업실로 돌아가는 이 길이 영원히 끝나지 말았으면 싶어서, 달빛에 비낀 지환의 옆모습을 물끄러미 올려다보면 그는 또 어김없이 준영을 마주 내려다보며 빙그레 웃어 주었다. 볼우물이 옴폭 파이도록 환하게.

돌부리에 걸려 넘어질 뻔한 그녀의 허리를 지환이 두 팔로 붙잡아 안았던 곳이 저기 어디쯤이었던가? 밤길이 어두워 위험할지도 모른다는 핑계로 여기쯤에서 처음으로 손을 잡았던 것 같다. 심장이 어찌나 세차게 뛰던지. 그날은 발그레 달아오른 얼굴을 푹 숙인 채 운동화코만 내려다보면서 걸었는데……

요즘은 팔짱을 끼고 손을 잡는 일이 마냥 자연스럽다. 엊그제는 서로 손가락을 어긋하게 깍지를 끼고 산책에 나섰다. 한참을 말없이 길을 가다 지환이 느닷없이 고개를 내려 입술을 포갰다.

"왜요?"

입맞춤의 이유를 굳이 캐어묻는 준영에게 한 번 더 입을 맞추고 지환이 살긋이 미소 지었다.

"예뻐서."

준영은 한껏 발돋움을 해 두 손으로 보조개가 파인 지환의 양쪽 볼을 하나씩 감싸 쥐고 느릿느릿 입술을 겹쳤다.

"왜?"
"멋있어서요."

달콤한 한숨에 섞인 준영의 대답은 듣고 지환이 썰껄껄 웃었다.

두서없이 섞인 숱한 기억들이 비치적비치적 발걸음을 내딛어 가는 준영의 머릿속에서 다시 못 올 추억인 양 한꺼번에 부유했다.

지환과 함께일 때는 짧기만 하던 이 길이 홀로 작업실을 향해 걸어가는 지금은 아득히 멀고 멀기만 하다. 희미한 기억을 더듬으며 한 걸음 내딛고, 빛바랜 추억을 곱씹으며 다시 한 걸음을 더 내딛었다.

마침내 타운하우스에 다다랐다. 주차장을 지나 앞마당을 가로지르다 말고 준영은 보이지 않는 힘에 이끌리기라도 한 듯 발걸음을 우뚝 멈추어 섰다. 5년 전 지환을 따라 처음 이곳에 발을 들여 놓던 날의 기억이 새록새록하다.

의과대학 졸업을 앞두고 맞은 마지막 겨울방학이었다. 생애 첫 미니시리즈 드라마 '사이코패스'의 방영이 당장 내일모레로 다가온 탓에 반쯤 정신이 나가 있던 때이기도 했다.

겨울답지 않은 포근한 날씨 속에서 이삿짐이라 할 것도 없는 궁색한 살림살이를 지환의 승용차에 실어 날랐다. 달랑 옷가방 두 개와 책 박스 몇 개가 전부인 짐을 보고 지환이 한숨부터 내쉬던 기억이 어렴풋하다.

"이게 다야?"

"혼자 사는 자취생 살림이 이 정도면 훌륭한 거예요. 수백만 원을 호가하는 노트북도 있는데."

준영이 어깨에 둘러멘 커다란 크로스백을 두드리며 엉뚱한 호기를 부리자 지환이 어처구니가 없다는 듯이 웃었다.

"이삿짐 트럭 불렀으면 우스울 뻔했다. 춘희가 자동차 트렁크 반도 못 채울 거라 장담하더니. 정말이었네."

"대표님까지 안 오셔도 됐는데."

"나 안 왔으면 이 짐을 다 어떻게 옮기고? 아무리 빈약한 자취생 살림이라도 이삿짐은 이삿짐이야."

"콜택시 부르려고 했어요."

"택시 운전기사가 좋다고 하겠어?"

"웃돈 챙겨 줄 생각이었다고요."

"그 웃돈 나한테 줘. 맛있는 것 사 먹게."

그날 준영은 웃돈 대신 지환에게 저녁밥을 샀다. 이삿날 반드시 먹어 주어야 한다는 짜장면과 탕수육을 작업실 주방 아일랜드 식탁 위에 풀어 두고 꽤 오랫동안 두런두런 이야기를 나누었다.

밤은 깊어 가고 분위기는 무르익어 더없이 안온했다. 지환을 대할 때면 늘 긴장하기 일쑤였는데 그 밤만큼은 달랐다. 편안해서 사근사근했고 따뜻해서 도리어 노곤하기까지 했다.

그래서 그랬을까? '사이코패스' 첫방을 코앞에 둔 심정, 글을 쓰면서 느끼는 고충, 의내 졸업 후 진로 문제 등 다른 이들한테는 한 번도 내비친 적 없는 속마음을 준영은 그 밤 마주 앉은 지환에게 술술 다 털어놓고 말았다. 이상한 일이었다.

"졸업식이 26일이라고 했지?"

"네."

"꽃돌이 필요해?"

"해진 선배가 온댔어요."

"박해진 씨 강원도에서 군의관으로 복무 중 아니었어?"

"얼마 전에 제대했어요. 3월부터 분당 병원으로 다시 출근한대요."

"두 사람 어떤 사이야?"

"어떤 사이라니요?"

"관계 말이야. 가족, 친구, 지인, 동료. 그리고 애인이 있겠군. 어떤 카테고리?"

"글쎄요, 생각해 본 적이 없어서……. 굳이 나누자면 해진 선배는 가족의 범주에 넣고 싶어요."

"나는?"

"네에?"

질문의 의도를 되묻는 준영을 지환이 말없는 눈으로 지그시 바라보았다. 올곧게 다가서는 눈빛이 깊숙하면서도 일견 날카로웠다.

"가족, 친구, 지인, 동료, 애인 중에서 나는 어떤 카테고리에 속하냐고."

"대표님은…… 그냥 대표님이에요."

"무슨 대답이 그래?"

"일단 가족은 아니고. 친구라 하기에는 나이 차가 너무 많고. 지인은, 우리 단순히 아는 사이는 아니잖아요?"

"그렇지."

"그럼 이제 남은 것은 동료뿐이네요. 대표님이랑 나, 동료 해요?"

준영은 고개를 한쪽으로 갸웃 기울이면서 부러 웃었다. 업무상 관계로 한정 짓고 싶지 않았지만 지환이 제시한 다섯 개의 카테고리 안에서 선택을 해야 한다니 어쩔 수가 없었다. 그나마 동료에 가장 가까우니까.

"동료도 싫다. 그냥 대표님 할래."

지환이 빙그레 미소 지었다. 볼우물은 흔적도 없었지만 눈빛은 여전히 우물처럼 깊었다.

현관문을 열고 작업실 안으로 들어서자 수많은 기억들이 걷잡을 수 없는 파도처럼 한꺼번에 들이닥친다.

좁다란 현관 입구에서부터 통째로 뻥 뚫린 작업실과 주방, 2층 침실로 창히는 층계참까지 눈실 가는 곳마다 지환이 보였다. 싱긋 웃는 모습으로, 살짝 격앙된 얼굴로, 혹은 뜨거운 몸짓으로.

깨금발로 서서 샌들에 딸린 스트랩을 풀다 말고 준영은 푹 젖은 한숨을 토했다. 크게 들썩이는 어깨가 휘청거렸다. 신발장 모서리를 붙잡아 간신히 비틀거리는 몸뚱이를 의지했다. 질끈 감아 버린 눈꺼풀 위로 며칠 전 기억이 어떤 잔상처럼 맺힌다.

"잠깐만요. 구두는 벗어야죠."

준영은 쿡쿡 웃음소리를 쏟으며, 등 뒤에서부터 허리로 감겨드는 지환의 두 팔을 밀어냈다. 지환이 조금은 거칠다 싶은 동작으로 준영의 허리를 잡아채듯 감싸 안았다.

"불을 지폈으면 당연히 책임을 져야지."

으르렁거리는 목소리와 달리 무릎 아래로 팔을 넣어 준영의 몸을 볼끈 안아 드는 지환의 손길은 부드러웠다. 준영은 두 팔을 지환의 목에 감아 매달리며 발을 하나씩 차례로 흔들어 아무렇게나 샌들을 벗었다. 스트랩이 풀린 황금빛 샌들이 포물선을 그리면서 멀리 날아갔다.

"내가 언제 불을 지펴요?"

"오호?"

지환이 웃음기 깃든 표정으로 빈정댔다. 삐뚜름하게 올라
가 꺾이는 오른쪽 눈썹이 '이렇게 나오시겠다, 이거지?' 라고
이야기하는 것 같았다.

준영은 까르르 웃으며, 무거운 기색도 없이 성큼성큼 작업
실을 가로지르는 지환의 목덜미에 얼굴을 묻었다.

"이대로 2층까지 올라가려고요?"
"아니."

지환이 거실 소파에 준영을 내려놓고 곧장 몸을 겹쳤다. 둥
근 어깨 위로 떨어지는 지환의 숨결이 놀랄 만큼 뜨겁고 거칠
었다.

"나, 급해."
"차 안에서는 아무리 꼬드겨도 꿈쩍을 안 하더니."
"이를 악물고 참은 거지."
"언제는 새 역사를 쓰자면서요?"

비죽 눈을 흘기던 준영의 숨소리가 별안간 허억, 하면서 탁
하게 갈라졌다. 원피스 자락을 걷어 올리고 팬티를 벗길 사이
도 없이 지환이 오른손이 볼두덩 아래 실께 살라진 틈바구니

259

안으로 파고들었다.

"……젖었어."

길쭉한 손가락을 더 깊숙이 찔러 넣으며 지환이 씨익 미소
를 지었다. 준영은 악마처럼 잘생겼다는 말의 의미를 실감했
다. 혼자만 당할 수는 없다 싶으면서도 저절로 몸이 달아 마
음마저 급해졌다.

"지금 해요."

준영이 아래로 팔을 뻗어 지환의 벨트 버클을 풀고 바지
지퍼를 내리자 크고 단단한 불기둥이 속옷을 뚫고 치솟아 올
랐다. 손안에 붙잡아 쥐고 꾹꾹 손바닥으로 문질렀다.

"그러지 마."

지환이 한껏 숨을 삼킨 채 가르랑거렸다.

"싫어요?"

속삭이듯 가만히 묻자 그가 한숨처럼 답했다.

"아니."

"그럼, 왜요?"

"너무 좋으니까."

지환이 숫제 이를 갈았다. 준영은 키득키득 웃으면서 뜨거운 불기둥을 붙잡아 쥔 손바닥에 힘을 더했다. 하나로 그러모은 손가락으로 쭈욱 끌어당기듯이 몇 번 문지르지 않아 지환이 짧고 탁한 신음을 흘렸다.

"당신 손바닥에다 하기 싫어."

"입으로…… 해 줘요?"

준영의 수줍은 제안에 지환이 '젠장'이라고 희미한 욕설을 뱉었다. 양복바지와 트렁크 팬티를 한꺼번에 아무렇게나 벗어 던지고 준영의 속옷마저 잡아 찢듯이 함부로 끌어 내렸다.

"각오해. 당신 오늘 죽었어."

준영은 까르르 소리를 내어 웃었다.

"진정 바라는 바예요."

끄윽끄윽, 울음이 터졌다. 울지 않으려 했는데, 울기 싫었는데, 결국에는 울고 말았다. 마룻바닥에 절퍼덕 주저앉아 아이처럼 목을 놓고 울었다.

~~~~

띠리리리리. 띠리리리리. 띠리리리리.

쉴 사이 없이 울리는 휴대전화기를 양손으로 그러쥐고 앉아 준영은 군기침을 서너 번쯤 반복했다. 그리고도 잠긴 목이 다 풀리지 않았을까 걱정이 되어 길게 심호흡을 거듭한 후에야 통화 버튼을 누를 수 있었다.

"여보세요?"

—목소리가 왜 그래? 당신 울었어?

한없이 다정다감한 지환의 말소리가 염려로 가득한 채 수화기를 타고 이편으로 흘러들었다. 준영은 도로 솟구쳐 눈가에 맺히고 마는 눈물을 얼른 훔쳐 냈다. 아무렇지도 않은 척 목소리도 여상하게 꾸몄다.

"울기는 내가 왜 울어요?"

—목소리가 꽉 잠겼잖아.

"피곤해서요. 오랜만에 나갔다 왔더니 좀 힘드네요. 지치기도 하고. 택시 잡기가 쉽지 않아서 올 때 좌석 버스를 탔거든요."

—벌써 작업실이야? 그렇지 않아도 당신 힘들 것 같아서

아직 여의도면 집에 가는 길에 픽업하려고 했는데.

"방금 도착했어요. 점심만 먹고 바로 헤어졌거든요."

―고등학교 때 친구들이라며? 졸업하고 오랜만에 만났을 텐데. 맛있는 것도 많이 먹고 실컷 수다도 떨지 그랬어?

"너무 오랜만에 만났나 봐요. 할 말도 없고 어색하기만 하더라고요."

준영은 대답을 에둘렀다.

어젯밤 차마 어머니를 만나러 나간다고 이야기할 수가 없어서 지환에게 고등학교 동창 모임이라며 거짓말을 했었다. 오늘 낮에도 약속 장소인 63빌딩 앞까지 태워다 준 춘희에게 친구들과 밀린 회포를 풀겠다며 부질없는 너스레를 떨기까지 했다.

이제라도 사실대로 털어놓을까?

대표님 어머니가 헤어짐을 종용했노라고.

하필이면 아이 문제를 거론해서 마음을 여지없이 무너트려 놓았다고.

이제 어떻게 하면 좋겠느냐고.

엉엉 울어 버릴까?

못된 욕심이 진짜 말이 되어 소리로 변할까 두려워 준영은 재빨리 입술을 옥다물었다.

―왜?

"네에?"

―무슨 할 말 있는 것 아니야?

"내가요?"

─응.

"아닌데."

─방금 당신 숨소리가 잠깐 멈칫했잖아. 나한테 할 얘기가 있는데 할까 말까 망설이는 것 같았어.

화상 통화가 아니니 얼굴을 볼 수 없을 터인데도 지환은 숨소리만 듣고서 준영의 현재 상태를 정확하게 짚었다. 합리적인 추론이든 대충 미루어 짐작한 추측이든, 준영을 향한 지환의 집중력은 정말이지 대단했다.

이 사람, 나에 대해 모르는 것이 있기나 할까?

준영은 고맙고도 미안한 마음을 가까스로 억눌러 감추고 아닌 척 딱 잡아떼었다.

"무슨…… 말도 안 돼. 아니에요."

─아니야?

"네. 아니에요."

─뭐, 그럼 됐고. 우리 저녁 뭐 먹을까?

"양 실장은요?"

─춘희는 오늘 야근해야 한대. 몇 달 만에 사무실에 나왔더니 처리할 업무가 산더미라고 입이 댓 발은 튀어나왔더라. 30분 전쯤 나한테 와서 한참을 앙앙거리다가 돌아갔어.

"양 실장 아까 여의도에 나 내려 주면서 자기도 놀러 갈 거라고 큰소리 뻥뻥 치더니. 겨우 사무실로 출근한 거였어요?"

—그 녀석이 가기는 어디를 가겠어? 마침 형석이까지 태국 출장 중이라 우리 말고는 같이 놀아 줄 사람도 없는데. 오랜만에 춘희 빼고 우리 둘이서만 맛있는 것 먹자.

"양 실장 삐쳐서 울겠다."

　—춘희 녀석이야 울든 말든 내 알 바 아니고. 당신 뭐 먹고 싶은 것 없어?

"대표님은 뭐 먹고 싶어요?"

　—나는 아무거나. 어디 근사한 데 갈까?

"오늘은 별로 내키지 않아요."

　준영은 마른 한숨을 쉬며 기대어 앉은 벽에 무거운 뒷머리를 가져다 붙였다. 아무 일도 없다는 양 예사로운 태도를 유지하기가 쉽지만은 않았다. 솔직히 버거웠다. 오늘 같은 날은 외식은커녕 혼자 골방에 틀어박히고 싶은 심정이다.

　그래도 이렇게나마 지환의 목소리를 듣고 앉아 있으니 조금은 숨통이 트이면서 살 것 같았다.

　—피곤해서 그래?

"네. 하루 두 번 외출은 확실히 힘들어요. 기력이 달려서."

　—밤이고 낮이고 그놈의 저질 체력이 문제라니까.

　지환이 느닷없는 한숨을 쉬었다. 한숨 자락 끝에 묻어나는 장난기가 너무도 확연해서 준영의 입가에 저절로 미소가 번졌다.

"밤마다 대표님이 나를 너무 굴려서 저질 체력이 된 거라고요. 내 타고난 본질은 용가리 통뼈였어요."

—내가 뭘 굴려? 생사람 잡지 마. 하룻밤에 두 번 이상은 불가라고 못을 박은 것은 어디 사는 뉘신지?

"동만 트면 하룻밤 지났다고 기어이 아침에 한 번 더 하는 분은 어디 사는 누구신데요?"

—당연히 일산 풍동에 사는 송 모 씨겠지.

"아휴, 진짜……."

—내가 진짜 좋다고?

"못 살아."

싫은 기색이라고는 찾아볼 수 없는 준영의 한탄에 지환이 유쾌한 소리로 웃었다.

—퇴근할 때 뭐라도 포장해서 갈까? 장어덮밥 어때? 전에 보니까 당신 그것 잘 먹더라.

"우리 집밥 먹어요. 내가 만들게요."

준영은 충동처럼 이야기했다. 무엇을 생각하고 말고 할 겨를도 없이 말소리가 먼저 나가 버렸다. 5년째 마당을 공유한 이웃으로 살면서, 심지어 지난 몇 달은 한집에서 동거하다시피 했으면서, 지환에게 따뜻한 밥 한 그릇 제 손으로 직접 지어 밥상을 차려 준 기억이 없었다.

—당신이 요리를 하겠다고?

"요리까지는 아니고요. 김치찌개 정도라면……."

—피곤하다면서 괜찮겠어? 무리하지 말고.

"무리하는 것 아니에요. 밖에 나가기 귀찮다는 뜻이었어요."

—진짜 괜찮겠어?

"무슨 대단한 요리를 만들겠다는 것도 아니잖아요."

—김치찌개 먹고 싶으면 내가 집에 가서 끓여 줄게. 특급 요리사 양 양만큼은 아니더라도, 나도 제법 잘해.

"지금 내 요리 솜씨를 못 믿겠다는 거예요?"

준영은 공연한 트집을 잡았다. 지환이 억울하다며 펄쩍 뛰었다.

—그게 아니라, 당신 힘들까 봐.

"안 힘들어요. 맛은 장담 못 하지만 내가 해 볼게요. 김치찌개라면 살짝 자신도 있고."

—왠지 기대되는데.

"딸랑 김치찌개 하나만 끓일 거예요. 일품요리. 기대는 금물이에요."

—가슴이 막 떨려. 애인한테 저녁 초대 받으면 이런 기분이구나.

옅은 웃음기가 배어나는 지환의 목소리에서 감출 수 없는 설렘이 엿보였다. 마냥 좋아하는 지환 때문에 준영의 기분까지 덩달아 가벼워졌다.

"그렇게 좋아요?"

—어. 엄청 많이.

"갑자기 미안해지려고 해요."

—뭐가?

"이렇게 좋아할 줄 알았으면 진즉 초대하는 건데. 솜씨는 없지만 밥도 자주 해 주고."

─지금이라서 좋은 거야. 딱 좋아.

"그래요?"

─응.

준영은 휴대전화기를 멀리 두고 먹먹하니 저린 날숨을 길게 내쉬었다. 그깟 단음절밖에 되지 않는 '응'이라는 지환의 말 한마디에 문득 목이 메고 콧날이 시큰하다.

"대표님."

─으응?

"……보고 싶어요."

─당장 날아갈게.

"네, 얼른 와요."

Chapter | 10

사랑,
그 어려운
사랑

초인종 소리를 듣고 현관문을 열자 커다란 꽃다발이 제일 먼저 눈에 띄었다. 짙은 보랏빛 붓꽃이 어림잡아도 수십 송이는 됨직해 보였다.

만날 전자식 잠금장치 키패드를 누르고 자기 집처럼 준영의 작업실을 드나들던 지환이 굳이 초인종을 누른 이유가 아마도 저 붓꽃다발 때문이었나 보다.

"우와! 나한테 주는 거예요?"

"마음에 들어?"

"무지무지 예뻐요."

준영은 지환이 건네주는 꽃다발을 받으며 함박웃음을 지었다. 지환이 행복해하는 준영의 어깨를 가볍게 감싸 안고 작업실로 들어서며 짐짓 으스댔다.

"당신이 보라색 아이리스를 좋아할 줄 알았어. 꽃집 아가씨가 붉은 장미를 권하는데 단칼에 잘라 냈지."

"내가 아이리스 좋아하는 것은 어떻게 알았어요?"

"아이리스만 좋아하는 것 아니잖아. 보라색 꽃이란 꽃은 죄다 좋아하면서. 아이리스, 라벤더, 금강초롱, 제비꽃에 도라지꽃은 물론이고 심지어 할미꽃까지."

지환이 손가락을 꼽아 가며 준영이 좋아하는 꽃 이름을 줄줄이 읊었다. 준영은 약간 멋쩍은 기분이 들어 그냥 헤 하고 웃어 버렸다.

"그거야 보라색이 좋으니까."

"저녁은? 뭐, 도와줄 것 없어?"

"거의 다 끝났어요. 대표님은 올라가서 씻어요. 2층 욕실에다 목욕물 받아 놓았어요."

지환이 서류 가방을 작업실 소파 위에 올려 두다 말고 짧게 휘파람을 불었다. 어깨를 비스듬히 뒤로 기울인 채 준영을 바라보는 눈빛이 의미심장했다. 준영은 달아오르는 뺨을 손등으로 꾹 눌렀다.

"왜요?"

"밥 먹을래요, 먼저 씻을래요? 아니면 나 어때요? 꼭 그렇게 묻는 것 같아서."

"아휴, 진짜!"

준영은 능글맞게 웃는 지환의 등에다 사정없이 스매싱을 날렸다. 아프다고 겅중거리는 지환을 층계 쪽으로 밀었다.

"어서 올라가서 씻기나 해요."

"솔직히 나는 저녁밥이나 목욕물보다 당신이 더 당기는 데⋯⋯."

지환이 찡긋 윙크를 날렸다. 등이 떠밀려 계단을 오르면서도 좀처럼 미련을 버리지 못한다. 준영은 대번 솟는 웃음을 겨우 참고 공연히 윽박질렀다.

"한 대 더 맞고 싶죠?"

"아니."

지환이 도망치듯 후다닥 계단을 뛰어 올랐다. 준영은 빠르게 층계참을 돌아가는 지환의 등에다 대고 큰 소리로 물었다.

"와인 한잔 줄까요?"

"좋지."

주방으로 되돌아온 준영은 꽃병 대용으로 사용하는 옹기 항아리를 찾아 차가운 물을 받고 붓꽃다발을 통째로 꽂았다.

흐드러진 꽃송이가 워낙 풍성해서 아일랜드 식탁에 올려 놓고 보기에는 부담스러울 듯하다. 저녁 먹는 동안만 식탁 옆에 내려 두었다가 작업실 책상 곁으로 옮겨야겠다.

그쪽은 볕이 너무 환해서 금방 시들려나?

붓꽃 항아리를 둘 마땅한 자리를 찾아 작업실 곳곳을 두리번거리다 말고 준영은 실소했다. 어차피 떠나면 물도 갈아주지 못할 터였다. 지금 따가운 햇볕을 걱정한들 무슨 소용이 있으랴 싶었다.

"미안."

말없이 놓인 붓꽃에 손을 대 가만히 만져 보았다. 섬세한 꽃잎이 금방이라도 손끝에서 바스러질 것만 같다. 보기에는 더없이 아름답지만 실속은 없고 연약하기만 해서 보살펴 주는 손길이 반드시 필요한 존재.

"너나 나나…… 참 덧없다. 그치?"

대답 없는 붓꽃다발에 한 번 더 말을 붙이고 크게 숨을 폐부 안으로 들이켰다. 도로 천천히 숨을 뱉었다. 알짝지근하던 코끝이 그제야 가라앉는다.

평정심을 되찾은 준영은 마치 아무 일도 없었다는 양 두 손을 바삐 움직였다. 초인종 소리에 꺼 두었던 전기레인지를 다시 점화하고, 찹쌀가루를 입힌 애호박에 달걀물을 적셔 뜨겁게 달군 프라이팬으로 옮겼다.

노릇노릇 익어 가는 애호박전 위에다 춘희한테 배운 대로 얇게 저민 홍고추 조각 두 개를 꺾쇠 모양으로 얹었다. 극명하게 대비되는 빨강과 초록의 색감만으로도 어설픈 애호박전이 금세 먹음직스럽게 변했다.

때마침 김치찌개가 보글보글 끓기 시작했다. 전기레인지 화력을 바짝 줄인 다음 세라믹 냄비 안에다 어슷썰기를 한 대파와 가늘게 채친 깻잎을 한 움큼 집어넣었다. 이 또한 춘희의 명품 레시피를 슬쩍 도용한 것이다. 깻잎의 독특한 향취가 돼지고기 특유의 누린 잡냄새를 잡아 준다고 했다.

냉장고 안 밑반찬을 조금씩 접시에 덜고, 홍고추로 멋을 부린 애호박전을 두 줄로 나란히 세웠다. 나름 괜찮은 저녁

밥상이 차려졌다. 먹기 직전 김치찌개만 한소끔 더 끓여 내놓으면 될 것이다. 뿌듯해서 가슴이 다 벅찼다.

아이스 버킷 안에 미리 재어 두었던 와인병과 크리스털 잔 두 개를 챙겨 계단을 올랐다. 두 사람만의 파티는 지금부터 시작이다.

희뿌연 수증기 사이로 편백나무 욕조에서 흘러나오는 피톤치드 향이 은근하게 떠다닌다. 뜨거운 탕이 아니라 울울창창한 삼림욕장 한가운데 들어와 앉은 느낌이다. 느긋하게 반신욕을 즐기던 평소와 다르게 지환은 하릴없는 초조함 속에서 잇달아 목직한 숨자락을 쏟았다.

일상의 평온함을 야금야금 초잠식지해 들어오는 기묘한 찜찜함과 도무지 떨쳐 버리기 어려운 정체불명의 불안감이 어젯밤부터 지금껏 지환을 괴롭히고 있다.

당장 손에 잡힐 것 같으면서도 결코 잡히지 않는 어떤 무엇인가를, 그 존재 유무조차도 확신하지 못한 채 무작정 뒤쫓고 있는 기분이다.

의과대학 동기들과도 교류 없이 지내면서 졸업한 지 벌써 10년도 넘은 고등학교 친구들을 만나러 동창 모임에 나갔다? 세상과 온통 담을 쌓고 살다시피 하는 준영의 생활 패턴에서 한참 벗어나는 행동이었다.

더욱이 여의도에 다녀온 뒤로 운 것이 분명한 통화 목소리와 무엇인가를 애써 감추는 듯한 표정은 오늘 점심 약속이 단순한 고등학교 동창 모임이 아님을 방증했다. 곱씹으면 곱씹을수록 석연지 못한 것투성이였다.

도대체 오늘 여의도에서 누구를 만나 무슨 이야기를 하고 온 것일까?

가장 쉽고 좋은 방법은 준영에게 직접 듣는 것일 터이다. 하지만 여태 돌아가는 상황으로 미루어 짐작하건대 준영이 자발적으로 입을 열 리가 없었다. 지환은 이마를 타고 흘러내리는 젖은 머리카락을 아무렇게나 손가락으로 쓸어 올렸다.

어떻게 해야 한다지?

일단은 기다려 보는 수밖에.

최종 결론에 도달한 후에도 몸을 일으켜 세워 머리를 감을 생각도 못 하고 한동안 멍하니 뜨거운 물속에 앉아 있었다. 하루 종일 명치에서 들끓는 답답함 탓인지 팔꿈치를 받치고 앉은 개폐식 욕조 덮개 위로 부질없는 한숨만 쌓였다.

그때 욕실 출입문이 빠끔 열리며 그 틈으로 준영이 와인병을 흔들었다.

"들어가도 돼요?"

"어."

지환은 황급히 어두운 그림자를 지우고 얼굴빛을 여상하게 꾸몄다. 적절한 때를 기다리고자 마음먹었으니 이제 인내심을 가져야 했다.

물안개처럼 떠도는 수증기를 가르며 욕조 가까이 다가온 준영이 원목 마루를 덧대어 깐 욕실 바닥에 무릎을 대고 앉았다. 왼쪽 손가락들 사이 어긋하니 끼워서 가지고 온 크리스털 와인 잔 두 개를 욕조 덮개 위에 조심스럽게 내려놓는다.

　"아이스 버킷에 재어 둘 때만 해도 저녁밥 먹으면서 따려고 했거든요. 와인이 김치찌개보다는 반신욕에 더 어울릴 것 같아서요."

　"잘 생각했어. 이리 줘."

　지환은 준영의 오른손에 들린 샤또 마고 쪽으로 팔을 뻗었다. 뜨거운 손바닥에 착 감기듯 와서 닿는 유리병의 차가운 기운이 묘하게 기분 좋았다. 명치에서 들끓고 있는 답답함도 이렇게나마 식었으면 했다.

　코르크 마개를 열고 두 개의 리델 와인 잔을 차례로 채워 나갔다. 짙은 자줏빛을 띤 차가운 와인이 봉긋한 크리스털 볼 안에 담기자, 곱고 투명한 리델의 바깥쪽을 휘돌던 수증기가 이내 더운 이슬방울로 변해 운두를 타고 오종종 맺혔다.

　"우리 건배해요."

　준영이 스스럼없이 와인 잔을 들어 올렸다. 여전히 알코올 섭취를 꺼리는 편이지만 지난봄 제주 앞바다에서 스스로 소주잔을 입에 댄 이후, 강박에 가까웠던 술에 대한 거부 반응은 어느 정도 사라졌다.

　"뭘 위해 건배할까?"

　"으음……. 미래를 위해서."

"어떤 미래?"

"희망 찬 미래."

"우리의 희망 찬 미래를 위하여."

잔과 잔이 부딪쳤다. 챙 하며 리델 특유의 청아한 마찰음이 흡사 종소리처럼 울렸다.

지환은 단번에 반 이상 잔을 비웠다. 차가운 와인이 입안을 식히고 식도를 따라 내려가자 들끓던 명치가 문득 시원해진다. 몰랐는데 제법 목이 탔나 보다. 어쩌면 오늘 하루 가슴이 탔는지도 모를 일이다.

준영은 겨우 입술만 축이는 시늉을 하고 와인 잔을 마룻바닥에 내려놓았다.

"머리는 감았어요?"

"아직."

"감겨 줄까요?"

지환은 선뜻 대답을 하지 않았다. 도로 와인을 가득 채운 리델을 손가락 사이에 쥐고 손목의 탄력을 이용해 빠르게 빙빙 돌렸다. 자줏빛 소용돌이가 세차게 일면서 샤또 마고의 화려하고 쌉싸래한 부케*가 욕실 안 곳곳에 번진 피톤치드 향을 압도했다.

"싫어요?"

준영이 조심스럽게 다시 물었다. 지환은 고개를 외로 틀어

---

*부케(Bouquet):스월링을 통해 공기와 접촉해서 올라오는 와인 향.

준영을 향해 비스듬히 시선을 내렸다. 물끄러미 바라보자 준영이 조바심이 드는지 혀로 입술을 적셨다.

"왜요?"

"내가 어떤 예쁜 짓을 했나, 기억을 더듬는 중이야."

"네에?"

"저녁 초대에, 목욕물에, 와인에다 머리까지 감겨 준다 하고. 내가 도대체 당신한테 무슨 예쁜 짓을 했지? 어젯밤 새로 시도한 체위가 당신 마음에 흡족했나?"

준영이 까르르 웃었다. 한바탕 웃음소리를 쏟아 내기 직전 암갈색 눈망울 속 얼핏 스치고 지나간 안도의 빛을 지환은 놓치지 않았다.

"마음 바꾸기 전에 얼른 이쪽으로 머리 두고 눕기나 해요."

준영의 재촉에 지환은 욕조 가장자리에 뒷목을 괴고 반듯하게 누웠다. 준영이 이동식 샤워기를 가져와 물 온도를 확인했다.

쏴아, 쏟아지는 물줄기가 머리카락을 적시고 다섯 개의 여린 손가락이 헝클어진 머릿결을 갈래갈래 매만진다. 흡사 애무라도 하듯이 사뭇 느리게.

"눈 감아요."

"싫어."

"샴푸 거품 들어가면 따갑고 매워요."

"그래도 싫어. 보고 싶어, 당신 얼굴."

"만날 보는 얼굴."

"머리 감겨 주는 것 처음이잖아. 당신 표정 보고 싶어. 나를 바라보는 눈빛 하나, 내 머리카락에 감겨드는 손짓 하나까지 전부 다 놓치지 않고."

왜인지는 모르지만 갑자기 지금 이 시간이 그 어느 때보다 소중하게 느껴졌다. 속절없이 흐르는 순간순간이 아까워서 불현듯 미치겠다.

"내가 대표님을 잘 몰랐다면 바람둥이라고 생각했을 거예요."

준영이 왼쪽 손바닥 위에 일정량의 샴푸를 덜면서 혼잣말처럼 중얼거렸다. 지환은 최대한 목소리에 억울함을 담았다.

"왜애?"

"하는 말마다 달콤하잖아요. 막 가슴 떨리게."

준영이 쌜쭉 눈을 흘기며 한숨을 지었다. 자기가 더 억울하다는 듯이. 지환은 후후 소리를 내어 웃었다.

"칭찬이구나. 내가 그렇게 예뻐?"

"으이구! 내가 못 살아."

입으로는 타박을 던지면서도 짧은 머리카락 사이로 파고드는 준영의 손길은 부드러웠다. 꾹꾹 두피를 눌러 마사지하고 잔뜩 거품을 일으켜 머릿결을 쓸어 주는 열 손가락이 더할 나위 없이 다정하다.

지환은 저도 모르게 어금니를 물었다. 그저 머리를 감기는 단순한 행위일 뿐인데 문득 콧등이 알싸하게 매워지더니 눈자위가 따가웠다. 준영의 손길에서 느껴지는 묘한 애잔함 때문이었다.

"왜 그래요?"

"으응?"

"여기 눈가가 빨갛잖아요."

"샴푸 거품 때문에 매워서."

"거봐요, 내가 눈 감으라니까."

준영은 급하게 손에 묻은 거품을 지우고 지환의 눈자위를 조심스럽게 손끝으로 닦았다.

"이제 좀 나아요?"

"응. 하나도 안 따가워."

"머리 헹구게 눈 감아요."

"싫다니까."

"고집불통!"

준영이 샤워기를 틀어 머리카락의 거품을 씻어 냈다. 쏴아, 귓가를 때리는 요란한 물줄기 소리에 섞여 들리는 준영의 말소리가 낮은 속삭임인 양 잔잔하다.

"대표님은 뭘 해도 예뻐요. 대표님이 나한테 해 주는 것은 그것이 뭐든 다 예쁜 짓이니까요."

물줄기 소리가 그쳤다. 제자리를 찾아 돌아간 샤워기에서 물방울이 떨어진다. 톡, 톡, 톡.

예쁘다 속삭이던 입술이 지환의 입술에 와서 닿았다. 가만 가만 입술을 겹쳐 물고 조심조심 빨아 당긴다.

절대 감지 않겠다며 고집을 피웠던 지환의 눈꺼풀이 저절로 스르르 감겼다. 이대로 준영의 뒷머리를 그러잡고 혀를 무른 속살 안으로 거칠게 밀어 넣고 싶은 욕구가 솟구쳤다.

가까스로 눌러 참았다. 대신 눈을 뜨고 일부러 딱딱한 말투로 명령했다.

"들어와. 옷 벗고."

준영이 어떤 말도 없이 천천히 무릎을 세우고 느릿느릿 몸을 일으켰다. 지환이 상체를 돌려 정면으로 올려다보자 그 눈을 똑바로 응시한 채 옷을 벗기 시작했다.

노란 앞치마는 그대로 두고 꽃무늬가 화려한 랩 스커트의 허리를 풀었다. 무릎을 가리던 스커트가 단박에 발치 쪽으로 둥글게 퍼져 내렸다.

지환은 욕조 덮개 위에 왼쪽 팔꿈치를 괴고서 가볍게 말아 쥔 손등에다 옆머리를 비딱하게 기댔다. 욕조 안에서 몸을 움직여 스트립쇼를 감상하기에 가장 편안한 자세를 취하면서도 준영의 눈길과 마주 대한 시선만큼은 단 한순간도 흐트러트리지 않았다.

지환의 집요한 눈길에 갇혀 준영이 뺨을 붉혔다. 그러나 시선을 피하지는 않는다. 오히려 유혹하듯 갸름한 눈꼬리를 살랑거렸다. 양손을 앞치마 안으로 집어넣고 레이스 블라우스에 박힌 단추를 위에서부터 차례대로 풀어 나갔다.

앞치마가 방해되지 않을까 싶었는데, 기우였다. 가뜩이나 좁은 어깨를 안으로 둥글게 말고 준영이 양쪽 팔을 기이하게 몇 번 뒤틀자 신기하게도 블라우스가 감쪽같이 벗겨졌다.

이제 남은 것은 브래지어와 팬티뿐이다. 다만 원피스처럼 생긴 앞치마에 가려 옷을 벗기 전이나 옷을 벗은 후나 정면에서 보이는 모습은 별반 차이가 없었다.

젠장!

노란 앞치마가 상상력을 자극한다. 당장 뜨거운 물속에 잠긴 아랫도리가 동했다. 그럼에도 짐짓 느긋한 척 지환은 깨나른한 표정으로 손가락을 까딱거려 가까이 오라는 신호를 보냈다.

준영이 고개를 가로저으며 소리 없이 해시시 웃었다. 살짝 위로 치켜 올라간 아래턱이 못내 도도했다.

앞치마 매듭을 풀어내는 양 두 손을 등 뒤로 돌리고 서서 준영이 허리를 틀어 맨살이 드러난 옆구리를 보여 준다. 잘록한 허리에 매인 나비매듭이 아니라 등줄기 브래지어 고리가 풀렸다.

뽀얀 젖무덤을 확인할 사이도 없이 준영이 도로 허리를 반듯하게 돌려 세웠다. 브래지어가 어디인가로 훌쩍 날아가 떨어졌다.

지환은 짧지만 강렬한 휘파람을 불었다. 준영이 발그레 젖은 광대뼈를 더욱 붉혔다. 발바닥을 마룻바닥에 끌듯이 미끄러트려 한 걸음 가까이 다가왔다. 다시 발을 내딛어 아예 편백나무 욕조 가장자리에 무릎을 잇대고 선다. 지환이 마음만 먹으면 언제든 팔을 뻗어 준영을 욕조 안으로 끌어들일 수 있는 위치였다.

실행에 옮기고 싶은 충동과 준영의 도발이 어디까지 가는지 지켜보고자 하는 호기심이 지환의 머릿속에서 어지럽게 상충한다.

일단 개폐식 욕조 덮개를 조심씩 옆으로 밀어 준영이 들어올 수 있는 공간부터 만들었다. 강제로든 자발적으로든 필히 욕조 안으로 들어오게 만들 터였다.

결국 호기심이 충동을 물리쳤다.

지환은 멀리 둔 와인 잔을 가져와 샤또 마고를 한 모금 입 안에 머금었다. 리델의 투명하고 높은 운두 한편에 준영의 움직임이 어렴풋이 비친다.

상체를 지환 쪽으로 깊이 숙이고 엉덩이를 살래살래 흔들면서 팬티를 벗기 시작했다. 아래로 늘어져 벌어진 앞치마 틈으로 흰히 굽어보이는 젖가슴과 자그마한 원을 그리듯 느리게 돌아가는 허릿짓…….

현기증이 일었다. 숨이, 막혔다. 무작정 준영의 손목을 붙잡아 쥐고 힘껏 끌어당겼다. 첨벙, 물소리와 함께 준영이 욕조 안 지환을 향해 꽃처럼 무너진다.

"이게 뭐냐고요."

준영은 늦은 저녁 밥상을 물린 아일랜드 식탁을 행주로 훔치다 말고 울상을 지었다.

야심차게 준비한 저녁 식사는 밥때를 한참 놓치는 바람에 한밤의 야참이 되고 말았다.

　데우고 식히고 다시 데우기를 반복한 김치찌개는 국물이 바짝 졸아 붙었고, 홍고추로 고명을 얹는 등 공을 들인 애호박전은 전자레인지에 한 번 들어갔다 나오더니 탱글탱글하던 본래 모양을 잃고 볼품없이 일그러져 버렸다.

　우여곡절 끝에 어찌어찌 저녁밥을 먹기는 했다. 하지만 지환에게 근사한 식사를 차려 주고 싶었던 준영의 마음에는 턱없이 부족할 뿐이었다.

　"왜 또 퉁퉁 부었어?"

　설거지할 그릇을 각각 크기에 따라 식기세척기 안에 구분해 집어넣던 지환이 허리를 펴고 웃는다.

　"대표님한테 맛있는 밥 해 주고 싶었단 말이에요."

　"맛있었어."

　"공치사 필요 없어요."

　"진짜로."

　"찌개는 졸아서 짜고, 애호박전은 쭈글쭈글 늙은 호박전이 되어 버리고. 맛있기는 뭐가 맛있어요? 솔직히 내가 만든 음식이지만 나도 별로던데."

　"아니야. 내가 지금까지 먹어 본 밥 중에서 제일 맛있는 저녁 식사였어."

　"거짓말!"

　"사람이 진실을 얘기하면 좀 믿어 주라."

더욱 환하게 미소 짓는 지환의 얼굴을 준영은 제법 사나운 눈초리로 흘겨보았다. 어찌 생각해 보면 이 모든 사달의 원흉은 그였다.

2층 욕실에서의 일이야 준영이 먼저 작정하고 유혹을 한 경우이니 어쩔 수 없다 치더라도 옷을 갈아입기 위해 들어간 드레스 룸에서는……. 아까 전 기억을 떠올리자 스스러운 한숨이 저절로 새어 나왔다. 고개를 세차게 흔들어 낯 뜨겁고 남부끄러운 머릿속 잔상을 후다닥 지워 버렸다.

"얼굴은 왜 붉혀?"

"내가요?"

"어. 여기가 빨개."

지환이 오른쪽 검지로 자신의 광대뼈 부근을 톡톡 두드렸다. 준영은 슬쩍 억울하기도 하고 또 창피한 마음에 공연히 목소리를 쏘았다.

"대표님 때문이잖아요."

"내가 뭘?"

마른하늘 아래 날벼락이라도 맞은 사람처럼 지환이 펄쩍 뛰었다. 준영은 식탁 치우는 일로 되돌아가 일부러 심드렁하니 답했다.

"그런 게 있어요."

"그런 것, 뭐?"

"알면 다쳐요."

준영은 다 쓴 행주를 싱크대로 가져가 수도꼭지를 틀고 빨

286

기 시작했다.

등 뒤쪽에서 몸을 하나로 포개듯이 딱 붙이고 지환이 양손으로 싱크대 모서리를 잡았다. 언뜻 품에 안긴 것인지 품에 갇힌 것인지 모를 이상야릇한 형국에 놓이고 만 준영의 왼편 어깨에다 지환이 아래턱을 올려놓는다.

"다쳐도 좋아. 당신이라면."

"아무튼 달콤한 말은 진짜 잘해."

"말만?"

더운 숨결이 준영의 왼쪽 귓가를 간질였다. 갑작스러운 자극에 움찔 놀라 준영은 목덜미를 절로 움츠리며 허리를 외로 비틀었다.

"하지 마요."

"말만 달콤하냐고 물었잖아. 대답을 해야지."

지환이 혀끝으로 준영의 귓바퀴를 할짝 핥았다. 잇새로 귓불을 잘근거리다가 뜨거운 입김을 귓속으로 훅 불어 넣었다. 준영은 오므라드는 발끝에 힘을 주었다. 등줄기가 짜릿하다. 이 정도면 백기를 들 수밖에 없었다.

"달콤해요. 그게 뭐든 다."

"다?"

"네. 말도, 행동도, 그것까지 전부."

준영의 관자놀이에 콧방울을 비비면서 지환이 작게 후후 웃었다.

"그것은 또 뭐야?"

"손 씻고 거실로 나가 있어요. 커피 내려서 가져갈게요."

대답은 안 하고 서둘러 화제를 돌려 버리는 준영을 지환이 싱크대 쪽으로 바투 밀어붙였다. 당장에라도 앙, 잡아먹을 것처럼 준영의 여리고 새하얀 목덜미에 이를 세운다.

"그게 뭐냐니까?"

나지막이 다그쳐 묻는 목소리마저도 달콤했다. 짐짓 아무렇지도 않은 척 도도하게 구는 준영의 말소리가 오히려 하르르 떨렸다.

"대표님은 몰라도 된다고 했잖아요."

"알면 다치니까?"

"맞아요."

시치름하게 대꾸를 던지고 준영은 싱크대를 짚고 선 지환의 두 손을 가져와 한꺼번에 수도꼭지 아래 두었다. 먼저 물비누를 덜어 잔뜩 거품을 만들고 지환의 양손을 하나씩 차례대로 씻겨 나갔다.

미끄덩거리는 비누 거품이 준영의 두 손에서 지환의 오른손으로, 다시 지환의 왼손에서 준영의 양손으로 뽀드득뽀드득 소리와 함께 옮겨 다녔다.

지환이 뭉툭한 손톱으로 준영의 손바닥을 슬그머니 긁었다. 준영은 대놓고 지환의 손바닥 안쪽을 엄지로 빙빙 원을 그리듯이 문질렀다. 겹쳐 놓은 스푼처럼 서로 몸을 포개고 서서 손을 씻는 행위가 그 어떤 행동 이상으로 선정적이다.

"우리…… 할까?"

지환이 은근하게 속삭였다. 준영은 한숨을 섞어 되물었다.

"뭘요?"

"그것."

"나를 죽일 셈이에요? 오늘 벌써 몇 번이나 해 놓고."

준영은 발끈 성질을 부렸다. 어처구니없어하는 준영의 어깨 위로 지환이 쿡쿡 웃음소리를 쏟았다.

"알면 다쳐? 내가, 아니면 당신이?"

그제야 준영은 놀림 당했다는 사실을 깨달았다. 지환의 품에서 빠져나가기 위해 온몸을 바르작거렸다. 반항하는 준영을 꼼짝 못 하게 힘으로 제압한 후 지환이 쪽 소리가 나도록 입을 맞추었다.

"커피는 내가 내릴게. 당신은 좀 쉬어. 내가 생각해도 오늘 당신 무리했어."

"병 주고 약 주는 거예요?"

"그럴 리가."

지환이 흐르는 수돗물에 준영의 양손 가득한 비누 거품을 씻어 냈다. 준영을 돌려 세워 마주 보고 서서 주방용 종이 타월로 팔과 손에 묻은 물기를 꼼꼼하게 닦아 준다.

"대표님 미워요."

"거짓말하면 못 써. 이미 내가 무슨 짓을 해도 죄다 예쁘다고 고백까지 해 놓고서."

"진짜 밉다."

"당신 사+ 거짓말하면 나중에 지옥 간다."

지환이 살살 약까지 올렸다. 그만 심통이 나 버린 준영은 주먹 쥔 오른손으로 지환의 가슴을 팡 때렸다.

"아파."

지환이 피식 웃는다. 얄미워서 한 대 더 때렸다.

"아프다고."

볼멘소리와는 딴판으로 지환의 얼굴에 볼우물이 선명하게 파였다. 준영은 다시 또 주먹으로 지환의 가슴을 때렸다. 팡 팡 연달아 작정하고 주먹에다 체중을 실었다.

"아프다니까."

지환이 주먹 쥔 준영의 팔목을 손으로 그러잡고 껄껄껄 웃는다. 유쾌한 웃음소리를 쏟아 내는 지환을 노려보는 준영의 눈동자에 쌍심지가 올랐다.

"이것 놔요."

"이준영 씨는 언제부터 이렇게 깜찍했나?"

지환이 몇 해 전 공전의 히트를 기록한 모 방송사 드라마 남자 주인공의 말투를 흉내 냈다. 그 즉시 쌍심지가 맥없이 사그라지면서 앙다문 준영의 입술을 뚫고 풋, 억눌린 웃음이 터졌다.

"누가 드라마 외주 제작사 대표 아니라고 할까 봐."

"쓰으! 태어날 때부터, 라고 대답해야지."

"됐거든요."

"자꾸 앙탈 부리면 여기서 확 해 버리는 수가 있다. 당신 왜 이렇게 깜찍한 거야."

"하기는 뭘 해요!"

준영이 팩 쏘아붙이기가 무섭게 지환이 '뭐를 또 새삼스럽게 묻고 그러느냐'는 표정으로 대답을 했다.

"그것."

"아후, 아후, 아후!"

일부러 부르르 진저리까지 치는 준영을 바라보는 지환의 눈자위를 타고 능글능글 짓궂은 미소가 넘쳤다.

"예뻐 죽겠지?"

"아주 그냥 죽여줘요."

이를 갈 듯이 발음을 잇새에 짓눌러 길게 빼는 준영의 입술에다 지환이 다시 쪽 하고 입을 맞추었다. 손바닥으로 엉덩이를 토닥토닥 두드리더니 거실 쪽으로 준영의 등을 밀었다.

"소파에 가 있어. 밤새도록 예쁜 짓 많이 해 줄게."

"아예 침대로 가 있으라고 하지 그래요?"

"오, 천재인데!"

찡긋 윙크를 날리는 지환을 향해 고개를 절레절레 흔들어 주고 준영은 재바른 걸음으로 주방을 벗어나 거실로 나왔다. 소파 위에 책상다리를 하고 올라앉아 차곡차곡 생각을 정리했다.

어떤 식으로 이야기를 시작해야 할지, 어떻게 지환을 설득해야 할지, 무엇으로 확신을 심어 주어야 할지……. 막연한 생각이 막막한 머릿속을 가득 채운다.

"무슨 생각해?"

얼마나 골똘했는지 지환이 다가와 커피가 담긴 머그를 손에 쥐어 줄 때까지 몰랐다. 준영은 양쪽 손바닥을 펼쳐 따뜻한 김이 오르는 머그를 감싸 쥐고, 옆자리에 몸을 내려 앉히는 지환을 쳐다보며 빙그레 미소 지었다.

"그냥 멍 때리고 있었어요."

"카페라테야. 평소보다 우유랑 설탕을 조금 더 탔어. 코코아 대신 마시고 푹 자."

"으음, 향기 좋다."

"오늘 어땠어?"

지환이 흐트러진 준영의 잔 머리카락을 가지런히 모아 귀 뒤쪽으로 넘겨 주면서 물었다. 준영은 혀끝이 데일 것처럼 뜨거운 카페라테에 가만히 입술을 적셨다.

"뭐가요?"

"그것. 좋았어?"

마침 카페라테를 한 모금 입안에 머금던 준영은 화들짝 놀라 훈김이 오르는 머그를 입술에서 멀리 떼어 냈다. 컥컥 밭은기침을 쏟는 혀끝이 데인 것처럼 알짝지근했다.

"뭘 그렇게 소스라쳐? 내가 그것이라고 말하면 다 '그것' 같이 들리지. 사상이 엄청 불순하고만. 오늘 동창 모임 어땠느냐고 물은 거야."

"무슨 동창 모임이요?"

아무 생각 없이 되묻고 금세 당황해서 준영은 급히 시선을 아래로 내렸다. 머그 속 카페라테가 바람도 물결도 없이 홀로 차랑차랑 흔들린다. 자그시 아랫입술을 깨물어 문 준영의 정수리로 웃음기도 장난기도 흔적 없이 사라진 지환의 메마른 목소리가 차분히 내려앉았다.

"사실대로 이야기할래? 아니면, 내가 최악의 상황을 상상하도록 내버려 둘래?"

"대표님이 상상하는 최악의 상황은 어떤 것인데요?"

"오늘 내 어머니 만났어?"

지환은 어떠한 주저함도 없이 묻고, 준영은 한참을 망설이다 마지못해 답했다.

"……네."

"약속 장소가 63빌딩이면, '백리향' 갔겠네?"

"네."

"불도장 먹었겠다?"

"네."

"반이나 제대로 먹었어?"

"아니요. 겨우 서너 숟가락 먹은 것 같아요."

"불도장 몸에 되게 좋은 건데. 많이 먹지 그랬어?"

"맛이 없더라고요."

"'백리향' 조리장이 들으면 입에 거품 물겠네."

지환이 피식 웃었다. 자연스럽게 이야기하고 흔연스럽게 미소 짓는 눈빛이 도리어 선득했다. 준영은 아무 말 없이 지환의 나음 실분을 기다렸다.

"어머니가 나랑 헤어지래?"

"……네."

"어머니 성격상 직접적으로 헤어지라는 말씀은 안 하셨을 거야. 오늘 무슨 이야기를 들었는지 정확하게 옮겨 봐. 워딩 그대로."

"기억이 안 나요. 헤어지라는 뉘앙스로 말씀하셨다는 것밖에는 모르겠어요."

"이준영!"

지환이 낮게 으르렁거렸다. 마음만 먹으면 책 한 권쯤은 통째로 토씨 하나 틀리지 않게 암기할 수 있는 준영이다. 그것을 아는 지환에게 모르쇠가 통할 리 만무했다.

준영은 손에 쥔 머그를 근처 티 테이블 위로 옮겨 두고 고개를 틀어 지환을 올려다보았다. 뚫어져라 준영을 내려다보는 눈빛이 날카로운 돌화살촉인 양 뾰족했다. 굳이 말하지 않아도 지환이 상처 입었음을 안다.

우선은 오늘 만남에 대해서 입을 닫고자 한 준영에게 불만이 많을 것이고, 다음으로는 지환 몰래 그녀를 불러 낸 어머니 화연의 행보 때문에 단단히 화가 났을 터였다. 거짓 없이 사실대로 이야기하면서 지환의 상처를 최소화할 방법을 찾아야 했다.

"어머니께서 대표님이랑 결혼할 생각이냐고 물으셨어요."

"그래서?"

"어른들께서 허락하시면 하고 싶다고 말씀드렸어요."

"그랬더니?"

"……반대, 하신대요."

"워딩을 정확하게 옮기라고 했지?"

결코 윽박지르는 말투는 아니었다. 그러나 너무 침착해서 더욱 차갑게 느껴지는 지환의 목소리가 어느 때보다 완강하게 울렸다.

"어쨌든 그런 뜻으로 말씀하셨어요. 우리 결혼은 반대하신다고."

여기서 더 이상 물러설 자리가 없는 준영 역시 말소리에 강단을 실었다. 옮겨도 상관없는 이야기가 있고, 옮겨서는 안 되는 이야기가 있다. '우울증 치료제와 아이'는 화연뿐 아니라 준영의 입장에서도 당연히 후자에 속했다.

지환은 묵직한 통증이 일어나는 머리를 뒤로 젖혀 소파 등받이에 기대었다. 어마어마한 피곤감이 한꺼번에 밀려드는 느낌이다.

양가 부모님의 반대야 이미 예견한 일이었다. 다만 어머니 화연이 정공법을 피해 이런 식으로 레프트 훅을 휘두르며 옆구리로 치고 들어올 줄은 몰랐다.

차라리 지환을 혜화동 서울시장 공관이나 가회동 본가로 불러 준영과의 결혼에 반대한다는 의사를 내비쳤다면 이 정도까지 화가 나지는 않았을 것이다.

지환은 허리를 곧추세워 자세를 똑바로 했다. 진즉 결론을 내놓고도 양가 어른들을 생각해서, 또 준영의 입장을 고려하느라 차일피일 미루던 이야기를 작정하고 쏟았다. 마음을 정했으니 이제는 실행뿐이다.

"홍콩 가자."

"홍콩이요?"

"홍콩이 싫으면 미국이든 호주든 어디라도 가자. 유럽 쪽도 괜찮고."

"무슨 소리예요?"

"당신 결혼하고 싶다면서? 결혼하자고. 그리고 외국 나가서 살자. 당신이랑 나랑 단둘이."

"무슨 말도 안 되는……."

준영은 양쪽 손바닥에 지친 얼굴을 파묻었다. 결혼해서 외국으로 나가자는 소리는 부모도, 가족도, 친구도 모두 버리고 살자는 뜻일 터였다,

지난 10년, 그 기나긴 세월 동안 준영을 위해서 너무도 많은 것을 희생해 온 지환에게 부모마저 등지라고 할 수는 없었다. 차마 그럴 수는 없다.

"뭐가 말이 안 돼?"

지환이 목소리를 높여 물었다. 얼핏 화가 난 사람 같았다. 준영은 손바닥 안에 얼굴을 파묻은 그대로 손끝으로 뻑뻑한 눈자위를 문질렀다.

오늘 밤 하려고 준비해 둔 이야기는 아직 시작조차 못 했다. 그런데 지환의 기분이 벌써 이만큼이나 상기되어 있으면…….

명치끝이 못내 갑갑하다. 숨을 크게 안으로 들이켰다. 천천히 밖으로 뱉었다. 어떤 식으로 지환에게 이야기를 시작하려고 했는지 애써 기억을 더듬었다. 머릿속이 그저 하얗다.

"대표님."

"왜?"

지환이 말소리를 내던지듯이 뱉었다. 대답이 참으로 전투적이다. 준영은 얼굴을 가리고 있던 두 손을 내려, 오른손으로 지환의 왼쪽 손을 부여잡고 수염이 돋아 올라 가슬가슬한 뺨을 왼손으로 가만히 매만졌다.

"나한테 까칠하게 굴지 말아요. 대표님 본심 아니잖아요."

"나랑 결혼하겠다고 대답해. 그럼 계속 예쁜 짓만 할게."

"결혼할게요. 지금은 말고, 나중에 해요."

"나중에 언제?"

"어른들 허락하시면."

"끝까지 허락 안 하시면?"

"일단 노력은 해 보고요. 그래도 안 되면 그때 가서 다시 생각해요."

"무슨 노력?"

"나, 어디 좀 다녀오려고요."

준영은 부러 예사로이 이야기했다. 지환의 오른쪽 눈썹이 불쾌한 감정을 띤 채 꿈틀하며 위로 꺾여서 올랐다.

"어디?"

"비밀이에요."

준영의 말이 미처 다 떨어지지도 않아 지환이 뺨을 쓰다듬
는 그녀의 왼쪽 손을 홱 낚아챘다. 가녀린 팔목을 당장에라
도 부러트릴 것처럼 힘주어서 그러쥔다. 똑바로 준영을 응시
하는 눈빛이 이글이글 타올랐다.

"이준영, 너……."

"도망치는 것 아니에요."

준영은 담담한 척 미소를 지었다. 지환이 한차례 심호흡을
하고도 좀처럼 화기가 다스려지지 않는지 앙다문 잇새로 말
소리를 꾹꾹 바스러트렸다.

"어디 가려는지 얘기해."

"말 못 해요."

"얘기 안 하면 못 보내. 절대 당신 안 보낸다고."

"이러지 말아요. 대표님이 보내 주지 않아도 나는 가요. 하
루나 이틀 정도 '마지막 비상구' 20화 대본 마무리만 짓고
바로 떠날 생각이에요. 이미 마음 정했어요."

"안 된다고 했어. 같은 말 두 번씩 하게 만들지 마."

"내가 힘들어서 그래요. 더 이상은 못 버티겠다고요. 너무
힘들어서."

"힘들어도 참아. 못 버티겠어도 이 악물고 악착같이 견디
라고."

"지금 이 상태로 계속 참기만 하면 언제든 터져요. 버티고
버티다 끝내 못 견디고 부러진다고요. 대표님이 싫어서가 아
니라, 내가 죽을 것 같아서 결국 도망치고 말 거라고요. '겨

올왕국'에서 엘사가 그랬듯이. 그러니까 제발……."

간절함이 담긴 준영의 애원이 통한 것일까? 손목을 붙잡고 있는 지환의 손아귀 힘이 어느 정도 느슨하게 풀렸다. 그럼에도 눈살은 여전히 꼿꼿하고 눈빛은 벼린 칼날처럼 날카로웠다. 그나마 다행인 것은 섬뜩할 정도로 차갑기만 하던 기운은 눈에 띄게 수그러져 있었다.

"나랑 '끝'까지 가겠다고 약속했잖아?"

"그 약속 지키기 위해 가려는 거예요. 영영 헤어지자는 말 아니에요. 잠깐만 떨어져 지내자는 뜻이지. 앞으로 오래오래 함께 있기 위해서."

"어디로 가서 무엇을 어떻게 할 건지 정확하게 얘기해. 내가 생각해도 이유가 타당하다면 보내 줄게. 죽을 만큼 싫지만 당신이 원하니까. 당신을 영원히 잃는 것보다는 지금 잠깐 헤어지는 것이 나으니까."

지환은 어금니를 사리물었다. 준영이 곁에 없다는 상상만으로도 당장 미쳐 버릴 것만 같았다. 그런데 영원히 잃는다면……. 그때는 아마 심장이 멈추어 버릴 것이다. 하아, 격랑 깊은 한숨이 저절로 터졌다.

양 무릎에 각각 팔꿈치를 대고 상체를 비스듬히 앞으로 기울여 깍지 낀 손등 위에다 이마를 눌렀다.

불과 몇 달 전 준영에게 사랑을 고백한 후 한 걸음만 다가와 달라고 부탁한 일이 불현듯이 떠올랐다. 준영의 대답을 기다리는 동안 하루하루 피가 다 말라 가던 그 지독한 초조감이 문득 생생했다.

준영이 한 발 다가오는 대신 두 발 도망칠까 두려웠던 그때. 견디다 못한 준영이 찾지 못할 곳으로 영영 숨어 버릴까 무서웠던 그때. 그래서 준영더러 죽을 것같이 힘들면 한 발 다가오지 않아도 괜찮으니 제발 도망만 가지 말고 곁에 있으라고 애원했던 그때.

"대표님."

"⋯⋯."

"나 좀 봐요."

소파에서 마룻바닥으로 내려앉은 준영은 양쪽 손을 들어 지환의 두 뺨을 하나씩 감싸 쥐었다. 얼굴을 억지로 그녀 쪽을 향해 돌려 세웠다. 눈길이 마주치고도 지환은 눈꺼풀을 사선으로 비껴 떠 기어이 준영의 시선을 피했다.

"지환 씨."

준영은 입술을 살포시 지환의 입술 위에 겹쳐서 포개고 이름을 불렀다. 잠자리 외의 장소에서 지환을 이름으로 부른 적은 여태 한 번도 없었다. 다행히 준영의 기대대로 지환이 피식 웃는다. 대답은 여전히 뾰로통했다.

"⋯⋯뭐?"

"사랑해요."

지그시 감긴 준영의 두 눈에서 말간 눈물이 솟았다. 소리도 없이 흘러 후드득후드득 떨어져 내리는 눈물방울을 지환이 떨리는 손끝으로 닦아 주었다.

"오래 걸리지 않을 거지?"

"네."

"나한테 돌아올 거지?"

"네. 우리, 그때 결혼해요."

얄풋 벌어지는 준영의 입술을 지환이 윗입술과 아랫입술 사이에 가득 머금고 부드럽게 빨아 당긴다.

사랑한다는 말이, 고맙다는 말이, 미안하다는 말이, 눈물 맛이 감도는 달콤한 입맞춤이 되어 하나로 포갠 입술에서 입술로 흘러, 마주 닿은 가슴에 전해졌다. 마음과 마음이 서로 잇닿은 입맞춤은 더없이 감미로우면서 또한 간절했다.

Chapter | 11

서로가 서로에게
속한 우리

2014년 11월 28일 금요일 밤.

전자식 잠금장치 키패드 위 습관적으로 움직이던 지환의 손가락이 한순간 멈칫했다. 돌아보면 바로 어제 일처럼 선명하게 떠오르는 기억. 불현듯 되살아난 그 기억의 한 조각이 뇌수를 타고 올라 정수리를 찌르며 정처 없이 머릿속을 부유한다.

지환은 묵직한 통증이 느껴지는 이마를 준영의 작업실 현관문에다 찧듯이 쿵 하며 가져다 붙였다. 억눌린 한숨이 윽 다문 입술을 비집었다.

"여섯 자리요?"

준영이 콧잔등이를 찡그렸다. 숫자 여섯 개를 결정하는 것뿐인데, 아인슈타인의 상대성 이론을 풀어서 설명해 보라는 요구라도 받은 사람처럼 잔뜩 인상을 썼다.

한참을 고민하다 여섯 자리 숫자를 손가락으로 꾹꾹 누르기 시작했다. 키패드에서 흘러나오는 전자음이 띄엄띄엄 이어졌다.

" '851128'. 주민등록번호 앞자리 여섯 개는 너무 심했다. '123456' 이랑 뭐가 달라?"

"숫자 조합이 너무 어려우면 기억을 못 한단 말이에요."

"아무리 그래도 본인 생년월일을 비밀번호로 쓰는 것은 좀 그렇지 않아?"

"대표님은 내 생년월일을 어떻게 알았어요?"

"전속 계약서 작성할 때 주민등록번호 적었잖아."

"아아! 그랬지."

"안 바꿀 거야? 불법 침입 범죄가 얼마나 빈번하게 일어나는지 알아? 특히 여자 혼자 사는 경우는 더더욱."

겁박에 가까운 지환의 재촉을 듣고 준영이 동그랗게 오므린 입술을 앞으로 샐쭉 내밀었다. 콧잔등이 위 주름이 한층 촘촘해졌다.

"불법 침입 걱정하다 내 머리가 터져 버릴지도 모른다고요."

"겨우 숫자 여섯 개야."

"대표님한테나 겨우 여섯 개죠. 나한테는 외어야 할 숫자가 무려 여섯 개씩이나 되는 거라고요."

쫑알쫑알 고시랑거리면서도 준영은 순순히 전자식 잠금장치 내장 메모리에서 방금 입력한 여섯 자리 숫자를 지웠다. 다시 새로운 여섯 개의 숫자를 입력하는 준영의 손가락이 키패드 위에서 눈부실 만한 속도로 빠르게 움직였다.

"112885."

"그것을 읽었어요?"

"그럼 못 읽어?"

"눈도 좋아."

"112885나 851128이나. 결국 연도만 뒤로 보낸 거잖아."

"아메리칸 스타일 몰라요? 선진국형 비번."

"뭐어?"

어이없어하는 지환을 바라보며 준영이 까르르 웃음을 쏟았다.

"나 비번 잊어버리면 대표님이 기억하고 있다가 알려 주면 되겠다. 112885. 알았죠?"

"내가 불법 침입이라도 하면 어쩌려고?"

"그러지 않을 거잖아요?"

"당연하지."

"그럼 된 거잖아요. 우리 짜장면 시켜 먹어요. 이삿날에는 반드시 짜장면을 먹어 주어야 한대요."

준영이 힌차례 씨익 미소 싯너니 샙싸게 봄을 틀어 열린 현관문 사이로 사라져 버렸다. 비밀번호를 바꾸기 싫어 도망치는 것이 분명했다.

홀로 남겨진 지환의 입에서 허탈한 웃음만 나왔다. 준영을 뒤쫓아 작업실 안으로 들어서며 지환은 짐짓 화가 난 척 그녀의 이름을 일부러 소리쳐 불렀다.

"이준영!"

"생일 축하해."

현실로 돌아온 지환의 말소리가 아픈 한숨처럼 부서져 흩어졌다. 잠금장치가 풀린 현관문 손잡이를 바짝 틀어쥔 손등이 파르르 떨렸다. 어떤 의식을 치르듯 천천히 숨을 뱉고 나서야 작업실 현관문을 열 수 있었다.

지독한 적막으로 둘러싸인 가마득한 어두움 속, 지환은 신발장 모서리를 붙들고 서서 잘근 눈을 감았다.

오늘도 너는 돌아오지 않았구나.

매일 저녁 반복되는 깨달음이 어김없이 가슴을 후려쳤다.

언제 돌아온다는 기약조차 없이 떠난 탓에, 준영이 언제 돌아올지 몰라 지환은 아침이면 작업실에서 출근을 하고 밤이 되면 작업실로 퇴근을 했다.

구두를 벗어 신발장 아래 가지런히 모아 두고 작업실 안으로 들어섰다. 제일 먼저 거실 불부터 밝혔다. 이어 주방 형광

등은 물론이고 아래층 화장실과 베란다, 심지어 마당 곳곳에 설치해 놓은 옥외등까지 전부 다 불빛이 훤히 들어온 것을 확인한 후에야 2층으로 통하는 계단을 밟아 올랐다.

침실을 가로질러 드레스 룸 안으로 들어온 지환은 양복 윗저고리를 벗어 옷걸이 한쪽에 걸어 두고 넥타이를 풀었다.

"오늘 많이 힘들었어요?"

벽면 한쪽에 등을 기대고 서서 준영이 묻는다. 지환은 와이셔츠 단추를 위에서부터 차례로 풀어 내려가며 되물었다.

"왜?"

"피곤해 보여요."

"춘희 녀석이 사고를 쳤어. 'H. G. 엔터테인먼트'로 가야 할 출연 계약서를 '숲 엑터스' 강두영 대표한테 보냈더라고."

"저쪽 계약 조건이 강 대표네 배우보다 좋았어요?"

"아니, 다행히도."

"진짜 다행이네요. 상대 배우보다 개런티가 단돈 10원이 적어도 자존심을 내세워 입에 거품을 무는 사람들인데. 양춘희 실장,

다른 때는 철두철미하게 일처리 잘하더니 어쩌다 그런 실수를 했대요?"

"요즘 그놈이 나사가 하나 빠졌어."

"연애하나?"

"몰라. 형석이랑도 뭐가 틀어졌는지, 엊그제는 집 구할 동안 나한테 와 있으면 안 되겠느냐고 묻더라."

"좋다고 했어요?"

"안 된다고 했어. 최 상무가 양 실장 내 집에 들이면 사표 쓰겠대."

"양 실장 와 있으라고 하지 그랬어요. 어차피 최 상무 말로만 그러지, 사표 쓰지도 않을 텐데. 대표님 혼자서 외롭잖아요."

"나 안 외로워."

지환은 빨랫감을 모아 두는 왕골 바구니 안에 와이셔츠와 속옷을 던져 넣다가 말고 다급하게 시선을 준영 쪽으로 옮겼다. 그녀가 없다. 방금 전까지만 해도 분명 눈앞에 있었는데 지금은 흔적조차 보이지 않았다.

"어쩌면 외로운지도……."

탄식과도 같은 혼잣말을 입안에서 부스러트리며 욕실로 들어섰다. 샤워기를 틀어 놓은 채 한참을 꼼짝 않고 물줄기 아래 서 있었다.

너무 보고 싶은 나머지 이제 환영까지 보이나 보다.

이렇게라도 너를 볼 수 있어서 다행인지도.

기계적으로 머리를 감고 얼굴을 씻고 몸을 닦았다. 활동이 편한 트레이닝복으로 갈아입은 후 젖은 머리카락의 물기를 마른 수건으로 털어 내며 아래층으로 내려왔다.

차가운 생수병을 통째로 비우고, 한 쌍의 스테인리스 스틸 그릇에 고양이 사료와 생수를 나누어 담았다.

곧장 뒷마당으로 나섰다. 옥외등 불빛 환한 빛다발 아래 주인을 잃은 새둥지 그네가 홀로 바람에 나부낀다. 정해진 방향도 없이 바람이 불어오는 대로 차가운 밤공기를 어지러이 가르는 외줄이 떡갈나무 메마른 줄기에 쓸리면서 삐꺽삐꺽 소리를 내어 흐느꼈다.

"야옹아! 밥 먹자."

지환은 덤불 아래 고양이 밥그릇을 내려놓고 외줄 그네로 돌아와 새둥지 안에 몸을 주저앉혔다. 힘껏 두 발을 굴러 그네를 높이 띄웠다.

"어지러워요."

준영의 모습은 보이지 않고 목소리만 술렁이는 바람결에 들려왔다. 눈을 감았다. 준영이 보인다. 활짝 미소 짓는 곱디 고운 얼굴이 바로 눈앞에 있었다.

이토록 그리울 줄 알았으면 보내지 말 것을 그랬다.

이렇게 사무치게 보고 싶을 줄 알았다면 억지로라도 당신, 내 옆에 붙잡아 둘 것을……

"그러지 마요."

작고 붉은 입술 가득 여전한 미소를 담고서 준영이 고개를 살래살래 내젓는다. 지환은 마음으로 준영에게 물었다.

뭐를?

"후회, 하지 말라고요."

그래도 후회가 돼. 자꾸자꾸 후회가 돼.

"최선의 선택이었어요."

알아. 그런데도 후회가 돼. 매일 매 순간 당신이 보고파서. 못 견디게 당신이 그리워서.

울컥 목이 메어 와 지환은 본능적으로 어금니를 깨물었다. 울면, 행여 눈물이 솟구쳐 올라 눈자위를 적시면, 이렇게나

마 보이는 준영의 모습마저 볼 수 없을까 두려웠다.

　야옹.

근접한 거리에서 고양이 울음소리가 들렸다.

"야옹이가 왔나 봐요."

응. 당신 떠난 뒤로 내가 매일 밥 챙겨 줬거든. 잘했지?

"엉덩이 토닥토닥 머리 쓰담쓰담 해 줄까요?"

뽀뽀 츄도.

아무리 기다려도 입맞춤은 없었다.

당신 참 나쁘다. 얼굴도 보여 주고 말도 걸어 주면서 그깟 뽀뽀 한 번을 안 해 주냐?

준영이 말없이 웃는다. 그 모습마저도 아프도록 고와서, 어쩌면 못내 서러워서 눈물이 났다. 미소 짓는 준영의 얼굴이 점점 흐려지다 끝내 이지러지고 말았다.

　야옹.

덤불이 한쪽으로 바스락 스러지더니 이제는 완연한 성묘(成貓)의 모습을 갖춘 고양이 한 마리가 우아한 자태를 조심스럽게 드러냈다. 흘낏, 새둥지 그네 안에 들어앉은 지환에게 일별하는 푸르른 눈빛이 언제나처럼 고고하다.

먹물을 뒤집어쓴 깃치림 온통 새카만 빛깔의 털을 지닌 녀석은 특유의 거만한 걸음걸이로 사료와 물이 담긴 한 쌍의 스테인리스 스틸 그릇을 향해 다가갔다.

야옹. 야옹. 야옹.

다른 날과 달리 먹이를 먹을 생각은 안 하고 덤불 쪽을 응시하며 애틋한 울음을 연달아서 울었다. 마치 그것이 신호가 된 것처럼 덤불 사이로 바스락거리는 소리가 희미하게 들렸다.

회색빛 얼룩무늬 고양이가 잔뜩 겁에 질린 표정을 한 채 주변을 두리번거리면서 덤불을 헤치고 뒷마당으로 걸어 나왔다.

먹물빛 고양이가 한달음에 내달려와 덩치가 자그마한 회색빛 얼룩무늬 고양이의 목덜미에 얼굴을 비빈다. 녀석 나름의 격려인 듯도 하고 어떤 위로 같기도 했다. 이래저래 눈꼴신 애정 행각임에는 틀림없었다.

"오늘은 동행이 있었네."

지환의 말에 먹물빛 고양이가 캬아, 날카로운 울음을 내지르며 송곳니를 드러냈다. 지환은 소리 없이 웃었다.

"짜식! 너도 남자라고 거들먹거리는 거야? 그래도 공공장소에서의 애정 행각은 좀 자제해 주지."

장난기 서린 지환의 부탁 아닌 부탁 따위 들은 척 만 척, 두 녀석은 다정하게 발걸음을 맞추어 먹이가 담긴 스테인리스 스틸 그릇 쪽으로 걸어갔다.

회색빛 얼룩무늬 고양이가 허겁지겁 물을 마시고 사료를 반 이상 먹어 치우는 동안 먹물빛 고양이는 그 곁에 장승처럼 버티고 서서 끊임없이 주위를 살피는 등 한순간도 경계를 늦추지 않았다.

"네 여자 친구야? 꽤 귀엽다."

지환이 속삭여 물었다. 대꾸는커녕 눈길조차 없다.

"애인?"

먹물빛 고양이가 짙푸른 광채를 띤 눈동자를 들어 새둥지 그네 속 지환의 얼굴을 빤히 올려다본다.

"와이프야? 너 인마, 결혼했어?"

야옹.

"짜식! 좋겠다."

야옹.

"그래, 인마. 엄청 부럽다고."

파르스름한 달빛 아래 말갛게 미소 짓는 지환의 얼굴빛이 자못 쓸쓸해 보였다. 며칠 사이 부쩍 선득해진 늦가을 바람 탓이리라. 길고도 팍팍한 밤은 새록새록 깊어 가고, 어두움에 젖은 하늘가를 지나는 계절은 가을에서 겨울로 덧없이 흘렀다.

~~~~

밤 10시가 가까워서야 아직 저녁을 먹지 않았다는 사실을 인식하고 지환은 밥상을 차렸다. 도우미 아주머니가 만들어 놓은 밑반찬을 접시 하나에 조금씩 덜어 식탁 위로 옮겼다. 된장국을 뜨고 삽곡밥도 펐다.

"혼자라고 끼니 거르지 말아요. 하루 세 끼 꼬박꼬박 챙겨 먹기. 우리 약속해요."

단단히 새끼손가락을 걸고 엄지로 손도장까지 찍었으니 준영도 어디에서든 최소한 밥은 굶지 않을 것이다. 그 믿음으로 숟가락을 들었다. 밥 한 공기를 아욱 된장국에 전부 말았다. 꾹꾹 눌러 밥숟가락을 열심히 입으로 가져갔다.

생일인데 미역국은 먹었을까?

문득 목구멍이 받치고 연이어 명치가 미어졌다.

"대표님이 전에 그랬잖아요."

"뭐?"

"옛날 군대에 있을 때 말이에요. 힘들 때마다 내 생각했다고. 대표님이 버티면 나도 버티고, 내가 견디면 대표님도 견딘다고 여겼다는⋯⋯. 그 말 지금도 유효해요?"

"응."

"나 없어도 밥 잘 먹고 잠 잘 자기. 그럼 나도 대표님처럼, 대표님이 하는 만큼 할게요. 대표님 없어도 밥 잘 먹고 잠도 잘 자고."

지환은 메어 미어지는 가슴을 주먹으로 퍽퍽 두드렸다. 나오지도 않는 트림을 억지로 쥐어짰다. 끄윽, 억눌린 울음 같은 신음만 터져 나왔다.

다시 숟가락을 놀렸다. 꾸역꾸역 밀어 넣은 밥알들이 전부 꼿꼿이 곤두서서 목구멍을 찌른다. 위장이 아파 저절로 등줄 기가 앞으로 굽어 들면서도 국그릇이 완전히 바닥을 드러내 도록 먹고 또 먹었다.

잔반을 버리고 식기와 수저를 깨끗이 씻어 건조기에 넣었 다. 돌연 명치가 따끔거렸다. 찌푸린 이마에 오소소 식은땀 이 솟는다. 화장실을 향해 뛰었다. 좌변기를 붙들고 앉아 방 금 먹은 저녁밥을 죄다 게우어 냈다.

"젠장!"

쓴 물 가득한 입에서 다시 욕지기가 올라와 일었다. 가까 스로 몸을 일으켜 세워 입안을 헹구고 비치적비치적 거실로 걸어 나왔다. 채 열 걸음도 되지 않는 소파까지의 거리가 그 저 멀고도 아득했다.

풀썩, 소파에 쓰러지듯 몸을 주저앉혔다. 기진맥진한 숨소 리가 적막한 작업실 내부를 빼곡히 채운다.

소파 팔걸이에 뒷머리를 베고 길게 누웠다. 미간 아래 콧 대가 시작하는 자리 옴폭 들어간 곳에다 손등을 걸치듯 얹어 놓았다.

그제야 말라붙어 뻑뻑한 눈자위로 쏟아져 들어오는 따가 운 빛줄기가 어느 정도 가려진다. 날카로운 손톱으로 위장을 할퀴어 내는 것 같던 통증도 점차 가라앉았다.

자그시 눈을 감고, 시간을 되돌릴 수 없으니 대신 기억을 되짚었다. 아직은 준녕이 이곳에 머물러 있던 그때로. 여전히 두 사람이 함께하던 그 순간으로. 어쩌면 마지막이 될지도 모른다고 여기며 맞이한 바로 그날로.

"저 봉투는 뭐예요?"

준영이 샐긋 웃으며 티 테이블 가장자리에 놓인 서류 봉투를 짤막한 턱짓으로 가리켰다. 지환은 무표정한 얼굴로 소파 위 나란히 앉은 준영의 오른손에 몽블랑 만년필을 쥐어 주었다.

"전속 계약서. 원래 지난달에 썼어야 했는데, '마지막 비상구' 제작 발표회 중간에 그 사건 터지고 당신이나 나나 정신이 없었잖아."

"나중에 돌아와서 쓸게요."

"아니. 지금 작성해."

낮게 울리는 지환의 말소리가 차고 건조했다. 웃으며 보내 주자 마음먹었으면서, 생각만큼 그 일이 쉽지 않았다. 준영이 다시 샐긋이 미소를 지었다. 속이 다 썩어 문드러졌을 것이 뻔한데도 참 잘도 웃는다.

"계약서를 쓰나 안 쓰나 어차피 마찬가지예요. 나는 대표님 아니면 어디 갈 데도 없어요."

"그러니까 전속 계약서 쓰라고. 지금 당장."

지환이 막무가내로 고집을 피우자 준영이 졌다는 표정으로 한 차례 더 피식 웃었다. 서류 봉투 안에서 전속 계약서를 꺼내 두 개의 원본 중 하나를 집어 들었다. 표지를 뒤로 넘기고 첫 장에 기록된 간략한 계약 조건부터 눈으로 훑었다.

"어! 계약 기간이 빈칸이네요. 우리 종신 계약서 쓰기로 했잖아요?"

"70년으로 타이핑해 넣으라고 지시했어. 현대판 노비 문서라도 작성하느냐면서 양춘희 실장이 팔짝 뛰더라. 불법이든 편법이든 자신은 절대 노예 계약에는 동조 못 하겠대. 제 놈이 언제부터 법을 그렇게 잘 지켰다고."

"역시 양 실장은 대표님보다 나를 더 좋아한다니까요. 내가 남자들한테 좀 먹혀 주나 봐요."

준영이 평소 보기 어려운 호들갑까지 떨면서 농담을 걸었다. 지환은 데면데면한 시선으로 그런 준영을 물끄러미 쳐다보았다.

다른 날 같으면 기꺼이 맞장구를 쳐 주었을 것이다. 그러나 오늘만큼은 도저히 그럴 기분이 아니었다. 생살이 찢기고 심장이 도려 나가는 느낌이다.

준영이 힐끔힐끔 지환의 눈치를 살피다 엷은 한숨을 한 자락 몰래 내쉬었다. 아닌 척 힘써서 다시 샐긋 미소를 짓는다.

"전속 계약금도 왜 빈칸이에요? 받을 생각 없다고 벌써 얘기했잖아요."

"당신 손으로 직접 적어서 채워. 계약 기간이랑 전속 계약금 둘 다. 앞으로 남은 당신 시간 중에서 나한테 주고 싶은 만큼 계약 기간을 정해. 그리고 당신이 나한테 받고 싶은 것, 그게 뭐든 전속 계약금 칸에 적어 넣어. 줄게."

"뭐라도 상관없어요?"

"응. 뭐든지 다 줄게. 당신이 원하면."

"우와! 갑은 대표님인데. 이러면 내가 을이 아니라 갑 중의 갑 같잖아요. 나중에 나 불공정 거래로 법원에서 출두 명령 떨어지는 것 아니에요?"

애써 짓는 준영의 함박웃음에도 지환은 도무지 마주 미소를 지어 보낼 수가 없었다. 그냥 아무 말 없이 앉아 준영을 눈에 담고, 또 가슴에 켜켜이 눌러 담았다.

"대표님은 벌써 사인했네요."

"퇴근 전에 사무실에서 미리 작성했어."

곧장 소파에서 마룻바닥으로 내려앉은 준영은 티 테이블 위에 왼쪽 팔꿈치를 괴고 오른손에 쥔 만년필로 계약서상의 빈칸을 차례차례 채워 나갔다. 주민등록번호와 주소를 기입한 후 이름을 적고 서명까지 일사천리로 끝마쳤다.

"이봐! 사인하기 전에 계약서 전문을 꼼꼼하게 읽어 봐야지."

"치이! 누가 변호사 아니라고 할까 봐서. 법전 공부한 티를 그렇게 팍팍 내고 싶어요?"

혼잣말을 빙자해 불평을 쏟아 내고 준영은 작성한 계약서 원본 두 부 중 하나를 지환에게 돌려주었다.

하나, 전속 계약 기간은 (*이준영의 일평생*)으로 한다.

하나, 전속 계약금은 (*송지환의 영원*)으로 대신한다.

지환은 준영이 채워 놓은 빈칸을 하염없이 내려다보았다. 명치 아래 단전에서 뜨거운 어떤 것이 왈칵 올라왔다. 가까스로 다독여 간신히 눌러 앉혔다.

"왜 당신은 일평생이고 나는 영원이야? 이번 생 한 번 나한테 주고서 내 남은 모든 생을 몽땅 다 가지고 가겠다는 못된 심보잖아."

공연히 툴툴대 보지만 목소리는 이미 갈라지고 코끝은 제멋대로 징 울어 버린다.

"이번 생만 같이 살자면서요? 다음 생에는 욕심 안 부린다고. 대표님이 전에 그랬잖아요."

"사람이 급하면 무슨 소리인들 못 해?"

애써 농을 치는 지환의 눈자위가 붉게 달아올랐다. 준영이 곁으로 다가와서 앉았다. 그렁그렁 눈물이 맺힌 얼굴로 묻는다. 입가에 샐긋이 미소를 머금고.

"그럼, 나 이제 다음 생에서도 대표님이랑 같이 살 수 있는 거예요?"

"응. 다음 생도, 다음다음 생도, 다음다음다음 생도 전부."

"나 땡 잡았다."

"응."

"이제 대표님은 나한테 코 꿰인 거예요."

"응."

"절대로, 절대로, 절대로, 놓아주지 말아야지."

"응."

준영이 두 팔을 올려 지환의 목에 두르고 울음을 억누르는 그를 끌어안았다. 지환도 준영의 겨드랑이 사이로 양팔을 집어넣어 힘껏 그녀를 마주 안았다.

"당신…… 가지 마라. 안 가면, 안 돼?"

"미안해요. 그리고 많이 고마워요."

준영이 오른손을 지환의 머리카락 사이에 찔러 넣고 위로 하듯이, 혹은 격려하듯이 짤막한 뒷머리를 가만가만 쓰다듬는다. 더없이 다정한 그 손길에 지환은 먹먹한 숨을 삼켰다. 차오르는 눈물도 더불어 삼켰다.

"……이준영."

"왜요?"

"내 부탁 하나만 들어주라. 가지 말라고 떼쓰지 않을게."

"뭔데요?"

"어떤 일에 당신 동의가 필요해."

"위임장 쓸까요?"

"아니. 그냥 동의만 해 주면 돼. 필요한 서류는 내가 준비해 두었어."

격해진 감정을 다스리려 심호흡을 한차례 내뱉고 지환은 포옹을 풀었다. 허리를 굽히고 작업실 소파 옆에 세워 둔 서류 가방을 뒤져 편지 봉투를 꺼냈다. 동일한 양식의 공문서 두 장을 티 테이블 위에 나란히 펼쳐 준영이 한눈에 볼 수 있도록 했다.

"이것…… 혼인 신고서잖아요?"

"구청에 제출할 거야. 내 것은 다 기입했어. 당신만 동의하면 내일 형석이랑 춘희가 증인으로 서명·날인해 줄 거야."

"하지만……."

"혼인 신고 먼저 하고 결혼식은 나중에 당신 돌아오는 대로 올리자."

"아무리 그래도……. 너무 쉽게 결정하는 것 아니에요? 왜 이렇게 일을 서둘러요?"

"나름대로 심사숙고해서 내린 결론이야. 당신도 나를 위해 이 일만큼은 해 줘. 그래야 내가 안심하고 당신을 보낼 수 있을 것 같아."

"일종의 보험 같은 거예요?"

준영은 돌아오겠다는 약속을 믿지 못하느냐는 물음을 그렇게 에둘렀다. 지환이 대번 알아듣고 엷은 미소와 함께 고개를 가로저었다.

"당신을 못 믿어서 이러는 것 아니야."

"나를 믿는다면서, 굳이 왜요?"

"비상 연락망이라고 생각하면 돼. 떠나 있는 동안 혹시라도 당신한테 무슨 일이 생기면, 내가 바로 알 수 있도록 법적으로 당신 보호자가 되려는 거야."

"포탄이 날아다니는 전쟁터 나가는 것 아니잖아요."

323

"지금 내 심정은 당신을 전쟁터로 내보내는 것 이상으로 불안해. 솔직히 미칠 것 같다고."

지환은 말소리를 잇새로 짓누르며 심호흡을 거듭했다. 정수리에서 알 수 없는 화기가 지글지글 끓었다.

준영이 잔뜩 골이 난 어린애를 달래듯 목소리를 낮추어 조곤조곤 설명을 덧붙인다.

"내가 엊그제 얘기했잖아요. 대표님이랑 오래오래 같이 살려고 잠시 떠나는 거라고. 나 꼭 돌아온다고."

"그럼, 어디 간다고 말이나 해 주든가! 언제 돌아온다는 기약도 없이 가면서!"

끝내 화기가 정수리를 뚫었다. 저도 모르게 버럭 고함을 내지르고 만 지환은 질끈 두 눈을 감은 채 어금니를 악물었다.

젠장.

목구멍에서 욕지거리가 솟았다.

"이러지 말아요."

흠칫 놀란 준영이 한숨처럼 이야기했다. 말소리에 작은 흐느낌이 섞였다.

"당신이야말로 나한테 이러지 좀 마."

"이러면 대표님도 힘들고 나도 힘들어져요."

"그러니까 혼인 신고서에다 서명해. 그럼 당신도 안 힘들고. 나도 덜 힘들고."

"대표님이랑 싸우기 싫어요. 이제 한동안 보고 싶어도 못 보는데……. 나는 떠나기가 쉬운 줄 알아요?"

준영이 참고 참았던 눈물을 터트렸다. 한 번 터져 버린 울음은 좀처럼 그칠 기미가 없었다. 준영의 눈에서 눈물이 끝도 없이 흘러내렸다.

"울지 마."

지환은 손등으로 준영의 턱에 맺힌 눈물방울을 닦았다. 그대로 젖은 뺨을 문질러 쓰다듬고 젖은 입술에 가만히 입을 맞추었다.

"소리쳐서 미안해."

"결혼은 어른들 허락하시면 하기로 했잖아요."

울음소리 때문에 준영의 목소리가 뚝뚝 끊어졌다 드문드문 이어졌다. 지환은 다시 준영의 입술에 입술을 포갰다. 힘주어 꾹 누르고 아랫입술을 부드럽게 빨았다.

"혼인 신고만 지금 하자. 결혼식은 어른들 허락하시면 그때 가서 올리고. 응?"

"뭐든 대표님 마음대로."

"이번만. 응?"

지환은 미리 준비해 둔 벨벳 상자를 재킷 주머니 안에서 꺼냈다. 준영 앞에 한쪽 무릎을 꿇고 앉아 뚜껑을 연 상자를 새삼 조심스럽게 양손으로 받쳐서 내밀었다.

선홍빛 벨벳 속에 나란히 놓인 반지는 모두 세 개였다. 개중 둘은 묵주 반지를 그대로 본떠 '영원불변'을 상징하는 백금으로 세공한 혼배반지이고, 나머지 하나는 오래전 준수가 순녕에게 선물한 바로 그 낡은 묵주 반지였다.

"내 묵주 반지……."

"몇 날 며칠 'Moonlight' 호를 샅샅이 뒤져도 나오지 않더니, 얼마 전 배 밑창 청소하면서 발견했다고 사무실로 연락이 왔더라. 어쩌다 거기까지 묵주 반지가 흘러들어 갔는지는 모르겠어."

"찾아서 다행이에요. 고마워요. 진짜로, 정말 고마워요."

"혼배반지는 우리 둘이 하나씩 나누어 끼고, 당신 오빠 반지는 또 잃어버리면 안 되니까 어디 깊숙한 곳에다 잘 보관해 놓자. 금고 같은 데다."

준영이 가까스로 다스려 놓은 울음을 재차 앙 하고 쏟았다. 지환은 벨벳 상자 안 세 개의 반지들 중에서 가장 사이즈가 작은 것을 꺼내 준영의 왼손 약지에 끼워 주었다.

"You belong to me."

혼배반지 안쪽 유려한 필기체로 새겨 넣은 문구가 지환의 입술 사이에서 흘러 애끓는 울음을 토해 내는 준영의 심장에 깊이깊이 박혔다.

지환은 남은 두 개의 반지들 중 또 다른 혼배반지를 꺼내 스스로 왼쪽 약손가락에 끼웠다.

"I belong to you."

지환은 소파에서 몸을 굴려 모로 돌아누웠다. 그날 그때처럼 억눌린 울음이 솟았다. 뜨거운 눈물이 소리도 없이 흘렀다. 관자놀이를 적시고 지나 귓속까지 스몄다. 주먹 쥔 왼손으로 젖은 얼굴을 닦았다. 약손가락 어느 한 지점이 전등 불빛에 비껴 언뜻언뜻 반짝거린다.

손을 내려 약지에 낀 혼배반지를 물끄러미 쳐다보았다. 정교하게 세공한 로사리오 한가운데 열한 개의 멜리*를 촘촘히 박아 만든 묵주알을 엄지손톱으로 하나씩 차례대로 밀었다.

묵주 반지가 천천히 원을 그리면서 돌아간다. 기도문 대신 간곡한 진언과도 같은 말소리가 지환의 입술을 느릿느릿 꿰뚫었다.

"You belong to me, I belong to you, We belong together(당신은 나의 것, 나는 당신의 것, 우리는 함께 있어야 해요)."

---

*멜리(Melee):0.25캐럿 미만의 소형 다이아몬드.

Chapter 12

매듭을
풀다

"고얀 놈!"

흑자색 목단화가 곱게 수놓아진 보료에 비스듬히 상체를 기대어 앉은 래순의 입에서 자못 못마땅해하는 군기침이 흘러나왔다. 단정히 무릎을 꿇고 내내 조모의 얼굴빛만 살피던 지환은 재빨리 머리부터 조아렸다.

"용서하세요, 할머니."

"손자며느리 될 아이 얼굴은 코빼기도 안 보여 주면서. 감히 이딴 종이 쪼가리를 할미 면전에 들이밀어? 어디서 배워 먹은 못된 버르장머리야?"

래순이 인두로 지지고 향유로 윤을 내어 고담한 서안을 깡마른 손바닥으로 내리쳤다. 그 바람에 서류 봉투 안에서 비죽 삐져나온 두 장의 혼인 신고서가 팔랑 나부껴 서안 아래 보료

331

쪽으로 날아가 떨어졌다.

격노한 할머니가 준영과의 혼인 신고서를 찢어 버리기라도 하면 어쩌나 내심 걱정이 되면서도 지환은 차마 굽힌 허리를 똑바로 펴지 못했다. 명백히 지은 죄가 있으니 지금은 읍소밖에 달리 길이 없었다.

"잘못했습니다."

"잘못한 줄 알면 당장 가서 그 아이부터 데려와. 자고로 모든 일에는 정해진 절차가 있고, 마땅히 지켜야 할 규범이 있는 법. 하물며 인륜지대사인 결혼을 앞두고서 절차며 규범은 죄다 무시한 채 혼인 신고부터 하겠다고 나서는 것이 어디 말이 되느냐 이 말이야."

"할머니……."

지환은 볼멘소리를 내고는 그대로 이마가 방바닥에 닿도록 허리를 깊이 숙여 엎드렸다. 무뚝뚝한 지환의 입장에서 나름대로 애교라면 애교이고 앙탈이라면 또 앙탈이었다. 조모가 허허, 하며 어이없는 헛웃음을 짓는다.

"이놈이 어디서 우는소리야?"

"저 좀 살려 주세요."

"할미가 언제 네놈더러 죽으랬어?"

"어머니는 눈에 흙이 들어가기 전에는 절대 허락 못 한다 하고. 준영이는 어른들 허락 없이는 결코 결혼하지 않겠다 하고. 중간에서 저 진짜 죽겠어요, 할머니……. 네에?"

"할미 숨 안 넘어가."

래순이 야멸치게 말소리를 쏘았다. 그럼에도 서안을 내리치던 시퍼런 서슬은 다행히 잦아들어 보이지 않는다. 지환은 그제야 얼굴을 들고 허리를 곧추세우며 앉았다.

"당장 결혼식은 어렵고. 그렇다고 사실혼 관계로 마냥 살수도 없고. 제 딴에는 궁여지책이에요. 준영이가 덜컥 임신이라도 하면 어떻게 해요?"

예상한 대로 임신이라는 소리에 조모의 야윈 두 뺨이 보일락 말락 실룩거렸다. 기쁨을 억지로 참고 있음이 분명했다. 지환은 곧장 굳히기에 들어갔다.

"이렇게라도 법률혼으로 만들어 놓아야 제 아이한테 하다못해 제대로 된 이름이나마 물려줄 수 있을 거잖아요."

"이놈이 이제는 할미를 협박해?"

래순이 버럭 목소리를 내질렀다. 급하게 얼굴을 외로 비키는 조모의 입매가 유연하게 호선을 그렸다. 지환은 작정하고 볼멘소리를 보태었다.

"제발요, 할머니……."

"듣기 싫어. 그놈의 우는소리 좀 집어치워. 다 큰 사내놈이 무슨 어리광이야?"

"혼인 신고라도 할 수 있게 허락해 주세요."

"그러니까 이놈아! 그 아이를 데려와서 할미 눈앞에 보이게 앉혀 놓으라고. 최소한 선은 보고 허락을 해도 할 것 아니야."

"어차피 허락하실 거잖아요."

"내가 허락을 할지, 안 할지 네놈이 어찌 알아?"

"저희 이미 사실혼 관계예요."

"자랑이다! 할미 앞에서 부끄러운 줄을 모르고."

"예전에 저 대학 입학 앞두고 할머니께서 그런 말씀을 하셨어요. 남자가 한 여자를 사랑하는 데는 반드시 책임이 뒤따른다고. 그러니 함부로 마음 주지 말고, 한 번 마음을 주었으면 끝까지 신의를 지키고, 여자의 마음과 함께 몸을 받았으면 그에 합당한 책임을 다하라고. 할머니 손자는 지금 마음과 몸을 내어 준 여자에 대한 책임을 지려는 거예요. 허락해 주세요. 혼인 신고부터 할게요."

"어허! 이놈 봐라. 평소 안 피우던 고집에 억지를 다 부리고. 할미한테 뭐 감추는 것 있지?"

래순이 눈초리를 가느스름하니 말아 뜨고, 애써 아무렇지도 않은 척하는 지환의 얼굴을 빤히 바라보았다. 지환은 저도 모르게 시선을 아래로 내렸다. 즉시 조모의 불호령이 떨어졌다.

"왜 말을 못 해?"

"……어머니가 저 몰래 준영이를 불러내 만났어요."

"어멈이 너랑 헤어지라고 그랬겠구나."

"네."

"그래서 그 아이는?"

"도망갔어요."

"뭐라고? 에라, 이 못난 놈!"

"혼인 신고, 허락해 주세요."

"그 아이 도망갔다면서? 이제 와서 혼인 신고는 해서 어쩌려고?"

"준영이 떠나기 전에 제가 그랬어요. 혼인 신고 해 놓을 테니까 꼭 돌아오라고. 기다릴 거라고."

지환이 멋쩍어서 그만 헤실 웃어 버리자 래순이 절레절레 고개를 흔들며 장탄식을 발했다.

"아이고! 저런 부족한 놈이 내 손주라니……. 어떻게든 못 가게 붙잡을 생각은 안 하고."

"붙잡아도 기어이 가겠대요. 얼마나 고집불통인지 몰라 요."

"어디 가 있는 줄은 알고?"

"짐작 가는 곳이 한 군데 있어요. 일단 혼인 신고부터 해 놓고, 준영이 돌아오면 결혼식 올리려고요."

"네 어머니는 무슨 수로 설득할 거야?"

"당연히 할머니께서 해 주셔야지요."

지환은 부러 활짝 미소를 지었다. 웃는 얼굴에 침 못 뱉는다고 했다. 할머니가 하나뿐인 손자의 기대를 매정히 저버리지 않으리라는 굳건한 믿음이 있었다. 래순이 바락 인상을 쓴다.

"내가 왜?"

"증손자 보셔야지요. 저는 준영이 아니면 안 돼요. 혼자 살 거예요."

"이런 고약한 놈을 보았나! 협박을 아주 밥 먹듯이 하는구 먼."

"제가 쓸 수 있는 카드가 이것밖에 없는데 그럼 어떻게 해요?"

"하여간에 입만 살아서는……."

래순이 끌끌 혀를 찼다. 나전칠기 문갑 안에서 종이와 만년필을 꺼내 지환 쪽으로 내밀었다.

"지금부터 할미가 하는 말 여기다 고대로 받아 적어. 장서진 변호사한테 공증 받을 거니까 나중에 딴소리할 생각은 꿈도 꾸지 말고."

지환은 당장 종이를 서안 위에 올려 두고 서둘러 만년필 뚜껑부터 열었다.

"말씀하세요."

"나 송지환은 앞으로 2년 안에 조모 박래순에게 증손을 안겨 줄 것을 엄숙히 서약합니다."

"할머니 방금 증손이라고 하셨습니다. 증손자든 증손녀든 상관없다는 말씀이시지요?"

"그래, 이놈아!"

"서명하고 지장도 찍을까요?"

"네놈 주민등록번호도 잊지 말고 적어."

래순이 문갑에서 찾아낸 인주를 서안 위에 올려놓았다. 지환은 주소와 주민등록번호를 또박또박 적어 넣고 이름자 옆에 붉은 지장을 찍었다. 사방 각을 정확하게 맞추어 3단으로 접은 각서를 두 손으로 공손히 받쳐 조모에게 건넸다.

"이것으로 계약 성립입니다. 할머니야말로 나중에 딴 말씀 마세요."

"너나 잘해!"

*****

들이쉬고 내쉬는 숨소리마저 허투루 지을 수 없을 만큼 고
풍스러운 방 안을 채운 공기는 온통 무거웠다. 짙은 묵향만
이 어지러이 떠다닌다.

긴히 할 이야기가 있다면서 아들 내외를 가회동 본가로 불
러들인 래순은 문안 인사조차 받는 둥 마는 둥, 정작 말문은
닫은 채 벌써 30분 가까이 기암괴석 겉자락을 뚫고 돋아 오
른 난초만 치고 있다.

재용은 저린 무릎을 손바닥으로 쓰윽 한 번 문지르고 언뜻
싸락눈처럼 보이는 난꽃을 붓끝으로 찍기에 여념이 없는 래
순을 조심스럽게 불렀다.

"어머님."

바삐 움직이던 붓끝이 잠시 주춤했을 뿐 도무지 묵묵부답
이다. 답답함을 견디지 못하고 재용은 목소리에 힘을 실었
다.

"어머니!"

그제야 양모붓대가 진한 먹물을 품은 남포벼루 곁에 가지
런히 놓였다. 래순이 마뜩찮아 하는 눈빛으로 혀끝에 힘살을
넣어 혀를 찼다.

337

"사내가 그깟 30분을 못 참아서 조바심을 치는가? 그 얄팍한 인내심으로 어찌 태산 같은 나랏일을 감당하겠누?"

"죄송합니다."

"자네 아들은 한 시간을 꼬박 무릎 꿇고 앉아 있으면서도 미동조차 없더구먼."

래순의 담담한 어조 아래 하릴없는 대견함이 서렸다. 재용은 빙긋이 웃으면서 은근슬쩍 무릎을 펴고 책상다리를 하고 앉았다. 끄응, 저절로 나오는 신음을 가까스로 감추었다.

"지환이 놈은 아직 팔팔한 30대이지만 저는 60줄로 접어선 지 이미 오래입니다. 무르팍이 배기어 내지를 못해요."

"늙은 어미 앞에서 자네 지금 나이 자랑하나?"

"아닙니다. 아무리 내리사랑이라지만 손자만 어여삐 보지 마시고, 어머니 아들도 좀 보아 주십사 간곡히 부탁드리는 겁니다."

"예끼!"

"이제 그만 긴히 할 얘기가 무엇인지 말씀하세요. 저희 부부 영문도 모른 채 어머니 앞에 무릎 꿇고 앉아서 30분 벌 받았잖아요."

재용은 나란히 앉은 아내의 무릎을 손바닥으로 가만가만 문질러 쓸었다. 편히 앉으라는 신호에도 화연은 구부린 무릎을 좀처럼 펴지 않았다. 시어머니 래순의 허락이 떨어질 때까지 끝끝내 기다릴 모양이다.

"어머니, 이 사람한테 편하게 앉으라고 말씀 좀 해 주세요.

이러다 이 사람 쓰러집니다. 저 이 사람 없으면 아무것도 못 하는 것 아시지요?"

"에라, 이 못난 놈들! 아비하고 아들이 한 치 한 푼이 안 틀리고 어찌 그리 똑같아? 아들놈이나 손자놈이나 아녀자 치마폭에 싸여서……."

"돌아가신 아버지가 생전에 어머니께 하시던 모습 고대로 보고 배웠을 뿐입니다. 저는 죄 없습니다."

"입만 살아서 나불대는 것까지 아주 똑같아. 마음에 안 들어, 너희 부자."

래순이 팽 하니 마음에도 없는 신경질을 부렸다. 재용은 그냥 말없이 웃고 말았다. 타박처럼 들리는 소리들이 어머니 나름의 칭찬임을 아는 탓이다.

래순은 빙긋이 미소 짓는 아들을 한차례 사납게 노려보고 이내 며느리 쪽으로 다정한 눈길을 옮겼다.

"어멈도 그만 편히 앉아라. 아범처럼 눈치껏 요령도 피울 줄 알아야지. 사람이 만날 곧이곧대로, 너무 올곧으면 결국 부러지는 법이다."

"죄송합니다."

"칭찬이야."

"알고 있어요. 시집 와서 40년이에요. 친정아버지 밑에서 산 세월보다 어머님 그늘 아래서 지낸 시간이 더 긴 걸요."

화연이 앉은 자세를 조금 편하게 고치며 싱그레 웃었다. 재용은 슬그머니 인쪽 팔을 뻗어 힘을 풀어낸 화연의 무릎

위 다소곳이 놓인 양손을 가만히 잡았다가 금세 놓았다.

잘했다고, 고맙다고, 조금만 참으라고.

소리 없는 숱한 말들이 잠시 닿았다 떨어지는 손끝에서 손끝으로 전해졌다.

그 모습을 매의 눈으로 지켜보던 래순이 공연히 고깝다는 양 머리를 가로저었다.

"너희 둘은 그 나이에도 깨가 쏟아지면서. 젊디젊은 지환이 놈은 언제까지 혼자 궁상맞게 살도록 내버려 둘 거야? 해 넘기지 말고 결혼 날짜 잡자."

"어머님, 결혼을 지환이 혼자서 할 수 있는 것 아니잖아요. 짝지을 처녀가 없는데……"

화연의 말소리를 중간에서 단호히 무질러 버리는 래순의 목소리가 카랑카랑 울렸다.

"짝지을 처녀가 없기는 왜 없어? 뒷방에 물러앉은 늙은이라고 귀도 닫고 사는 줄 알아? 대한민국이 다 아는 이야기를 나만 모를 줄 알았어?"

"그 아이는 안 됩니다. 우리 지환이랑은 악연이에요."

"빈껍데기만 남아 겨우 숨만 쉬던 놈이 다시 그 아이 만나고 나서야 그나마 사람 구실이라도 하며 살고 있는 것을. 악연도 인연일세. 내가 볼 때 지환이랑 그 아이는 운명이야. 하늘이 정한 이치를 어찌 사람의 힘으로 거스르려고?"

"많이 아픈 아이예요. 그때 사고 이후로 줄곧 우울증을 앓고 있어요."

"그리 큰일을 당하고 아프지 않으면 그것이 더 이상한 게지. 갓 스물에 눈앞에서 오빠가 죽었어. 저를 구하려다가. 제 실수로, 제 잘못으로. 그 상황에 세상 어느 누가 말짱할 수 있겠는가? 그런데도 이 악물고 죽은 오빠 몫까지 열심히 살아 내잖아. 용하다고 기특하다며 칭찬해 주어야 마땅하지."

"우울증도 정신증이에요. 생명에 지장을 주는 불치병은 아니라지만 쉽게 완치가 불가능한 난치병임에는 분명해요."

"얼마 전 신문 기사에서 보니 성인 여덟 명 중 한 명꼴로 우울증을 앓고 있다더구나. 감기처럼 누구나 앓을 수 있는 병이야. 뒷방 늙은이도 아는 것을 어멈은 왜 알지를 못해?"

"감기는 일주일만 꼬박 앓고 나면 저절로 낫는 병이에요. 우울증은 주사 한 방에 낫는 병이 아니잖아요. 그 아이 벌써 11년째 우울증 치료제를 복용하고 있어요. 약이 워낙 독해서 태아한테 안 좋대요. 조산할 위험도 있고. 자폐아를 출산할 확률도 높고요."

내내 고요히 흐르는 물처럼 잔잔하던 화연의 이야기 소리가 억울한 기색을 품고 자꾸만 빨라졌다. 묵묵히 듣고 앉은 래순의 눈빛이 돌연 날카롭게 곤두선다. 화연을 향해 곧장 날아가 떨어지는 목소리의 서슬이 시퍼렇다.

"그래서 그 아이한테 지환이랑 헤어지라고 했는가? 너는 아이를 가지기 힘든 몸이니 내 며느리로 들일 수 없노라고 했느냐는 그 말일세!"

"……."

"왜 대답을 못 해?"

억박지름에 가까운 시어머니의 재촉에 화연이 도로 무릎을 단정히 꿇고 허리도 곧게 세워 앉은 자세를 고쳤다. 완강한 빛을 띤 강단진 얼굴 표정이 흡사 배수의 진을 치고 전장에 나서는 장수 같았다.

"예. 그랬습니다. 제 자식 위한답시고 남의 자식 가슴에 대못을 박았습니다."

"여보!"

재용은 차마 믿을 수가 없었다. 믿고 싶지도 않았다. 황망한 숨자락이 질끈 눈을 감아 버리는 재용의 입술을 비집었다.

"자식 기르는 어미가 하나뿐인 아들을 위해 뭐인들 못 하겠어요? 내 자식을 지킬 수만 있다면 그보다 더한 짓도 할 겁니다."

뾰족하니 가시가 돋친 화연의 말소리에 억울함만 가득했다. 재용은 눈을 뜨고 시선을 돌려 여전히 꼿꼿한 자세로 앉아 있는 화연을 맵차게 노려보았다.

"당신 지금 잘했다는 그 말이 하고 싶은 거야?"

"잘했다고 여긴 적 없어요. 그렇다고 딱히 잘못했다 생각하지도 않아요."

그 아이가 지난번 우리 가족 때문에 어떤 곤욕을 치렀는지 알지 않느냐고. 그 불쌍한 아이 가슴에 기어이 비수를 꽂아 넣고 싶었느냐고.

언어가 되어야 마땅한 생각들이 차마 목소리로 치환되지 못한 채 입천장을 찔렀다. 재용은 입술을 꾹 다물고 다시 눈을 감았다.

아흔을 바라보는 연로한 어머니 앞에서 고함을 내지를 수도 없고, 가만히 두고 보자니 화연의 행동이 이미 도를 넘어섰다.

진퇴양난에 빠진 재용의 귓등으로 래순의 서늘한 음성이 휘감겼다.

"아범, 청와대 들어가는 일 다시 생각해야겠구나."

"예, 어머니. 며느리 될 아이 가슴에 맺힌 아픔조차 온전히 보듬어 주지 못하면서 수많은 국민들 마음은 무슨 수로 다 어루만지겠습니까? 제 미천한 재주로는 어림도 없습니다."

"수신제가(修身齊家) 치국평천하(治國平天下)라 했다."

"맞습니다. 제 집안 하나 제대로 다스리지 못하는 놈이 태산 같은 나랏일을 무슨 여력으로 감당하겠습니까? 내년 봄 당내 경선에는 나가지 않겠습니다."

"잘 생각했네. 그것이 바로 나라 위하는 길일세."

날씨 이야기라도 하듯이 사뭇 차분하게 오가는 시어머니와 남편의 대화를 듣고, 화연이 소스라쳐서 그만 낯빛이 새파랗게 질렸다.

"어머님…… 여보……."

래순이 먼저 들은 척도 없이 양모붓대를 잡아 말라붙은 붓 축에 머들을 적셨다. 재용 또한 내꾸소사 없이 옥당선지를 가르는 날렵하고도 섬세한 붓끝에 오롯이 시선을 고정시켰다.

"아무래도 이번 난은 망친 듯하구나."

"제 눈에는 여전해 보이는데요. 바위틈에 핀 난꽃이 싸락눈 같습니다. 고운데도 참으로 애잔합니다."

"붓대를 잡은 마음이 흐트러지면 난엽은 거칠 수밖에 없고, 난화의 아름다움에 취하면 붓끝에서 마음만 미혹해지는 법."

선입견으로 사람을 대하면 판단이 공정해질 수 없고, 자칫 겉모양에 빠져 버리면 그 속에 담긴 본질을 보지 못한다는 이야기를 래순은 그런 식으로 에둘렀다.

"명심하겠습니다."

아들이 단박에 알아듣고 허옇게 센 머리를 깊숙이 숙인다. 정작 알아들어야 할 며느리는 감감무소식이었다.

래순은 양모붓대를 남포벼루로 되돌린 다음 싸락눈 같은 난화가 흐드러지게 피어오른 옥당선지를 반으로 정갈하게 접어 구석으로 치웠다. 망친 그림에 낙관을 찍지 않겠다는 의지였다. 제아무리 소중한 며느리라도 한 번 눈 밖에 나면 끝이라는 경고이기도 했다.

"어머님……."

화연이 새삼 조심하여 입을 열었다. 래순은 부러 눈빛을 엄중히 쏘았다. '앞으로 어찌 하려느냐'는 말없는 물음이었다.

"우리 집안에서 그 아이를 받아들인다 해도 저쪽 집에서

반대할 거예요. 우리 지환이를 사위로 인정하지 않을 거라고
요."

"그래서? 당신네가 우리 아들을 반대하니 나도 당신 딸을
며느리로 못 받아들이겠소, 이런 심사인가?"

"아닙니다."

"그러면?"

"두 아이 결혼이 쉽지만은 않을 것이라고 말씀드리는 거예
요. 여차하면 올해를 넘길 수도 있어요."

화연의 설명을 듣는 래순의 눈자위가 작게 실룩거렸다. 역
시 짐작대로 며느리는 영악했다. 그 영악함이 그다지 밉지만
은 않았다.

"저쪽 집안에서 아이들 결혼을 허락할 때까지 기다리자,
그 뜻이렷다?"

"예."

"아범! 앞장서시게."

"네에?"

어리둥절하는 아들 대신 래순은 며느리를 바라보며 이
야기했다. 듣는 귀가 있으니 분명 알아들을 것이다. 마음 또
한 모질지 못하니 분명 받아들일 것이다. 그 믿음으로 화연
을 설득했다.

"당장 사돈댁에 가서 이 늙은이가 무릎이라도 꿇어야지.
간청이라도 해 보아야 하지 않겠는가? 자식 키우는 부모가
빌성히 살아 있는 아들놈 행복을 위해서 아무리 그 정도도

못 할까 보냐. 눈에 넣어도 아프지 않을 자식을 가슴에 묻은 부모도 있는데."

"······제가 잘못했습니다. 우리 지환이 그저 살아 주는 것만으로도 한없이 고맙기만 하던 그때 그 마음을 고새 잊었습니다. 사돈댁에는 제가 가서 무릎 꿇겠습니다. 열 번이든 백 번이든 무릎 꿇고 우리 아이를 사위로 받아 달라고 빌겠습니다. 그렇게 해서 자식 앞세운 그 슬픔이 조금이나마 풀어진다면 제 무릎이 다 닳아도 괜찮습니다."

고개를 떨어트리는 화연의 두 뺨으로 말간 눈물이 흘렀다. 래순은 오른팔을 길게 뻗어 며느리의 손부터 부여잡았다.

"아가! 고맙구나. 안다. 네 마음 안다. 나도 자식 낳아 키운 어미인데. 부모로서 당연히 부릴 만한 욕심이었다. 이쯤 해서 아들을 위해 시어미한테 져 주는 네 마음도 안다."

분당 서울대학병원 정신건강의학과 상담실 안, 마주 앉은 이의 얼굴을 알아보자마자 정선의 인중이 바르르 떨린다. 탁자 너머로 쏘아붙이는 대찬 목소리 또한 눈에 띄게 갈라졌다.

"알 만한 분이 이게 무슨 짓이에요?"

"진정하시고······. 저한테 잠깐만 시간을 허락해 주세요."

"진정이요? 내가 지금 진정하게 생겼어요? 나는 의사를 만나러 왔다고요. 그쪽이 아니라."

내처 상담실 밖으로 뛰쳐나갈 것 같은 기세로 자리에서 일
어나는 정선을 화연은 다급하면서도 몹시 조심스러운 손길로
붙잡았다.

"죄송합니다. 결례인 줄 알면서도 제가 윤민정 선생한테
간곡히 부탁했어요. 배 여사님을 꼭 뵈어야 한다고. 댁으로
찾아가면 당최 만나 주시지를 않으니, 이 방법을 쓸 수밖에
요. 부디 너그러이 용서하십시오."

화연의 거듭되는 사과 때문인지, 아니면 어떤 심경의 변화
가 문득 찾아온 탓인지 등등하던 정선의 노기가 다행히 한풀
꺾여 보였다. 화연은 재빨리 정선에게 의자부터 권했다.

"좀 앉으세요."

"그래요, 앉읍시다. 몇 날 며칠을 집으로 찾아와서 강짜 부
리는 것처럼 자꾸 하자고 하는 그놈의 할 말이 도대체 뭔지,
어디 들어나 보자고요."

정선은 일부러 목소리를 차갑게 쏘았다. 대놓고 비아냥거
리는 말에도 잔잔한 미소를 머금은 화연의 얼굴색에는 아무
런 변화가 없었다. 차분하게 흐르는 말소리 또한 지극히 정
중하며 여전히 조심스러웠다.

"빙 돌리지 않고 본론부터 말씀드릴게요. 우리 아이들 결
혼 허락해 주세요. 부탁합니다, 배 여사님."

"이보세요! 그쪽이 부탁하면 나는 뭐 무조건 들어주어야
해요?"

"그린 뜻 아닙니다. 오해하시 마세요. 배 여사님 입장에서

아이들 결혼 허락하기 쉽지 않다는 것 압니다. 그런데 어쩌겠습니까? 둘이 저렇게 좋다는데. 자식 이기는 부모 없다지 않습니까?"

"그래도 허락 못 해요. 백 보 양보를 한다고 쳐도 안 되는 일은 안 되는 거예요."

"배 여사님! 온 대한민국이 두 아이들 사이를 다 알고 있습니다."

"그래서요? 남의 이목이 두려워 내가 이 말도 안 되는 결혼을 허락해야 해요? 정히 둘을 결혼시켜야겠다면 그쪽 집안에서 알아서 하든지요. 나야 딸자식 없다고 치부해 버리면 그만이니까."

"정말 그래도 되겠습니까? 저희 집에서 준영 양 데려와 며느리 겸 딸로 삼아도 후회 안 하시겠어요? 저는요, 준영 양 욕심납니다. 흠잡을 데 없이 참 예쁘게 잘 키우셨더라고요. 늘 준영 양 같은 딸 하나 있었으면 좋겠다 싶었는데. 이참에 잘되었습니다. 고맙습니다."

"하!"

어이가 없어서 짓는 정선의 싸늘한 코웃음에 화연이 오히려 고개를 깊이 숙였다. 좀처럼 굽힌 허리를 똑바로 세우지 않는 화연의 모습을 내려다보고 있자니 정선은 공연히 배알이 꼴렸다.

10년 전 사고로 준수가 죽었을 때는 그깟 돈 10억 원만 툭 던져 놓고 사과는커녕 코빼기도 일절 보이지 않더니…… 이

번 준영과 지환의 결혼 문제에는 하루가 멀다 하고 집으로 찾아와서 초인종이 닳도록 눌러 대는 화연의 행보가 자못 아니꼽기만 하다.

"배 여사님 노여운 마음 압니다."

"알아요? 자식 앞세운 어미 마음을 안다면 감히 이러지 못할 텐데요?"

"제가 어찌 자식 잃은 배 여사님 심정을 전부 헤아릴 수 있겠습니까. 다만, 저 역시 자식 키우는 어미이다 보니 그저 미루어 짐작만 할 뿐이지요. 하늘이 무너지고 땅이 꺼지는 슬픔이라는 소리가 결코 지나친 표현이 아니라는 것, 그나마 살아 있는 자식이 있으니 그 자식 바라보며 이 악물고 견디신다는 것. 겨우 그것만 알 뿐입니다. 준영 양을 생각해서라도 우리 지환이랑 결혼, 허락해 주세요."

"참 뻔뻔하네요. 생때같은 내 자식 죽여 놓고, 이제는 내 새끼 죽인 놈을 사위로까지 맞으라고요?"

정선은 냉소적인 태도로 이야기를 하고 허탈한 웃음을 지었다. 악연도 이런 악연이 없을 만큼 하늘에 사무치고도 남을 원한이다. 철천지원수를 사위로 들여 자식을 삼으라니……. 한마디로 기가 찰 노릇이었다.

"우리 지환이가 많이 부족한 것 압니다. 어디 한 구석 배 여사님 마음에 차는 부분 없다는 것도 알고요. 그 녀석이 언감생심 넘보아서는 안 되는 자리에 부끄러운 발을 들이밀고 있다는 것 또한 알고 있습니다."

"그렇게 잘 알면 아드님 단속이나 하라고요. 결혼 허락해 달라고 나를 찾아올 것이 아니라. 두 모자가 작당이라도 했어요? 아침저녁으로 어머니랑 아들이 번갈아 찾아와서 사람을 귀찮게 하느냐고요?"

"우리 지환이가 배 여사님을 찾아갔습니까?"

화연이 금시초문이라는 표정으로 되물었다. 정선의 입에서 갑갑한 숨소리가 저절로 쏟아져 나왔다.

"벌써 석 달하고도 열흘을 아침마다 찾아와 문 좀 열어 달라며 아파트 현관문 앞에 꼬박 한 시간씩 서 있다가 갑니다. 내가 이기나 니가 이기나 한번 해 보자는 심보 같아요. 백 날이 아니라 수천 날을 그러라고 해요. 내가 어디 결혼을 허락하나. 문도 안 열어 줄 거니까. 석고대죄를 해도 내 결정은 변하지 않아요."

"제가, 석고대죄를 하면은요?"

"네에?"

어안이 벙벙해진 정선의 눈앞에서 화연이 차가운 콘크리트 바닥에 양 무릎을 단정히 꿇고 앉는다.

"벌써 10년 전에 이렇게 했어야 했는데. 죄송합니다. 그때는 내 자식 지키는 일에 혈안이 되어서, 하루아침에 아들을 잃은 배 여사님 심정까지 헤아릴 여유가 없었습니다. 내 자식이 중하면 남의 자식도 그만큼 중한 것을 여태 몰랐습니다. 용서하십시오."

당혹스러운 눈길로 화연을 내려다보던 정선의 두 눈에 느닷없는 눈물이 차올랐다. 몰랐는데, 10년을 내내 칼날만 세우고 사느라 차마 몰랐는데, 준수의 죽음에 대해서 누구인가가 책임을 지고 사과해 주기를 바라고 기다렸던 모양이다. 깊숙이 머리를 조아리는 화연의 모습에 꺽꺽 울음이 터졌다.

"이제 와서…… 겨우 이깟 것이 뭐라고……."

무릎을 꿇고 고개를 숙인 화연의 눈시울 또한 뜨거운 눈물로 축축이 젖어 들었다.

"사고 직후 지환이가 용서를 빌러 배 여사님 댁에 찾아가겠다는 것을 제가 몇 번이나 말렸습니다. 네 얼굴 보면 준수 군 부모님은 더 괴롭기만 할 것이라는 핑계로 막았습니다. 기어이 찾아가 뵙고 물벼락을 맞았다는 소리에 화도 냈습니다. 다시는 그 집 근처에 얼씬도 말라고. 내 자식은 잘못이 없다고 여겼습니다. 엄연한 피해자라고요. 사람이 죽었는데도, 천하보다 귀하다는 목숨을 앗아 놓고도, 잘잘못 따지기에만 급급했습니다. 부디 용서하십시오."

정선은 아예 목을 놓아 울었다. 열 손가락으로 가슴을 쥐어뜯는 정선의 눈에서 회한에 찬 눈물방울이 하염없이 흘러내렸다.

Chapter 13

마지막
비상구

물안개가 자우룩이 깔린 칠흑 같은 밤이다. 정신없이 내달리는 어지러운 발자국 소리가 한 치 앞도 내다보기 어려운 짙은 어두움을 가로질러 빠르게 울렸다. 어두움 저편에서 온몸이 피투성이인 여자가 어두움 이편으로 달려 나왔다.

헉헉, 여자가 거친 숨소리를 연거푸 쏟아 내며 공포에 질린 눈으로 두리번두리번 전후좌우를 살폈다. 물안개에 가려진 좁은 시야 속 사방에 보이는 것이라고는 온통 자작나무뿐이다. 높고 가늘며 하얀 자작나무 몸피가 흡사 말없이 선 유령들 같았다.

"거기 누구 없어요?"

여자가 힘껏 목소리를 내질렀다. 꽉 잠긴 이명처럼 들리는 울림이 여자가 뿜어내는 희뿌연 입김과 더불어 물안개 속으로 흔적도 없이 스며들었다. 당황한 여자가 다시 걸음을 빨리해 앞으로 내달리기 시

355

작했다. 달리고, 또 달리고, 여자는 무작정 앞을 향해 달렸다.

그러다 어느 한순간 여자의 몸이 맥없이 바닥으로 고꾸라졌다. 여자가 아픈 신음을 삼키며 보기 흉하게 어그러진 발목을 내려다본다. 어떤 낭패감 같은 것이 피와 땀과 눈물로 얼룩진 여자의 얼굴에 스쳤다.

여자가 근처 자작나무 밑동에 등줄기를 기대고 앉아 어깨를 동그랗게 말아 움츠렸다. 억눌린 흐느낌 소리 같은 한숨을 토해 내는 여자의 눈꺼풀이 힘없이 스르르 닫혔다. 잔뜩 웅크린 채 잠이 든 것처럼 보이는 여자의 비쩍 마른 몸뚱이 위로 지독한 물안개가 젖은 솜처럼 두껍게 내려앉았다.

"해서야! 장해서!"

목이 터져라 여자의 이름을 소리쳐 부르는 남자의 목소리가 어두움 저쪽에서 물안개를 헤치고 어두움 이쪽으로 넘어 들었다. 굳게 닫힌 여자의 눈꺼풀이 파다닥파다닥 떨렸다.

가까스로 눈을 뜬 여자가 흐리멍덩한 눈동자를 들어 애써 초점을 맞추고 어두움을 응시한다. 여자의 시선에 보이는 것이라고는 끝 간 데 없는 지독한 물안개와 어두움으로 둘러싸인 자작나무들이 전부였다.

"주원 씨……. 나, 여기……."

여자가 나오지 않는 목소리를 억지로 쥐어짜 겨우겨우 입 밖으로 밀어냈다. 말소리라기보다 오히려 고통에 찬 신음에 더 가까웠다.

"장해서, 어서 대답해! 어디 있는지 대답하라고!"

가마득하고 팍팍한 어두움 속에서 여자를 찾아 헤매는 남자의 애끓는 고함 소리가 다급히 울려 퍼졌다. 무슨 말인가를 하려는 듯 바싹 말라붙은 입술을 달싹거리는 여자의 눈꺼풀이 한 번, 두 번, 세 번,

점점 느리게 깜빡이다 결국 도로 닫히고 만다.

　그동안 SBC 수목 드라마 '마지막 비상구'를 시청해 주신 여러분
고맙습니다.

　틀에 박힌 자막이 대형 텔레비전 화면을 채운다. 팔짱을 낀
채 사무실 책상 모서리에 엉덩이만 걸치고 앉아 최종회를 지
켜보던 지환은 리모컨을 집어 들었다. 블루레이 플레이어 작
동을 멈추는 대신 순간 화면 정지 기능을 선택했다.
　텔레비전 화면 속 '한울타리 정신요양병원' 정신건강의학과
전문의 장해서로 분한 마해나의 얼굴을 한참이나 물끄러미 쳐
다보았다.
　드라마 종영 직후 공식 홈페이지 서버가 마비될 정도로 시
청자 게시판에서 온갖 의견이 분분했던 이유를 알겠다.
　이도 저도 아닌 오픈엔딩.
　마지막 순간 장해서가 숨을 거두었다고 판단한 사람들에
게는 새드엔딩을 넘어 배드엔딩이 되었을 것이고, 그저 기진
해 정신을 잃었을 뿐이라고 믿기 원하는 이들에게는 그나마
해피엔딩이라며 위안할 수 있는 근거가 되었을 터였다.
　"이준영표 드라마의 진수라더니 엔딩까지 이준영스럽네."
　지환은 쓰게 웃었다. '마지막 비상구' 최종회 엔딩 장면을
놓고 몇 날 며칠을 고민하던 준영의 모습이 새삼 떠올랐다.
재 3분이 되지 않는 장면 하나를 쓰기 위해 준영이 얼마나 많

은 시간을 고뇌했는지, 다른 사람은 몰라도 지환은 안다.

또한 시청자 게시판에서 '21세기 최고의 지랄 맞은 열린 결말'이라며 모두가 입을 모아 성토하던 바로 저 장면이 준영의 입장에서는 명명백백한 해피엔딩이라는 것도 안다.

7년 전 준영은 소설 '마지막 비상구'에서 삶과 죽음의 경계 정중앙에 멈추어 서 버린 '나'라는 인물 안에 삶도 죽음도 선택할 수 없는 스스로의 고통을 고스란히 투영시켰다.

그리고 7년이 지난 지금 드라마 '마지막 비상구'를 통해 삶을 향하여 한 발짝 걸음을 떼기 시작한 자신의 선택을 명확하게 보여 주었다.

장해서의 이름을 애타게 부르짖는 강주원의 목소리는 어떻게든 삶을 살아 내고자 하는 준영의 간절한 열망을 표현한 것이다.

다만 강주원이라는 인물이 텔레비전 화면에 모습을 드러내지 않고 어두움 속에서 목소리만 들린 이유는 행복한 미래에 대한 불안감이 아직도 준영의 마음 한구석에 도사리고 있기 때문이리라.

지환은 책상에 걸터앉아 팔짱을 낀 그대로 눈을 감았다. 준영의 불안감이 오롯이 자신의 탓인 것만 같았다.

"내가 당신한테 확신을 주지 못한 부분이 무엇이었을까?"

혼잣말로 자책하는 지환의 귓전에 노크 소리가 들렸다. 춘희가 출입문을 열고 성큼 사무실 안으로 들어오다 벽걸이형 텔레비전 속 정지 화면을 알아보고 빙그레 미소를 짓는다.

"벌써 1화부터 마지막 화까지 정주행을 끝내신 거예요?"

"마지막 화만 봤어. 방영 때 놓쳤거든. 블루레이라 영상이 끝내준다. 장면마다 카메라 기법도 좋고. 김태규 감독이 드라마 찍으면서 엄청 공들인 태가 나."

"엔딩도 완전 죽여주죠?"

춘희가 시니컬한 표정으로 코웃음을 쳤다. 반어법을 재차 뒤집어, 마음에 들지 않음을 양춘희 식으로 표현한 것이다.

"뭐가 또 불만이야?"

"감독판 작업하면서 앰뷸런스 사이렌을 효과음으로 덧입히자고 했거든요. 아무래도 그러면 해피엔딩에 더 가깝게 느껴지잖아요. 김태규 감독이 일언지하에 잘라 버리더라고요. 드라마 완성도가 떨어진다나 뭐라나. 작가나 감독이나 그 죽일 놈의 똥고집들! 엔딩만 해피였어도 감독판 블루레이랑 DVD 완전 대박 났을 텐데."

"블루레이 1천 세트 예약으로만 완판이라면서? DVD는 선주문으로 3천 세트가 넘었고. 이미 대박이야. 너무 욕심 부리지 마. 그런데 왜?"

지환이 찾아온 용건을 묻자 춘희가 손에 들고 온 마닐라 봉투를 내밀었다.

"대표님 앞으로 퀵이 하나 왔어요. 박해진 원장이 보냈더라고요. 이준영 작가요. '늘푸른 요양병원'에 있대요?"

준영의 소재를 묻는 춘희의 얼굴이 안절부절못했다. 준영이 떠난 지 벌써 석 달이 넘었다. 그동안 은연중에 준영의 이름은 지환 앞에서 입에 담으면 안 되는 금칙어가 되어 버렸다. 누구도 준영에 대해서 지환에게 묻지 않았다.

"금칙어 해제되었나 보다?"

"네에? 아아! 형님 힘드실 것 뻔한데, 이 작가 이야기로 저까지 나서서 보탤 것 없잖아요."

"지금은 안 힘들어 보여?"

"솔직히 전에도 힘들어 보이지는 않았어요. 워낙 사무실에서 말짱하게 일하시니까. 근데, 대표님 서류 결재하실 때요. 가끔 엉뚱한 칸에다 사인하는 것 아세요?"

"내가 그랬어?"

"네. 이준영 작가 잘 있을 거예요. 너무 걱정 마세요. 곧 돌아올 테니까. 조금만 더 기다려 보고 그래도 안 나타나면 확 고소라도 해 버리게요. 전속 계약 위반으로 형사소송 걸고, 민사로 손해배상 따로 청구하고. 그럼 안 나타나고는 못 배길 거예요."

마음에도 없는 황당한 소리를 제 딴에는 위로랍시고 늘어놓고 춘희가 꾸뻑 인사를 했다.

지환은 몰래 젖어 드는 눈자위를 손가락으로 문지르는 척 얼굴을 한쪽으로 틀고 비시식 웃어 버렸다. 애타게 준영을 기다리는 사람이 자신 말고 또 있다는 사실이 왜인지 모르게 위로가 된다.

출입문으로 향하는 춘희의 등에다 말소리를 짐짓 여상히 던졌다.

"준영이 '늘푸른 요양병원'에 있는 것 맞아."

"내가 그럴 줄 알았어요. 퀵 왔을 때부터 눈치 깠다니까요."

춘희가 씨익 미소 지었다. 지환은 부러 성마른 표정으로 오른손을 홰홰 흔들어, 귀찮으니 어서 나가기나 하라는 신호를 보냈다.

출입문이 열렸다 닫히는 모습을 끝까지 지켜본 다음 페이퍼 나이프를 찾아 마닐라 봉투를 개봉했다. USB에 반으로 접힌 A4용지 한 장이 딸려 나왔다.

진료 환자의 정보나 치료 과정 등을 사사로이 공개하면 현행 의료법 저촉이라는 것 아시죠? 원칙적으로 환자 동의 없이는 보호자에게조차 공개해서는 안 됩니다. 동봉한 USB 유출에 따르는 모든 책임은 송지환 대표님께서 지셔야 합니다.

저는 이준영 작가 무섭습니다. 제가 송 대표님에게 동영상 파일을 보냈다는 사실을 이 작가가 알면, 어떻게 나올지⋯⋯. 상상만으로도 끔찍하거든요.

짤막한 해진의 편지는 협박에 가까운 이야기로 시작해서 얼토당토않은 엄살로 끝을 맺었다. 지난 석 달 준영의 입원 여부를 캐어묻는 지환의 전화에 매번 모르쇠를 잡던 해진이었다. 심지어 지환이 준영의 법적 보호자임을 나타내는 가족관계증명서를 팩스로 받고도 꿈쩍하지 않았다.

그런 해진이 자진해서 치료와 관련된 동영상 파일을 보냈다는 것은 중요한 어떤 사건이 준영에게 일어났다는 방증이

나 마찬가지였다.

빨리 보고 싶은 마음에 서둘러 USB를 노트북 컴퓨터와 연결하면서도 무선 마우스를 놀리는 지환의 손가락은 혹시나 하는 두려움으로 떨렸다.

'Junyoung'이라는 이름의 폴더에는 비밀번호가 걸려 있었다. 배달 사고 등의 이유로 USB를 분실할 경우 혹시 있을지도 모르는 동영상 유출을 막고자 한 해진의 자구책 같았다.

지환은 스마트폰을 들어 메시지 창을 열었다.

〈USB 잘 받았습니다. 비번이 걸려 있네요?〉

〈무사히 도착했다니 다행입니다. 비번은 셀프. 능력껏 알아서 하십시오. 참고로 여섯 자리 숫자입니다. 이것 못 맞추면 동영상 파일 볼 자격, 송 대표님한테 없는 겁니다.〉

폴더명 '준영'과 여섯 개의 숫자.

순간적으로 감이 왔다. 빠르게 노트북 컴퓨터 자판을 두드려 비밀번호 여섯 자리를 입력했다. 패스코드 오류 메시지가 뜬다.

"112885가 맞을 텐데……."

젠장!

해진이 뼛속까지 토종 한국식임을 잠시 잊었다. 일명 아메리칸 스타일의 선진국형 비밀번호를 사용하는 사람은 준영인데 말이다.

'851128', 새로 비밀번호를 입력하자 띵 하며 경쾌한 효과음이 났다. 폴더가 열렸다. 생성 날짜로 추정되는 여섯 개의 숫자를 파일명으로 가진 열 개의 동영상이 각각 용량을 달리한 채 담겨 있다. 그중 첫 번째 파일을 무선 마우스로 클릭했다.

꽤 널찍한 공간 안에 의사 가운을 걸친 해진과 환자복을 입은 다섯 명의 남녀가 둥근 탁자를 가운데 두고 앉아 있다.

환자들 중 준영의 모습만 육안으로 확인이 가능할 뿐, 나머지 사람들의 얼굴은 전부 모자이크 처리를 해 놓았다. 환자의 사생활을 보호하기 위한 해진의 꼼꼼한 배려였다.

"처음 뵙겠습니다. '노래'라고 합니다."

준영이 수줍은 미소를 짓는다. 지환은 동영상 속 준영의 얼굴을 떨리는 손끝으로 가만가만 쓸어 보았다. 문득 그리움에 목이 메었다.

"지난주에 들어온 새내기예요. 11년째 우울증을 앓고 있어요. 오빠가 교통사고로 죽었어요, 저를 구하려다가. 늘 죄책감 속에서 살았어요. 행복해지고 싶은데, 나는 행복하면 안 될 것 같았어요. 자격 미달이라고 여겼거든요. 힘들어하는 엄마를 볼 때마다 미안하고, 죽고 싶고. 그러면서도 한편으로는 엄마가 이제 그만 나를 용서해 주었으면 좋겠다 싶었어요."

느릿느릿 흘러나오는 준영의 목소리는 제법 담담했다. 그 럼에도 어떤 고통이 느껴졌다. 세상 아무에게도 털어놓을 수 없었던 마음속 아픔을 힘들게 끄집어내는, 가슴에서 덜어 내기 위해 반드시 필요한 절차이지만 그것마저도 견디기 힘에 겨운…….

"아들 잃고 아가씨 어머니 상심이 크셨겠네. 나도 서른여섯에 남편 먼저 떠나보내고 홑몸으로 아들 하나 바라보고 살았어. 여자 혼자 자식 키우기가 어디 쉬워? 먹을 것 못 먹고 입을 것 못 입으면서 아등바등 대학 공부까지 시켜 놓았더니, 그놈이 제 마누라한테 빠져 가지고 어미가 죽는지 사는지 관심도 없어."

"'할미꽃' 님, 본인 소개부터 하셔야지요."

해진의 점잖은 목소리가 중간에 끼어들었다.

"'할미꽃'이에요. 나이는 먹을 만큼 먹었고. 나는 안 아픈데 의사 양반이 자꾸 나더러 아프다네. 울화가 치밀어서 죽어 버리려고 집구석에다 확 불을 싸질러 버렸거든."

첫 번째 동영상은 간단한 자기소개와 각자의 병증에 대한 설명이 대부분이었다. 간혹 대화가 격해지거나 환자가 흥분을 하면 어김없이 해진이 끼어들어 상황을 정리하고 긴장을 완화시켰다.

지환은 잇달아 두 번째 동영상을 실행시켰다. 준영의 모습이 부쩍 핼쑥해 보인다.

"5일째 한숨도 못 잤어요. 본래 불면증이 심했는데 한동안 약 안 먹고도 잘 잤거든요. 오늘 제가 좀 신경이 날카로워요. 되도록 대화에는 참여 안 하고 듣기만 할게요."

"수면제 달라고 해서 먹지?"

'할미꽃' 님이었다. 준영이 헤 하고 웃는다. 죽을 것 같으면서도 애써 괜찮은 척하는 것이다.

"아직은 버틸 만해요."

"그러다 쓰러지면 그냥 죽는 거야."

"솔직히 약 먹는 게 무서워요. 수면제를 먹고 자면 아무것도 기억이 나지 않잖아요. 마치 죽음을 경험하는 것처럼 머릿속이 까마득하니……. 전에 수면제 과용으로 응급실에 실려 간 적이 있어요. 의료진이 나를 살리기 위해 심폐 소생술을 하고, 강심제 주사를 놓고, 위세척을 하는 동안 나는 살아 있으면서도 잠시 죽었던 것이나 다름없었어요."

"나도 옛날에 수면제 먹고 죽으려고 한 적이 있어요. 10년을 공부했는데 그놈의 사시는 자꾸만 떨어지고. 여친은 딴 놈이랑 눈 맞아 떠나고. 빌어먹을 놈의 세상! 확 죽어 버리자 싶더라고요."

가슴에 '산마루'라 적힌 명찰을 단 남자였다. 준영이 '산마루' 님을 향해 시선을 옮겼다. 바라보는 눈빛이 따뜻하다. 동병상련, 측은지심이었다. 서로가 같은 아픔에 공감하고 다른 아픔을 이해하며 각자 마음의 상처를 조금씩 치료해 가고 있음이다.

세 번째 동영상 속 준영의 얼굴은 차마 지켜보고 있기가 안쓰러울 정도로 초췌했다.

"아직도 수면제 안 먹고 버티는 중이에요?"

'산마루' 님이 걱정 가득한 어조로 물었다.

"어제는 다섯 시간이나 잤어요. 중간에 두 번 깨기는 했지만. 아침저녁으로 운동을 시작했는데 효과를 보는 것 같아요. 수면제 없이도 하루 일곱 시간씩 잘 수 있게 되면 프로작 복용량도 조금씩 줄여 나가려고요."

"'노래' 님 무슨 부작용 있어요?"

'백설공주' 님이 들릴 듯 말 듯 가느다란 목소리로 물었다. 대인기피증을 앓고 있다는 그녀는 집단 상담 치료 중에도 고개를 푹 숙이고 앉아 다른 사람들과 일절 눈길을 마주하지 않는다.

준영이 '백설공주' 님의 정수리를 향해 다정한 말투로 대답을 한다.

"부작용은 거의 없어요. 오히려 11년째 복용하면서 도움 많이 받았어요. 학교 다니고, 일하고, 일상 생활하는 데 지장을 못 느낄 정도였거든요."

"그럼 계속 복용하세요. 의사 처방 무시하고 약 끊었다가, 나 지금 엄청 고생하잖아요. 우리 엄마가 이번에는 완치될 때까지 병원에서 안 꺼내 줄 거래요. 엄마 잔소리 안 듣고 내 맘대로 살고 싶어요. 먹고 싶은 것 다 먹고. 자고 싶은 것 다 자고. 뚱뚱하면 어때요? 엄마도 뚱뚱하면서 왜 만날 나한테만 다이어트하라고 그러냐고요!"

'백설공주' 님이 목청을 높이자 참견쟁이 '할미꽃' 님이 세상 어머니들을 대변하고 나섰다.

"나중에 엄마 죽고 피눈물이나 쏟지 마. 젊디젊은 딸년이 돼지같이 뒤룩뒤룩 살만 쪄서 방구석에 처박혀 있는 꼴을 보고 어느 엄마가 좋다고 하겠어."

'할미꽃' 님은 못마땅하다는 양 끌끌 혀를 차고, '백설공주' 님은 서러운 눈물만 펑펑 쏟았다. 잔잔하던 원탁에 어지러운 풍파가 일었다. 해진이 다급히 중재에 나서고서야 소란스러움이 가라앉았다.

네 번째 몽닝상에 비친 순영의 안색은 나름 괜찮아 보였다. 살도 조금은 붙어 두 뺨이 뽀얗게 올랐다.

"어젯밤 11시 조금 넘어서 잠들었는데 오늘 아침 5시에 일어났어요. 거의 여섯 시간을 잤어요. 중간에 깨지도 않고."

준영이 환하게 웃는다. 다른 환자들도 자기 일처럼 기뻐했다.

지환은 가슴을 쓸어내리며 다섯 번째 동영상을 클릭했다. 수면제 없이도 일곱 시간이나 잠을 잤다면서 좋아하는 준영의 모습이 보였다.

"진짜로 프로작 끊을 거예요?"

'백설공주' 님이 흘낏 준영을 쳐다보고 시선이 마주치자 후다닥 고개를 숙였다.

"갑자기 끊을 수는 없으니까 시간을 두고 조금씩 줄여 나가려고요."
"나도 살 뺄까 해요. 혈압이 높아서 심장에 안 좋대요. 원장님이 저지방 고단백 식단으로 도와줄 테니까 식이요법 한번 시도해 보재요."
"좋은 생각이에요. '백설공주' 님, 저랑 운동 같이 안 할래요?"
"나 뛰는 것 못하는데……."
"저도 뛰는 것은 잘 못해요. 아침마다 걸어서 뒷산 중턱까지 갔다가 오는 것 어때요?"

"걷는 것도 잘 못해요."

"천천히 걸으면 되지요. 걷다가 힘들면 쉬고. 또 걷고. 같이할래요?"

'노래' 님의 제안을 받은 '백설공주' 님이 수줍게 고개를 끄덕거렸다.

다섯 개의 동영상을 연달아 보고 난 지환은 두 팔을 위로 쭉 뻗어 한껏 기지개를 켰다. 등줄기가 뻣뻣하고 눈동자는 쏟아질 것처럼 아프다. 목을 뒤로 젖힌 채 왼쪽 엄지와 검지로 피곤한 눈자위를 꾹 눌렀다.

"송 대표! 퇴근 안 해?"

노크도 없이 문이 열렸다. 언제나처럼 형석이 빠끔 열린 문틈으로 얼굴을 들이밀었다. 지환의 양미간 위로 꼿꼿한 주름이 올라선다.

"여기가 군대냐? 아침저녁으로 점호 확인해?"

"내가 뭘?"

"출근하자마자 달려와서 확인하고, 퇴근하기 전에 들이닥쳐서 또 확인하고. 그만해라. 석 달 열흘을, 진짜……. 지치지도 않냐? 나 말짱하다고."

"아침에 거울은 보고 나와? 말짱한 얼굴이 그 모양 그 꼴이야?"

"꺼져. 일해야 돼."

"같이 저녁이나 먹자. 일을 하더라도 밥은 먹어야지."

"됐다고. 내 걱정 말고 어서 퇴근이나 하시라고."

"도시락 사 가지고 올 테니까 30분만 기다려."

전광석화와 같은 속도로 닫히는 사무실 출입문을 지환은 허탈하게 바라보았다. 그냥 웃음이 났다. 고맙고 미안하고. 마음이 싱숭생숭하다.

형석이 돌아오기 전 하나라도 더 보자 싶은 마음에 서둘러 여섯 번째 동영상을 열었다.

보통 60분 안팎인 여타 파일의 반도 되지 않을 만큼 용량이 작았다. 준영이 약간 상기된 표정으로 내일부터 프로작 복용량을 줄이기로 했다는 말을 남겼다. '백설공주' 님과 함께하는 아침 산책이 즐겁게 진행 중이라는 보고가 뒤따랐다.

7년째 조증과 울증을 불규칙적으로 오가는 삶을 살고 있다는 '뜬구름' 님에게 조증이 찾아왔는지 여섯 번째 파일에는 온통 뜬구름 잡는 이야기밖에 없었다.

'뜬구름' 님 혼자 떠들고 혼자 웃고. 나머지 사람들은 꿀 먹은 벙어리로 앉아 속사포처럼 쏟아지는 '뜬구름' 님의 이야기를 억지로 경청했다. 그러다 울화병을 가진 '할미꽃' 님이 난데없는 폭탄을 터트렸다.

'할미꽃' 님의 걸쭉한 육두문자 한 방에 둥둥 떠 있던 '뜬구름' 님의 기분이 울증의 나락으로 곤두박질치고 말았다. 급기야 집단 상담 치료가 중단되는 사태까지 벌어졌다.

어느새 지환도 동영상 속 얼굴 한 번 제대로 보지 못한 이들에게 동화되어 버린 모양이다. 나이도 많은 어른이 어린애처럼 왜 저러나 싶으면서도 '할미꽃' 님이 진심으로 걱정스

러웠다. '뜬구름' 님은 더 걱정이 되었다. 제발 마음의 상처
가 크지 않기만을 바랐다.

일곱 번째 동영상에서 준영은 어디인지 모르게 낯설고 이
상했다. 형형하던 눈동자가 초점을 잃은 채 불안하게 흔들린
다. 명징하던 눈빛 역시 오간 데 없이 사라지고 없었다. 사람
들과 쉽게 시선을 마주치지도 못하고, 자꾸 주위를 두리번거
리는 산만한 모습이 영락없는 정서 불안증 환자였다.

우울증 치료제 복용량을 줄여 힘드냐는 '산마루' 님의 질
문에 준영은 작은 목소리로 괜찮다고 대답했다. 지환의 눈에
는 전혀 괜찮지가 않아 보였다.

'할미꽃' 님이 지난 토요일 아들이 면회를 왔다면서 자랑할
때도, '백설공주' 님이 식이 요법과 아침 산책만으로 살을 5kg이
나 뺐다고 좋아할 때도, '뜬구름' 님이 며칠째 악몽에 시달리고
있다며 고통을 호소할 때도 준영의 얼굴은 시종일관 무표정했
다.

말수까지 부쩍 줄어들어 누가 나서서 '노래' 님에게 질문
을 하지 않는 이상 원탁의 대화에 일체 끼어들지 않았다.

지환은 무엇인가, 그것이 무엇이든 간에, 크게 잘못되어
가고 있음을 직감했다.

하필 그때 출입문이 열렸다. 강남의 유명 일식당 로고가
선명하게 박힌 종이 쇼핑백을 양손에 주렁주렁 든 춘희를 앞
세우고 형석이 사무실 안으로 들어왔다.

"승 대표! 많이 기다렸시? 뇌는 시간이라 차가 엄청 막히

더라."

"알밥이랑 꼬치구이예요. 따뜻할 때 얼른 와서 드세요. 냄새부터 완전 죽여줘요."

춘희가 포장해 온 음식을 응접세트 적송 탁자 위에 주섬주섬 꺼내 놓았다. 1분이라도 빨리 남은 동영상들을 마저 다 보아야겠다는 생각으로 꽉 차 있는 지환의 머릿속에 저녁밥 따위가 들어올 리 만무했다. 고마워야 마땅한 관심과 간섭이 그저 불편하고 버거웠다.

"나는 됐으니까 음식 도로 가지고 나가."

"그러지 마시고요. 지환 형님! 사 온 사람 성의를 보아서라도 좀 드세요."

"됐다고! 좀 나가라고. 혼자 있게."

마음이 초조한 나머지 애꿎은 춘희에게 고함을 지르고 말았다. 놀란 춘희는 눈만 댕그랗게 뜬 채 서 있고, 성질 급한 형석이 파르르 체액이 들끓어 맞고함을 내질렀다.

"야, 이 새끼야! 너 힘든 것 아는데, 그렇다고 니가 이 대목에서 춘희한테 소리를 지르면 안 되지. 이준영 작가랑 영영 헤어진 것도 아니고. 겨우 석 달 열흘 못 보았다고 이 지랄이냐고!"

"형석 형님! 참으세요. 형님까지 왜 이러세요."

춘희가 몸을 날려, 당장 멱살잡이라도 할 기세로 지환에게 달려드는 형석의 허리를 붙들었다.

"아무리 흉허물 없이 지내는 사이라도 지킬 것은 지켜야 할 것 아니야."

"저 괜찮아요. 솔직히 고함은 형님이 더 치잖아요. 만날 입에다 거품 물고. 지환 형님은 제 기억에 지금껏 한 번인가 두 번밖에 없어요."

"이 자식이 근데 지금 누구 편을 드는 거야?"

"편드는 게 아니라 사실관계가 그렇잖아요."

"이걸 그냥 확!"

"봐요, 지금도."

형석과 춘희 둘이서 아웅다웅하는 소리가 시끄럽게 윙윙거렸다. 지환은 퍽퍽한 눈자위를 한쪽 손바닥으로 덮듯이 누르고 긴 한숨을 쉬었다.

"제발 부탁인데, 나 좀 혼자 있게 해 주라."

"그러니까 밥 처먹으라고! 저녁만 먹으면 제발 같이 있어 달라고 바짓가랑이를 붙잡고 늘어져도 미련 없이 갈 거거든."

형석이 으르렁거렸다. 지환은 단순하기 짝이 없는 형석의 우직함에 그냥 헛웃음만 나왔다.

"지독한 새끼!"

"누가 할 소리를……. 아무리 내가 너보다 독하겠냐? 아주 징글징글하다."

"박해진 원장이 요양병원 안에서 촬영한 준영이 관련 동영상 파일을 몇 개 보냈어. 아직 다 못 봤거든. 마저 좀 보자. 혼자 조용히. 제발. 응?"

"뭐야? 진즉 얘기를 하든가. 우리 이 칙가는 질 있내?"

형석이 언제 성질을 부렸냐는 듯 헤실바실 웃으면서 지환의 책상 쪽으로 다가왔다.

"형님! 저도 볼래요. 오랜만에 우리 이준영 작가 예쁜 얼굴 좀 보자고요."

춘희까지 한달음에 달려와 책상 위 노트북 컴퓨터 스크린을 향해 목을 길게 늘여 뺐다. 지환은 얼른 노트북 컴퓨터의 뚜껑부터 내려 형석과 춘희가 동영상을 볼 수 없도록 가렸다.

"집단 상담 치료 받는 모습을 녹화한 거라 준영이만 나오는 것 아니야. 다른 환자들도 몇 명 더 있어. 당사자 동의 없이는 동영상 공개 못 해. 현행 의료법 위반이야."

"이 작가 얼굴이라도 한번 보고 싶어서 그래요. 그것도 안 돼요?"

애절한 눈빛으로 간청하는 춘희를 오히려 형석이 껄렁껄렁한 말투로 뜯어 말렸다.

"내비 둬라. 저 자식 우리한테 절대 동영상 안 보여 준다. 똥구멍까지 꽉꽉 처막힌 고리타분한 성격에 현행법을 위반하겠냐?"

"음식들은 어쩌지요?"

"뭘 또 어째? 도로 다 싸야지. 너랑 나랑 오붓하게 나누어 먹자. 저 자식은 오매불망 그리던 이준영 작가 얼굴이 아른거려서 어디 밥이 목구멍으로 넘어가기나 하겠어?"

음식을 다시 종이 쇼핑백 안에 챙겨 넣는 형석과 춘희의 모습을 멀뚱히 지켜보다가 지환은 멋쩍은 얼굴로 사과의 말을 전했다.

"미안하다."

"됐네요."

형석이 심드렁하니 대꾸했다. 지환도 짐짓 데면데면하게 쏘 았다.

"너 말고 춘희한테 한 말이거든."

그리고 바로 목소리를 다정하게 누그러트렸다.

"형이 소리 질러서 미안해. 다음에 맛있는 것 많이 사 줄게."

"네, 형님!"

"좋냐?"

형석이 떫디떫은 표정으로 비아냥거리자 춘희가 히쭉 웃 는다.

"좋아요."

"지랄 염병하고 자빠졌네."

형석이 앞장서고 춘희가 뒤따라 사무실을 나갔다. 한바탕 파도가 휩쓸고 지나간 바닷가처럼 사무실 안에 묘한 정적이 내렸다.

여덟 번째 동영상에서 준영의 모습은 찾아볼 수 없었다. 금단현상 때문에 준영이 이번 집단 상담 치료에 참석하지 못 했다는 해진의 간략한 설명만 있었을 뿐이다.

지환은 즉시 여덟 번째 동영상을 닫고 아홉 번째 파일의 재생 버튼을 눌렀다. 무선 마우스를 놀리는 손길이 불안정하 게 떨렸다. 마음이 몹시 초조하다.

동영상 속 준영의 얼굴을 확인한 순간 저도 모르게 비명이 터졌다. 손바닥으로 입을 틀어막았다. 당장에라도 아픈 울음이 입술을 뚫고 쏟아져 나올 것만 같았다.

"어떻게 저럴 수가……."

창백하다 못해 파리한 얼굴, 퀭한 눈두덩, 삐쩍 말라붙은 몸피. 생기를 잃은 채 멍하니 앉은 준영의 모습은 흡사 밀랍 인형을 보는 듯했다. 오래전 준수의 장례식 때와 완벽하게 겹쳐 보일 정도로 끔찍했다.

"'노래' 님! 손목은 어쩌다 그랬어요?"

'산마루' 님이 짤막한 턱짓으로 붕대가 칭칭 감긴 준영의 왼쪽 손목을 가리켰다.

"다쳤어요."

준영이 희미한 미소를 지었다. 슬그머니 오른손을 옮겨 왼쪽 손목에 감긴 붕대를 손바닥으로 덮어 가린다. 아무래도 자해의 흔적이지 싶었다.

"제발, 준영아. 그러지 마."

들리지도 않을 말을 소리 내어 이야기하고 지환은 질끈 눈을 감아 버렸다. 이루 다 표현할 수 없을 정도로 참담했다. 할 수만 있다면 당장 동영상 속으로 뛰어 들어가 준영을 이

곳으로 데려오고 싶다. 홀로 외로이 힘겨운 사투를 벌이는
준영을 더 이상 지켜볼 자신이 없었다.

"아직도 프로작 안 먹고 버티는 거예요?"

'백설공주' 님이 글썽글썽 눈물을 매달고 물었다. 준영이
또 흐리마리 웃는다.

"금단현상도 많이 좋아졌어요."

"좋아진 것 아니잖아."
이번에도 지환은 듣지도 못할 말을 소리 내어 이야기했다.
이렇게라도 아픈 속을 풀어야 했다. 아니면 미쳐 버릴 것만
같았다.

"죽자고 안 먹고 버티는 이유가 뭐야?"

'할미꽃' 님이 퉁명스러운 어조로 지환이 묻고 싶은 바로
그 질문을 준영에게 던졌다.

"사랑하는 사람이 있어요. 그 사람 닮은 아이를 갖고 싶어요."

준영이 다시 또 희미하게 미소 지었다. 그 모습이 슬프고

아프고 시려서 차마 견딜 수 없도록 애잔하다.

당신은 매번 웃으면서 이야기하는데 나는 왜 목을 놓아 울고 있는 것처럼 보일까?

우르르 억장이 무너져 내렸다.

"지난 석 달을 누가 면회 한 번 오는 꼴을 못 봤고만. 사랑하는 놈은 무슨……. 때려치워. 그런 싸가지 없는 놈이랑 살면 여자만 힘들어."

"제가 일부러 얘기 안 했어요. 그 사람한테 비밀로 하고 여기 왔거든요."

"아이고! 이런 맹추. 그놈한테 병 있다는 소리도 못 했구나. 쯧쯧."

"그런 것 아니에요. 혹시라도 제 의지가 약해질까 봐서 그 사람한테 얘기 안 한 거라고요."

"아니기는 뭐가 아니야? 뻔하고만. 하기는 누가 정신병 있는 여자를 좋다고 하겠어. 나부터도 우리 며느리가 우울증 걸렸다고 했으면 도시락 싸 가지고 다니면서 우리 아들이랑 결혼 못 하게 말렸을 거야."

'할미꽃' 님이 지레짐작으로 엉뚱한 이야기를 늘어놓았다. 지환은 애타고 갑갑한 마음에 '그 입 좀 다물라'고 소리치고 싶은 것을 간신히 참았다.

준영도 답답했던 모양이다. 남한테 이만큼 가서 서라는 말조차 쉽게 하지 못하는 준영이 목소리를 날카롭게 쏘아 올렸다.

"우울증 걸린 며느리가 뭐가 어때서요? 애 못 낳을까 봐요? 덜컥 유산이라도 할까 봐서요? 아니면 자폐아 낳을까 걱정되어요? 그래서 임신 기간 중 복용해도 괜찮다는데 이렇게 죽기 살기로 프로작 안 먹고 버티잖아요. 행여나 싶은 1퍼센트의 위험까지도 미리 차단하려고요."

"내가 뭘 어쨌다고……. 어이가 없네."

"오늘 '노래' 님이 좀 예민한 것 같습니다. 우리 다른 이야기 하지요."

해진의 점잖은 목소리가 끼어들었다. 준영과 '할미꽃' 님 사이에 한바탕 설전이 오갈 것을 염려하는 듯했다. 준영이 별다른 반응 없이 고개를 틀어 시선을 먼 곳으로 향했다. '할미꽃' 님 역시 알아듣기 힘든 입속말로 몇 마디 불만을 토로하고는 그만이었다.

60분짜리 동영상이 다 끝나도록 준영의 시선은 줄곧 허공 중 어느 한 지점에 멈추어 꼼짝달싹하지 않았다. 아무도 모르는, 그 누구도 알 길 없는 혼자만의 세계에 빠져 어디인가를 헤매는 사람 같았다.

후우, 마지막 동영상 파일을 클릭하기에 앞서 지환은 심호흡부터 했다. 빨리 보고 싶으면서도 막상 보기가 두려웠다. 제발 준영이 우울증과의 싸움을 이겨 내었기를, 하다못해 이겨 내고 있는 중이기를 간절히 바라는 심정으로 영상 플레이어 실행 버튼을 눌렀다.

비좁은 병실과 좁다란 침상이 노트북 컴퓨터 스크린을 채운다. 그 한가운데 환자복을 입은 준영의 모습이 잡혔다. 침상 머리맡 간이 의자를 차지하고 앉은 낯선 여자도 보였다.

세련된 새미 정장 차림의 여자는 병문안이라도 온 것처럼 행동이 자못 자연스러웠다. 눈길을 비키고 앉은 준영을 바라보는 표정 또한 편안했다.

바싹 야월 대로 야위어 가뜩이나 커다란 눈동자가 더 퀭해 보이는 준영의 시선은 초겨울 을씨년스러운 창가에 머무른 채였다. 영 초점이 없다. 무엇을 쳐다보고 있다기보다 어쩌다 그냥 눈길이 그곳에 가서 멈춘 것 같았다.

"오랜만이다."

여자가 침대 머릿장에 등줄기를 기대고 앉은 준영에게 말을 걸었다. 차분히 울리는 목소리가 조금은 다정하고 약간은 사무적이다. 준영은 시선을 여자 쪽으로 돌리기는커녕 어떤 미세한 움직임조차 없었다. 여자가 바라보아 주지도 않는 준영을 향해 빙그레 미소를 지었다.

"이준영! 나 모르겠어? 윤민정. 우리, 의대 같이 다녔잖아. 조별 과제도 함께했는데. 섭섭하다. 박해진 선생님한테 호출 받아 오면서 살짝 기대했거든. 오랜만에 만나는 마음 맞는 동기랑 실컷 수다 좀 떨려고. 우리 동기들 중에서 내가 너랑 제일 친했잖아. 벌써 내 얼굴 잊어버린 거야?"

윤민정이라고 스스로를 소개한 여자가 병실 창가만 묵묵히 쳐다보고 앉은 준영의 기색을 찬찬히 살핀다. 좀처럼 반응이 없는 준영 쪽으로 다가가는 눈빛이 부드러우면서도 일견 날카로웠다.

지환은 민정의 전공 분야가 정신건강의학임을 직감했다. 준영과 의과대학 동기라면 현재 레지던트 4년 차이리라. 개별 상담과 관련, 해진이 민정에게 협력 진료를 요청한 모양이었다.

"새치름하니 말수 없는 것은 학교 다닐 때나 똑같구나. 준영이 너 그때 좀 재수 없었던 것, 알아? 갑자기 너 편입해 들어왔을 때 생각난다. 동기들도 선배들도 완전 난리가 아니었잖아. 영문과에서 의대로 편입이라니……. 불허한다는 조항이 학칙 어디에도 없으니까 딱히 불가능한 일은 아니지만. 그래도 다들 말도 안 되는 소리라고 여겼거든."

민정이 잠시 이야기 소리를 그치고 준영의 눈치를 헤아렸다. 일부러 자극하는 말에도 준영은 도무지 대꾸가 없었다. 이야기를 듣고 있다는 낌새조차 보이지 않았다.

"고관대작의 딸이라는 둥, 재벌가 총수의 숨겨 놓은 사생아라는 둥, 편입생에 대한 억측과 소문이 난무했었지. 실재 너는 지극히 평범

했는데. 아니다. 절대 평범한 게 아니지. 공부라면 다들 한가락씩 한다는 의대생들 사이에서도 너만큼 지독한 공붓벌레는 없었으니까."

역시나 준영은 일절 반응하지 않았다. 이 와중에 준영의 대학 생활이 흥미로운 것은 지환뿐인가 보다. 민정이 심기일전, 어떤 결기가 엿보이는 얼굴로 다시 준영에게 이야기를 건네었다.

"동기 중 하나가 그러더라. 편입생의 비밀이 밝혀졌다고. 이준영이 그 유명한 이준수 선배 여동생이라잖아. 동기들이랑 선배들이 네 편입을 그냥 수긍하더라니까. 하기야 전설이 된 천재 이준수의 친동생이라는데. 무슨 설명이 더 필요하겠어."

그제야 준영의 고개가 머뭇머뭇 움직여 민정에게로 향한다. 준영은 눈꺼풀을 몇 번이나 끔뻑거려 흐리멍덩한 눈동자에 간신히 초점을 맞추었다.

"오빠는, 준수 오빠는…… 정말 똑똑했어. 나는 아니지만."

준영은 오랫동안 목을 사용하지 않은 사람처럼 힘겹게 말소리를 입 밖으로 밀어냈다. 녹슨 쇳소리처럼 들리는 준영의 목소리는 이야기 소리라기보다 흐느낌에 더 가까웠다. 민정이 흐릿한 준영의 눈시울에 똑바로 시선을 맞추고 싱그레 웃었다.

"너는 타고난 천재가 아니라 엄청난 노력가잖아. 도서관에서 너 공부할 때 살짝 무서웠어. 손톱만큼의 여유조차 없어 보였거든. 공부하는 모습이 뭐랄까…… 전투적이었다고 할까?"

"절박했으니까. 그때는 사는 게 투쟁이었으니까."

"그 말 멋지다. 삶은 투쟁이다. Life's a struggle."

"송악정(宋岳庭)이라고 대만 출신 작곡가가 있어. 스물셋에 골육종으로 사망했거든. 생전에 이 사람이 만든 노래 제목이 'Life's a struggle'이야. 삶은 투쟁이고 살아갈 날들은 아직도 많이 남았다. 그런 가사가 나와."

"미인박명 천재요절이라는 말이 맞기는 맞나 보다. 이준수 선배도. 그 대만 작곡가도. 젊음이, 재주가, 너무 아깝다."

"응."

짤막히 고개를 한 번 끄덕이고 준영은 도로 시선을 창가로 옮겼다. 마치 해야 할 이야기를 모두 마친 사람처럼. 혼자만의 세계로 다시 빠져든 준영을 민정은 여전히 따뜻한 눈빛으로 바라보았다.

"있잖아, 준영아! 나 네 팬이다. 만날 시간에 쫓기며 병원에서 새우잠 자는 레지던트가 네가 쓴 드라마는 하나도 빼놓지 않고 다 보았잖아. 데뷔작인 '사이코패스'부터 얼마 전 종영한 '마지막 비상구'까지 몽땅. 내 상황이 상황이다 보니 감히 본방 사수는 못 했지만. 피 같은 돈 꼬박꼬박 결제해 가면서 인터넷 다시 보기로 열심히 챙겨 보았다는 것 아니야."

"고마워."

준영의 시선은 창가에서 움직이지 않았다. 그럼에도 민정의 이야기에는 미세하나마 반응을 보였다.

"졸업하고 너 글 쓴다고 했을 때 동기들이 다들 미쳤다고 쑤군거렸어. 솔직히 나부터도 이해가 안 되더라. 준영이 너 의대 다니는 동안 진짜 미친 듯이 공부만 냅다 팠잖아. 투자한 시간과 노력이 아깝게 무슨 짓인지 모르겠더라고. 이제는 알겠어. 너는 그냥 천생 작가였던 거야. 타고난 글쟁이. 능력까지 빵빵한."

"민정이 너 뉴스 안 봐?"

"뉴스?"

"내가 드라마 작가로 성공할 수 있었던 이유는 좋은 재주를 타고나서가 아니야. 운 좋게 에이전시 회사를 잘 만난 거지. 네 말마따나 능력까지 빵빵한 에이전시를 잡았거든."

"아하! 여름에 한창 시끄러웠던 그 일 얘기하는 거구나. 그게 뭐 어때서?"

"으응?"

창가에 머물던 준영의 시선이 민정 쪽으로 돌아왔다. 눈길이 마주 닿자 민정이 활짝 미소를 지었다.

"기회가 왔을 때 놓치지 않고 잡는 것도 능력이야. 공정 사회를 부르짖지만 우리가 사는 세상은 불공정한 것투성이고. 모두에게 기회가 균등하게 주어지는 일은 어불성설이고."

"데뷔 전부터 '프로덕션 온' 소속으로 회사에서 제공해 주는 편의를 실컷 누렸잖아. 사람들 눈에는 특혜처럼 보일 거야. 사실 내 생각도 그래. 지금의 나는 속 빈 강정 같아. 그냥 허울만 좋은. 이준영이라는 이름 앞에 붙은 드라마 작가라는 타이틀조차 순전히 내 힘으로 딴 게 아니잖아."

"준영이 너 바보니? 드라마 대본 네가 직접 안 써? 고스트 작가라도 고용했어?"

"내가 대필 작가를 둘 리 없잖아."

힘주어 이야기하는 준영의 얼굴빛에 억울한 기색이 번졌다. 민정과 대화를 시작한 이후 준영이 제대로 된 감정을 표현한 것은 처음이었다.

"에이전시가 아무리 대단하다 해도 시청률까지 손대지는 못해. 네가 쓴 드라마 매번 시청률 빵빵 터지잖아."

"시청률은 대본만 좋다고 터지는 게 아니야. 감독 연출력이랑 배우들 연기력이 얼마나 중요한데. 거지같은 대본이라도 감독 연출에 따라 엄청 근사해지기도 해. 반대로 좋은 대본도 발연기하는 배우 만나면 그냥 꽝이고."

"혹시 누가 지랄해? 준영이 너 능력은 한 개도 없는데 능력 빵빵한 애인 만나서 어영부영 성공한 거라고?"

"응."

"대체 어떤 놈이 그래? 감히 이 윤민정의 친구를 건드렸다 이거지. 머리카락을 확 다 뽑아 놓을까 보다."

"말만 들어도 기분 좋다."

"내 남자 친구가 엄청난 부자야. 강남에 으리으리한 병원을 하나 차려 준대. 그 병원이 환자들로 문전성시를 이룬다면 그게 내 능력일까, 내 남친 능력일까?"

"민정이 네 남자 친구 부자야?"

준영이 미소를 머금고 은근슬쩍 화제를 돌리자 민정이 대놓고 눈초리를 쌜그러트렸다.

"야아! 예시라고, 예시. 부자 남친은커녕 가난한 남친도 없다. 너 지금 키 크고 잘생기고 능력까지 두루두루 갖춘 애인 있다고 자랑하는 거지? 외로운 솔로 가슴에 아주 불을 댕기는구나."

"기름도 부어 줄까? 나 결혼했다."

준영이 자랑하듯 이야기하고 왼손을 불쑥 민정 쪽으로 내밀었다. 민정이 양손으로 준영의 왼쪽 손을 붙잡아 쥔 채 이리저리 돌려 보면서 약지에 낀 혼배반지를 부러운 양 관찰한다.

"반지 진짜 예쁘다. 이게 그 유명한 참깨 다이아몬드라는 거구나. 연락도 없이 언제 결혼했어? 뉴스에서도 못 봤는데."

"아직 결혼식은 안 올렸어. 혼인 신고만 했어."

"당연히 '프로덕션 온' 송지환 대표랑 했겠지? 완전 땡 잡았다, 너. 못됐다, 이준영. 한창 신혼이잖아. 남편 독수공방하게 만들고. 내가 너라면 키 크고 잘생긴 데다 능력까지 빵빵한 남편 옆구리에 껌딱지처럼 붙어 있겠다. 당장 내일이라도 데리러 오라고 전화해."

"그럴 수는 없어."

준영이 천천히 도리질을 치고 시선을 또다시 창가로 피했다. 어두운 그림자가 깃들어 번진 준영의 옆모습을 민정이 안타까워하는 눈길로 쳐다보았다.

"병을 극복하고자 하는 의지는 가상한데. 무작정 프로작을 끊는다고 우울증이 완치되는 것은 아니야. 준영이 너도 의학을 공부했으니까 알잖아. 대부분의 정신증이 그렇지만, 특히 우울증은 주변의 사랑과 관심보다 더 좋은 치료제는 없어. 그만 집으로 돌아가. 여기서 혼자 힘들게 이러지 말고. 당장 오늘부터 프로작도 재복용 시작하고. 순리대로 가자. 응?"

준영은 작정하고 말문을 닫아 버린 사람처럼 아무런 대꾸도 하시 않았다. 아랫입술을 잘근 깨물어 문 채 초저녁 어스름이 들이치는 창가 어느 한 지점을 시린 눈으로 더듬고만 있을 뿐.

민정이 깊은 한숨을 지으며 눈자위를 손가락으로 꾹꾹 누르듯이 비볐다. 몹시 피곤해 보였다. 그런데도 준영에게 건네는 말소리만큼은 명랑하고 또 따뜻했다.

"박해진 선생님이 조강은 교수님한테 너희 어머니 상담 부탁한 것은 들어서 알고 있지? 나, 조 교수님 밑에서 레지던트 하거든. 내가 이래 봬도 분당 서울대학병원 정신건강의학과 의국장이야. 어머니랑 개별 상담도 몇 번 했어. 준영이 너하고 의대 동기라니까 되게 반가워하시더라. 어머니가 준영이 네 걱정 많이 해."

준영이 비시시 웃었다. 조금은 어이없어하는, 차마 믿을 수 없다는 양.

"거짓말 아니고. 진짜로 네 걱정 많이 하셔. 지난 10년 동안 당신 가슴에 난 상처만 아픈 줄 알았대. 그래서 준영이 네 상처는 아예 보려고 하지도 않았다고, 후회하시더라."

준영의 아래턱이 하르르 떨렸다. 솟구치는 울음을 참아 내는 준영의 양손을 민정이 다정하게 부여잡는다.

"사실은 오늘 어머니 모시고 오려고 했어. 어머니가 극구 사양하시는 거야. 옛날 못된 버릇 나오면 어떡하느냐고, 너한테 또 모진 소리라도 쏘아붙이면 어찌하느냐고. 그냥 엄마가 많이 미안해한다고. 이 말만 꼭 좀 전해 달래."

준영이 소리도 없이 눈물을 흘렸다. 10년을 넘게 기다려 온 정선의 사과를 마침내 들었으니 그간의 서러움이 북받쳐 엉엉 목이라도 놓아서 울 법도 한데……. 겨우 눈물 한 방울로 길고도 지난했던 세월을 대신하고 만다.

"상담 시작할 때만 해도 굉장히 강퍅하셨거든. 외상 후 격분 장애라는 진단을 받고 말도 안 된다며 팔짝 뛰시더라. 약물치료도 완강히 거부하시고. 그러다 어떤 계기로 어머니 스스로 당신이 아프다는 것을 인정하시게 되었어. 지금은 약도 꼬박꼬박 잘 드시고. 상담 치료에도 적극적으로 임하시고. 예후가 눈에 띄게 좋아지고 있어."

"무슨 계기?"

"어머니가 운전을 하고 가다 사거리 신호등에 빨간불이 들어온 것을 보신 거야. 빨간불을 인식하면 우리는 반사적으로 브레이크부터 밟아 자동차를 세우잖아. 어머니는 빨간불을 보고도 브레이크를 밟아야 한다는 생각이 전혀 안 들더래. 그대로 사거리를 통과하신 거지."

"우리 엄마 다쳤어?"

준영이 화들짝 놀라서 묻자 민정이 엷은 미소와 함께 고개를 가로저었다.

"다행히 교통량이 많지 않던 시간이라 사고는 일어나지 않았어. 충돌 직전에 상대방 차가 경적을 울리면서 옆 차선으로 비켜 나갔다고 하더라. 그때 어머니가 충격을 받으셨던 모양이야. 신호등을 못 본 것도 아니고, 뻔히 빨간불을 인식하고도 브레이크 밟을 생각을 못 한 자신이 불현듯 무서워지더래. 어머니 말씀으로는 사람 죽는 게 진짜 한순간이구나, 싶으셨대."

"자살……."

준영이 말소리를 다 잇지 못하고 질끈 눈을 감아 버린다. 지환도 덩달아 두 눈을 감았다. 빛을 차단당한 새카만 망막으로 준영의 왼쪽 손목에 감긴 새하얀 붕대가 선연히 맺혔다. 짐작대로 자해의 흔적이라면, 준영 역시 정선과 매우 흡사한 경험을 했을 터였다.

"어머니는 자해나 자살 시도는 절대 아니라고 하시지만 내 생각에는 맞는 것 같아. 자살 충동 테스트에서 고위험군으로 나왔거든. 그일을 겪고 당신이 외상 후 격분 장애임을 순순히 받아들이시더라."

"자살하는 사람들은, 어쩌면…… 자신이 죽는다는 사실을 인식하지 못한 채 죽음의 순간으로 뛰어드는지도 몰라. 죽음이 두렵지 않은 사람이 누가 있겠어? 죽고 싶다, 죽고 싶다, 머리로 생각하고 입으로 말하고. 그러면서도 차마 죽지 못하는 것은 죽음이 두렵기 때문이거든. 사는 게 정말 힘드니까. 하루하루 버티는 게 너무 버거우니까. 고통을 그만 끝내자는 갈망이 커질 대로 커져서 무의식중 죽음에 대한 공포조차 뛰어넘게 되는 것인지도. 그런 식으로 의식은 두려움을 차단해 버리고 죽음의 순간을 기꺼이 맞는 것인지도."

"준영아! 너, 혹시……."

조심스러운 민정의 목소리에 당황한 기색이 역력했다.

"지금은 아니고. 전에. 오래전에 약을 먹었어. 죽고 싶어서 먹은 건 아니야. 그냥 끝내고 싶었어. 이대로 잠들어 영원히 깨지 않았으면 좋겠다고. 수면제 한 통을 전부 털어 넣으면서도 죽는다는 생각을 미처 못 했어."

준영의 이야기 소리가 의외로 담담했다. 눈을 뜨고 노트북 컴퓨터 스크린 속 준영의 얼굴을 가만히 응시하는 지환의 목울대로 알싸한 울음 더미가 왈칵 올라왔다 가까스로 내려간다.

"이 상처는 어떻게 설명할 건데?"

민정이 핵심을 짚었다. 준영이 시선을 내려 왼쪽 손목에 감긴 붕대를 물끄러미 쳐다본다.

"죽고 싶지 않아. 살고 싶어. 그 어느 때보나 살고사 하는 열망이 커. 그런데도 정신을 차려 보니까 내가 손목을 긋고 있더라."

"다시 프로작 먹자, 응? 고집 피우지 말고. 박해진 선생님, 요즘 준영이 너 때문에 애간장이 다 녹아. 그리고 네 남편 말이야. 너 이러는 것 송지환 대표가 알면, 그 심정이 어떻겠어?"

"누가 그러더라. 내가 정말로 그 사람을 사랑한다면, 헤어져야 한다고. 우울증 치료제를 복용하는 한 임신을 해도 유산이나 조산할 가능성이 높으니까. 지난 10년 동안 나 때문에 자신의 모든 것을 희생해 온 그 사람한테서 아이까지 빼앗으면 도리가 아니라고."

"누가 그래?"

"그 사람 어머니가. 나는 헤어지기 싫어. 그 사람 없으면 안 되니까. 이기적이라는 것 알아. 그 사람이 혼인 신고라도 먼저 하자고 얘기했을 때, 겉으로는 펄쩍 뛰면서도 속으로는 정말 기뻤어. 안도감이 들더라. 아직은 그 사람이 나를 사랑한다는 뜻이니까. 나도 그 사람한테 뭐든 다 해 주고 싶어. 마음은 하나 가득인데, 막상 내가 해 줄 수 있는 일이 아무것도 없어."

준영이 울음을 터트렸다. 아예 목을 놓아서 엉엉 울어 버린다.

급하게 자동차 열쇠를 챙기는 지환의 두 뺨에도 뜨거운 눈물이 흘러내렸다.

Chapter 14

지금 그대로의
모습으로

한밤중 선잠에서 깨어난 준영은 눈을 뜨자마자 알 수 없는 기운에 휩싸였다. 희미한 달빛 아래 잠긴 병실 안에 익숙하면서도 낯선 기운이 감돌았다. 흐리마리한 정신을 애써 차리려 몇 번이나 눈꺼풀을 깜빡거렸다.

처음에는 꿈을 꾸는 줄로만 알았다. 보고 싶은 마음이 너무도 커서 무의식중 그리움이 만들어 낸 환상쯤으로 여겼다. 푸르스름한 달빛이 들이치는 창가 간이 의자에 지환이 석상인 듯 고요히 앉아 있다.

준영은 하릴없는 데자뷔를 느꼈다. 아니다, 생각해 보니 전에 분명 이와 비슷한 상황을 겪은 적이 있었다. 굳이 기억을 더듬을 필요도 없이 어느 한순간 머릿속에 그날 그 새벽의 일늘이 또렷하게 되살아났다.

자몽 주스에 섞인 드라이 진 한 잔에 정신을 잃고 쓰러진 그 밤, 동살이 퍼지는 새벽녘 눈을 떴을 때도 지환은 지금처럼 창가를 등진 채 미동조차 없이 앉아 있었다. 침대에 모로 누운 준영의 얼굴을 뚫어져라 응시하고서.

올곧게 달려드는 그 눈빛이 몹시도 뜨거워 너무도 버거웠던 기억이 새롭다. 입술은 물론 입안과 목구멍까지 버썩 말라붙어 버리는 지독한 갈증 속에서 가슴이 홧홧하도록 따가웠었는데……

오늘은 명치 아래에서부터 목울대를 치고 올라와 결국 코끝에 맺히고 마는 지독한 슬픔으로 인해 가슴이 홧홧하도록 쓰라렸다. 침대 위 그녀를 향해 변함없이 올곧게 다가서는 지환의 눈빛이 몹시도 시려서 너무도 아프다.

"나 때문에 깼어?"

"아니요. 요새 잘 못 자요. 어떻게 알고 왔어요?"

"석 달 열흘 내내 박해진 원장을 졸랐어. 오늘에야 당신이 여기 있다고 알려 주더라고."

"밤길 운전 위험한데. 내일 환한 낮에 오지 그랬어요?"

"보고 싶어서. 빨리 보고 싶어서."

어두움 속에서 인광을 뿜는 애틋한 눈동자와 가까스로 초점을 되찾은 눈동자가 마주쳤다.

"나도 대표님 보고 싶었어요. 아주 많이."

"전에 당신이 나한테 물었지? 10년 전 사고를 두고 당신 원망하지 않느냐고. 맹세컨대 당신을 원망한 적은 결코 없었어. 입으로든, 머리로든, 가슴으로든. 단 한 번도, 단 한순간도 원망하지 않았어. 대신 하늘을 원망했지."

적막한 병실을 가로질러 울리는 지환의 목소리는 처음 사랑을 고백하던 그 새벽처럼 깊으면서도 느리고 침착했다.

준영은 무슨 이야기라도 하려는 마음에 잇달아 입술을 달싹거렸다. 그러나 적당한 단어를 선택해서 제대로 된 문장을 만들 수가 없었다. 머릿속이 짙은 안개가 낀 것처럼 몽롱했다.

준영이 아무런 말도 못 하고 가만히 있자 지환이 나지막한 음성으로 다시 이야기를 이었다.

"원망을 담아 하늘에 대고 수천 번도 더 물었던 것 같아. 왜 하필이면 나냐고. 이제야 그 이유를 알았어. 우리는 서로 만날 수밖에 없는 운명이었던 거야. 지구상 수많은 사람들 중에서 나는 당신을 만나야 했고, 당신은 나를 만나야 했고. 그날 그 사고마저도 우리 둘의 운명이었던 거야."

이번에도 준영은 무슨 말이든 하기 위해 입술을 열었다가 도로 닫기를 서너 번쯤 반복했다. 꺽꺽거리는 소리가 바싹 마른 목구멍을 뚫고 입 밖으로 흘러 나왔다. 말소리가 아니라 도리어 울음소리 같았다.

한 번 더 입술을 달싹거렸다. 제아무리 안간힘을 써도 제대로 된 목소리는 도무지 나오지 않았다.

"7년 전 전속 계약 때문에 당신이 사무실로 찾아왔을 때 기도의 응답이라고 생각했어. 사고 이후 3년을 꼬박 당신을 다시 만나야 한다는 간절한 바람으로 순간순간 하늘에 빌었거든. 내가 당신한테 뭐라도 해 줄 수 있다는 것이 마냥 행복하고 좋았어. 당신이 나한테 와서 곁에 머무른 매 순간이 더없이 벅차기만 했거든. 그런데 기적과도 같은 일이 일어난 거야. 당신도 나를 사랑한다는 기적. 감히 상상도 못 했어. 함부로 꿈도 꾸지 않았고. 그저 당신이 내 곁에 오래오래 있어 주기만을 바라고 또 바랐지. 당신을 만나 사랑할 수밖에 없었던 것이 애초 내 정해진 운명이라면, 당신의 사랑은 내 생애 가장 아름다운 기적이야."

준영은 누웠던 몸을 천천히 일으켜 세웠다.

흡사 꿈과 현실 사이 불분명한 경계선 어디쯤에 앉아 있는 듯 눈앞에 보이는 지환의 얼굴이 못내 아스라하다. 묵직하게 눌리는 머릿속 또한 흐릿할 뿐이다.

고개를 빠르게 흔들고 손가락으로 눈을 비벼 맑은 정신을 찾으려 노력했다. 다행히 자우룩이 낀 머릿속 안개가 점차 걷혔다.

"대표님한테 내가 해 줄 수 있는 일이 아무것도 없어요."

"당신 존재 자체가 나에게는 위로면서 용기가 돼. 내가 살아가야 할 이유. 당신한테 바라는 것은 오로지 하나밖에 없어. 내 곁에 영원히 머무르는 것."

"먼저 프로작부터 끊고요."

"비를 맞고 걸어가는 사람한테 가장 절실한 것은 우산이 아니라 그 비를 함께 맞아 줄 수 있는 사람이야. 당신이 내 우산이 되기를 바라지 않아. 나 역시 내리는 비를 막아서는 당신의 우산이 될 생각은 없어. 솔직히 그럴 만한 능력도 못 되고."

"하지만……."

조심스러운 준영의 말소리를 중간에서 지환이 단호히 무질렀다.

"당신과 함께 비를 맞으며 걸어갈 각오는 이미 되어 있어. 그 비가 한때 소나기든, 지루한 장마든, 아니면 거친 폭풍우라 할지라도 나는 당신과 함께 갈 거야. 끝까지. 그 끝이 어디든 무엇이든 상관없어. 당신은 그냥 이리 와서 내 옆에 서기만 하면 돼. 지금 모습 그대로."

자리에서 일어난 지환이 어서 오라는 재촉인 양 준영을 향해 두 팔을 넓게 벌린다.

준영은 와락 울음을 터트렸다. 동시에 어떠한 주저함도 없이 침대에서 구르듯 바닥으로 내려가 무작정 달렸다.

곧장 품 안으로 뛰어드는 준영을 지환이 양팔로 단단히 감싸 바투 끌어안는다. 몸이 다 바스러지도록 힘을 주어서 꽉.

준영 또한 온 힘을 다하고 온 마음을 다해서 마주 지환을 안았다. 그제야 제대로 숨이 쉬어진다. 살 것 같았다. 오랜 방황을 끝내고 마침내 집에 돌아온 것처럼 지난 석 달하고도 열흘을 넘게 출렁이기만 하던 마음이 잔잔히 가라앉았다. 문득 모든 것이 안온하다.

"집에 가자."

Chapter 15

그후로
오래오래

2014년 12월 29일 월요일 오후.

"죄송해요."

허리를 깊이 숙이는 준영의 어깨를 찰리 홍이 가볍게 도닥였다. 비음이 많이 섞인 높다란 목소리가 둥글게 굽은 준영의 등줄기에 와서 닿는다.

"겨우 이깟 일에 무슨 사과야? 이러면 나 자기한테 섭섭해."

허리를 곧게 세운 준영은 멋쩍어 그냥 헤 하고 웃어 버렸다. 여자라면 누구를 막론하고 무조건 '자기'라고 부르는 찰리의 입버릇이 언제나 낯설고 어색했는데, 오늘은 그 호칭마저도 살가워서 좋았다.

한밤중 '늘푸른 요양병원'으로 그녀를 데리러 온 지환을 따라 야반도주하듯 작업실로 돌아온 그날 이후로 벌써 일수일

넘게 구름 위를 둥둥 떠다니는 시간을 보내고 있다. 세상이 온통 장밋빛으로 보였다.

"일정이 빠듯한 상황인데도 흔쾌히 드레스 협찬 허락해 주셔서 정말 감사해요."

"이미 밖에서 송 대표한테 귀에 딱지가 앉도록 들었어. 고맙다는 말도 이제 지겹다. 자기야, 우리 그만하자."

"저는 참석할 마음이 없었거든요. 나경필 국장님이 하도 통사정을 해서 오늘에야 가겠다고 알렸어요. 밀라노·파리 패션 위크 준비로 선생님 바쁘신데 죄송……."

물색없는 변명을 늘어놓고 버릇처럼 사과의 말을 입에 담았다가, 제법 사납게 흘겨보는 찰리의 눈초리에 혼자 주눅이 들어 준영은 얼른 목소리를 흐트러뜨렸다. 찰리가 날카로운 눈꼬리를 위로 말아 올리며 빙긋이 미소 짓는다.

"방송국에서 그렇게까지 나올 정도면 자기 이번 SBC 연기 대상에서 작가상 수상하겠다."

"아니에요. 쟁쟁한 선배들도 많은데. 저는 아직 멀었어요."

"후보에는 올랐지?"

"네."

"내 감을 믿어. 올해 '마지막 비상구' 진짜 좋았어. 이 나이에 주책없이 펑펑 울면서 보았다니까. 그래도 엔딩은 자기가 너무했어. 최소한 우리 강장제 커플 만나게는 해 주고 엔딩 크레디트를 올렸어야지."

"강장제 커플이요?"

"강주원과 장해서. 두 사람 볼 때마다 심장이 쫄깃거리고 현기증이 일어서 일단 강장제부터 한 병 마시고 '마지막 비상구' 본방 사수해야 한다고 누리꾼들이 붙인 별명이야. 자기 몰랐어?"

"전혀요."

준영은 고개를 저었다. 드라마 방영 중에는 공연히 마음이 흔들릴까 우려되어 시청자 게시판을 멀리했고, 종영 후에는 요양병원에 들어가 우울증이라는 고약한 녀석과 사투를 벌이느라 세상 돌아가는 상황에 귀 기울일 여력이 없었다.

"여기서 자기 마음에 드는 것으로 하나 골라."

찰리가 덥석 준영의 손목을 붙잡아 쥐더니 화려한 드레스가 일렬로 걸린 스탠드 옷걸이 쪽으로 이끌었다. 어림잡아 스무 벌은 되어 보임직한 각양각색의 드레스를 준영은 난감한 눈길로 훑었다.

"선택지가 너무 많아요. 전처럼 선생님이 알아서 골라 주세요."

"만든 사람 취향이 아니라 입을 사람 취향에 맞아야지. 일단 찬찬히 보면서 자기 눈에 예뻐 보이는 것으로 서너 개 찍어."

"제 눈에는 다 예뻐요."

"차례대로 전부 입어 보든지."

"그럴까요?"

색살노 보앙노 실이노 세긱픽인 드레스를 하니하니 훽인

해 나가던 준영의 손길이 한순간 멈추었다. 놀라움과 반가움이 묘하게 뒤섞인 말소리가 등 뒤편 찰리에게 향했다.

"선생님, 이것⋯⋯."

"어머! 그게 왜 거기 가 있지? 우리 박윤희 실장이 뭔가 착각한 모양이야. 그 아이는 빼고 골라. 그나저나 용케도 알아보네."

찰리가 빙그레 웃으면서 두어 걸음쯤 떨어져 있던 거리를 좁혀 가까이 다가왔다. 문제의 드레스를 옷걸이째 들어 올리자 A라인 특유의 풍성한 치맛단이 사부작사부작 흔들린다.

준영은 새록새록 떠오르는 추억에 젖어 잠자리 날개옷 같은 새하얀 능사자락을 가만히 손바닥으로 쓸었다.

"어떻게 잊겠어요."

"이 드레스 보니까 자기 우리 숍에 처음 왔을 때 생각난다. 벌써 3년 넘었지?"

"네. 2011년 8월 31일이었으니까 3년 4개월이 지났네요."

"세상에! 날짜도 기억해?"

"그날 '서울 드라마 어워즈'에서 제가 이 드레스 입고 작가상 수상했잖아요. 당연히 못 잊지요."

"그러네. 죽을 때까지 잊으려야 잊을 수도 없겠다. 그날 딱딱하게 굳은 표정의 송 대표 손에 이끌려서 숍 안으로 들어오는 자기 모습이 잔뜩 겁을 집어먹은 새끼 고양이 같았어. 어디인지 모르게 보호 본능을 일으키는⋯⋯."

찰리가 새하얀 능사 드레스를 스탠드 옷걸이 맨 끝으로 옮

겨 걸었다. 그 움직임을 준영은 내내 미련이 담긴 시선으로
좇았다.

"선생님! 저 부탁이 한 가지 있는데요."

"뭐?"

"그 드레스요. 제가 사고 싶어요. 저한테 파세요."

준영은 간절한 심정으로 이야기했다. 찰리가 돌연 오홍홍
홍 하면서 특유의 높고 굵은 톤으로 웃었다.

"이를 어째? 이것 이미 팔렸어."

"네에?"

어깨가 축 처지도록 낙담하는 준영과 달리 찰리는 오홍홍
홍 웃기만 했다.

"웬 멋진 남자가 사고 싶다고 그러기에 나야 얼씨구나 좋
다고 팔았지. 근데 그 남자도 웃긴 게 드레스를 구입만 해 놓
고 당최 찾아가지를 않아. 벌써 3년하고도 4개월이 되었고
만. 보관료 톡톡히 받아 내야겠어."

"설마……."

준영의 눈동자가 점점 휘둥그렇게 커졌다. 가지런히 모은
두 손으로 입을 가린 얼굴에 낙담 대신 기대감이 깃든다. 찰
리가 웃음기를 지워 낸 진중한 표정으로 고개를 큼지막하니
끄덕였다.

"자기 짐작이 맞아. 언제인가 내가 송 대표한테 물었어. 선
물하려고 산 것 아니냐고. 왜 이 작가한테 안 주느냐고. 송 대
표가 난감한 듯 비시시 웃으면서 그러는 거야. 도망갈까 무서

워서 못 주겠다고. 이 드레스가 선녀 날개옷이라도 되냐고 또 물었지. 차라리 날개옷이면 좋겠대. 아이 셋만 낳으면 영원히 옆에다 붙잡아 둘 수 있을 테니까. 무슨 사연인지 궁금한데도 차마 더 이상 묻지를 못했어. 더없이 담담한 송 대표 얼굴이 내 눈에는 한없이 슬프게만 보였거든. 피도 눈물도 없다는 냉혈한 '청담동 사디스트 송'이 실상은 21세기 최고의 로맨티스트라는 것을 나는 오래전부터 눈치채고 있었으니까."

준영은 코끝에 와서 맺히는 알싸한 울음기를 손바닥으로 문질러 지웠다.

"제가 입어도 되지요? 어차피 제 것이라면서요."

"이 드레스 입고 하늘로 날아가 버리면 송 대표한테 나만 혼날 텐데? 그날 있지, 자기가 입고 왔던 드레스 말이야. 크리스티안 디올이었나? 충분히 섹시하고 멋진데 왜 굳이 이 드레스로 갈아입히려고 하냐니까 송 대표가 죽일 듯이 나를 노려보는데……. 아이고! 오금이 다 저리더라."

찰리가 짓궂게 장난을 걸었다. 준영은 눈시울에 걸린 눈물을 닦아 내고 함박 웃었다.

"그 드레스 입고 버진 로드로 걸어갈 거니까 걱정 마세요."

"어머! 어머! 어머! 드디어 날 잡았구나."

손뼉을 치며 아이처럼 좋아하던 찰리가 새하얀 능사 드레스를 준영의 품에 안겨 주고 고풍스러운 병풍 가리개 뒤쪽으로 등을 떠밀었다.

"자기 이러고 있을 때가 아니야. 얼른 입어 봐. 말 나온 김에 손볼 데 있나 당장 피팅부터 하자."

"선생님, 낼모레 연기 대상 시상식 때 입을 드레스⋯⋯."

"그게 뭐가 중요해. 웨딩드레스부터 해결하고."

방방방 뛰어다니는 찰리의 흥분한 발소리가 가리개 안쪽에 서 있는 준영의 귀에도 고스란히 들렸다. 내부 인터폰으로 총괄 매니저 박윤희 실장을 찾는 목소리마저 잔뜩 들뜬 상태였다.

"작업실에 가서 그것 좀 가져와. 그게 뭐냐고? 엊그제 이태리에서 들여 온 실크레이스 원단. 그래, 맞아. 이번 컬렉션 피날레 작품에 쓰려고 주문한 것. 지금 바로 드레스 룸으로 가져 와."

스스로 어찌어찌 드레스 지퍼를 올린 준영은 풍성한 치맛자락을 양손으로 대강 수습해 붙잡고 가리개 바깥쪽으로 나왔다.

"선생님, 저 다 입었어요."

인터폰 수화기를 제자리로 되돌린 찰리가 시선을 들어 준영을 쳐다보았다. 후다닥 핀쿠션을 찾아 왼쪽 손목에 차고 준영을 향해 쪼르르 달려왔다. 활짝 미소 짓는 얼굴이 예순의 나이가 무색할 만큼 천진난만했다.

"역시 자기한테 딱이다. 어쩜 이렇게 곱고 예뻐? 어디 하나 흠잡을 데가 없네, 진짜. 근데 자기 왜 이렇게 홀쭉해졌어? 얼굴이 조금 상한 것 같기는 했어도 워낙 혈색이 좋아 보여서 아싸는 몰랐네. 어니 아팠어?"

찰리가 헐거워진 준영의 허리선을 뒤로 바짝 당겨 핀으로 고정시키면서 물었다.

"네, 조금."

준영은 대답을 에둘렀다. 석 달 넘게 요양병원에 가 있었다는 말까지 굳이 덧붙여야 할 이유는 없어 보였다. 찰리가 안쓰러움에 혀를 찬다.

"저런! 많이 아팠나 보네. 그래서 아까 송 대표가 안절부절 못했구나. 불면 날아갈까, 만지면 부서질까, 아주 자기 숨소리 하나에도 어쩔 줄을 몰라 하더라. 그 대단한 남자한테 그런 대단한 사랑을 받는 기분이 어때?"

"뭐, 그거야……."

준영은 새빨갛게 달아오른 두 뺨을 양쪽 손등으로 꾹 눌렀다. 얼굴이 화끈거려 손부채로라도 식히고 싶지만 찰리가 더 대놓고 놀릴 것 같았다.

"그렇게 좋아?"

"……네."

"부끄러워하면서도 할 말은 다 하네."

오홍홍홍 웃음소리를 쏟아 내는 찰리의 등 뒤에서 짤막한 노크 소리가 들리고 출입문이 열렸다. 헐레벌떡 안으로 들어서던 윤희가 드레스를 입은 준영의 모습에 화들짝 놀라 입을 쩌억 벌린다.

"이 작가님! 그거 입으려고요?"

"네. 이상해 보여요?"

"아니요. 예뻐요. 눈썰미 좋은 네티즌 수사대한테 걸릴까 걱정되어서요. 시상식 드레스도 돌려 막기 하냐는 소리 분명 나올 거예요."

"이것 SBC 연기 대상에 입고 갈 것 아니에요."

"결혼식 때 입을 거야. 빨리 그거나 이리 가져 와."

준영과 찰리의 이야기가 어리둥절해하는 윤희에게 한꺼번에 날아가 닿았다. 가슴에 고이 모시고 온 실크레이스 원단을 찰리에게 전해 주고 윤희가 강중강중 뛰었다.

"어머! 어머! 어머! 축하해요, 이 작가님!"

반응이 아까 찰리 때와 영락없이 똑같다. 30년을 묵묵히 같은 길을 함께 걸어온 동역자는 마치 부부처럼 소소한 것까지 닮아 가는 모양이었다.

"고맙습니다."

"선생님, 이것 베일 만드실 거예요?"

윤희가 실크레이스 원단을 준영의 정수리 위로 덮어씌우는 찰리를 도우면서 물었다. 찰리가 요리조리 바삐 양손을 놀리며 윤희의 의견을 구한다.

"드레스가 워낙 청초하고 단순해서 베일은 화려해야 될 것 같지? 이런 식으로."

"멋있어요. 등 뒤로 바닥까지 길게 늘어트리면 굉장하겠어요."

"이렇게?"

"네. 완전 환상이에요. 한 폭의 그림 같아요."

"머리에는 티아라가……. 아니다. 화관이 낫겠다. 크림색 장미로 할까?"

"보랏빛 장미는 어떠세요? 서양에서는 신부가 결혼식에 파란색 소품을 가지고 들어가면 행운이 온다고 하잖아요. 말이 보랏빛이지 실재는 파란색에 더 가깝거든요."

"보랏빛 장미 꽃말이 뭐야?"

"영원한 사랑일 거예요."

"지난번 서울 패션 위크 때 우리 무대 장식했던 플로리스트 이름이 뭐였지?"

"오영주 씨 말씀하시는 거예요?"

"어. 그리 연락해. 내가 신부 부케랑 화관 디자인해서 넘길 테니까 똑같이 만들어 달라고. 보랏빛 장미로."

찰리와 윤희는 드레스 룸 한가운데 준영을 마네킹처럼 세워 두고 일사천리로 일을 진행시켜 나갔다. 그 와중에도 가위를 놀리고 핀을 이용해 멋들어진 베일을 거의 완성품에 가깝게 만들어 냈다.

마지막으로 윤희가 자기 머리카락 속에 꽂힌 실핀을 몇 개 주섬주섬 찾아 빼더니 화려한 실크레이스 베일을 준영의 정수리에다 정확하게 고정을 시킨다.

"베일이 워낙 길어서 장식까지 달면 결혼식 날 자기 목 꽤나 아프겠다. 웨딩드레스치고는 조금 밋밋한 느낌이니까 요쪽 가슴 부분에만 진주 장식을 좀 달자. 어때?"

찰리의 질문에 반쯤 넋이 나갔던 준영은 그제야 정신을 차렸다.

"선생님 작품이니까 선생님이 알아서 해 주세요."

"일평생 단 한 번 입는 웨딩드레스야. 나중에 후회하지 말고 원하는 것 있으면 다 얘기해. 내가 해 줄게. 결혼 선물이야."

"아니에요. 저한테 꼭 비용 청구하세요. 이 베일만 해도 원단 가격이 어마어마할 것 같은데."

"자기 자꾸 이러면 나 화낸다. 결혼식 날만큼은 자기 머리 끝에서 발끝까지 내가 책임져. 찰리 홍 이름을 걸고."

"제가 죄송해서 그래요."

"자기랑 나 사이에 죄송하다는 말은 있기, 없기?"

준영이 아무 말도 못 하고 난처한 표정만 짓고 서 있자 찰리가 쌜쭉 눈을 흘겼다.

"있기, 없기?"

"……고맙습니다."

"정 그렇게 고마우면 나중에 송 대표랑 함께 내 쇼 피날레에 한 번 서 주든가."

"저처럼 볼품없는 사람도 모델로 괜찮으시다면 한 번이 아니라 두 번도 서 드릴게요."

"자기 약속했다?"

"네."

다정히 오가는 찰리와 준영의 대화 속으로 윤희가 가만히 끼어들었다.

"송지환 대표 데리고 올까요? 아까부터 초조하게 기다리던데."

"천하의 송 대표가 초조해해?"

찰리가 의외라는 듯이 묻자 윤희가 깔깔 웃으면서 대답했다.

"커피 한 잔 가져다주었더니 마시는 시늉만 하고 창가에 서서 오락가락하는 중이에요."

"얼른 가서 데려와. 이준영 작가 웨딩드레스 입었다는 소리는 하지 말고."

"말씀 안 하셔도 그 정도 센스는 저도 있어요."

윤희가 부질없이 입술을 삐쭉거리고 잽싸게 밖으로 달려나갔다. 출입문이 요란한 소리를 내면서 닫혔다. 찰리가 짧게 혀를 내둘렀다.

"낼모레 50인데 아직도 애 같아."

"두 분 잘 어울리세요."

"예끼! 스무 살 적부터 보아 온 딸 같은 아이야."

"겨우 열다섯 살 차이라면서요?"

"열다섯 살이 어떻게 겨우야? 띠를 한 바퀴 돌고도 3년을 더 지나는데."

"박윤희 실장 생각은 아마 다를걸요. 다음에 잊지 말고 물어보세요."

준영은 부러 생글생글 웃었다. 쑥스러워 시선을 피하는 찰리가 10대 소년처럼 얼굴을 붉힌다.

그때 출입문이 조용히 열렸다.

"드레스는 다 골라……."

지환이 성큼 안으로 들어오던 발걸음을 멈추고 멍하니 준영을 응시한다.

한참을 우두커니 바라보고만 있다가, 어느 한순간 눈자위가 하르르 떨리고 기도하듯이 모은 두 손을 앙다문 입술로 가져간다. 촉촉하게 젖은 두 눈을 질근 감으며 고개를 외로 비트는 지환의 모습은 벅찬 감동 그 자체였다.

준영은 솟구쳐 오르는 뜨거운 눈물을 가까스로 삼켰다. 울지 않으려 아랫입술을 꽉 깨물어 물었다.

갑작스러운 해일처럼 한꺼번에 들이닥치는 감격에 함빡 취한 두 사람만 남겨 둔 채, 찰리는 까치발로 방을 나가 여태 문손잡이를 붙잡고 서 있는 윤희의 손목을 쥐었다. 소리도 없이 출입문이 닫혔다.

준영은 사뿐히 다가가 지환 앞에 섰다.

"마음에 들어요?"

"엄청."

눈을 떠 준영을 바라보는 지환의 눈시울이 우련 붉었다. 준영은 먼저 눈을 맞추고 한껏 발돋움해 입을 맞추었다.

"나랑 결혼해 줄래요?"

"기꺼이."

지환이 싱그레 웃는다. 눈물진 두 뺨에 옴폭 파인 보조개가 새삼스러웠다. 준영도 활짝 미소를 지었다. 곱게 휘어 올라간 눈자위에 그렁그렁 눈물방울을 매달고서.

"사랑해요."

"나도 사랑해."

누가 먼저라 할 것도 없이 서로가 서로를 품에 안고 입술을 하나로 포갰다. 달콤한 입맞춤이 자꾸만 깊어져 간다.

*****

2016년 12월 24일 토요일 늦은 밤.

하루 온종일 검질기게도 울어 대던 제비갈매기 울음소리가 잦아든 남국의 바다는 더할 나위 없이 잔잔했다.

차랑거리는 파도가 이따금씩 뱃전에 와서 부딪힐 뿐 크리스마스라는 절기가 무안할 만큼 남극에서 불어오는 바닷바람은 온후하며 자애로웠다.

준영은 요트 난간에 팔꿈치를 올려 괴고 그 위에 상체를 비스듬히 기대었다. 하나로 잇닿은 바다와 하늘을 뒤덮은 짙푸른 어두움 탓인지, 아니면 살랑살랑 머리카락을 쓸며 지나는 포근한 미풍 때문인지……. 문득 지난 2년의 시간이 주마등처럼 머릿속을 스쳐 지난다.

찰리의 예감은 여지없이 적중해, 준영은 두 해 전 SBC 연말 연기 대상에서 '마지막 비상구'로 작가상을 수상했다.

김태규 PD가 감독상을, 마해나가 여자 연기자 신인상을, 강빈이 최고의 영예인 대상을 수상한 데다 작품상까지 휩쓸어 버리는 바람에 '마지막 비상구'는 문자 그대로 그해 최고의 드라마로 우뚝 자리매김했다.

"우리는 모두 이름을 불러 주는 누구인가에게로 가서 잊히지 않는 하나의 의미가 되기를 원한다는 김춘수 시인의 '꽃'이라는 시가 불현듯 떠오르는 밤입니다. 단순한 활자에 지나지 않는 시나리오가 잊히지 않는, 의미 있는 드라마가 될 수 있도록 아름답고 빼어난 영상으로 그 이름을 불러 준 김태규 감독을 비롯한 모든 제작 스태프에게 먼저 고맙다는 말을 전하고 싶습니다. 밤잠을 잊은 여러분의 수고와 노력이 '마지막 비상구'의 주춧돌이었음을…… 그저 평면적 뼈대에 불과한 시나리오상의 캐릭터에 살을 입히고 혼을 더해, 강주원과 장해서라는 이름이 시청자들 가슴에 잊히지 않는 하나의 꽃으로 피어날 수 있도록 해 준 강빈 씨와 마해나 씨. 당신들의 메소드 연기*는 정말 멋졌습니다. 박형근 선생님을 필두로 '마지막 비상구' 각각의 등장인물이 살아 숨 쉬는 존재가 되도록 만들어 준 연기자들. 모두모두 고맙습니다. 끝으로 이 세상에서 내가 나를 사랑하는 것보다 나를 더 사랑해 주는 당신…… 지난 11년 내가 기억하는 세상은 언제나 비바람이 불고 있었습니다. 험한 폭풍우 속에서도 쉬이 무너지지 않고 계속 앞을 향해 나아갈 수 있었던 것은 당신이 나와 함께 나란히 걸으며 비바람을 같이 맞아 주었기 때문입니다. 우리 두 사람 끝까지 함께 가자는 당신의 굳은 약속은 사방이 온통 암흑뿐이던

---

*메소드 연기(Methode Acting):극중 인물과 배우 자신을 동일시하는 극사실주의적 연기 스타일.

내 삶의 마지막 비상구였습니다. 사랑합니다. 아주 많이 사랑합니다."

눈물바다를 이룬 준영의 수상 소감이 새해 벽두부터 유튜브에 올라 단 일주일 만에 조회수 백만을 넘기는 대기록을 달성하기도 했다.

한국판 로미오와 줄리엣으로 불리는 지환과 준영의 사랑을 응원한다는 세계 각국 누리꾼들의 댓글이 동영상 아래 수도 없이 달렸다.

우리말과 영어로 작성된 응원 댓글을 일일이 손글씨로 정성껏 옮겨 적어 만든 액자를 춘희는 결혼 선물이라며 가져와 신부 대기실에서 건네주었다.

북받치는 감동을 어떻게 표현할 길이 없어 고민하다, 준영은 결혼식 직후 춘희 쪽으로 웨딩 부케를 던져 줌으로써 고마운 마음을 대신했다.

신부 들러리를 맡은 민정과 진주가 나서서 신랑 들러리가 부케를 가져가는 것은 불공정한 일이라며 억울함을 호소했다.

그럼에도 춘희는 피로연을 마치고 형석과 함께 집으로 돌아가는 그 순간까지 은은한 투톤 컬러의 보랏빛 장미다발을 품 안에서 결코 내려놓지 않았다.

검정색 캐시미어 모닝코트를 똑같이 맞추어 입은 춘희와 형석은 전에 볼 수 없던 다정한 모습을 하고 서서, 각자 배낭

하나씩 어깨에 들쳐 메고 신혼여행을 떠나는 준영과 지환을 환한 웃음으로 배웅했다.

준영과 춘희가 헤어지는 아쉬운 마음을 포옹으로 달래기 원하였지만 지환과 형석이 눈에 불을 켜고 달려들어 말리는 통에 둘의 뜨거운 포옹은 끝내 성사되지 않았다.

남자들의 질투란, 참…….

작년 12월 대통령 선거를 앞두고 귀국할 때까지 준영과 지환은 '길고 지루한 신혼여행'이라는 엉뚱한 모토 하에 근 1년 가까운 시간을 배낭여행객으로 세계 곳곳을 누비며 떠돌아 다녔다.

유럽의 낡고 거대한 고성들, 뉴욕 뒷골목 클램 차우더 가게, 피눈물을 간직한 황금의 땅 마야와 잉카, 울울창창한 아마존 정글, 피라미드가 즐비한 왕가의 계곡, 적자생존만이 존재하는 세렝게티 초원, 고비와 타클라마칸 사막 사이의 초승달 왕국 누란, 살아 있는 여신 쿠마리의 한숨 속에 피어난 카트만두.

어느 날에는 진한 감동을, 어느 때에는 무너지는 슬픔을, 어느 순간에는 인생을 돌아보는 성찰을, 준영과 지환은 세상 여러 곳을 구경하는 동안 내내 즐기고 느끼며 가질 수 있었다.

여행을 떠나기 전보다 몸과 마음이 조금은 풍요로운 사람이 되어 서울로 돌아온 둘은 겨울 한 철을 가회동 본가에서 지내고 다시 짐을 꾸렸다.

현직 대한민국 대통령의 아들과 며느리로 살기에는 한반

도가 너무 비좁으리라는 판단 때문이었다.

"우리 어디로 가요?"
"글쎄……. 어디 가서 살고 싶은 데 있어?"
"대표님과 함께라면 어디든 상관없어요."

제법 스스러운 소리를 준영이 낯조차 붉히지 않고 데면데
면 이야기하자 지환이 껄껄껄 웃었다.

"이제 아줌마 다 됐네. 부끄러워하지도 않고."
"그래서 싫어요?"
"아니. 그럼에도 불구하고 더 좋아. 미치도록. 이를 어쩌지?"

이번에는 준영이 까르르 소리를 내어 웃었다.

"낼모레 마흔인 아저씨가 이렇게 귀여우면 안 되는데. 반칙이
라고요."
"무슨 소리! 아직 생일 안 지났으니까 만으로 여전히 서른여섯
이라고. 아메리칸 스타일 몰라?"
"치이!"

비죽 샐그러진 준영의 입술에 지환이 재빨리 입을 맞추었
다.

"산과 들과 바다 중에서 하나만 골라."

"셋 다 마음에 드는데. 으음…… 바다로 할래요."

"뉴질랜드는 어때?"

"탁월한 선택이에요."

비행기로 열 시간을 넘게 날아와 크라이스트처치* 캔터베리대학교 산하 로스쿨에 여장을 푼 준영과 지환은 주거 공간으로 주택 대신 요트를 구입했다.

평소에는 리틀턴 항구 인근 선착장에 정박한 채로 생활하다 가끔 오늘처럼 특별한 날에는 가까운 바다로 나와 하루나 이틀 밤을 보내고 마리나*로 돌아간다.

준영은 이제 보지 않고도 그릴 수 있는 섬너 비치의 아름다운 해안선을 눈으로 더듬었다. 멀리 깎아지른 듯이 솟은 해안 단애 위에서 초록의 빛줄기가 흑자색 어두움으로 둘러싸인 밤바다를 향해 길게 점멸했다.

어두움을 찌르는 등대 불빛을 기점으로 들쑥날쑥한 해안선을 따라 형형색색의 빛다발이 사금파리를 흩뿌려 놓은 양 자못 눈부시게 반짝거렸다. 그렇게 한여름의 크리스마스는 한겨울 새하얀 눈꽃송이 대신 울긋불긋 화려한 불빛에 흠뻑 잠겨 있었다.

---

*크라이스트처치(Christ Church):뉴질랜드 남섬 제일의 도시.

*마리나(Marina):요트나 보트의 정박 시설 및 계류장.

"메리 크리스마스!"

꽉 잠긴, 그래서 한결 더 섹시하게 들리는 목소리가 준영의 정수리 위로 떨어졌다. 동시에 지환의 두 팔이 등 뒤에서부터 허리를 옥죄며 바짝 감겨들었다.

"깼어요?"

"응. 당신이 없어서."

지환이 여린 준영의 목덜미에 얼굴을 묻고 코를 비빈다. 낮게 웅얼거리는 탁한 말소리에서 하릴없는 졸음기가 묻어 나왔다. 준영은 고개를 틀어 어깨 너머로 지환을 돌아다보았다. 그 즉시 지환이 입을 포개고 아랫입술을 달게 빨아 당겼다.

"좋다. 이제 좀 살 것 같네."

"졸려 눈도 못 뜨면서 왜 나왔어요?"

"당신이 없어서."

똑같은 대답을 되풀이하는 지환의 숨소리가 깨나른한 미소를 짓는 준영의 귓바퀴에 닿았다. 귓속을 간질이며 잘게 부서지는 숨결이 왜인지 모르게 뜨거웠다.

"얼른 가서 다시 자요. 이번 주 내내 파이널 시험 때문에 힘들었잖아요."

"혼자 자기 싫어. 당신은 왜 나왔어?"

"잠이 안 와서요."

"불면증이야?"

지환이 재바른 동작으로 준영을 품 안에서 돌려 세워 시선을 하나로 얽었다. 준영은 파고 세운 장대처럼 든든한 지환의 가슴에 매달려 고개를 살살 가로저었다.

"아니요. 잠만 자기에는 정말 아름다운 밤이잖아요."

결혼하고 2년, 지환과 나란히 침대에 누워 맞이하는 밤은 꿀같이 달았다. 지환의 품속에 안겨 맞이하는 잠 또한 꿈인 양 깊었다.

"당신 말이 맞아. 잠만 자기에는 억울할 정도로 정말 아름다운 밤이야."

지환이 어느새 졸음기를 말끔히 털어 내고 은근슬쩍 팔을 뻗어 준영의 티셔츠를 들춘다. 다부지고 커다란 손이 브래지어 위로 부푼 젖가슴을 함부로 움켜잡았다.

"저쪽 배에서 봐요."

준영은 후다닥 지환의 손목을 붙잡아 더 이상 움직이지 못하도록 눌렀다. 시선이 저절로 저만치 떨어진, 가깝지도 멀지도 않은 거리에 멈추어 서 있는 쾌속정을 향해 흘깃 다가갔다.

시아버지 재용이 대통령 당선자 신분이던 지난해 12월 이후로 지금껏 준영과 지환의 뒤를 그림자처럼 따르고 있는 청와대 경호실 소속 사람들이다.

"이 야밤에 무슨 재주로 봐? 적외선 망원경으로 지켜본다고 해도 기껏 지글지글 들끓는 체열밖에 더 감지하겠어?"

어렵지 않게 준영의 제지를 풀어 버리는 지환의 목소리가 꽤나 심드렁했다. 이제 그만 익숙해질 법도 한데, 지환은 여전히 경호원들이 따라붙는 생활에 불만이 많았다.

어느 정도 불편을 감수하면서까지 요트에 나와 사는 이유 중 하나가 경호 문제 탓이기도 했다.

언제 어디서든 밀착 경호가 가능한 육지와 달리 바다에서는 안전사고에 노출될 위험성 때문에 밀착은커녕 근접 경호조차 쉽지 않았다.

"저 사람들은 맡은 바 소임을 다하는 것뿐이에요."

"알아. 그래도 싫어."

지환이 브래지어를 위로 밀어 올리고 기어이 맨살과 맨살을 마주 대었다. 힘찬 손바닥 안에서 둥근 젖가슴이 제멋대로 뭉그러졌다.

말리기를 포기한 준영은 이내 순응하듯 자그시 눈을 감았다. 감미롭고 황홀한 입맞춤이 얼굴과 어깨로 무수히 쏟아진다.

"꿈을 꾸었어요."

"무슨 꿈?"

"꿈에 오빠가 나왔어요."

준영은 들썽거리는 숨소리에 섞어 이야기했다. 가는 목선을 타고 내려와 빗장뼈에서 지분대던 지환의 입술이 한순간 우뚝 멈추었다. 나직이 묻는 목소리가 조심스럽다.

"그래서 슬펐어?"

"아니요. 좋은 꿈이었어요. 아주아주 행복한."

준영은 해풍에 날리는 지환의 짧은 머리카락을 손가락으로 쓸었다. 지환이 안도의 숨을 가만히 내쉬었다.

"행복한 꿈?"

"네. 준수 오빠가 환하게 웃으면서 나한테 조개를 하나 건네주었어요. 웬만한 수박보다 더 커다란 조개를. 뚜껑을 열어서 보았더니 눈부시게 빛나는 진주가 그 속에 들어 있더라고요. 광채가 어찌나 휘황찬란한지 마치 달덩어리 같았어요."

"혹시…… 태몽인가?"

"그런 것 같아요."

"딸일까? 영롱한 진주잖아."

감출 수 없는 어떤 기대감이 살짝 들뜬 듯 울리는 지환의 말소리에 실렸다. 준영은 소리도 없이 후후 웃었다.

"조개 안에서 진주가 나오는 꿈은 아들이래요. 구슬은 딸이고."

"누가 그래?"

단박에 따지고 드는 목소리가 이번에는 또렷한 실망감으로 가득했다. 준영은 까르르 웃었다.

"네이버 지식인요."

"그 동네 무늬만 지식인들도 많아."

"태양신 등급이던걸요. 아들은 싫어요?"

"아들이 싫다기보다 딸이 더 좋으니까. 이왕이면 당신을 쏙 빼닮은 예쁜 딸이 갖고 싶어. 당신 오빠한테 진주만 받고 조개는 물린다고 하면 안 될까? 아니구나. 진주가 아들이랬지? 딸은 구슬이고. 일단 이번에는 조개만 받겠다고 해. 진주는 다음을 위해 아껴 두라고."

"그런 게 어디 있어요? 완전 엉터리!"

준영은 다시 까르르까르르 소리를 내어 웃었다. 행복하다. 이보다 더 좋을 수 없을 만큼 행복하다. 마주한 지환의 얼굴에도 행복에 겨운 미소가 가득 넘쳤다.

좀처럼 웃음소리를 그치지 못하는 준영을 지환이 갑자기 요트 난간 쪽으로 부쩍 밀어붙였다. 두 사람의 몸이 연리지처럼 하나로 잇닿았다.

"딸이든 아들이든 일단 하자."

"뭘 해요?"

"기가 막힌 태몽까지 꾸었는데 확실하게 해 두어야지."

"그러니까 뭘요?"

"한 번보다는 두 번, 두 번보다는 세 번이 낫잖아."

"네에?"

"우리, 하자."

"말도 안 돼! 결국 '그것' 하자는 얘기였어요?"

"응."

"지금요?"

"응."

"여기서?"

"응."

준영이 묻고 지환이 답하는 단답형 대화가 이어졌다.

짓궂은 기색이 넘치는 먹빛 눈동자는 뭐가 그리 좋은지 능글능글 눈웃음이 끊이지 않았다. 그만 아연실색해지고 만 준영의 암갈색 눈망울은 점점 더 휘둥그레 종국에는 화등잔만 하게 커졌다.

"미쳤어요?"

"아니, 말짱해. 그래, 어쩌면 미쳤는지도. 홀딱 당신한테 홀려서."

지환이 악마처럼 잘생긴 얼굴로 한차례 씨익 웃고 깊숙이 입술을 포갠다. 새삼 감촉을 확인하며 맛을 보듯 이리저리 각도를 바꾸어 가면서 몇 번이나 입을 맞추었다. 몰캉몰캉한 준영의 입술을 통째로 세차게 빨다가 어느 한순간 아랫입술만 잇새로 잘근 깨물었다.

"하아!"

달뜬 탄성과 함께 살풋 벌어지는 입안으로 지환의 혀가 거침없이 들어왔다. 여린 점막을 막무가내 핥아 나가나 싶더니 눈 깜짝할 사이 준영의 혀를 잡아채 꽁꽁 얽었다. 녹아내릴 듯이 뜨겁고 황홀감 감각이 입안을 가득 채웠다.

        꼬꼬꼬

그리고 먼 훗날 어느 하루.

"하무니. 까까. 유나 까까."

발음이 부정확한 어린아이 특유의 혀 짧은 소리가 한창 설거지 중인 정선의 등 뒤에서 울렸다. 정선이 돌아다보기가 무섭게 올해 네 살배기 손녀딸이 쪼르르 내딜터와 잎치미 꼬리를 붙잡고 선다.

고개를 한껏 위로 쳐들고 정선을 올려다보는 유나의 앙증맞은 얼굴에 커다란 눈망울이 댕그랑했다. 제 엄마 어릴 때 모습을 쏙 빼다가 박았다.

하루 온종일 활기가 차다 못해 넘치고, 먹든지 말하든지 한시도 입을 가만히 두지 않는 자발스러움까지 영락없는 준영이었다.

"유나 배고파. 까까."

유나가 오른손에 쥔 정선의 앞치마 꼬리를 달랑달랑 흔들었다. 점심을 먹자마자 근처 놀이터에 나가 한바탕 공놀이를 하고 들어오더니 꽤나 출출한 모양이다. 아이의 보챔이 짙었다.

"송유나! 할머니 간식 주세요, 해야지."

삐쩍 마른 사내 녀석이 성큼 다가와 전혀 아이답지 않은 서늘한 말투로 여동생을 꾸짖었다. 옹송그린 입술을 앞으로 쭉 내미는 유나의 어깨에 양손을 하나씩 짚고 선 모습마저 아홉 살짜리로는 보이지 않을 만큼 차분하고 점잖다.

저러니 제 엄마가 만날 '영감'이라고 놀리지.

"유립아! 할아버지는?"

정선의 물음에 유립이 언제나처럼 의젓하게 답했다.

"아파트 입구에서 친구분을 만나셨어요. 잠깐 말씀 나누고 올라오신대요."

"손은 씻었어?"

"네. 유나 손도 깨끗이 씻겼어요."

"유나 데리고 식탁에 가서 앉아. 할머니가 아침에 구워 둔 쿠키 줄게."

"고맙습니다."

깍듯이 인사치레까지 챙기고 나서야 유립은 유나의 손을 잡더니 주방 한가운데 놓인 식탁으로 향했다. 제법 무게가 나가는 적송 앤티크 식탁 의자를 소리도 없이 조용히 빼내 여동생을 볼끈 안아 들어 앉혔다.

흐트러진 유나의 머리카락을 가지런히 정돈해 주고 그 옆에 자리를 잡고 앉는 유립의 일거일동이 마치 언제인가 본 것처럼 정선의 눈에 마냥 익숙했다.

우리 준수가 꼭 저랬었는데.

제 동생한테 저렇게 살가웠었는데.

불현듯 솟는 눈물을 가까스로 누르고 정선은 손을 재바르게 놀려 접시에 초코칩 쿠키를 담고 유리잔 가득 우유를 부었다.

"잘 먹겠습니다."

유립이 꾸뻑 고개를 숙이자 제 오빠 하는 양을 곁에서 지켜보던 유나가 똑같이 따라했다.

"자 머께쓰미다."

우유 잔에 코를 박는 유나의 뒤통수를 다정히 쓰다듬어 주는 동안에도 정선의 눈길은 유립에게서 떠날 줄을 몰랐다. 생김새는 물론이고 말투며 행동에 성격까지 송시완 숙소반이

라는 소리를 듣는 유립이다. 외탁했다는 생각을 여태 한 번
도 한 적이 없었다. 그런데 오늘따라 유립의 모습에서 어릴
적 준수의 얼굴이 자꾸만 겹쳐 보였다.

"나도 늙은 게지."

덧없는 혼잣말을 한숨에 섞어 뱉어 내고 정선은 거실로 나
왔다. 티 테이블 위에 올려 둔 휴대전화기를 찾아 단축 버튼
1번을 눌렀다. 첫 번째 신호음이 길게 다 울리기도 전에 지환
이 전화를 받았다.

—네, 장모님.

"준영이는?"

—이제 막 잠들었어요.

"원고는 다 끝낸 거야?"

—네. 엔딩이 안 풀려서 며칠 고생하더니만 어제는 밤새도
록 정신없이 써 대더라고요.

"애들까지 친정으로 귀양 보냈는데 당연히 그래야지."

—죄송합니다.

"됐어. 준영이 글쓰기에 미치면 밤낮이 따로 없는 것 누가
몰라? 애들 뒤치다꺼리도 전부 자네 차지고. 준영이 일어나
는 대로 와서 저녁 먹어. 묵은 김장 김치 넣고 등갈비찜 만들
어 줄 테니까."

—저 그것 엄청 좋아하는데.

수화기 너머에서 지환이 헤 하고 웃었다. 무뚝뚝한 사위가
마음먹고 내보이는 애교였다. 정선도 피식 웃어 버렸다. 살

가운 잔정은 없어도 든든함만큼은 남부럽지 않은 사위이다. 오히려 남들의 부러움을 사고 있었다.

지환은 몇 해 전 임기를 마치고 대통령직에서 물러난 아버지 송재용과 함께 일산 타운하우스에 변호사 사무실을 열고 무료 변론을 시작했다. 인권과 관련된 골치 아픈 사건을 도맡아서 처리하더니 어느새 연예인 못지않은 인기인이 되었다.

10년쯤 후, 아버지의 뒤를 이어 청와대로 입성하지 않겠느냐는 기대 섞인 덕담이 여기저기서 솔솔 흘러나올 정도였다. 정작 지환 본인은 정치에 뜻이 없노라 단호히 선을 긋는데도 말이다.

"청양고추 듬뿍 넣어 아주 맵게 해 줄까?"

―좋죠.

"7시까지 와. 준영이 너무 재우지 말고. 이대로 낮밤이 바뀌어 버리면 자네만 고생해."

―예.

통화를 끝마친 정선은 아무 생각 없이 베란다 통유리창을 통해 내려다보이는 아파트 앞마당으로 시선을 던졌다.

저 아래 목련이 피었다. 아직 가지는 헐벗었지만 바지런한 꽃망울은 벌써 순백의 속살을 고스란히 드러냈다.

겨우내 을씨년스러웠던 풍경이 앙상한 나뭇가지마다 등롱처럼 피어난 꽃봉오리 탓에 다사로운 봄기운으로 완연한 느낌이다.

불과 며칠 전만 해도 춥다며 어깨를 웅크렸는데…….

겨울에는 봄이 그저 멀고 아득하더니, 막상 봄이 되어서는 지나온 겨울의 기억이 못내 까마득했다. 문득 산다는 것도 계절이 가고 오는 일과 크게 다르지 않다는 생각이 들었다.

시련 속에 갇혀 지낼 때는 이 캄캄한 터널을 과연 다 지날 수나 있을까 의문이 들다가도, 터널을 벗어나 햇발이 내리쬐는 거리에 서면 자연스레 어두움의 고통은 뇌리에서 멀리 잊어져 갈 뿐이다.

어쩌면 그래서 가시밭길이라 불리는 인생길이 꾸역꾸역 살아지는 것인지도…….

— fin